CASEI COM AMRETH

Agência Prime

REGINE ABEL

CAPA
Regine Abel

ILUSTRAÇÕES
Invidious
Vvevelur
Lau Isa San
Niklas Cloister

Direitos Autorais © 2025

Este livro usa linguagem madura e conteúdo sexual explícito. Não se destina a menores de 18 anos.

CONTENTS

CASEI COM AMRETH

Ele é o anjo negro dos sonhos dela.

Quando Ciara comparece ao Simpósio de Medicina Intergaláctica, a última coisa que ela espera é encontrar Kayog, um casamenteiro empático infalível, que declara saber quem é sua alma gêmea. Sua empolgação com a perspectiva de conhecer Amreth, um magnífico e poderoso Senhor do Inferno Obosiano, é esmagada quando um ataque pirata resulta em sua quase morte e sequestro.

Após anos de solidão como um Diretor no planeta-prisão Molvi, Amreth fica exultante quando Kayog o informa que encontrou sua alma gêmea. Devastado ao saber que ela foi sequestrada, mesmo que ele nunca a tenha conhecido, ele não hesita em ir resgatar sua Ciara. Kayog nunca está errado. Mas uma vez que ele rastreia os sequestradores e se conecta com sua companheira, Amreth percebe que nada é o que parece.

À medida que eventos trágicos se desenrolam, os esforços de Amreth e Ciara ajudarão a salvar uma espécie inteira da extinção, ou eles também sucumbirão às forças externas malignas que os ameaçam?

DEDICATÓRIA

Aos profissionais médicos que se colocam em perigo diariamente para salvar a vida de inúmeros estranhos, reduzir o sofrimento e levar esperança onde antes não havia.

Aos cientistas e especialistas que trabalham incansavelmente nas sombras para derrotar os inimigos invisíveis que atacam nossos corpos e mentes, frustrar as epidemias que dizimam muitas comunidades e desenvolver novos medicamentos e tecnologias para ajudar a prevenir tragédias.

Vocês são os heróis anônimos de gerações inteiras. Alguns podem negar ou desafiar os milagres que vocês realizam, mas saibam que uma maioria silenciosa os reconhece e agradece.

CAPÍTULO 1

CIARA

L evei outro hors-d'oeuvre chique aos meus lábios enquanto olhava para a multidão diversa ao meu redor. Eu não conseguia decidir se diversão ou desgosto dominavam dentro de mim enquanto os observava bajulando uns aos outros. Embora o comportamento deles fosse esperado, ainda me deixava perplexa que, depois de terem alcançado níveis tão altos de especialização em seus respectivos campos, eles ainda tivessem que se rebaixar dessa forma.

Mas, novamente, eu não poderia culpá-los. Receber um convite para o Simpósio de Medicina Intergaláctica praticamente se qualificava como uma conquista de vida por si só. Os maiores nomes nas áreas médica e farmacêutica em todo o nosso setor da galáxia sempre compareciam. Isso constituía a oportunidade definitiva para fazer lobby, disputar um emprego de prestígio, garantir financiamento muito necessário para um novo projeto ou pesquisa, além de persuadir potenciais doadores a se tornarem seus patronos.

Pessoalmente, eu não tinha tempo para esse aspecto administrativo vergonhoso, porém necessário, do campo médico. Eu estava feliz apenas por ter ganhado um ingresso para poder

conhecer meu herói. Como epidemiologista da Organização Interestelar de Médicos – uma entidade galáctica semelhante aos
Médicos Sem Fronteiras da Terra – eu sempre sonhei em fazer
parte do tipo de descoberta transformadora que o Dr. Elias
Jacobs alcançou há uma década.

Durante uma missão de pesquisa de rotina, sua equipe foi
atacada por uma fera selvagem da qual ele derivou o revolucio-
nário Soro Símio 12 – comumente chamado de SS12. Esse maravilhoso transmissor químico não apenas interrompia, mas
também revertia doenças degenerativas para várias espécies
sencientes. Coisas como demência, Parkinson e Alzheimer eram
agora coisas do passado. E isso incluía seu equivalente entre a
maioria das espécies não humanas.

Eu só esperava por uma chance de ter pelo menos cinco
minutos de conversa individual com o Dr. Jacobs. Mas isso
exigiria que eu fosse um pouco mais agressiva. A maioria dos
meus colegas, atuais e antigos, estavam abordando corajosamente todas as pessoas com quem queriam interagir. Embora eu
não fosse do tipo arisca ou facilmente intimidada, eu não me
importava particularmente em ter que abrir caminho com cotove-
ladas no meio da multidão para conseguir um pouco de atenção.
Ainda assim, seria idiota da minha parte deixar essa oportunidade única na vida ir para o lixo só porque eu não estava com
vontade de sair da minha zona de conforto.

Soltando um suspiro, eu peguei outro daqueles amuse bouche
exageradamente elaborados – mas incrivelmente deliciosos –
virei os dois goles restantes do meu vinho espumante, deixei o
copo vazio no canto da mesa e fui em direção ao outro lado da
sala, onde a multidão cercava Jacobs.

Foi um progresso lento, com tantas pessoas de espécies
diversas formando grupos de tamanhos variados. Eu educadamente troquei sorrisos, acenos e até algumas palavras com
conhecidos ao longo do caminho. Mas foi só na metade do
caminho que meus passos vacilaram. As penas douradas e

marrons de um homem alto parecido com um pássaro chamaram minha atenção. Eu dei uma olhada dupla ao perceber que era o famoso Kayog Voln. Ele comandava a altamente conceituada Agência Prime. Eles eram especializados em encontrar parceiros de vida para alienígenas primitivos. Ao contrário da maioria das outras agências matrimoniais, eles tinham uma taxa de sucesso de 100% para todas as combinações que realizavam. O desafio era conseguir a combinação. Ao longo dos anos, eles foram inundados com inúmeros pedidos. Mas não era como se eles – embora eu provavelmente devesse dizer ele – pudessem simplesmente acenar uma varinha para retirar o nome da sua alma gêmea. Kayog precisava ter conhecido os dois parceiros para ser capaz de reconhecê-los como o par perfeito. Pelo que entendi, como um Edal – uma característica rara para as pessoas de sua espécie – ele podia ouvir as canções de duas almas e reconhecê-las como estando em harmonia.

O que diabos ele está fazendo em um simpósio médico?!

A pergunta mal surgiu na minha mente e a resposta se revelou. Uma das muitas pessoas ao redor dele se moveu para o lado, revelando assim a silhueta deslumbrante de sua companheira, Linsea Voln. Enquanto ele era completamente marrom com penas douradas no peito e no rosto, com uma cauda branca, longa e fofa, ela poderia ser comparada a uma coruja da neve, com suas penas brancas imaculadas e um punhado de manchas escuras no peito.

Linsea trabalhava como embaixadora da Organização dos Planeta Unidos. Como tal, entre os muitos casos de alto perfil em que se envolvia, a mulher Temern frequentemente facilitava colaborações entre espécies quando envolvia acesso a recursos médicos raros, entre outras coisas.

Eu não pude deixar de parar de repente para admirar o casal. Eles estavam de mãos dadas como dois jovens amantes. Toda vez que ele olhava para ela com seus olhos prateados, a ternura –

se não adoração – que brilhava dentro de mim me derretia de dentro para fora... sem mencionar que isso despertava uma pitada de inveja. Pelo que eu parecia lembrar, eles se conheceram na faculdade e estavam casados há pouco mais de trinta anos.

O que eu não daria para alguém olhar para mim do jeito que ele olhava para ela depois de tanto tempo juntos?

Apesar da rigidez do bico, ele sorria calorosamente para Demetra Stamos. Eu não precisava estar por perto para saber que ela estava lhe contando sobre seus problemas românticos. A pobre mulher tinha se casado e se divorciado mais vezes do que eu conseguia contar. Infelizmente, ela era uma daquelas que tendia a se apaixonar mais pela ideia do amor do que pelo parceiro real. Para ela, ficar solteira por um dia significava que, de alguma forma, ela falhou como mulher. Isso me entristecia, pois Demetra era uma pessoa linda, extremamente inteligente e encantadora. Ela simplesmente continuava se contentando com o cara errado. Um elogio e um sorriso sedutor bastavam para ela se deixar levar.

Espero que Kayog possa lhe dar o final feliz que ela tanto busca.

Assim que eu estava prestes a me virar e retomar minha árdua jornada em direção ao Dr. Jacobs, Kayog de repente franziu a testa. Seu sorriso desapareceu, e ele sacudiu a cabeça para olhar para algo no fundo da sala à sua direita. Sua carranca se aprofundou enquanto ele olhava atentamente naquela mesma direção. Curiosa sobre o que motivou essa reação estranha, eu segui seu olhar.

Eu levei um momento para perceber o que havia chamado sua atenção com tantos corpos se movendo. Uma mulher que eu não conhecia estava encostada na parede para se apoiar, sua testa franzida. Ela respirou fundo algumas vezes e então se endireitou, lançando olhares discretos ao redor dela como se para ter certeza de que não havia chamado atenção para si mesma. Eu estreitei meus olhos para ela, procurando por quaisquer sinais de que ela pudesse precisar de uma intervenção. Embora ela parecesse bem agora, um olhar para Kayog indicou que sua preocupação havia aumentado.

Como se em resposta a esse pensamento, o Temern se desculpou com sua companheira e Demetra e foi direto para a mulher. Sem pensar, eu o segui. O enxame de pessoas tornou meu progresso desafiador. Mas eu não foquei mais em Kayog. Gotas de suor estavam aparecendo na testa da mulher enquanto ela mais uma vez estremecia. Entendendo que ela tinha algo provavelmente sério demais para apenas esperar, a mulher se dirigiu para a saída.

Tendo participado de muitos desses grandes eventos onde uma variedade de comidas alienígenas eram servidas, eu me acostumei com pelo menos um punhado de pessoas passando mal e se sentindo envergonhadas por isso depois de comer algo que não deveriam. Mas onde mais você teria essa oportunidade de provar uma seleção tão diversa de culinária de outro mundo?

A mulher saiu da sala um minuto antes de Kayog ou eu conseguirmos chegar à porta do enorme salão de recepção usado para o evento. Assim que ele estava prestes a sair, o Temern de repente sacudiu a cabeça para a esquerda para olhar para mim por cima do ombro. Por alguma razão estúpida, meu estômago afundou, como se eu tivesse sido pega em flagrante cometendo um crime ao persegui-lo. Ele fixou os olhos em mim, a tensão visível nos dele.

— Você é médica? — ele perguntou como uma saudação.

— Sim — eu respondi.

— Ótimo. Siga-me. Esta mulher não está bem.

Sem esperar pela minha resposta, ele se virou e correu para fora da sala. Ele não estava correndo, mas seus passos largos me fizeram meio que correr para acompanhar. Suas asas enormes bloquearam parcialmente minha visão quando saímos para o grande calçadão da enorme embarcação em que o evento estava acontecendo. Dali, podíamos olhar para os quatro andares acima de nós, além de vislumbrar os três abaixo. Cada nível tinha sua própria sacada que ficava mais estreita quanto mais alto você subia, dando quase a ilusão de que o lugar era um anfiteatro.

Vários conjuntos de elevadores em cada extremidade e no meio de cada lado forneciam um caminho rápido para os outros andares. No entanto, escadas majestosas também forneciam um acesso mais casual.

Finalmente eu avistei a mulher um pouco mais à frente. Ela parecia cambaleante. Eu não consegui dizer se ela pretendia ir para uma das salas de higiene, voltar para seus aposentos ou para a enfermaria. Qualquer que fosse seu plano, ela claramente não conseguiria.

Com todos ocupados lá dentro, nenhuma das poucas pessoas que estavam perambulando no calçadão pareceu notar sua angústia. Um suspiro suave escapou de mim quando, com dois poderosos bateres de asas, Kayog de repente se lançou para frente. Poucos segundos depois, a mulher desmoronou. Mergulhando, o Temern a pegou bem antes que ela atingisse o chão. Eu corri em direção a eles, meus movimentos impedidos pelo vestido justo que eu estava usando, assim como meus saltos altos.

Isso não me impediu de digitar algumas instruções na minha braçadeira para ativar meu scanner médico. O Temern se virou para me encarar quando eu estava chegando até eles. Ele não disse uma palavra, contente em segurá-la como uma noiva enquanto eu passava meu scanner sobre ela. A mulher estava gemendo de dor, com mais gotas de suor umedecendo sua testa.

— Parece que ela está tendo uma reação anafilática — eu disse, olhando rapidamente para os resultados do exame que preenchiam a tela holográfica projetada em meu bracelete — Precisamos levá-la para enfermaria imediatamente.

Eu olhei para os elevadores localizados a cerca de cinquenta metros de distância enquanto falava essas palavras — Eu vou voar para cima. Vai ser muito mais rápido do que esperar pelo elevador — Kayog disse.

— Boa ideia. Te encontro lá em cima — eu respondi com um aceno de cabeça.

Com um poderoso bater de asas, o Temern voou rapidamente até a sacada superior, quatro andares mais alta. Enquanto eu corria para os elevadores, não pude deixar de admirar sua força e a graça de seus movimentos. Pelo que entendi, Kayog estava na casa dos sessenta anos. E ainda assim ele não parecia mais velho do que alguém na casa dos quarenta e poucos anos. Isso se devia em grande parte ao seu incrível nível de condicionamento físico.

Aquele homem era forte, embora com o corpo esbelto de um nadador em vez do volumoso de um fisiculturista. Isso não deveria me surpreender, pois ele tinha sido um atleta na adolescência.

Como esperado, o elevador demorou muito para chegar e me levar ao meu destino. Você pensaria que uma nave de cruzeiro tão luxuoso teria elevadores muito mais rápidos. No entanto, foi um projeto deliberado torná-los mais lentos para que as pessoas pudessem aproveitar a vista do calçadão e a relaxante música orquestral lá dentro. Esperava-se que os clientes dessas embarcações fossem tranquilos, não apressados como se estivessem em um shopping. Mas isso também tornava a experiência frustrante quando se estava com pressa.

Felizmente, os elevadores dos funcionários não tinham essas restrições de velocidade.

Embora tivesse se passado apenas alguns minutos, eu finalmente cheguei ao último andar depois do que pareceu uma eternidade. Eu corri para a Enfermaria e encontrei Kayog sozinho na área de espera perto da recepção.

— Ela está lá dentro com a Dra. Alicent — Kayog respondeu à minha pergunta não formulada.

— Oh, excelente! — eu disse com alívio — Alicent é uma excelente médica. Aquela pobre mulher está em boas mãos. Obrigada por ser tão rápido. Deve ser incrível ser capaz de sentir as coisas do jeito que você sente. Como médica, seria o maior dom.

Ele riu e me deu um sorriso indulgente — É realmente muito prático. As pessoas muitas vezes se convencem de que estão bem quando, na verdade, não estão. Mas, embora eu tenha esse dom, você também não está de mãos vazias. Você também foi muito sensível à situação.

Eu acenei com a mão em desdém — Eu sou apenas observadora. E mesmo assim, sem você chamando minha atenção para ela, eu provavelmente não teria notado.

— Justo — ele admitiu — No entanto, muitos outros notaram minha reação, mas apenas você e minha companheira quiseram ajudar. Isso diz muito sobre seu caráter. Você é atenciosa, o que é uma característica maravilhosa para se ter em sua profissão. Mas isso não me surpreende. Sua alma é muito bonita.

Minhas bochechas esquentaram quando suas palavras me comoveram profundamente. Embora mestres na arte da diplomacia, os Temerns não eram conhecidos por serem bajuladores. Ele não diria algo tão gentil a menos que realmente quisesse dizer isso, o que o tornava ainda mais especial.

Eu estava lutando para encontrar uma resposta apropriada sem fazer papel de boba quando a porta da sala de exames se abriu.

— Ciara! Que surpresa agradável! — Alicent disse, seus olhos azuis brilhando enquanto linhas de sorriso enrugavam seus cantos — Devo entender que você é a médica que avaliou rapidamente uma potencial reação alérgica?

Eu assenti.

— Bem, você estava certa. O marisco alienígena no horsd'oeuvre não lhe caiu bem — disse a senhora mais velha com um ar exageradamente de desânimo.

Eu bufei — Um clássico. Você precisa de ajuda?

Alicent balançou a cabeça, seus cachos pretos com mechas grisalhas saltando ao redor de seu rosto enrugado.

— Está tudo bem. Vocês vão se divertir. E obrigada por trazê-la tão rápido. Ela teria passado por momentos muito desagradáveis vindo aqui sozinha — Alicent disse, sorrindo para o Temern e para mim.

— O prazer é nosso — Kayog respondeu.

Nós acenamos e saímos da enfermaria com um aceno para a enfermeira que também atuava como recepcionista.

— O Simpósio de Medicina Intergaláctica parece uma grande mudança de cenário para você — eu disse provocativamente enquanto caminhávamos em direção aos elevadores.

Ele levantou uma sobrancelha emplumada enquanto me lançava um olhar de lado com uma pitada de diversão — O que te faz dizer isso?

— Você não é o famoso Kayog Voln, o Deus Casamenteiro da galáxia?

Ele jogou a cabeça para trás e caiu na gargalhada. Era uma gargalhada plena, gutural e poderosa de uma forma incrivelmente contagiante. Eu me peguei rindo também.

— Deus Casamenteiro... Isso soa muito bem. Minha amada Linsea não aprovará que você alise meu ego considerável nesse assunto — ele disse provocativamente — Mas você tem uma vantagem injusta sobre mim.

— Oh? E o que é? — eu perguntei enquanto ele apertava o botão do elevador para nos levar de volta ao andar principal onde o simpósio estava acontecendo.

— Você sabe quem eu sou, mas eu só ouvi seu nome quando a médica a cumprimentou — ele disse com um ar dramático como se estivesse ferido.

Eu não consegui deixar de rir de novo enquanto balançava a cabeça para ele. Eu tinha ouvido falar de sua personalidade brincalhona e travessa, mas nunca imaginei que ele seria tão encantador pessoalmente.

— Peço desculpas — eu respondi da mesma forma exageradamente dramática enquanto pressionava uma palma contra meu

9

peito — Perdoe minha grosseria épica, Mestre Voln. — Meu nome é Ciara Stark, médica com especialização em epidemiologia e membro orgulhosa da Organização Interestelar de Médicos pelos últimos quatorze anos.

— Fantástico! Estou impressionado. Bem, Dra. Stark, seria muita ousadia da minha parte chamá-la pelo seu primeiro nome?

Eu sorri — De jeito nenhum, Kayog. Esses eventos podem ser um pouco sérios, mas eu sou bem mais tranquila.

— Agradeça ao Criador! — ele respondeu com um alívio exagerado que me fez sorrir ainda mais — Minha Linsea revira os olhos para mim constantemente por minha falta de decoro nesses tipos de cenários.

Eu dei a ele um olhar simpático, mesmo sabendo que ele estava deturpando grosseiramente o quão mal ele se comportou. Embora breve, o período durante o qual eu o observei com sua companheira mostrou que ele se saiu perfeitamente bem nesses ambientes presunçosos.

— Eu imagino. O que eu tenho mais dificuldade em imaginar é como um casamenteiro e uma embaixadora acabaram se casando. Eu nunca pensei que um par desses daria certo, e ainda assim vocês dois parecem absolutamente perfeitos juntos — eu refleti em voz alta.

Seu rosto se derreteu com a mesma ternura que ele demonstrou nas poucas vezes em que o peguei olhando para sua esposa.

— Nós somos realmente perfeitos um para o outro. Ela é minha alma gêmea. E esse pareamento é bem útil. Toda vez que eu acompanho minha amada a esses tipos de eventos, eu conheço inúmeras pessoas, o que me ajuda ainda mais a encontrar o par certo. E isso geralmente acontece nos lugares mais inesperados.

Eu concordei enquanto o elevador parava — Isso faz sentido — eu disse enquanto saía da cabine.

— Mas e você, Ciara? — ele perguntou enquanto caminhávamos de volta para o salão de reunião em um passeio tranquilo

— Não vejo um anel em seu dedo. Mas sinta-se à vontade para me dizer para cuidar da minha própria vida.

Eu dei de ombros — Está tudo bem. Minha vida não é nada parecida com o tipo de história que você provavelmente já ouviu um bilhão de vezes antes. Eu não tenho um anel porque eu o joguei na cara dele antes de chutá-lo para o meio-fio quando descobri que ele estava roubando minha pesquisa.

— Oh, não! — Kayog exclamou com um ar genuíno de simpatia.

Por alguma razão boba, isso me comoveu. Eu dei a ele um sorriso resignado.

— Infelizmente sim. Collin também trabalhava com a Organização Interestelar de Médicos. Assim como eu, ele se especializou em epidemiologia. Nós trabalhamos em alguns projetos juntos e começamos a namorar. Eu gosto de me orgulhar de ser uma mulher inteligente, mas eu fui tão cega. Ele nunca me amou. O tempo todo, ele estava me usando para preparar o tipo de artigo que abriria muitas portas para ele.

— A ambição pode ser um câncer em muitos relacionamentos — Kayog respondeu com uma expressão de desculpas.

— Certo, exceto que foi completamente idiota no nosso caso, já que eu nunca fui do tipo ambiciosa. Tudo o que o idiota tinha que fazer era pedir minha ajuda, e eu a teria dado livremente. Eu não precisava da glória. Ele teria sido totalmente bem-vindo para fazer isso — eu disse, com a velha raiva ressurgindo.

— Sinto muito. Você certamente merecia algo melhor. Isso foi recente? — ele perguntou, de forma gentil, quase paternal.

Eu sorri tranquilizadoramente e balancei a cabeça — Não. Tudo aconteceu há alguns anos.

Ele hesitou e pareceu escolher cuidadosamente suas palavras enquanto parava perto do corrimão na beira do calçadão, olhando para os andares inferiores. Eu parei também e o olhei com curiosidade.

— Você ainda tem sentimentos por ele?

REGINE ABEL

Eu bufei e olhei para ele como se ele tivesse perdido a cabeça
— Meu Deus, não! Eu definitivamente não sinto falta daquele
babaca. Os sentimentos que ainda tenho por ele são uma forte
vontade de dar um soco na garganta dele. Mas não, eu já o supe-
rei. Eu fiquei arrasada quando aconteceu, mas estou feliz que
aconteceu. Eu me esquivei de uma bala. Da próxima vez, vou
ficar longe de qualquer um que também esteja na área médica e
que tenha grandes ambições.

Ele inclinou a cabeça daquele jeito estranho que os pássaros
costumam fazer enquanto me olhava com grande intensidade —
Nenhuma área médica... Hmm. E o que mais você gostaria ou
não gostaria em um parceiro em potencial?

Eu ri, de repente percebendo que ele estava fazendo sua coisa
de avaliar cada pessoa que ele conhecia como um candidato
potencial para ele casar. Embora eu estivesse solteira por um
tempo, eu não estava ativamente no mercado para encontrar um
companheiro. Dito isso, agora que eu tinha a atenção total do Deus
Casamenteiro, de repente eu me vi presa no jogo e me perguntando se ele realmente poderia encontrar minha alma gêmea.

— Bem, já que você está perguntando, eu gostaria de alguém
que fosse o oposto de Collin quando se trata de valores. Ele
precisaria ser honesto, com moral sólida, generoso, altruísta e
estar nesse relacionamento por mim, não pelo que ele pode tirar
de mim.

O Temern assentiu, seu bico se esticando em um sorriso tão
largo quanto sua rigidez permitia — Alguém confiável e altamente íntegro como um Obosiano?

— Oh, Deus! — eu disse, me abanando de uma forma exageradamente dramática — Você deveria saber que não deve
provocar uma mulher com a perspectiva de casamento com um
desses belos espécimes — eu acrescentei, lançando um olhar não
tão sutil para um dos dois guardas Obosianos patrulhando o
calçadão — Uma pena que eles não nos deem tanta atenção.

12

Foi a vez dele rir — Eu recebo um número insano de pedidos de mulheres humanas para ser pareada com um desses homens impressionantes. Então isso significa que você adoraria ser pareada com um Obosiano?

— Claro! Que pergunta boba de se fazer — eu disse, dando a ele um olhar brincalhão de repreensão.

— Excelente! Porque sua alma gêmea por acaso é um! — Kayog exclamou entusiasticamente.

Meu cérebro congelou e eu fiquei boquiaberta, me perguntando se ele estava brincando comigo.

— Você está falando sério?!

Ele assentiu — Enquanto você estava me ajudando com aquela pobre mulher, eu percebi que sua alma parecia familiar. Eu quis conversar com você para confirmar minhas suspeitas. E não há dúvidas em minha mente de que você é a alma gêmea de Senhor Amreth Vahna. Ele é um Diretor em Molvi, e um homem maravilhoso.

— Você está falando sério?! — eu insisti, minha mente girando diante de tal perspectiva.

— Sim, Ciara. Isso é sério. Eu posso ser um pirralho travesso quando me dedico a isso. Mas quando se trata de formar pares de almas gêmeas, eu nunca brinco, e nunca estou errado. Você e o Senhor Amreth foram feitos um para o outro. Disso, eu tenho certeza.

— Oh, meu Deus! — eu sussurrei, pressionando as palmas das mãos nas bochechas.

Um Obosiano… Minha alma gêmea era um desses Senhores do Inferno gostosos pra caralho!

Kayog sorriu — Estou sentindo que você aprova?

— Bem, dã?! — eu respondi, como se ele tivesse dito algo idiota.

Ele caiu na gargalhada — Fico feliz em ouvir isso. Infelizmente, agora não é hora de discutir. Minha amada está esperando. Mas de manhã, antes de partirmos, você e eu devemos conversar mais.

Eu assenti entusiasticamente — Com certeza!

— Ótimo. Por que você não vem comigo? Vou te apresentar minha Linsea.

— Eu adoraria — eu disse enquanto voltávamos em direção às grandes portas do salão de reuniões.

Eu não pude deixar de esticar meu pescoço para dar outra olhada em um dos guardas Obosianos, minha imaginação fértil enlouquecendo imaginando como seria o meu. Eu estava especialmente curiosa sobre os piercings que seu povo tanto gostava. Eu imediatamente reprimi aqueles pensamentos safados com medo de que as habilidades empáticas do Temern me denunciassem.

— A propósito, você deve estar ciente de que a Agência Prime não cuidará do seu pareamento — ele explicou cuidadosamente — Como nenhum de vocês pertence a uma espécie primitiva, nós não podemos nos envolver oficialmente. No entanto, eu farei as apresentações entre vocês como um amigo.

— Obrigada — eu disse com genuína gratidão enquanto nos dirigíamos até sua linda companheira.

— Aí está você! — Linsea disse com um tom levemente desaprovador – embora eu não tenha perdido a brincadeira subjacente — Eu estava começando a me sentir abandonada.

— Nunca, meu amor. Nunca! — Kayog disse, puxando-a para seu abraço antes de esfregar gentilmente seu bico contra o dela.

O amor que irradiava entre eles parecia uma entidade viva. Desta vez, a onda de inveja que queria surgir dentro de mim foi rapidamente esmagada por uma sensação avassaladora de antecipação. Eu também teria algo tão poderoso com meu Amreth?

— Minha Linsea, eu trago uma nova amiga. Por favor, conheça Ciara Stark — Kayog disse, após soltar sua companheira — Ciara, por favor, conheça o amor da minha vida, Linsea Voln.

— É um prazer conhecê-la, Ciara — Linsea disse com uma voz amigável que parecia como estar enrolada em um cobertor quente.

— O prazer é todo meu, em mais de um sentido — eu disse com um tom similar.

— Isso deveria me tranquilizar de que meu companheiro não estava aprontando nada? — ela perguntou provocativamente.

Kayog zombou como se ela tivesse dito algo ofensivo — Eu estou sempre atrás de travessuras... e de casamentos...

— Casamentos? — Linsea ecoou, seus olhos se arregalando.

Ele assentiu com uma expressão presunçosa enquanto eu lhe dei um sorriso tímido, sentindo-me repentinamente constrangida sem nenhum motivo.

— Com certeza. Esqueci de acrescentar que Ciara também é a alma gêmea do Senhor Amreth.

— Uau! — Linsea exclamou, pressionando ambas as palmas no peito com um ar de felicidade incrédula — Essa é a notícia mais maravilhosa! Amreth é um homem tão incrível e altruísta. Sem mencionar que é muito agradável aos olhos!

— Ei! — Kayog exclamou com falsa indignação.

Linsea e eu caímos na gargalhada. Ela deu uma cotovelada de brincadeira nele enquanto lhe dava um olhar desdenhoso — Oh, cale-se, marido. Qualquer um com olhos pode ver o quão bonito ele é. Até você disse isso.

— Certo, mas eu sou homem, e pateticamente inseguro — ele disse em um tom amuado.

Ela bufou — Seu ego é imenso demais para você sequer começar a entender como é ser inseguro. E ainda assim, eu te amo independentemente.

— Porque eu sou adorável, abraçável e incrivelmente fofo — ele disse presunçosamente, envolvendo uma asa ao redor dela para puxá-la para mais perto dele.

Sua companheira colocou a mão na cara enquanto eu ria. Os dois eram ridiculamente adoráveis. Eu abri a boca para dizer isso quando uma explosão alta sacudiu a nave.

Gritos de medo encheram a sala quando o alarme disparou e luzes amarelas começaram a piscar nas bordas do teto alto.

— A nave está sob ataque — disse a voz suave da inteligência artificial da nave pelo comunicador — Bloqueio de emergência ativado. Todos os civis, por favor, abriguem-se em seus lugares.

CAPÍTULO 2

CIARA

Dois dos cinco guardas Obosianos dentro da sala correram para Elias Jacobs. Mais dois foram para fora, enquanto o último abriu um compartimento escondido na parede, revelando um impressionante arsenal de armas – principalmente escudos, espadas e cajados. Embora eu entendesse a relutância deles em ter armas de alcance acessíveis, me angustiava que eles tivessem apenas um punhado de pistolas, todas elas parecendo armas de choque básicas.

Para meu espanto, o primeiro conjunto de dois guardas escoltou o Dr. Jacobs para fora da sala por uma passagem secreta. A julgar pelo olhar em seu rosto, isso não foi uma surpresa para ele.

— Jacobs esperava por isso — Kayog disse com uma voz fria, como se tivesse lido os pensamentos que cruzavam minha mente.

O brilho duro em seus olhos me pegou de surpresa. Foi-se o homem mais velho jovial e travesso que ele frequentemente retratava.

— Fique com minha Linsea — ele ordenou.

Eu dei a ele um aceno firme, enquanto tentava reprimir o

pânico que queria criar raízes bem fundo dentro de mim. Ele acariciou a bochecha da esposa e então andou rapidamente em direção ao compartimento escondido com as armas. Linsea apertou meu ombro de forma reconfortante, embora ela mantivesse os olhos grudados no marido, suas costas tensas.

Eu olhei de relance para a direção em que Jacobs fugiu. Os painéis ornamentados das paredes que se abriram para deixá-lo passar estavam agora fechados novamente. Se eu não os tivesse visto abertos para ele escapar, nunca teria suspeitado de sua existência. Ele havia planejado essa probabilidade.

O que diabos está acontecendo?

Kayog agarrou um impressionante cajado de batalha antes de voltar para nós. Momentos antes dele conseguir chegar ao nosso lado, outra série de explosões abalou a nave. Desta vez, as pessoas cederam ao pânico. As luzes amarelas ficando laranja não fizeram nada para acalmar as coisas. Algumas pessoas correndo para as portas foram o suficiente para começar uma debandada.

O único Obosiano restante no salão voou em direção à entrada, seus olhos azul-prateados brilhando. Eu levei um momento para perceber o que ele estava fazendo quando começou a circular sobre as massas. O empurrão frenético que ameaçava esmagar as pessoas na frente contra as portas seladas diminuiu. Ele estava usando sua aura calmante chamada *bakaan* nos convidados. Mas havia muitos. Com as explosões em andamento, seria apenas uma questão de tempo antes que o medo deles sobrepujasse sua capacidade de apaziguá-los.

Kayog deslizando um braço protetor em volta dos meus ombros me assustou. Linsea segurou seu outro braço, no qual ele mantinha o cajado firmemente agarrado em sua mão. Com uma expressão determinada, ele cuidadosamente nos levou para mais perto das portas, mas para longe da multidão principal.

O som do alarme ficou mais estridente momentos antes da voz da IA ressoar novamente.

— A nave foi violada. Todos os passageiros, por favor, mantenham a calma e sigam de forma ordenada para as embarcações de fuga mais próximas. Repito, a nave foi violada. Todos os passageiros, por favor, mantenham a calma e sigam de forma ordenada para as embarcações de fuga mais próximas.

Suas palavras abriram as comportas que nem mesmo os poderes apaziguadores dos Obosianos conseguiram conter. Por um momento terrível, eu temi que as pessoas mais próximas das portas fossem esmagadas contra elas. Felizmente, as fechaduras automáticas se destrancaram e as portas enormes se abriram, permitindo que as pessoas saíssem correndo. Isso não impediu que alguns dos que estavam na frente fossem jogados no chão.

Antes que pudessem ser pisoteados, usando tanto sua aura calmante quanto as habilidades estonteantes de seu Lumiak, o Obosiano forçou a multidão em fuga para longe dos caídos antes de se lançar para pegá-los e colocá-los de pé novamente para que pudessem escapar. Em circunstâncias diferentes, eu teria ficado maravilhada em testemunhar em primeira mão um Obosiano usando seus poderes de uma forma não letal.

Entre outras coisas, eles podiam invocar seu Lumiak, que era essencialmente um raio. Seus tentáculos luminosos se contorciam em volta de suas mãos e disparavam das pontas de seus dedos. Em um nível baixo, eles simplesmente dariam um pequeno choque. Em um nível médio, eles agiam como um Taser. Mas em intensidade máxima, eles podiam literalmente reduzir seu alvo a cinzas.

Um grito assustado escapou de mim quando o braço de Kayog deslizou para baixo em volta da minha cintura, e ele me pegou sem esforço. Eu mal tive tempo de me agarrar em seus ombros antes que ele batesse suas asas e voasse sobre a multidão em pânico que se derramava no calçadão. Por cima do ombro dele, eu observei Linsea pegar uma mulher idosa frágil de forma semelhante e voar com ela, seguindo em nosso rastro. Nós saímos para o calçadão onde o caos completo nos recebeu.

Um mar de pessoas invadiu o espaço. Elas estavam se empurrando e se acotovelando de forma imprudente. A maioria tentava alcançar os elevadores enquanto outras subiam e desciam as escadas correndo. Infelizmente, as pessoas viajando em direções opostas dificultavam a circulação. As únicas áreas razoavelmente controladas eram os andares superiores, pois a maioria dos hóspedes estava conosco no andar principal.

Embora as naves de escape estivessem disponíveis em todos os níveis, todos tentavam alcançar as maiores, criando gargalos que atiçavam ainda mais as chamas do pânico. Com os elevadores lentos, as pessoas estavam se acotovelando para tentar entrar toda vez que os elevadores retornavam. A IA provavelmente devia ter bloqueado o acesso deles.

Meia dúzia de Obosianos voavam no enorme vão entre o calçadão, espalhando sua aura apaziguadora e intervindo onde as pessoas pareciam prestes a serem esmagadas contra a grade ou cair.

Eu absorvi essa cena apocalíptica nos segundos que Kayog levou para me levar até o andar mais alto, onde a menor multidão se reunia para acessar uma das naves de fuga. Ele me colocou de pé, seu rosto tenso, enquanto sua companheira aterrissou momentos depois com a mulher idosa.

— Entre na nave e saia imediatamente — Kayog ordenou.

— E vocês? — eu perguntei, com preocupação audível em minha voz enquanto olhava para ele e sua esposa.

— Nós vamos ajudar a tirar os mais vulneráveis dessa loucura. Nós a seguiremos em breve. Vá — ele disse em um tom que não admitia discussão.

Com a garganta apertada, eu dei-lhe um aceno firme — Obrigada!

Ele sorriu, virou-se e voou com sua companheira. Uma parte de mim se sentiu culpada por escapar em vez de também ficar para ajudar. Mas, por experiência, eu sabia muito bem como pessoas cheias de boas intenções muitas vezes acabavam criando muito mais problemas para os primeiros socorristas ao atrapalhar em vez de seguir as instruções para evacuar quando solicitado. Eu não seria uma dessas pessoas.

A senhora idosa que Linsea havia trazido já estava de pé com a multidão abrindo caminho pelas portas abobadas para a nave de fuga nordeste do quarto andar. Eu me juntei a eles, grata que as pessoas aqui ainda eram civilizadas, em grande parte graças à fila avançando constantemente.

Faltando cerca de cinco metros para eu poder entrar no corredor que levava à nave de fuga, outra explosão violenta abalou a nave. Por um momento, eu achei a ausência de fumaça estrondosa no calçadão ou de qualquer sinal de incêndios aparentes um tanto estranha.

Meu queixo caiu quando os Obosianos de repente pararam seus esforços de controle de multidão e todos convergiram para o canto noroeste do calçadão no nível principal, três abaixo daquele em que eu estava. Enquanto eles anteriormente lançavam Lumiak fraco nos passageiros em pânico para tirá-los de seus comportamentos problemáticos, desta vez eles estavam explodindo algo que parecia letal em alvos que eu não conseguia ver da minha localização.

Isso só podia significar que os piratas nos abordaram.

Como isso foi possível quando esta nave possuía a tecnologia de defesa mais avançada neste setor da galáxia?

Mas foi o que se seguiu que me tirou o fôlego. Segundos depois que os Obosianos partiram para a ofensiva, eles pararam de lançar seus raios de repente, metade deles piscando enquanto os outros seguravam suas cabeças com as duas mãos como se estivessem reagindo a uma forte dor de cabeça ou balançando a cabeça para clarear suas mentes. Seus padrões de voo se tornaram erráticos, forçando a maioria deles a fazer um pouso de emergência no nível mais próximo do calçadão.

Os invasores deviam estar usando algum tipo de ataque psiônico contra eles.

Para meu choque, Kayog de repente se lançou, sua palma direita erguida na direção em que os Obosianos estavam lançando seus raios enquanto seus olhos prateados brilhavam. Em segundos, os Obosianos mais próximos dele pareceram se recuperar do que quer que os estivesse afetando, e eles avançaram novamente para lutar contra os invasores. Muitas perguntas dispararam em minha mente. Ele estava usando algum tipo de habilidade cinética ou tinha algum tipo de habilidade de interrupção psíquica?

Eu sabia que Kayog possuía poderes especiais que eram extremamente raros para seu povo, mas isso desafiava tudo que eu já tinha ouvido sobre as habilidades dos Temern.

Outro passageiro esbarrando em mim com um pouco de força demais me lembrou de me apressar. Forçando meus olhos para longe do espetáculo que se desenrolava, eu dei mais alguns passos para frente apenas para ouvir um grito estridente à minha direita, momentos antes de entrar no corredor para a nave.

Meu sangue congelou ao ver uma mulher Darwandir pendurada no corrimão. Alguém deve ter acidentalmente esbarrado nela na pressa de chegar à saída, derrubando-a do corrimão. Para meu espanto, meia dúzia de pessoas passaram correndo por ela, ignorando seus gritos de socorro enquanto ela lutava para se firmar.

Xingando baixinho, eu passei pelas pessoas atrás de mim, muitas me encarando ou gritando por bloquear sua saída. Ignorando-as, eu forcei minha saída até poder correr até a mulher. Eu alcancei seus braços excessivamente longos e magros. Assim que fechei minhas mãos em volta de seus pulsos e comecei a puxar, algo pareceu estalar dentro da mulher mais velha. Ela gritou como uma banshee, o som doloroso para meus ouvidos enquanto ela tentava freneticamente subir em cima de mim.

Em um momento de puro pavor, eu percebi que ela tinha ficado muito aterrorizada, seus instintos de sobrevivência ofuscando qualquer pensamento racional em seus esforços desesperados para se salvar. Eu gritei quando ela cravou suas garras em mim.

— PARE! — eu gritei — Estou tentando te ajudar. Você está me machucando!

Mas ela estava longe demais. Ela continuou gritando, me arranhando enquanto o sangue começava a escorrer pelos meus braços. Eu tentei me afastar do corrimão, esperando que, ao cair para trás, isso a arrastasse comigo no processo. Quando ela estivesse segura, ela pararia de me dilacerar. Mas meu movimento só a assustou mais. Ela tentou pular, empurrando-se para cima com os pés na borda inferior do corrimão e cravando suas garras em meus ombros.

Como ela não tinha se balançado com força suficiente, ela caiu de volta, me puxando para frente no processo com tanta força que eu me vi dobrada em dois sobre o corrimão. Eu gritei de dor e medo enquanto cegamente alcançava o corrimão para me segurar e me impedir de cair para a minha morte – e a dela. Mas mais aterrorizada do que nunca, a mulher Darwandir enlouqueceu em suas tentativas desesperadas de me usar como uma escada para a segurança.

Minha cabeça girava enquanto a pressão no meu peito dificultava a expansão dos meus pulmões e me impedia de respirar. Meus gritos enquanto ela continuava a me dilacerar em pedaços não ajudaram. Eu podia sentir minhas mãos formigando e ficando dormentes enquanto suas garras cravavam na minha carne em cada lado da minha espinha. Um som sufocado escapou de mim quando ela apoiou o joelho na parte de trás da minha cabeça enquanto continuava a subir em cima de mim.

Eu vagamente me lembro de pensar que provavelmente morreria a qualquer momento com o pescoço ou a espinha quebrados. Então, algo – provavelmente alguém correndo por nós – atingiu violentamente meu quadril esquerdo. Isso desestabilizou a mulher enlouquecida, fazendo-a cair para trás. Ela gritou de terror, cavando ainda mais na parte de trás das minhas coxas para se impulsionar para a frente, mas só conseguiu nos jogar para o outro lado da borda. Meu grito se misturou ao dela enquanto despencávamos para a morte.

Nos breves segundos que isso durou, um milhão de pensamentos e arrependimentos passaram pela minha mente. Eu devia ter entrado naquela nave de fuga. Ou pelo menos, eu deveria ter seguido as medidas de segurança ao resgatar uma pessoa em pânico. Eu devia ter pedido ajuda. Eu devia ter...

Eu devia ter tido a chance de conhecer Amreth.

Assim que esse pensamento surgiu na minha cabeça, e apesar da névoa de agonia dos meus incontáveis cortes e lacerações, eu percebi que minha queda tinha desacelerado, como se um campo de força a estivesse amortecendo. Eu parei completamente no ar, e então comecei a deslizar de lado, para a segurança de um dos andares inferiores do calçadão. Eu não conseguia dizer qual, enquanto lutava para permanecer consciente.

— Silêncio — disse uma mulher, sua voz suave, embora afetada pela vibração mais estranha.

Por uma fração de segundo, eu pensei que ela estava falando comigo. Eu não achava que estava fazendo qualquer som, além de talvez gemer de dor. Mas o barulho terrível atacando meus ouvidos que parou de repente me fez perceber que era a mulher Darwandir ainda gritando.

Com a visão turva, eu encarei um homem de uma espécie que eu nunca tinha visto antes. Ele tinha pelo marrom macio e feições de macaco, embora parecesse ficar ereto como um humano. Ao lado dele, uma mulher – também de uma espécie que eu nunca tinha visto antes, mas diferente da dele – me observava com uma expressão ilegível. Sua pele pálida, cinza-esbranquiçada, era adornada com listras escuras e venosas.

Apesar da dor excruciante ameaçando me dominar, foi o medo que arrancou um gemido de mim quando o homem se inclinou para frente para passar um dispositivo estranho no meu rosto. De repente, eu percebi que era algum tipo de scanner.

— Ela é um deles — ele disse à mulher.

— Mas não Elias. O covarde fugiu — ela respondeu em um tom cortante.

— Nós esperávamos isso — o homem disse desdenhosamente, embora a raiva permanecesse em sua voz — Não importa. Esta mulher irá servir.

— Eu... eu sirvo para quê? — eu gaguejei, com outra onda de medo me percorrendo.

Ele mostrou suas presas para mim e sibilou com raiva. Simultaneamente, uma poderosa explosão de energia emanou dele. Ela não me atingiu fisicamente, e ainda assim foi como se meu cérebro tivesse levado um tapa. Um véu de escuridão desceu diante dos meus olhos, e o esquecimento me reivindicou.

CAPÍTULO 3
AMRETH

E u me deleitei com a intensa sensação de poder que meu Lumiak sempre me proporcionava. Meus dedos formigavam quando pura eletricidade fluía de minhas mãos enquanto eu recarregava os cristais do meu Quadrante de Luz. Os cristais forneciam energia aos presos que cumpriam suas sentenças na área menos selvagem dos quatro Quadrantes do meu Setor. Esses Quadrantes eram classificados de Claro a Escuro, o primeiro hospedando os criminosos menos perigosos, os Quadrantes Cinzas Q2 e Q3 contendo indivíduos cada vez mais imundos, e o último contendo os piores de todos, praticamente irredimíveis.

As chances de sobrevivência dos presos diminuíam exponencialmente com base no Quadrante em que estavam encarcerados, assim como sua qualidade de vida. De acordo com a lei, como Diretor do meu Setor, eu tinha que fornecer aos meus prisioneiros os requisitos mínimos para sua sobrevivência. Isso significava uma certa quantidade de comida, energia para suprir suas necessidades elétricas básicas, um lugar para se abrigar e os meios para melhorar sua sorte.

Alimentos e recursos energéticos eram fornecidos em uma quantia fixa todo mês. No entanto, se assim escolhessem, os prisioneiros poderiam trabalhar na colheita e transformação de alguns dos recursos naturais localizados em seu Quadrante. Isso era inteiramente em uma base voluntária. Mas eu compraria a preço de mercado tudo o que eles produzissem. Em troca, eles poderiam usar esses créditos para melhorar suas condições de vida, adquirir cristais adicionais para maiores reservas de energia a serem gastas naquele mês ou para colocar em uma conta poupança que lhes daria uma vantagem confortável quando fossem libertados.

Como era frequentemente o caso na maioria dos Setores administrados por outros Diretores, meu Quadrante de Luz se saía muito melhor nessa frente. Os presos faziam um esforço coordenado para serem produtivos em vez de gastar todo o seu tempo se protegendo dos outros prisioneiros – ou conspirando contra eles – o que tendia a ser a norma nos Quadrantes Q2 a Q4.

E ainda assim, pela primeira vez em nove anos, os cristais extras que os internos adquiriram no meu Quadrante de Luz não seriam preenchidos, nem sobraria nada que lhes fosse devido. Graças a Gaelec, eles aproveitaram esse conforto extra por um tempo. Durante sua sentença de doze anos, ele realizou um trabalho impressionante de manutenção e otimização. Ele dedicou sabiamente a maior parte do seu tempo aqui aprendendo novas habilidades que lhe permitiram melhorar a vida de todos eles no processo.

Os primeiros sinais de declínio apareceram após a marca do sétimo mês. Os tolos continuaram reclamando sobre como suas condições de vida haviam se deteriorado. Mas isso era tudo culpa deles. Eles sabiam o tempo todo que o tempo de Gaelec entre eles estava rapidamente chegando ao fim. Alguém deveria ter se apresentado e aprendido o que pudesse com ele para que eles pudessem continuar seu trabalho após sua partida. Mas eles foram preguiçosos demais.

Problema deles.

Ainda assim, aqueceu meu coração saber que, nove meses

após sua libertação, Gaelec não estava apenas prosperando, mas também tinha sido pareado com sua alma gêmea que agora estava esperando seu primeiro filho. Apesar dos inúmeros programas de reabilitação que eu coloquei à disposição dos meus internos, poucas pessoas tiraram proveito deles, e especialmente aqueles de sua espécie. Eu só podia esperar que sua história de sucesso fosse uma inspiração para outros Nazhrals como ele. De uma forma boba, pensar em Gaelec me fez sentir como um pai orgulhoso. Bem, ok, mais como um irmão mais velho orgulhoso. Afinal, eu não sou tão velho assim.

Mas estou envelhecendo e me sentindo solitário.

O rosto de Malaya piscando diante dos meus olhos imediatamente me encheu de vergonha. Muitas vezes nos últimos anos, o pensamento fugaz de que ela poderia ter sido minha companheira ressurgia. Isso me envergonhava ainda mais por ela ser a alma gêmea do meu melhor amigo. Certo, eu não estava apaixonado por Malaya, mas eu a amava. Enquanto a felicidade genuína enchia meu coração por meu amigo Kronos, eu não conseguia reprimir a inveja ao vê-los sempre despertada profundamente dentro de mim.

Eu ansiava por esse mesmo tipo de conexão maravilhosa que eles compartilhavam. O amor deles parecia uma entidade viva que você só queria agarrar e segurar para sempre.

Isso significa que você precisa se socializar mais para encontrar sua cara metade.

Infelizmente, isso era mais fácil dizer do que fazer. Não havia muitas mulheres interessadas em se estabelecer em um planeta-prisão. A pior parte foi que Kayog não pôde nem me ajudar nessa empreitada. Nós, Obosianos, éramos muito avançados para entrar sob o guarda-chuva da Agência Prime. E as chances de outra companheira acusada injustamente pousar convenientemente em Molvi precisando da proteção de um Senhor do Inferno – como foi o caso de Malaya – eram mínimas.

Assim que eu estava começando a encher os cristais do Q2,

meu comunicador disparou. Meu queixo caiu ao ver o nome do remetente. Kayog estava solicitando uma ligação comigo em quarenta e cinco minutos.

— O que em nome de Tharmok é isso? — eu sussurrei para mim mesmo.

Minha mente imediatamente ficou louca com especulações. Seriam notícias de Gaelec? Os Temern teriam encontrado um par para mais um preso? Será que a altamente improvável companheira acusada injustamente em que eu estava pensando momentos antes realmente apareceu?

Eu me forcei a focar em minhas tarefas em vez de me perder em conjecturas inúteis. Eu rapidamente enchi os cristais dos meus outros quadrantes. Embora eu fosse um forte defensor da manutenção das leis e da distribuição de punições justas, mas severas, para aqueles que as quebravam, eu não era insensível. Olhar para o quão pouco os prisioneiros do Q4 haviam produzido no último mês me desencorajou. Seus ganhos mal cobririam suas reservas básicas de energia. Como eles falharam completamente em racionar seu uso, eles acabariam cedo e sofreriam este mês... de novo.

Mas isso era com eles. Com minha tarefa concluída, eu voei da pequena ilha onde os cristais repousavam. Um pequeno corpo de água a cercava, cheio de criaturas diabólicas que destruiriam qualquer um tolo o suficiente para tentar atravessá-la para adulterar a rede elétrica do Setor.

Eu voei sobre a floresta que dividia meu setor em quatro quadrantes. Nenhum guarda era necessário para impedir que os prisioneiros escapassem, pois as criaturas ainda mais terríveis que habitavam a floresta garantiam que qualquer um tolo o suficiente para se aventurar muito fundo encontrasse uma morte horrível. Eu rastreei distraidamente os Faernych que povoavam minha floresta. Essas criaturas gigantes, dracônicas e de cinco cabeças constituíam os principais guardiões ali. Seu veneno ácido e letal podia matar em minutos. Sua velocidade de voo insana também os tornava quase impossíveis de serem ultra-passados.

Encontrando tudo em ordem, eu voei até a montanha que faz fronteira com meu Setor, e no topo da qual minha morada havia sido esculpida diretamente dentro dela. Mesmo antes de pousar em um dos incontáveis terraços com uma vista de tirar o fôlego da paisagem,eu transmiti telepaticamente minhas emoções para meus Nundars. Tendo sentido minha chegada, eles começariam a preparar o jantar imediatamente. Mas eu queria esperar até que minha ligação com Kayog fosse concluída.

Como todo Obosiano, eu hospedava um clã de Nundars, que normalmente chamávamos de nossos familiares. As espécies altamente inteligentes viviam como reclusos e se alimentavam da energia que emitimos. Em troca, eles cuidavam de todas as tarefas domésticas, incluindo limpeza, cozinha e até mesmo reparos ou construção. A melhor parte era que eles também possuíam uma magia impressionante, permitindo-lhes defender nossas casas em nossa ausência contra invasores em potencial, assim como tremendos poderes de cura. Esses talentos permitiram que os Nundars de Kronos salvassem Malaya quando Faernychs desonestos atacaram sua casa.

Quando eu entrei no meu escritório enquanto removia meu peitoral, um pensamento de repente me ocorreu. Malaya estava esperando seu primeiro filho. Poderia ser esse o motivo pelo qual Kayog estava entrando em contato comigo? Ele havia demonstrado uma afeição quase paternal por ela. Ele e Linsea estavam planejando algum tipo de presente de bebê para eles e queriam minha opinião?

Poucos minutos depois, meu comunicador tocou novamente com uma chamada recebida. Eu me sentei na frente do meu computador para aceitá-la, projetando-a na tela. Meu sorriso caloroso ao ver seu rosto imediatamente endureceu. Embora eu não pudesse ler auras através da tecnologia, seu rosto não tinha o entusiasmo alegre usual que eu sempre associei aos Temern.

— Saudações, Kayog — eu disse cuidadosamente — É um prazer vê-lo, como sempre.

— É bom ver você — Kayog respondeu, com uma voz estranhamente cansada.

— O que há de errado? — eu perguntei, dessa vez minha preocupação era audível em minha voz.

Ele deu um suspiro e esfregou o lado do bico com uma expressão inquieta que deixou todos os meus sentidos em alerta máximo. Eu nunca o tinha visto assim.

— Os últimos dois dias foram bastante estressantes e perturbadores — Kayog disse, como se estivesse escolhendo as palavras.

— Como assim? — eu insisti, surpreso com sua resposta um tanto evasiva.

Pela minha experiência com ele, Kayog geralmente preferia a abordagem direta. O que poderia fazê-lo se comportar de forma tão estranha?

— Você pode não saber, mas minha companheira e eu estávamos a bordo do Gladius — ele respondeu com uma expressão abatida.

Meus olhos se arregalaram em choque — Para o simpósio?! — eu exclamei.

Ele assentiu severamente — Sim.

— Tharmok me leve! Você está bem? Linsea está bem?!

Ele assentiu novamente e me deu um sorriso triste, mas reconfortante — Sim. Nós dois estamos bem. Obrigado pela sua preocupação.

Eu suspirei de alívio — Fico feliz em ouvir isso. Pelo que vi nas notícias, muitas pessoas ficaram feridas, mas felizmente nenhuma morte foi relatada.

— Está correto. Algumas pessoas sofreram ferimentos sérios dos quais felizmente se recuperarão completamente. Mas todos eles resultaram da debandada de pessoas em pânico e não do ataque em si. O que as autoridades não tornaram público foi que doze pessoas foram levadas durante o ataque.

— O quê?! Quem? E por quê? — eu exclamei, atordoado por eles manterem tal coisa em segredo depois de mais de quarenta e oito horas.

— Todas as pessoas sequestradas trabalhavam para a Organização Interestelar de Médicos — ele respondeu calmamente.

— Dr. Jacobs?! — eu perguntei, minha mente girando com a revelação.

O Temern balançou a cabeça — Jacobs foi levado embora assim que o ataque começou. Ele saiu em segurança.

Eu estreitei os olhos, me sentindo imediatamente desconfiado — Isso é estranho. Por que eles sentiriam a necessidade de levá-lo para um lugar seguro? Muitos oficiais de alto escalão compareceram ao simpósio. Eles também foram escoltados para fora mais cedo?

Kayog balançou a cabeça mais uma vez. O brilho duro em seus olhos – algo que eu nunca tinha testemunhado antes – fez a semente da suspeita criar raízes ainda mais.

— Os médicos desaparecidos tinham especialidades diferentes. No entanto, ontem, nove desses médicos foram retornados — ele continuou.

— Retornados?! — eu ecoei, completamente perplexo — Em troca de quê?

— Em troca de nada. Eles foram colocados dentro de cápsulas de escape que foram lançadas na lua Delta 5. Um farol foi ativado e agora estamos atrás do pouso deles nos informando sua localização para que pudéssemos resgatá-los.

— Os sequestradores queriam tempo suficiente para ir embora — eu disse com entendimento instantâneo, enquanto Kayog assentia — É uma notícia muito boa, embora estranha. Você esperaria que sequestradores pedissem um resgate ou matassem prisioneiros considerados inúteis. Dito isso, por que você está me contando isso?

32

— Por causa das três pessoas que ainda estão desaparecidas, uma delas é de grande importância para você — o Temern respondeu com a mais estranha expressão de culpa, tristeza e comiseração em seu rosto me deixando perplexo.

— Para mim? — eu repeti, confuso — De que maneira? Quem é?

— O nome dela é Ciara Stark. Ela é uma humana de quarenta e um anos. Como os outros, ela trabalha para a Organização Interestelar de Médicos com especialização em epidemiologia. Ela está com eles há mais de quatorze anos agora — Kayog explicou antes de mostrar uma imagem dela.

Meu coração pulou uma batida ao ver a mulher deslumbrante. Por meio segundo, eu quase pensei que ela fosse uma Obosiana. Ela tinha pele marrom escura e cabelo branco puro. Uma mancha branca em forma de V orgânica em sua testa quase parecia um diadema prateado. No entanto, eu suspeitei que fosse resultado de piebaldismo, o que explicaria a cor incomum de seu cabelo para alguém de sua etnia. Obviamente, ela não tinha os chifres, orelhas pontudas e asas de morcego do meu povo, mas isso não tirou nada do quão deslumbrante ela era.

— Ela é deslumbrante — eu disse abruptamente.

— Não estou surpreso que você diga isso — ele respondeu com a mesma expressão simpática, me fazendo franzir a testa.

— O que isso significa? E por que o rosto triste? — eu perguntei, meu estômago dando um nó de tensão enquanto outra suspeita ainda mais potente levantava sua cabeça.

— Você sabe por quê, Amreth — ele disse de forma desanimada.

Eu fiquei olhando para ele enquanto ele assimilava suas palavras, e a compreensão que eu me recusava a reconhecer se impôs sobre mim.

— Não pode ser. Você não pode estar insinuando o que eu acho que você está — eu disse, balançando a cabeça inconscientemente.

— Sim, Amreth. Eu estou de fato insinuando o que você pensa. Ciara é sua alma gêmea.

— Isso é impossível! — eu exclamei.

— É inegável. Eu a conheci na noite do ataque à Gladius. Eu imediatamente reconheci que a alma dela pertencia a você. Na verdade, ela e eu tivemos uma longa conversa onde eu contei a ela sobre você. Nós deveríamos continuar essa conversa pela manhã para que eu pudesse colocar vocês dois em contato. Mas o ataque ocorreu.

— Isso foi há dois dias, porra! — eu rebati, de repente bravo, meu peito apertando com o pensamento de que eu poderia ter perdido minha alma gêmea antes mesmo de ter a chance de conhecê-la — Por que você só está me contando agora?

Embora visivelmente chateado com minha reação, ele forçou uma expressão estoica no rosto e respondeu com uma voz controlada e razoável.

— Porque havia mais de dois mil e seiscentos passageiros e tripulantes a bordo. Levou tempo para colocar todas essas pessoas em segurança e prestar contas de todas elas. Eu não queria mandar uma mensagem para você com notícias terríveis antes de saber com certeza o que aconteceu com ela.

— Onde ela estava quando o ataque ocorreu? — eu perguntei, minha mente ainda girando.

— Ciara estava comigo e com minha companheira.

— E você a deixou para trás?! — eu gritei, com choque, raiva e descrença enchendo minha voz.

Desta vez, o Temern cerrou o maxilar, seus olhos prateados escurecendo de indignação, embora suas bordas parecessem brilhar levemente como se contivessem algum tipo de poder psiônico. Ele possuía algum?

— Obviamente não! — ele retrucou — Assim que eles abriram as portas do salão de reunião, eu a levei para a saída mais segura para que ela pudesse embarcar em uma das naves de fuga. Ela deveria ter ido embora em segurança enquanto eu fui lutar e ajudar outras pessoas em perigo. Mas enquanto eu estava lutando, ela foi resgatar alguém que estava pendurada com toda a sua força em uma das grades da sacada. E infelizmente, as duas caíram.

— ELA MORREU! — eu gritei, me levantando de um salto, o horror arranhando meu coração.

— Não! — Kayog exclamou, levantando as palmas das mãos em um gesto apaziguador — Ela não morreu na queda. Os atacantes a pegaram e a mulher Darwandir que ela estava tentando resgatar. Eles soltaram a Darwandir, mas mantiveram Ciara.

Eu passei uma mão trêmula e nervosa pelo meu longo cabelo branco prateado enquanto me deixava cair de volta na cadeira. Alívio e preocupação reviravam minhas entranhas.

— Mas por quê? O que eles querem dela?

— Eu não sei, Amreth — Kayog disse com desânimo — Os vídeos de segurança a mostraram sendo carregada como os outros nove que foram recuperados.

— Então há uma chance deles a devolverem também? — eu perguntei com um fio de esperança, instantaneamente esmagado por sua expressão derrotada.

— Tudo é possível, meu amigo, mas é altamente duvidoso. Se eles pretendiam libertá-la, por que não fazer isso ao mesmo tempo que os outros nove?

Obviamente, esse pensamento entrou na minha mente. Eu simplesmente queria me agarrar a qualquer possibilidade de que ela pudesse ser devolvida em segurança para mim. Eu examinei o Temern com confusão enquanto tentava resolver minhas emoções conflitantes em relação a toda essa situação.

— Por que trazer isso para mim em vez de para os Executores? Eles não estão planejando uma missão de resgate? — eu perguntei.

Seus ombros caíram, e ele moveu suas enormes asas marrons, inquieto — Porque atualmente não há planos para os

Executores assumirem essa missão. Eles não lidam com casos em que há "apenas" três civis envolvidos. Esse assunto é deixado para os Pacificadores locais.

— Você e eu sabemos que eles serão inúteis nesse assunto! — eu disse com raiva — O que aconteceu com as novas regras severas da OPU contra a pirataria? Aqueles sequestradores foram atrás de uma embarcação de primeira linha, na qual inúmeros oficiais de alto escalão estavam presentes. E eles vão se safar?

— Eles não vão se safar de todo esse incidente — Kayog emendou em uma voz suave — Mas o foco deles é identificar os piratas, além de entender o tipo de tecnologia que foi usada para desabilitar a embarcação sem realmente danificá-la. Eles também querem saber por que eles foram embora depois que Elias fugiu.

— Então o que você está dizendo é que as pessoas desaparecidas não são importantes o suficiente para valer o tempo dos Executores — eu sibilei.

Eu estava sendo injusto com o Temern ao direcionar minha raiva para ele. Nada do que ele disse me surpreendeu. Esses não só eram os procedimentos padrão, como também faziam sentido. Seria ilógico enviar a equipe de elite da polícia para investigar cada pequeno caso de pessoas desaparecidas. Suas habilidades seriam mais úteis especificamente para lidar com os problemas que eles estavam perseguindo no momento. Não tornava mais fácil saber que as pessoas encarregadas de resgatar minha alma gêmea possuíam muito menos recursos e talento.

Felizmente, Kayog pareceu ler meu remorso por ter gritado com ele em qualquer expressão que meu rosto exibisse. Ele me deu mais um sorriso de desculpas misturado com compreensão.

— E quanto à Maeve? — eu perguntei, repentinamente atingido por um pensamento — Ela e Helio realmente ajudaram Malaya e Kronos. Tecnicamente, eles não são mais Executores.

O sorriso de aprovação que esticou seu bico indicava que ele sempre quis que chegássemos a esse ponto. Eu quase perguntei por que ele não havia dito isso desde o começo, mas suspeitei que ele estava seguindo uma linha tênue quanto ao que poderia dizer ou às sugestões que poderia fazer.

Embora ele fosse tecnicamente apenas um agente casamenteiro, Kayog Voln possuía uma autorização de segurança extremamente alta. Em teoria, era devido ao seu casamento com uma das embaixadoras de alto escalão da Organização dos Planetas Unidos. Mas, assim como Maeve e Helio – que eram oficialmente caçadores de recompensas, mas agentes secretos não oficiais dos Executores – eu estava cada vez mais suspeitando que os Temern também realizavam missões secretas para a OPU.

— Tecnicamente, você está correto — ele respondeu de forma evasiva — A principal razão pela qual Maeve renunciou à sua posição dentro dos Executores foi para que ela pudesse assumir o tipo de caso que seria considerado muito pequeno por eles. Dito isso, embora eu não duvide que ela estaria ansiosa para ajudá-lo, tanto ela quanto seu companheiro já estão trabalhando em uma missão importante. Mas isso não deve impedi-la de entrar em contato. O que quer que eles possam fazer, eles farão.

Ele não precisou entrar em mais detalhes para que eu entendesse seu significado subjacente.

— Eu vou me certificar de contatá-los imediatamente — eu resmunguei — Preciso ver todos os arquivos disponíveis sobre o ataque, e especialmente a gravação. Nós ao menos sabemos quem foram os atacantes?

A expressão mais estranha passou rapidamente por suas feições. Ele hesitou por um segundo antes de parecer decidir a resposta que queria me dar.

— Eu não tenho os arquivos. Afinal, sou apenas um agente matrimonial. Você, por outro lado, é um Senhor do Inferno. Certamente, você tem acesso a muito mais coisas do que eu?

Eu bufei e sorri — Correto — eu concedi.

Como um Diretor de alto escalão, eu realmente tinha acesso a muitas coisas. Mas, neste caso específico, eu teria que esticar o limite da minha autorização e ser criativo para forçar ainda mais esses limites para obter as respostas que buscava.

— Encontre-a, Amreth. Ciara estava realmente ansiosa para conhecê-lo. Ela tem uma alma linda.

— Eu a encontrarei e a trarei para casa. Obrigado, Kayog.

Ele sorriu e encerrou a comunicação. Eu entrei em contato imediatamente com Maeve. Graças ao trabalho fantástico que ela fez ajudando a provar a inocência de Malaya, eu também colaborei com ela, compartilhando meu próprio testemunho e informações sobre a sentença ilegal que o juiz corrupto havia dado. A velocidade com que Maeve respondeu deu a entender que ela estava esperando minha ligação.

— Olá, Amreth — Maeve disse com uma voz gentil — É lamentável que tenhamos que falar novamente sob tais circunstâncias.

— Saudações, Maeve. É bom ver que você parece estar se saindo bem. As circunstâncias são realmente infelizes, mas ouso esperar que você possa ser de alguma ajuda.

Ela franziu os lábios de uma forma que indicava que estava escolhendo cuidadosamente as palavras antes de responder — Como você deve saber, meu companheiro e eu estamos atualmente trabalhando em uma missão muito sensível da qual não podemos nos desviar. No entanto, eu ajudarei no pouco que puder.

— Eu aceito qualquer coisa que eu possa conseguir. Agora mesmo, eu não tenho nada, nem mesmo as espécies dos atacantes.

Ela assentiu, franzindo levemente a testa — Esta é uma situação muito incomum. Nosso maior trunfo é o fato de que todos os membros da Organização Interestelar de Médicos que vão em missões de campo são obrigados a receber um implante rastreador orgânico. Isso ajuda nos esforços de resgate se algo acontecer a eles enquanto estiverem em algum planeta esquecido por Deus.

Eu imediatamente me animei, meu coração voando de esperança. Mas um único olhar para o rosto dela amorteceu minha
excitação florescente. Claro, não seria tão fácil assim.

— A boa notícia é que conseguimos segui-la até a borda do
Quadrante Norte antes de perdermos o sinal — ela disse se
desculpando.

— Perderam o sinal? — eu ecoei — Eles detectaram o rastreador e o bloquearam?

Ela balançou a cabeça — Nós não temos nenhum satélite de
comunicação ou retransmissores naquela área. É a Zona Morta
antes de entrar no Quadrante Leste.

Meus olhos se arregalaram de choque e descrença — Você
está dizendo que os piratas são Sectários?! — eu exclamei.

Sua carranca se aprofundou, e ela deu de ombros de uma
forma que expressava incerteza — Na verdade, não sabemos.
Alguns fatos parecem apontar nessa direção, mas não temos
evidências concretas o suficiente para confirmá-lo. E é por isso
que os Executores são tão inflexíveis em descobrir sua
identidade.

— Exatamente! — eu disse como se fosse evidente — Que
melhor maneira de identificá-los do que encontrá-la?

— Porque onde quer que a tenham deixado não é para onde
eles finalmente foram depois — Maeve explicou — Veja bem, a
nave que conseguimos capturar nas câmeras de vigilância da
Gladius não pertence a nenhuma espécie do nosso Quadrante,
pelo menos nenhuma que conheçamos. As câmeras a bordo
também continuaram falhando, nos impedindo de realizar qualquer tipo de reconhecimento facial ou de espécie. Até os bios-
canners falharam.

— Então eles sabotaram deliberadamente nossa tecnologia
— eu respondi.

Ela assentiu — Mas eles não danificaram nada. Eles só as
interromperam durante o ataque, o que confirma que eles
queriam esconder suas identidades.

— Mas e os guardas? Eu entendo que eles lutaram contra os piratas. Certamente eles os viram e poderiam dar algum tipo de descrição — eu desafiei.

— Todos os guardas eram Obosianos. Cada um deles relatou que sofreu algum tipo de ataque psíquico que bagunçou completamente suas cabeças e até mesmo sua habilidade de voar — Maeve respondeu — Os inimigos que eles podiam ver usavam algum tipo de disfarce holográfico que os fazia parecer borrados e desconexos. Era impossível dizer o que eles eram, exceto que pareciam humanoides. Se não fosse por Kayog, eles não teriam sido capazes de lutar de volta.

— Kayog? O que ele fez? — eu perguntei, surpreso.

— Ele é um Edal. Isso lhe concede uma ampla gama de poderes únicos que outros membros de sua espécie não têm. Sua habilidade de reconhecer almas gêmeas é meramente a que ele torna pública. Há mais no Temern do que aparenta — ela acrescentou em um tom misterioso — Ele pode interromper ataques psíquicos, o que permitiu que os guardas continuassem a repelir os inimigos. Mas sua tecnologia era poderosa demais, e suspeito que envolvesse mais do que isso. Honestamente, não temos ideia de com quem estávamos lidando.

— Estamos falando de uma potencial invasão? — eu perguntei, minha mente girando com essas revelações.

Alívio me inundou quando Maeve balançou a cabeça com convicção — Este era um alvo. Eles queriam algo, embora acreditássemos que era alguém.

— Ciara? — eu perguntei confuso.

Ela balançou a cabeça novamente — Acreditamos que eles estavam atrás de Elias Jacobs.

— Por quê? — eu perguntei, as suspeitas que haviam se enraizado enquanto falava com Kayog ressurgindo.

— Não temos certeza. Ele alega que também não sabe, mas ele mente. Sua fuga precoce pareceu um pouco conveniente demais. Ele suspeitou que um ataque era iminente e planejou de acordo. Fique tranquilo, pois estamos investigando.

— Mas por que levar Ciara e os outros dois médicos? O que eles poderiam ter que os sequestradores pudessem querer? — eu insisti.

— Essa é a questão principal. Ciara é epidemiologista. Mehreen é imunologista, e Ernst é biólogo molecular — ela disse pensativamente — Os três juntos formam uma equipe ideal para investigar uma epidemia.

— Você acha que eles estão doentes? Ou estão tentando desenvolver algum tipo de guerra biológica? — eu perguntei, minha sensação de desconforto aumentando mais um pouco.

— Estamos nos inclinando para a primeira hipótese — Maeve respondeu — O ataque deles foi cirúrgico. Todos os ferimentos que os passageiros sofreram vieram do próprio pânico, nenhum das ações dos sequestradores. Assim como com a mulher Darwandir que caiu com sua companheira, os atacantes protegeram todas as pessoas que caíram ou teriam sofrido ferimentos graves. O que quer que eles queiram, não achamos que sejam maus. Mas a tecnologia deles os torna uma ameaça inegável que precisamos avaliar.

— Seja como for, eles ainda sequestraram três pessoas após atacar uma nave, o que causou ferimentos, apesar de seus melhores esforços para limitá-los. Se eles precisassem de ajuda, eles poderiam ter pedido. Por que isso? Por que vir do Quadrante Oriental para isso? Para onde eles as levaram?

— Verdade seja dita, estamos começando a suspeitar que os sequestradores podem ter sido contratados por terceiros — Maeve disse cuidadosamente — Como eu mencionei antes, nós perdemos o sinal de Ciara na borda da Zona Morta. Mas depois que a nave deixou as nove pessoas que eles libertaram, ela deixou nosso Quadrante de uma direção diferente. Aquela nave está de volta ao Quadrante Oriental, mas o implante de Ciara nunca deixou a Zona Morta.

— O que tem ali? — eu perguntei, perplexo.

— Apenas um punhado de planetas extremamente primitivos sob as diretrizes mais rigorosas da Primeira Diretriz. As únicas espécies lá com as quais interações estritamente controladas são permitidas são os Sangoths. Eles possuíam um certo nível de tecnologia, e nós interagimos com eles em uma extensão comparável à que fazemos com os Ordosianos.

— Você acha que eles a pegaram?

— É um tiro no escuro e pura especulação — ela admitiu com um olhar de desculpas — Os Sangoths não têm capacidade para viagens interestelares. Nós temos que ir até eles. Mas eles têm maneiras de nos contatar por meio de retransmissões muito lentas.

— Mesmo supondo que algum Sectário viesse ao nosso quadrante para ajudá-los, por que eles simplesmente não solicitariam nossos médicos se já temos um relacionamento com eles? — eu desafiei.

— Eu não sei, Amreth. Mas talvez seja porque a confiança foi quebrada. O soro que tornou Elias famoso foi derivado de um evento aleatório que ocorreu em Kestria, o planeta natal dos Sangoth.

— Por que em nome de Tharmok você não mencionou isso antes?! — eu exclamei — Essa é a conexão óbvia!

— Talvez, mas talvez não. Nós temos que lidar com tudo isso com extremo cuidado. Se Jacobs os prejudicou de alguma forma, revelar nossa mão muito cedo pode colocar em risco o bem-estar dos prisioneiros. Há também a questão das restrições extremamente rígidas para entrar naquele planeta. Nem mesmo os Pacificadores poderão pousar sem uma causa provável forte o suficiente.

— Vocês têm os implantes dos três médicos! — eu disse em um tom evidente.

— Sim, mas os Pacificadores não têm tecnologia poderosa o

suficiente para rastreá-los sem entrar na atmosfera de Kestria, o que eles não podem fazer sem motivo.

— Então dê a eles a maldita tecnologia!

— Não podemos. Ela é muito poderosa e pode ser abusada nas mãos erradas. É por isso que os Executores controlam rigorosamente quem tem acesso a ela.

— Então devemos ficar sentados e não fazer nada? — eu exclamei, com raiva transparecendo em minha voz.

— Não, Amreth. Eu estou apenas explicando que os Executores estão presos em outro lugar. E os Pacificadores não têm as ferramentas necessárias para entrar em Kestria sem motivo. Mas se uma nave civil passando por aquela região tivesse um mau funcionamento inesperado, ninguém poderia culpá-los por fazer um pouso de emergência.

Eu fiquei boquiaberto. Ela sorriu descaradamente.

— Os Pacificadores – e os Executores, nesse caso – só precisam da menor evidência de causa provável. Uma imagem ou vídeo de uma das três pessoas desaparecidas seria suficiente para justificar sua entrada na atmosfera de Kestria.

Eu me mexi inquieto no assento.

— Isso seria uma violação deliberada das leis — eu disse.

O olhar de "Você tá brincando comigo?" que Maeve me lançou fez minhas bochechas queimarem de vergonha.

— Sério, Amreth... Eu entendo que sua espécie é criada doutrinada sobre a importância de defender a lei. Mas com todo o respeito, você precisa tirar esse pau hipócrita da sua bunda e se concentrar no que importa. O que é mais importante para você? Resgatar sua alma gêmea ou defender alguma lei com justiça?

— Essa é uma pergunta injusta! Por melhores que sejam as intenções de alguém para quebrar a lei, elas foram criadas por um motivo. Vocês, humanos, não têm um ditado sobre a estrada para o Inferno ser pavimentada com boas intenções? E se eu chegar lá com um acidente convenientemente cronometrado acabar criando ainda mais problemas diplomáticos?

Ela deu de ombros — Então não vá, e espere pelo melhor. Eu mostrei minhas presas para ela, seu olhar nada impressionado ardendo ainda mais.

Obviamente, eu nunca ficaria sentado sem fazer nada enquanto minha outra metade estivesse potencialmente em perigo em algum lugar e sendo mantida contra sua vontade. Mas violar a lei...?

— Você mencionou interações ocasionais com os Sangoths. Parece que me lembro que eles ofereciam contratos para trabalhadores sazonais. Se eu me juntasse a uma dessas equipes, eu entraria legalmente no espaço aéreo deles — eu ofereci.

Maeve assentiu lentamente — Você ouviu corretamente. Infelizmente, não haverá nenhuma missão comercial por mais cinco meses. Você está disposto a esperar tanto tempo?

Eu não precisei responder. Meu rosto falou tudo. Ela mais uma vez me deu um sorriso simpático, embora seus olhos castanhos escuros brilhassem com travessura.

— Olha, eu sei o quão difícil isso deve ser para você sequer contemplar. Às vezes, violar as regras é necessário. O que você acha que estou fazendo agora mesmo compartilhando tudo isso com você? Na maioria das vezes, os Executores – e sua rede maior da qual faço parte – não têm escolha a não ser seguir a linha, e às vezes até mesmo atropelá-la. O que você acha que teria acontecido com Malaya e Kronos se nós não tivéssemos violado essas regras? Quantas vidas inocentes a mais o Juiz Wuras e seu pai teriam destruído?

Eu assenti com firmeza.

— Eu estou lhe contando tudo isso porque confiamos implicitamente em você. Você é um Diretor altamente respeitado e um Guerreiro de elite. Tanto Kayog quanto Linsea atestaram sua excelente bússola moral e habilidades diplomáticas. Você é o melhor candidato que os Executores poderiam querer para investigar a situação naquela área sem causar problemas.

Meu queixo caiu com a compreensão repentina. Os Executores não estavam deixando aquelas três pessoas desaparecidas ao destino. Eles estavam me recrutando como seu agente silencioso para proteger sua negação plausível.

— Eu entendo o que você está dizendo — eu disse finalmente.

Ela sorriu com aprovação — Eu transferirei todas as informações de rastreamento que você precisa para o seu comunicador. Entre furtivamente. Na medida do possível, evite contato com os moradores locais, a menos que seja absolutamente necessário. Obtenha a prova de que precisamos e então vá embora. Não tente bancar o herói. As comunicações serão lentas, pois qualquer mensagem que você enviar precisará viajar para o retransmissor mais próximo antes de ser captada. Mas mantenha-nos informados o máximo que puder sobre qualquer desenvolvimento. Nós o ajudaremos de todas as maneiras possíveis.

— Obrigado, eu irei.

— Boa sorte, Amreth. E traga sua garota para casa. Você merece toda a felicidade.

Assim que encerramos a comunicação, eu comecei os preparativos para minha partida imediata.

CAPÍTULO 4

CIARA

E u acordei assustada. As luzes brilhantes do quarto me fizeram piscar algumas vezes antes que minha visão se ajustasse. Uma olhada ao meu redor revelou que era a enfermaria médica mais chique em que eu já havia pisado. Em todos os meus anos, eu visitei as enfermarias e laboratórios de inúmeras naves e espécies. Nenhuma delas rivalizava com esta. Eu me perguntei rapidamente se isso pertencia aos Xurgens. Afinal, eles eram a espécie mais avançada em nosso setor da galáxia. Mas por ter babado sobre sua tecnologia mais vezes do que eu poderia contar, eu podia dizer com grande confiança que isso não estava em sua linha de produtos.

Eu tentei me levantar da minha posição deitada apenas para notar que algum tipo de campo de energia me mantinha imóvel. Minha confusão inicial rapidamente deu lugar a uma lasca de pânico conforme as memórias dos eventos recentes voltaram correndo. A dor de ser despedaçada pela Darwandir aterrorizada passou pela minha mente. No entanto, uma rápida autoavaliação não revelou nenhum desconforto real além de um pouco de rigidez e dor. Considerando os ferimentos graves que ela me infligiu, eu deveria estar em completa agonia sem sedação pesada. Como minha mente estava clara, isso significava que quem atacou a nave e impediu minha queda mortal aparentemente também me curou.

Eu queria acreditar que isso era um bom sinal de que talvez suas intenções não fossem tão más quanto minha imaginação fértil sugeria. Meu coração pulou quando eu virei minha cabeça para o lado. Através de uma parede de vidro, eu olhei em choque para uma mulher estranha com o homem de aparência símia que eu vagamente lembrava da nave. Eles estavam conversando com Brett Dunham, outro dos meus conhecidos da Organização Interestelar de Médicos.

O que eles querem conosco?

Qualquer que fosse pergunta que ela fez a ele, sua resposta provocou uma reação pouco impressionada dela. Seu companheiro estava ali estoicamente, falando ocasionalmente. Eu teria dado qualquer coisa para poder ouvir a conversa deles. Se nada mais, eu tive um pequeno conforto ao ver que Brett não parecia assustado, apenas confuso.

Uma olhada no lado oposto do meu quarto revelou uma segunda parede de vidro me separando de outro membro da equipe da OIM. Ver Mehreen Aziz inconsciente me assustou. Claro, muitos médicos e profissionais médicos estavam a bordo da Gladius. Mas inúmeros políticos, investidores, magnatas corporativos, defensores sociais e éticos e pessoas de vários outros campos também estavam presentes. Por que parecia que apenas membros da Organização Interestelar de Médicos tinham sido alvos?

Eles mencionaram algo sobre Elias Jacobs...

O fato dele ser uma das figuras mais proeminentes da nossa organização parecia confirmar que eles estavam de fato atrás dos nossos membros.

Meu estômago deu um nó quando eu olhei de volta para Brett e nossos sequestradores. Ele parecia estar discutindo com a mulher, que de repente acenou com a mão com um ar de irritação. Um suspiro escapou de mim quando a cabeça de Brett caiu de volta em seu travesseiro, e ele pareceu perder a consciência. *Ela tem poderes psiônicos?*

Assim que esse pensamento cruzou minha mente, eu me lembrei de como o símio pareceu me derrubar na nave. Mas ele não se moveu ou sequer pareceu reagir quando a mulher fez aquele gesto.

O colchão – que tinha sido inclinado para cima para deixar Brett em uma posição semi-sentada – abaixou de volta para um estado horizontal. Enquanto isso, os dois alienígenas começaram a andar em direção à parede de vidro que separava meu quarto do de Brett.

O painel de vidro inteiro deslizou para abrir com um suave chiado. Com o coração batendo forte, eu os observei se aproximando silenciosamente, seus olhares me avaliando. Apesar da ausência de agressão aparente de qualquer um deles, o medo torceu minhas entranhas.

Conforme eles se aproximavam, e agora sem a dor debilitante que havia turvado minha visão na nave, eu pude ver melhor o par. Não havia dúvidas de que eu nunca tinha visto nenhuma das espécies antes. Os padrões pretos mais estranhos adornavam a pele branco-acinzentada da mulher. Por um breve instante, isso me lembrou da doença que afetava os Xelixianos, uma espécie localizada no Quadrante Ocidental. Mas além do fato de que a doença deles havia sido curada há mais de uma década, suas marcações eram muito mais organizadas, não o caos aleatório da doença que havia espalhado gavinhas pretas e venosas por todo o corpo dos Xelixianos. Isso parecia mais com os padrões de um tigre, mas restrito a áreas específicas de seu corpo.

Ela tinha cabelos longos e pretos como breu e olhos muito claros com uma aparência muito humana. Seu companheiro também possuía o corpo de um humano, exceto que coberto pelo mesmo pelo marrom de um macaco. Seu rosto tinha traços inegavelmente símios, especialmente o nariz e os olhos. Mas sua boca poderia pertencer a um de nós. O pelo mais grosso ao redor de sua cabeça agia como uma juba fofa e lustrosa. Ele também estava me observando com olhos castanhos amarelados cheios de inteligência. Felizmente, eles estavam desprovidos da raiva que ele demonstrou na nave antes de me nocautear.

Assim que eles completaram a abordagem, a metade superior do meu colchão começou a inclinar para cima, me colocando na mesma posição semi-sentada que Brett estava. Eu não vi nenhum deles ativar o interruptor ou emitir qualquer tipo de comando que pudesse ter colocado minha cama em movimento.

— Saudações, Ciara Stark. Eu sou Svira, e este é Kald Aku Ebaki — a mulher disse com uma voz polida enquanto acenava para seu companheiro — Temos algumas perguntas para você.

Por alguma razão idiota, meu cérebro se agarrou ao sotaque indefinível dela. Eu não soube dizer por que sul-africano surgiu na minha mente. Embora ela falasse em Universal – o que foi um grande alívio – meu tradutor interveio quando ela falou a palavra *Kald*. Inicialmente, presumi que fosse parte do nome dele, mas a palavra Chefe continuou querendo se infiltrar. Eu só podia presumir que meu implante estava tentando traduzir o que ele percebia como uma língua estrangeira.

Eu pretendi retribuir a saudação, mas minha boca tinha ideias diferentes.

— Onde estou? Por que vocês me levaram? O que vocês são? E o que vocês fizeram com Brett? — eu soltei uma atrás da outra.

Svira bufou enquanto Aku apenas levantou uma sobrancelha.

— Devagar, humana — Svira respondeu com uma pitada de diversão — Caso você não tenha prestado atenção, eu disse que tínhamos perguntas para você. Mas é justo. Eu vou lhe dar atenção dessa vez para que possamos prosseguir com os assuntos importantes. Brett está bem. Ele está apenas dormindo, pois não tem utilidade para nós.

— Quem seria "nós"? — eu perguntei, meus olhos alternando entre os dois.

— Eu sou uma visitante deste Quadrante e uma amiga dos Kreelars, a espécie de Aku. Eles precisam de ajuda para consertar os erros cometidos contra eles pelos humanos — ela respondeu, sua voz assumindo um tom um pouco mais duro.

— O quê? Como nós os prejudicamos? Eu nunca tinha visto ou ouvido falar da espécie deles antes! — eu exclamei, embora não tenha perdido como ela convenientemente evitou nomear sua própria espécie.

— E você nunca teria ouvido em sua vida sem a invasão de Elias Jacobs.

Meu sangue congelou. As palavras dela me lembraram o quão estranho pareceu quando Jacobs foi tão rapidamente escoltado para fora da nave no momento em que o ataque começou. O que ele fez? Quando e onde ele interferiu nas vidas das pessoas do Quadrante Oriental?

A OPU e a Aliança Galáctica controlavam diferentes áreas da galáxia conhecida. Nós permanecemos no Quadrante Norte. A Aliança Galáctica controlava os Quadrantes Ocidental e Oriental. O Quadrante Sul ainda era uma terra de ninguém muito disputada. Os moradores de cada Quadrante seguiam regras rígidas que os proibiam de cruzar os territórios uns dos outros.

A Terra era um dos poucos planetas que era membro tanto da OPU quanto da Aliança Galáctica. Esse privilégio decorreu do fato de que nosso sistema solar estava localizado na Zona Morta entre os Quadrantes Ocidental e Norte. Uma vez que alcançamos a viagem de dobra, tanto a OPU quanto a Aliança Galáctica tentaram nos atrair para o lado deles. Nós fomos gananciosos o suficiente para exigir fazer parte de ambos e escapamos totalmente impunes.

Embora isso tenha beneficiado muito nosso planeta natal, isso não nos subtraiu das regras rígidas seguidas por todos os outros. Qualquer humano que deixasse a Terra não poderia ir e voltar entre os territórios Sectários da Aliança Galáctica e os territórios aliados da OPU. As pessoas dos quadrantes oriental e ocidental odiavam ser chamadas de Sectários.

Mas era uma descrição apropriada, pois os planetas de lá eram extremamente divididos e firmemente doutrinados a seguir suas próprias regras, seu próprio caminho. Além disso, enquanto os planetas do quadrante ocidental ainda seguiam fortemente religiões organizadas, principalmente a adoração à Deusa, o quadrante oriental havia abandonado todas as formas de fé e tinha regras bastante interessantes sobre servidão contratada e a capacidade de se sujeitar a praticamente qualquer coisa por meio de um contrato vinculativo.

Portanto, a presença de Svira aqui violava regras o suficiente para potencialmente desencadear um grande incidente diplomático entre os Aliados e os Sectários. Eles atacaram uma nave que hospedava inúmeros oficiais de alto escalão de vários planetas do nosso Quadrante. Que mal os humanos poderiam ter causado que fosse tão terrível para Svira correr tal risco?

— O que Jacobs fez?! — eu perguntei, com minha mente girando.

— O que você sabe sobre o SS12? — Svira perguntou em vez de responder minha pergunta.

Eu me senti pálida. Ele tinha feito algo imoral para obter o soro que o impulsionou ao topo da excelência médica nesta geração?

— É uma cura revolucionária que o Dr. Jacobs descobriu há uma década durante seu estudo dos Sangoths — eu respondi cuidadosamente — Pelo que entendi, um dos membros de sua equipe foi atacado por uma fera raivosa e ficou doente. Eles conseguiram rastrear a fera e derivaram o tratamento milagroso dela.

— Uma fera, não é? — Aku interrompeu pela primeira vez, a raiva se infiltrando em sua voz — Foi essa a descrição que ele deu?

Sua voz era profunda e um pouco ofegante. Em outras circunstâncias, eu o teria achado atraente. Mas uma raiva poderosa fervia sob a superfície. O que quer que Jacobs tivesse feito, devia ser terrível.

Eu lambi meus lábios nervosamente e assenti — Obviamente, todos na comunidade médica tinham inúmeras perguntas sobre a fonte da cura. Mas Jacobs – junto com toda a sua equipe – declarou que era algum tipo de fera selvagem que eles não conseguiram identificar. Ela decaiu rápido demais por qualquer doença que a estivesse comendo por dentro. Ela também sofreu mutação demais para permitir que eles identificassem a espécie original à qual pertencia.

— E você acredita nisso?! — Svira perguntou com óbvia descrença.

Eu hesitei e então dei de ombros — Foi realmente uma descrição bastante perturbadora — eu admiti — Muitas pessoas expressaram que se sentiam incomodadas por não terem sequer esboços ou amostras preservadas que pudessem ter permitido que computadores mais avançados do que os de campo tentassem recriar a criatura original a partir do DNA. Mas você não pode desafiar uma equipe inteira de cientistas altamente conceituados sem provas sólidas ou pelo menos uma causa forte.

— E ninguém pensou em voltar? — Aku desafiou.

— Muitos de nós queríamos. Mas o mundo natal dos Sangoths está sob regras rígidas da Primeira Diretriz. Aquela fera não habitava naturalmente as áreas habitadas pelos Sangoths. Tentar rastrear uma criatura cuja aparência real eles nem tinham certeza teria arriscado muito perturbar o ecossistema. Não parecia justificado sob as circunstâncias. De qualquer forma, todo o Quadrante estava muito entusiasmado em se aprofundar ainda mais no SS12.

— Bem, eles mentiram para todos vocês — Aku rangeu entre os dentes — Aquela fera selvagem era minha irmã mais velha. Ela estava treinando seu filho para pular pelas árvores quando tropeçou em dois humanos. Eles estavam acasalando perto do rio onde estavam comendo. Nós nunca tínhamos visto humanos antes. Mas meu sobrinho, que tinha apenas cinco anos na época, se concentrou na comida deixada em exposição. Ele correu de sua mãe para ir comer um pouco.

— Oh, não! — eu suspirei.

Se aquele casal estava em uma escapada romântica, não havia como eles terem trazido as rações esterilizadas que eram autorizadas para comer em ambientes protegidos. Só Deus sabia que tipo de reação negativa a população local poderia ter a ela. Como se tivesse ouvido os pensamentos cruzando minha mente, Aku confirmou meus medos.

— O homem humano notou meu sobrinho pegando a comida. Ele correu atrás dele. Naturalmente, minha irmã interveio para proteger seu filho. O humano atirou nela — Aku rosnou.

— Oh, meu Deus! — eu sussurrei, horrorizada. Eu teria pressionado minha mão contra meu rosto, mas o campo de energia me manteve contida.

— Ela ainda conseguiu lutar contra ele. Ela o mordeu e arranhou. A mulher humana atirou na minha irmã também. Isso conseguiu nocauteá-la. E ambos fugiram, abandonando minha irmã e meu sobrinho angustiado com o estado de sua mãe.

— Ela morreu? — eu perguntei, com a voz embargada.

— Não. Eles atiraram nela com tranquilizantes — ele respondeu.

Eu estremeci ao ouvir suas palavras. Você nunca injetava novas espécies com nenhum tipo de droga antes de realizar testes extensivos para ver como elas reagiriam. Neste caso específico, além do fato de que eles nem deveriam estar lá, eles deveriam ter usado uma arma de choque para incapacitar seu alvo. Como diabos eles cometeram tantos erros de uma vez?

— O que você precisa entender é que o rio onde isso aconteceu fica a mais de um dia de viagem da vila Sangoth mais próxima — Aku acrescentou com raiva.

— Isso significa pelo menos uma hora de voo em um ônibus espacial pessoal — Svira especificou — Aqueles humanos não tropeçaram ali por acidente. Foi uma escolha deliberada, sabendo que estavam violando a Primeira Diretriz apenas para poderem aproveitar um cenário bonito para fornicar.

— Sinto muito que isso tenha acontecido. A maneira como eles lidaram com isso foi mais do que ruim. Eles certamente entraram em pânico, o que os fez agir irracionalmente — eu disse em um tom de desculpas.

— E isso o torna aceitável? — Aku sibilou.

— Claro que não — eu disse em um tom suave — Eles nunca deveriam ter ido lá em primeiro lugar. Mas o que aconteceu? Se eu estou aqui, estou supondo que ela teve algum tipo de reação negativa?

— No começo, ela pareceu se recuperar completamente quando os sedativos passaram. Mas então ela começou a ficar doente cerca de uma semana depois. Como ela era ama de leite, ela estava amamentando muitos dos nossos bebês, incluindo meu sobrinho.

— Oh, céus! — eu sussurrei, meu peito apertando.

— Os filhotes ficaram doentes, assim como aqueles que não amamentavam mais, mas brincavam com eles. E então passou para seus irmãos, seus pais e para toda a aldeia. Nossos filhotes amamentam até os seis ou sete anos de idade. A maioria de nossas mulheres tem apenas dois, ou no máximo três, bebês durante a vida. Nos dois meses que se seguiram ao incidente, quatro em cada cinco de nossos bebês morreram. Apenas um terço de nossas mulheres permanece. Algumas estão começando a mostrar os primeiros sinais novamente. Nós estamos nos extinguindo!

Apesar do horror que suas palavras despertaram em mim,

minha mente científica entrou em ação, graças a anos lidando com esse tipo de situação.

— Só as mulheres, não os homens? — eu perguntei.

— Ambos os sexos são afetados e têm taxas de mortalidade semelhantes, exceto que se torna ainda mais fatal para as mulheres se elas forem infectadas após a puberdade — Aku explicou.

Poderia ser afetado pelos níveis de estrogênio?

Se o desenvolvimento hormonal seguir um padrão semelhante ao dos humanos, homens e mulheres teriam níveis semelhantes de testosterona na infância, mas as mulheres teriam um aumento significativo de estrogênio após atingirem a puberdade.

— O que seus médicos dizem sobre isso? — eu perguntei cuidadosamente.

— Nossos curandeiros não possuem tecnologia avançada o suficiente para entender completamente o que está acontecendo — Aku disse relutantemente.

— Os Kreelars se enquadram nas diretrizes mais rigorosas da Primeira Diretriz por um motivo. Eles desenvolveram eletricidade básica recentemente. Eles nem têm conectividade — Svira explicou.

— Mas você tem! — eu desafiei antes de dar uma olhada significativa na ala médica de alta tecnologia ao nosso redor.

Ela balançou a cabeça, fechando o rosto — Nós chegamos ao limite de quanto podemos interferir neste assunto.

— O que diabos isso quer dizer? — eu perguntei, perplexa.

— As Oráculos viram os caminhos. Se nos intrometermos mais, as coisas acabarão extremamente mal para os Kreelars e para muitos outros. Nossa contribuição para salvar seu povo está chegando ao fim.

— Oráculos? — eu ecoei com confusão antes que meus olhos se arregalassem com choque e compreensão repentina — Espere! Você está dizendo que é uma Korletheana?!

Eu recuei, e meu coração disparou quando ela mostrou os dentes, um ar de puro ódio tomando conta de suas feições.

— Nós *não* somos Korletheanos! Nós odiamos aqueles filhos de Krilliks! Eles fizeram conosco o que vocês fizeram com os Kreelars. Mas eles fizeram isso com malícia!

— Espere aí! — eu exclamei com indignação — Eu não fiz nada aos Kreelars. A humanidade não fez nada a eles. Pelo que você está me dizendo, parece que a equipe de Elias fez. O que posso prometer é fazer tudo o que estiver ao meu alcance para ajudar a desfazer parte do dano e evitar que essa tragédia continue. Mas... mas você também não parece Xelixiana.

Pelo pouco que eu lembrava da história Sectária, os Korletheanos tinham prejudicado um bocado de espécies com experimentos imprudentes. A única que eu conseguia pensar naqueles quadrantes que tinha uma pele acinzentada com manchas escuras eram os Xelixianos. Mas eles tinham íris enormes sem pupilas, cristas ósseas em forma de chevron em suas testas e orelhas com cristas incomuns, nenhuma das quais combinava com a aparência de Svira.

Ela bufou e balançou a cabeça — Nós também não somos Xelixianos.

— Então o quê...?

Ela acenou com a mão em desdém, me interrompendo — Não se preocupe com isso. A única coisa em que você deve se concentrar é em desfazer o dano aos Kreelars. Você tem um histórico em epidemiologia que será de grande utilidade para o desafio que tem pela frente.

— Absolutamente. Eu posso e quero ajudar. Mas Elias não deveria...

— Nós cuidaremos dele — Svira interrompeu novamente — Há uma razão para ele ter fugido no minuto em que nossa nave atacou a sua. Ele sabia o que estava por vir.

Embora eu não tenha dito isso, eu já suspeitava. No entanto, eu estreitei meus olhos para ela, ainda lutando para entender por que eles estavam lidando com as coisas dessa maneira.

— Tudo bem, mas por que atacar a Gladius? Se o que vocês estão dizendo é verdade – e eu não tenho motivos para duvidar – por que simplesmente não expô-lo? A OPU e a comunidade galáctica o responsabilizariam e fariam tudo o que estivesse ao seu alcance para fazer o que é certo pelos Kreelars. Este ataque pode desencadear um grande conflito político entre o seu Quadrante e o nosso.

Ela assentiu — Acredite em mim, Ciara, esse era o plano original. Infelizmente, todos esses caminhos levam à tragédia. Mas você...

Para minha surpresa, sua voz sumiu, e seus olhos ficaram fora de foco. Eu lancei um olhar confuso para Aku, que simplesmente observou em silêncio. Momentos depois, Svira piscou e voltou sua atenção total para mim. Um sorriso triunfante esticou seus lábios.

— Você pode ser a chave — ela disse finalmente — Contanto que você trabalhe com seu companheiro, você encontrará a solução.

Eu recuei novamente, dessa vez realmente confusa — Meu companheiro?! Eu não tenho um!

Ela me deu um sorriso misterioso — Ainda não, mas em breve.

Oh, meu Deus! Ela está falando de Amreth?!

Seu sorriso se alargou como se ela tivesse lido o pensamento que passou pela minha mente.

— O que você é? — eu sussurrei mais para mim mesma do que para ela — Você não é uma Xelixiana ou uma Korletheana, e você demonstra o tipo de poderes que as Veredianas possuem. E ainda assim você claramente não é uma. Então o que você é?

— Nós somos o pior pesadelo dos Korletheanos — ela disse com uma pitada de crueldade em seus olhos claros. Ela então se virou para Aku com algo parecido com um sorriso triunfante — Ela é a escolhida.

Um ar de alívio tomou conta dele.

— Eu sou o quê? — eu perguntei, imediatamente preocupada novamente.

Ela ignorou minha pergunta, e a borda externa de seus olhos começou a brilhar enquanto ela me encarava com grande intensidade — Ciara, obedeça ao meu comando. Assim que eu sair desta sala, você vai dormir e esquecer que já me viu, assim como quaisquer discussões e alusões já feitas durante esta discussão sobre meu povo, os Korletheanos, as Veredianas e os Xelixianos.

— Mas por quê? Espere! — eu exclamei quando ambos simplesmente se viraram e começaram a andar em direção à parede de vidro que separava meu quarto daquele em que Mehreen estava deitada.

Antes de sair, ela parou uma última vez e olhou para mim por cima do ombro. A princípio, eu pensei que ela fosse responder à minha pergunta, mas seus olhos ficaram levemente fora de foco novamente.

— Nunca deveria haver pedras vermelhas no rio. Lembre-se bem disso.

— O quê?!

Ela não respondeu e olhou de volta para o quarto de Mehreen. A metade superior da minha cama começou a abaixar novamente enquanto eu mais uma vez chamava Svira. Mas assim que ela passou pela porta de vidro aberta, eu senti minha consciência ser engolida por um vazio escuro, e não soube de mais nada.

CAPÍTULO 5

CIARA

Ao contrário da vez anterior, eu não acordei com um choque repentino de pânico. Em vez disso, eu emergi confortavelmente do que pareceu ser o melhor e mais tranquilo sono que eu tive em eras. Isso não impediu que uma onda brutal de confusão caísse sobre mim assim que eu assimilei meu novo ambiente. Apesar da névoa que agora envolvia minha memória dos eventos recentes, eu sabia, sem sombra de dúvida, que tinha adormecido em um ambiente completamente diferente. Eu me lembrava vagamente de uma nave, mas não qual era.

Agora eu estava deitada em uma cama insanamente confortável dentro do que parecia ser uma casa de barro de tamanho decente. Persianas de madeira cobriam um conjunto de janelas grandes. Eu tirei o edredom de pelúcia que me cobria e saí cuidadosamente da cama. Esse movimento trouxe de volta o fato de que eu tinha sido imobilizada anteriormente. Era estranho que eu me lembrasse desse detalhe, mas não do lugar real em que eu tinha sido mantida. Eu fui até a janela para abrir as persianas. A luz do dia imediatamente inundou o quarto. À primeira vista, parecia ser o meio da manhã.

Vigas de madeira expostas e paredes de barro davam ao

espaço uma sensação aconchegante. A mobília, que incluía uma cama queen-size, uma cômoda e duas mesinhas de cabeceira, era toda esculpida na mesma madeira clara. Embora bege, ela tinha um tom levemente esverdeado, como bambu seco.

Infelizmente, a janela dava para o que eu presumi ser um jardim privado, me impedindo de ter uma ideia melhor do que estava acontecendo lá fora. Embora ainda um pouco preocupada, eu não senti medo. A mais estranha sensação de determinação me preencheu. De repente, me ocorreu que eu estava usando algum tipo de camisola leve, mas recatada. O tecido parecia estranho para mim, assim como seu design. No canto do quarto escasso, mas com decoração de bom gosto, uma cadeira estava perto da janela com um conjunto de roupas devidamente dobradas em cima. Ao pé da cadeira, um par de sapatos confortáveis do tamanho perfeito para mim também me aguardava. Minhas bochechas esquentaram ao perceber que eles adicionaram calcinhas limpas à pilha.

Eu queria acreditar que uma das mulheres Kreelar me forneceu isso. Parecia estranho que Aku lidasse com isso.

E ainda assim, quando esse pensamento passou pela minha mente, com uma certeza que eu não conseguia explicar, eu acreditei que outra pessoa, não da espécie deles, tinha preparado isso para mim. Por um momento, eu pensei em vestir essas roupas imediatamente, mas então decidi explorar o resto da habitação antes de tomar qualquer atitude.

Eu saí do quarto e fui recebida por uma sala de estar bem agradável. Um sofá grande e uma cadeira, ambos feitos de madeira com algumas almofadas bege de aparência muito confortável, estavam bem em frente à porta do quarto. À esquerda, uma mesa com seis cadeiras ficava de frente para outra janela grande de um lado, e um pequeno balcão com uma pia e armários do outro. Embora isso servisse claramente como área de jantar, eu não consegui ver nada que se assemelhasse remotamente a um fogão ou unidade de resfriamento. Mas então, eu não me lembrava de ter visto nenhum tipo de abajur ou qualquer coisa que indicasse que possuíam eletricidade.

E ainda assim, uma parte de mim acreditava que alguém havia mencionado que os Kreelars eram suficientemente avançados para dominar a energia elétrica. De repente, me ocorreu que, se não o fizessem, ajudá-los sem o conforto da tecnologia avançada que sempre esteve à minha disposição seria extremamente desafiador.

Então, eu caminhei até a mesa sobre a qual eles deixaram alguns pratos cobertos. Eu levantei a tampa do primeiro e encontrei pães secos, geleia, o que presumi ser queijo, carnes curadas, frutas e algum tipo de suco claro. Para meu choque, bem ao lado do prato que continha as frutas, eu avistei meu bracelete.

Meu coração pulou quando eu avidamente o alcancei. Embora eu esperasse, não pude evitar uma ponta de decepção pela ausência de qualquer conectividade. Mas isso não o tornava inutilizável. Como membro da Organização Interestelar de Médicos, eu tinha sido vacinada contra praticamente tudo e qualquer coisa sob o sol. Eu também recebi uma variedade de nanobots inteligentes que podiam detectar a maioria das toxinas e combatê-las caso eu me encontrasse presa em algum lugar sem acesso a medicamentos.

No entanto, eu examinei a comida em busca de qualquer risco potencial. Não era sensato pensar que, por ter proteção, eu deveria me expor imprudentemente a bactérias desnecessárias. Mesmo que meu sistema pudesse lutar contra quase tudo, não havia nada a ganhar me colocando no desconforto – e talvez até na agonia – de uma doença aleatória.

A luz verde na interface do meu bracelete sinalizou que estava tudo limpo. Eu dei uma mordida na carne curada. O gosto era de uma versão suave de chouriço. As fatias branco-amareladas de fato eram algum tipo de queijo, que tinha um gosto forte de queijo suíço – meu favorito. Combinava perfeitamente com um pouco de geleia no pão que poderia ser um biscoito multigrãos. Embora um pouco faminta, eu não me sentei para comer e decidi terminar o passeio primeiro.

A porta perto da área de jantar estava trancada. Eu presumi que fosse a entrada principal. Dizer que não me incomodava estar trancada seria mentira. Mas, dadas as circunstâncias, eu podia ver Aku não querendo uma humana aleatória perambulando por sua aldeia. Pelo que eu sabia, seu povo odiava minha espécie pelo que havia acontecido com eles.

Eu voltei para a porta do outro lado da sala de estar. Era um segundo quarto. A cama era um pouco menor do que aquela em que eu tinha dormido. A cômoda também era menor, deixando bastante espaço para uma grande mesa de trabalho que seria perfeita para eu usar como meu escritório. A porta na parede dos fundos da sala de estar se abria para o quintal. Ele era pequeno e aconchegante, com cercas altas para privacidade. Eu só levei um segundo para perceber o motivo. Eles não tinham um banheiro tradicional, mas um chuveiro ao ar livre ao lado de uma latrina.

Para minha alegria, a latrina não era tão rudimentar quanto eu esperava. Como médica de campo, eu tinha experimentado minha cota de latrinas e banheiros químicos ao longo do caminho. Este parecia estar ligado a algum tipo de sistema de esgoto, o que me convinha muito bem. Estava limpo, com o papel higiênico mais estranho, quase como guardanapos, e uma pequena pia provavelmente conectada a um sistema de poço. Eu rapidamente aliviei minha bexiga e então tomei um banho. Uma prateleira recuada continha um conjunto de toalhas. Eu peguei uma, me sequei e a enrolei em volta do meu corpo antes de retornar para dentro de casa. Eu vesti as roupas que foram deixadas para mim. Eu fiquei perturbada com o ajuste perfeito que elas acabaram sendo. Elas eram confortáveis, o tipo de roupa durável que costumávamos usar nesse tipo de missão.

Eu voltei para a sala de jantar e comi enquanto avaliava minha situação atual. Os buracos escancarados na minha memória me irritavam seriamente. Eu deveria estar preocupada com isso, mas uma parte de mim sentia que essa perda era esperada. Era como se eu tivesse sido avisada de antemão, mesmo que isso não fizesse muito sentido.

A questão principal era quem mais tinha sido trazido para cá? Eu me lembrava claramente de Brett Dunham e sabia, sem sombra de dúvidas, que ele não estaria aqui. Eu também me lembrava de ter visto Mehreen. Tê-la aqui seria maravilhoso. Eu só queria poder contatar alguém de fora deste planeta para avisá-los que eu estava bem. Meus pais estariam surtando, pois sem dúvida já teriam sido avisados do meu sequestro.

Sem saber o que fazer, eu arrumei cuidadosamente as sobras em um único prato que cobri e levei os vazios para a pia. Quando estava prestes a começar a lavá-los, uma batida na porta me assustou profundamente.

— Entre — eu gritei, com a palma da mão pressionada contra o peito.

A fechadura clicou, e então a porta se abriu. Eu juntei minhas mãos na minha frente, me sentindo repentinamente nervosa quando o corpo largo de Aku preencheu a porta. Seus olhos rapidamente deslizaram sobre mim antes de se virarem rapidamente para a mesa.

— Ótimo, você está pronta — ele disse em um tom de aprovação — Não se preocupe com os pratos. Alguém vai cuidar da limpeza. Venha.

Ele gesticulou para que eu o seguisse e imediatamente saiu da casa sem esperar minha resposta. Eu corri atrás dele, fascinada pelo movimento lento de sua cauda longa e fofa. Eu fiquei surpresa que ele tivesse uma. Primatas mais avançados, como humanos e chimpanzés, não tinham caudas, ao contrário dos macacos. E este Kreelar claramente possuía um nível de inteligência e senciência equivalente ao de um humano.

Eu saí da casa e entrei em um pátio interno bastante charmoso. Lá dentro, oito outras moradias semelhantes à minha se alinhavam nas bordas da área circular. Para minha total alegria, um laboratório de campo implantável com painéis solares ficava ao lado da última moradia em frente à minha própria casa. Terra batida servia como pavimento, embora uma série de flores e pequenos arbustos adornassem as bordas frontais de cada pequena residência. À nossa direita, um portão alto restringia nosso acesso ao resto da vila. Um único guarda estava em posição na frente dele.

Assim como Aku, ele estava usando calças compridas bufantes, um cinto adornado e uma tanga decorativa por cima. Seu peito nu não escondia nada de seu abdômen bem definido. Braçadeiras de couro ao redor de seu pulso ostentavam o mesmo tom verde escuro que as de seu líder. A principal diferença entre elas era o círculo intrincadamente esculpido na testa de Aku, que eu presumi que servia para marcá-lo como o Chefe, ou *Kald*, se eu tivesse interpretado corretamente meu tradutor.

Conforme nos aproximamos do laboratório, eu reconheci que ele era propriedade oficial da Organização Interestelar de Médicos. Eles roubaram?

— Como você conseguiu esse laboratório? — eu me peguei falando sem pensar.

— Fomos criativos — Aku respondeu de forma evasiva.

— Quão criativos? — eu insisti.

Um único olhar dele bastou para deixar claro que eu deveria abandonar o assunto. Embora isso não importasse muito nas circunstâncias, eu odiava trabalhar no escuro e ter tantas perguntas sem resposta. Também me preocupava o fato de equipamentos de primeira linha e confiáveis serem essenciais na minha linha de trabalho. Equipamentos defeituosos significavam resultados nos quais não se podia confiar. O que, por sua vez, se traduzia em curas que poderiam, de fato, ser ainda mais prejudiciais do que a doença que estávamos tentando combater para começar.

Mas todos esses pensamentos errantes voaram para longe da

minha cabeça quando a porta se abriu para revelar a presença de dois rostos familiares.

— Mehreen! Ernst! — eu exclamei, meu rosto se iluminando enquanto ambos os cientistas se levantavam das estações de trabalho em que estavam sentados.

— Aí está ela! — Mehreen disse.

Embora estivéssemos em termos amigáveis, eu não chamaria nenhum deles de amigos íntimos. E ainda assim eu imediatamente corri até ela e lhe dei um grande abraço, que ela retribuiu alegremente. Aos quarenta e oito anos, a pequena mulher de ascendência libanesa mal parecia ter um dia a mais de trinta. Ela tinha uma pele perfeita e luminosa, cabelos longos castanho-escuros, olhos castanho-claros e cílios naturais obscenamente longos que me deixaram babando de inveja. Ela havia conquistado o respeito da comunidade científica com seu trabalho impressionante em imunologia.

Depois de soltar Mehreen, eu me virei para Ernst Wagner. Alto e magro, ele era mais alto que eu uns 30 centímetros. O calor do seu abraço me pegou um pouco de surpresa. Eu o conhecia ainda menos que Mehreen. Das minhas interações limitadas com ele, embora eu não o chamasse de frio e distante, ele nunca pareceu do tipo demonstrativo. Como se tivesse percebido, ele abaixou o braço e se endireitou antes de passar os dedos pelos cabelos curtos e castanho-claros. O brilho de constrangimento em seus olhos azuis seria adorável, se não tão estranho, vindo do homem geralmente muito estoico de 54 anos.

Como biólogo celular e molecular, ele se especializou em pesquisar as ramificações fisiológicas da saúde das interações químicas das plantas em tecidos vivos em espécies animais, com especialização em xenobiologia.

— Fico feliz em ver que vocês já se conhecem — Aku disse, recuperando nossa atenção — Isso tornará as coisas mais fáceis para todos. Por favor — ele acrescentou, gesticulando para a mesa de reunião no centro da sala da frente.

O espaço tinha quatro estações de trabalho no lado esquerdo e direito. Uma grande porta na parte de trás dava acesso ao laboratório real dividido em três seções. Uma só era acessível após passar por um espaço de descontaminação. Outra seção tinha duas suítes de isolamento para pacientes, e a última oferecia uma variedade de gaiolas e celas onde podíamos manter os animais.

Nós nos sentamos ao redor da mesa, Mehreen e eu à esquerda, Ernst à nossa frente e Aku na cabeceira.

— Vocês três foram escolhidos porque possuem as habilidades e a bússola moral certa para consertar a tragédia que Elias causou — ele disse em uma voz calma antes de se virar para mim — Como Mehreen e Ernst poderão dizer, esses dispositivos contêm todas as informações que você precisa.

Ele estava apontando para os computadores em cada estação de trabalho. Sem conectividade, nós ainda estaríamos limitados em algumas das tarefas que poderíamos executar e informações que poderíamos acessar. No entanto, esses laboratórios foram projetados especificamente para operar em áreas remotas, geralmente para espécies primitivas que também não possuíam esse tipo de tecnologia. Portanto, as unidades locais possuíam um extenso banco de dados com quase tudo que poderíamos precisar para referência cruzada e análise.

— Se vocês tiverem alguma pergunta, meu povo e eu ficaremos felizes em respondê-las. Vocês podem examinar Yekka, o último membro da nossa tribo a apresentar sintomas — ele continuou — Nós a instalamos na primeira casa, bem ao lado do laboratório.

— Nós encontramos um arquivo sobre ela no sistema — Ernst disse com uma leve carranca — Você inseriu esses dados lá?

Aku balançou a cabeça — Nossos amigos fizeram isso.

— Seus amigos também foram aqueles que lhe ensinaram Universal? — eu perguntei.

Ele me lançou um olhar estranho antes de concordar — Sim,

eles ensinaram. Mas chega de falar deles — ele acrescentou quando eu abri minha boca para bisbilhotar mais sobre eles — Eles não são a razão da sua presença aqui.

— Você disse que responderia às nossas perguntas — Ernst desafiou.

— Eu disse que responderia a perguntas sobre a doença que nos aflige, nada mais — ele retrucou, endurecendo o tom.

Mehreen lançou um olhar para Ernst que implicava que ele deveria deixar para lá. Eu também queria pressionar o assunto, mas percebi que eles já estavam neste laboratório há algum tempo. Só Deus sabia o que havia acontecido nesse meio tempo. Fazer um interrogatório até que eu tivesse uma melhor compreensão do que estava acontecendo não parecia sensato.

Ela se virou para Aku — Com base nos problemas que seu povo está enfrentando, se tivéssemos mais ajuda...

— Ninguém mais virá — ele interrompeu bruscamente — Vocês três já são demais, sem mencionar o companheiro dela. Pessoas de fora são um flagelo para este mundo. Nós só os trouxemos aqui porque não tínhamos outra escolha. Fiquem tranquilos, nós os queremos fora daqui tanto quanto vocês querem ir embora.

— O companheiro dela? — Ernst repetiu, confuso.

Aku acenou com a mão em desdém, claramente desinteressado em aprofundar o assunto. Uma parte de mim queria que ele tivesse respondido, enquanto outra realmente não queria discutir o estado improvável da minha vida pessoal com os outros.

— Vocês são livres para se movimentar por este pátio — ele continuou — Nós o construímos inicialmente para manter os doentes isolados do resto da tribo. Não tentem escapar. Nós não desejamos mal a vocês, mas esperamos que façam tudo o que estiver ao seu alcance para consertar o que seu povo fez. Se precisarem sair do pátio, peçam a um dos guardas. Observem que a floresta além não é segura. Se vocês se aventurarem lá desacompanhados, não sobreviverão. Entendam que isso não é um jogo ou ameaças vazias. Alguma pergunta?

Eu tinha um milhão delas. A julgar pelas expressões dos meus companheiros, eles também tinham muito a questionar. No entanto, uma comunicação silenciosa passou entre nós enquanto trocávamos olhares. Nós precisávamos discutir algumas coisas entre nós antes de dar a ele uma inquisição completa.

— Ótimo! — ele disse, se levantando quando todos nós concordamos em resposta — As refeições serão servidas na casa verde às 13:00 e depois às 18:00. Se vocês precisarem de sustento antes, simplesmente avisem o guarda. O nome dele é Enre. Sempre haverá coisas para comer naquela mesma moradia. Que seu dia seja produtivo.

Com isso, ele se levantou e saiu do prédio desdobrável.

— Que porra foi essa?! — eu sussurrei enquanto observava a porta se fechar atrás dele.

— Esse foi o nosso anfitrião rabugento, *Kald* Aku Ebaki — Mehreen disse com um suspiro longo e sofrido — Mas já era hora de você parar de cochilar e se juntar à diversão.

— Quanto tempo eu fiquei apagada? E há quanto tempo vocês estão aqui? — eu perguntei.

— Todos nós chegamos aqui há dois dias — Ernst respondeu — Mehreen e eu começamos a analisar os arquivos ontem. Essa coisa toda é uma confusão épica.

— Ontem?! Por que eu não fui acordada? — eu exclamei.

— Você sofreu alguns ferimentos graves na Gladius — Mehreen explicou — Seus nanobots têm trabalhado horas extras para fazê-la voltar a ficar 100%.

— Mas eu estava bem quando acordei antes de chegar aqui — eu argumentei.

Ela balançou a cabeça — Você estava apenas parcialmente curada e aproveitando os efeitos de alguns analgésicos bem incríveis. Você odiaria estar acordada e andando ontem.

— Entendo. Mas e vocês dois? Estão bem?

Ambos assentiram.

— Nós fomos muito bem tratados — Ernst disse — Ninguém nos ameaçou ou tentou nos machucar. Nossas moradias são limpas e confortáveis, e eles nos fornecem bastante comida.

— É bom ouvir isso. Mas vocês estão sofrendo de algum tipo de perda de memória? — eu perguntei.

Mais uma vez, ambos assentiram.

— Eles apagaram nossas memórias — Mehreen disse firmemente — Havia alguém com Aku naquela nave, mas eu não consigo lembrar quem era, como era a aparência dele, ou até mesmo em que tipo de embarcação viajamos.

— O mesmo — eu respondi com uma ponta de frustração.

— Mas por quê? — Ernst perguntou.

— Pelo mesmo motivo que eles não nos dizem onde conseguiram esse laboratório. Quem quer que os esteja ajudando teria problemas sérios — eu disse pensativamente — Por mais que eu desejasse que ele se abrisse sobre eles, Aku está certo de que isso não é relevante para nosso propósito atual. Mas essas acusações contra Elias são selvagens.

— Selvagens, mas verdadeiras — Ernst disse com um ar de desgosto.

— O quê?! — eu perguntei, atordoada pela profundidade de desprezo que eu pude ler em suas feições.

— Eu trabalhei com Jacobs. Aquele homem é tão sujo quanto implacável. Com base na minha experiência com Elias, tudo o que Aku disse parece provável. Foi por isso que eu deixei sua equipe. Aquele miserável é um sanguessuga. Ele passa o trabalho de seus estagiários como se fosse dele. O que a maioria das pessoas não percebe é que o SS12 salvou sua carreira. Ele estava prestes a perder seu financiamento. E com tantas pessoas se recusando a trabalhar com ele, ele estava ficando desesperado.

— O que você está dizendo? Você acha que toda essa tragédia foi causada deliberadamente? Você o está acusando de jogo sujo?

Meu estômago afundou quando ele hesitou. Foi um golpe duro ver alguém que eu tinha em tão alta estima não ser nada parecido com a imagem idealizada que eu construí na minha cabeça.

— Não — ele disse finalmente — Eu duvido que ele teria provocado algo assim de propósito. Apesar de todos os seus defeitos, Jacobs é um oportunista, não um gênio do mal. Ele apenas ficou cada vez mais preguiçoso com os protocolos, e isso contagiou os membros de sua equipe. Quando deixarmos este planeta depois de resolver esta crise, você sabe que vamos entrar em um grande show de merda, certo?

— Quando partirmos, ou se partirmos? — Mehreen rebateu.

Eu franzi a testa enquanto estudava seu rosto — Por que você diz isso? Você acha que eles vão nos machucar depois que conseguirem o que querem?

Ela balançou a cabeça — Eu não senti nenhuma maldade nessas pessoas. Então não acho que elas tentarão nos machucar, mas acredito que elas vão querer nos manter.

— Para quê? Você o ouviu expressar claramente que ele mal pode esperar que a gente vá embora — eu argumentei.

— Ele disse — ela admitiu — Mas eles também viram como a doença voltou dois anos depois que Jacobs a curou inicialmente. O povo deles está à beira da extinção. No lugar deles, eu não seria tão rápida em permitir que as únicas pessoas capazes de consertar isso fossem embora, especialmente porque eles não têm uma maneira direta de se comunicar conosco se algo mais acontecer.

Eu acenei com a mão em desdém — A Primeira Diretriz já foi violada no que diz respeito a eles. Após esse incidente, nós seremos obrigados a fazer exames regulares com eles.

— Nós três sabemos disso. Mas eles não. E mesmo que digamos que voltaremos para garantir que tudo ainda esteja bem, eles não têm motivos para confiar em nós.

— Eu entendo o que você está dizendo, mas estou conven-

70

cida de que eles vão querer que a gente vá embora para que eles possam esquecer que nós existimos. O tempo dirá. Por enquanto, precisamos voltar ao trabalho. Eu apreciaria se vocês dois pudessem me atualizar sobre o que descobriram até agora.

E com isso, nós começamos nossa corrida contra o relógio.

CAPÍTULO 6

AMRETH

Depois de dezoito horas viajando até a borda do nosso setor da galáxia, e quatro dias após o sequestro de Ciara, eu finalmente comecei minha descida na atmosfera de Kestria. Apesar do mandato não oficial dado a mim pelos Executores, o lado Obosiano profundamente enraizado em mim que exigia que eu cumprisse as leis ainda se contraía sobre violar a Primeira Diretriz. Na verdade, eu esperava me sentir fisicamente doente com essa perspectiva. Mas a necessidade de resgatar minha companheira – uma mulher que eu nunca tinha conhecido – superou todo o resto.

Meu coração disparou quando, apenas alguns minutos depois de eu ter atravessado a atmosfera, meu rastreador disparou, indicando que estava finalmente captando o sinal do implante de Ciara. Dois sinais adicionais confirmaram que Mehreen e Ernst também estavam com ela. Isso foi um grande alívio. Se eles tivessem se separado, isso poderia ter complicado significativamente qualquer esforço de resgate.

Para minha surpresa, o sinal não emanou de nenhum lugar perto das aldeias Sangoth, mas do outro lado da cordilheira onde eles moravam. Era no vale, a quase duas horas de voo dali.

Embora confuso, isso também me trouxe algum alívio. Os Sangoths moravam nos picos congelados das montanhas. Sem o equipamento de inverno adequado, os humanos teriam dificuldades nessas temperaturas congeladas. Durante toda a jornada até aqui, eu desenterrei tudo o que pude sobre minha Ciara. Tudo o que li alimentou ainda mais o orgulho que eu senti por saber que ela era minha. Além de seu histórico estelar e antecedentes impecáveis, ela foi um prodígio na escola, obtendo seu primeiro doutorado aos vinte e três anos. Ela recebeu inúmeros prêmios e distinções ao longo dos anos, muitos dos quais abriram o tipo de portas às quais as pessoas implorariam para ter acesso.

Apesar das inúmeras ofertas de nomeações extravagantes que recebeu, Ciara recusou todas para perseguir missões altruístas em planetas primitivos em extrema necessidade. Ela também se concentrou em pesquisas que poderiam ter um impacto tremendo no mundo médico, mas que não lhe dariam o tipo de glamour e exposição que muitos de seus colegas buscavam, como Elias Jacobs.

Mas ela vai querer se estabelecer em Molvi?

Essa pergunta me atormentava implacavelmente. Obviamente, como o Diretor do meu Setor, eu não podia sair. Os Setores na verdade pertenciam a uma linhagem. Minha família administrou o nosso por muitas gerações. Foi uma tremenda honra ser o Guerreiro escolhido para assumir essa responsabilidade. Apesar de todos os seus desafios, eu amava o que fazia. Até mesmo agora, eu me sentia culpado por estar ausente e descarregar meus deveres em meu melhor amigo Kronos e meu primo Silas.

Eu fiquei ainda mais envergonhado pelo fato de Kronos já estar ocupado cuidando de seu próprio Setor, além de se preparar para a chegada de seu primeiro filho. Eu só podia esperar que pudéssemos resolver rapidamente os problemas aqui. Pelo menos, eu me confortava com o fato de ter mantido meu Setor em boa ordem e, a menos que algo totalmente inesperado descarrilasse as coisas, lidar com meus prisioneiros na minha ausência não deveria ser um fardo muito pesado.

Enquanto eu voava sobre a densa floresta emoldurada por um rio largo, eu distraidamente escaneei a vida selvagem local. Enquanto a maioria deles parecia bem pequena, alguns maiores viajando em alta velocidade indicavam que algumas áreas poderiam não ser seguras para vagar. Essas criaturas definitivamente pareciam predadores cruéis.

Minha confusão aumentou constantemente conforme eu me aproximei da localização dos implantes. Eles claramente emanavam de uma vila extensa à frente. Embora de aparência agradável e construção robusta, ela era inegavelmente primitiva. Além do fato de que eles claramente não tinham conseguido viajar no espaço, eu duvidava que eles sequer possuíssem eletricidade.

Na minha jornada até aqui, eu especulei muito sobre o que poderia estar acontecendo. Minha teoria principal era que uma espécie avançada secretamente estabeleceu uma base aqui, e que eles sequestraram esses cientistas para completar o projeto que eles começaram ilegalmente com Jacobs.

Mas definitivamente não era isso.

Eu sobrevoei a vila em modo furtivo para ter uma primeira visão da configuração do terreno. O número incrivelmente grande de homens para a proporção muito menor de mulheres me perturbou. O número drasticamente baixo de filhotes levantou ainda mais bandeiras. No meu caminho para cá, eu não detectei nenhum deles vagando pela natureza selvagem ao redor, o que poderia ter explicado tal desequilíbrio se estivessem em uma excursão ou caçando.

O fato de todos permanecerem na vila – pelo menos aparentemente – também parecia estranho. Cerca de trinta homens e um punhado de mulheres trabalhavam do lado de fora dos portões principais da vila, arando os campos que se estendiam em ambos os lados da estrada principal até a entrada. Eu mudei minha visão para olhar para suas almas. Para meu alívio, elas tinham os tons pacíficos gerais de pessoas comuns e decentes. Nenhuma delas exibia o tom laranja ou avermelhado de más intenções.

Mas como é o mal para eles?

Ao longo dos anos, eu encontrei algumas espécies raras que nunca se qualificariam para se juntar à Organização dos Planetas Unidos. Seus valores morais colidiam radicalmente com os nossos. Coisas que nós consideraríamos inconcebíveis e atrozes eram consideradas normais e parte da sobrevivência do mais apto. Eles não cometiam esses atos por crueldade. Nosso choque e indignação os confundiam genuinamente. Como você processa pessoas que veem o mundo por lentes completamente diferentes das suas?

Eu dei zoom nos homens do lado de fora para vê-los melhor. A aparência simiesca deles me deixou perplexo. O bioscanner confirmou que não havia registros de tal espécie em nosso banco de dados.

— O que em nome de Tharmok está acontecendo? — eu sussurrei para mim mesmo.

A varredura indicou um único prédio de alta tecnologia, que acabou sendo um laboratório implantável desaparecido da Organização Interestelar de Médicos. Como no mundo uma espécie tão primitiva conseguiu pôr as mãos nele? Por que eles tinham aqueles três cientistas trabalhando lá dentro? O pensamento de que invasores Sectários estavam usando esta vila como uma área de preparação não ia embora. E ainda assim, eu não detectei nenhum implante cerebral ou colares de controle que pudessem indicar que esta espécie símia havia sido escravizada a serviço de poderosos alienígenas.

Após uma breve hesitação, eu voltei para o pátio interno onde o laboratório estava localizado. Eu prossegui para outra varredura para confirmar a ausência de qualquer tipo de tecnologia que pudesse detectar o sinal que eu estava preparando para enviar aos implantes dos três médicos. O dispositivo orgânico foi projetado de uma forma que enganaria a maioria dos scanners, fazendo-os acreditar que era apenas uma pinta na pele da pessoa.

Uma vez sinalizado, o hospedeiro sentiria uma pequena pulsação indicando que estávamos tentando contatá-lo. Com base em protocolos, se o alvo conseguisse se mover, era esperado que ele saísse para o campo aberto para permitir o reconhecimento facial. Se não conseguisse sair, ele tinha que fornecer uma das quatro respostas potenciais.

O primeiro sinal indicava que eles não podiam sair, o que geralmente significava que eles estavam fisicamente contidos, seja por estarem trancados em um espaço ou algemados. O segundo expressava que eles precisariam de um pouco de tempo antes de poderem sair. Nesse caso, eles tentariam dar um intervalo de tempo para a espera. O terceiro sinal nos informava que eles estavam feridos e, portanto, incapazes de sair ou precisavam de assistência imediata. O último sinal indicava perigo, exigindo que saíssemos imediatamente antes de sermos pegos ou atacados.

O alvo poderia responder com uma mistura de todos os itens acima. O desafio era que ele exigia que eles aplicassem pressão no implante subdérmico em um padrão específico. Se eles estivessem algemados ou feridos, isso tornava essa tarefa quase impossível.

Meu coração pulou quando as portas do laboratório se abriram menos de um minuto depois. Eu prendi a respiração e dei zoom na câmera enquanto três humanos saíam do prédio. Pelos dentes de Tharmok! Minha companheira era ainda mais linda pessoalmente!

Ela tinha o rosto de uma deusa, com maçãs do rosto altas, um nariz delicado, lábios carnudos e sensuais, com olhos deslumbrantes cuja cor eu não conseguia definir. Seu arquivo os rotulava como cinza, mas eles eram escuros demais para serem realmente descritos como tal, mas muito claros para serem pretos. Sua pele morena parecia boa o suficiente para lamber, e contrastava da forma mais maravilhosa com os fios sedosos de seu cabelo branco-prateado. Sob a luz do sol do início da tarde, eles brilhavam como um mar de diamantes. Apesar de ser muito genérico, seu uniforme de campo abraçava as curvas perfeitas de seu corpo da maneira certa. Eu precisei de cada grama da minha força de vontade para não pousar minha nave imediatamente e correr até ela.

Ver Ciara levantando a mão direita e acariciando sua bochecha direita antes de deslizar a palma da mão para baixo na lateral do pescoço me tirou do meu fascínio atordoado. Esse era o sinal indicando que eles estavam ilesos e sem perigo. Eu enviei um sinal de volta reconhecendo a resposta dela, enquanto eles continuavam fingindo estar conversando casualmente enquanto esticavam as pernas.

Eles permaneceram mais alguns segundos antes de voltar para dentro. Uma varredura final confirmou que não havia mais ninguém dentro do laboratório com eles. Eu só detectei duas símias na habitação ao lado delas. As leituras superficiais pareciam indicar que elas estavam dormindo. Um único guarda estava casualmente parado perto dos portões que fechavam o pátio interno onde os médicos estavam detidos.

Depois de um último sobrevoo para avaliar a melhor maneira de soltá-los, eu voei uma distância relativamente curta – aproximadamente um voo de dez minutos para mim – para uma formação rochosa alta com uma saliência resistente sobre a qual eu pousei minha nave ainda em modo furtivo. Eu não podia arriscar deixá-la na floresta ou em qualquer outra área aberta onde os moradores locais ou um animal pudessem esbarrar nela.

De qualquer forma, eu não libertaria os prisioneiros ainda.

Primeiro, eu queria entrar na vila, possivelmente montar algumas distrações para ajudar na fuga deles e, idealmente, falar com um deles para ter uma ideia melhor do que estava acontecendo. Antes de deixar a nave, eu enviei uma mensagem para

Maeve com as coordenadas da vila, assim como os dados e fotos coletados até agora das minhas varreduras. Como não havia retransmissores por perto, a mensagem viajaria por um tempo antes de finalmente ser captada.

E ainda assim, uma parte de mim suspeitava que alguém poderia estar convenientemente à espreita nas proximidades de Kestria, pronto para intervir caso as coisas realmente se tornassem terríveis. Embora eu tivesse interações limitadas com os Executores diariamente, eu tinha visto relatórios suficientes envolvendo alguns dos condenados mais sujos encarcerados em meu Setor para saber quais métodos criativos foram usados para capturá-los. Os Executores raramente deixavam as coisas ao acaso. Eles simplesmente se destacavam em encontrar soluções alternativas para manter uma negação plausível. Da mesma forma que eles me permitiram vir aqui, eu não duvidava que eles tivessem outra pessoa pronta para pegar qualquer trilha que pudesse levá-los à identidade dos Sectários ameaçando a soberania de nossas fronteiras.

Mesmo sem provas dessa especulação, isso ainda me dava algum conforto. Se as coisas dessem errado para mim, pelo menos alguém saberia com certeza onde minha companheira estava para que pudessem levá-la para um lugar seguro.

Eu abri a escotilha da minha nave, ativei meu escudo furtivo pessoal e então voei. Mais uma vez, eu me maravilhei com a beleza da paisagem. Ela me lembrou de casa, com as florestas exuberantes, flora colorida, céu limpo e ar fresco suavemente misturado com o doce aroma de flores perfumadas. O sol acariciava minhas asas com seus raios quentes, o clima perfeito para uma estadia prolongada ao ar livre sem o tipo de umidade esmagadora que poderia arruinar lugares como esses.

Por mais que eu quisesse voar diretamente para o pátio, eu não podia arriscar que o som das minhas asas batendo me denunciasse. Embora meu escudo furtivo também tivesse um forte recurso de amortecimento de som, ele não o silenciava completamente. Eu não sabia o suficiente sobre essa espécie para descartar a possibilidade de eles terem uma audição altamente sensível. A posição do guarda perto do portão tornaria quase impossível pousar sem ser notado.

De qualquer forma, o objetivo da infiltração de hoje era principalmente ver como eu poderia levá-los para fora com segurança ou fazer planos para levá-los para fora individualmente no momento mais apropriado. Eu pousei na floresta localizada em frente à vila, a linha de árvores começando cerca de cem metros em frente à última fileira do campo da fazenda deles.

Eu comecei a andar cuidadosamente em direção à aldeia. Pelo menos vinte e três homens e quatro mulheres trabalhavam nos campos de cada lado do caminho largo que levava aos portões. Eu dei boas-vindas ao barulho que eles faziam, que abafava ainda mais o som muito discreto dos meus próprios passos. Mesmo sem isso, eles não teriam conseguido me ouvir daquela distância e com o efeito amortecedor do meu escudo. Mas não se pode ter sorte com tudo. Eles estavam colhendo o que parecia ser algum tipo de espiga de milho, embora o formato fosse levemente diferente, assim como a cor. Outros pareciam estar arrancando ervas daninhas e trabalhando o solo.

No entanto, foi a cor da aura deles que prendeu minha atenção. Durante meu voo, ela tinha um tom branco azulado que tinha sido bastante seguro. Considerando a distância e o efeito de bloqueio da própria nave, não era incomum que nossas leituras fossem impactadas ou distorcidas. Agora, pessoalmente, todos eles tinham um tom amarelo pálido que me deixou desconfortável. Como ela permanecia longe de qualquer coisa que pudesse remotamente ser traduzida como perigo, eu continuei meu avanço, meus olhos se movendo para um lado e para o outro enquanto os observava, procurando por qualquer sinal de problema potencial.

O fato de todos eles se concentrarem em seu trabalho, além de conversas ocasionais, diminuiu um pouco da minha tensão.

Na metade do caminho, eu notei a primeira mudança na cor de suas auras. O tom amarelo se intensificou visivelmente. Não havia ficado laranja ou vermelho – o que teria sido terrível no último caso. Isso ainda me fez considerar abortar a missão. Eu odiava não ter uma linha de base para a paleta de cores do alcance emocional dessas pessoas.

Eles ainda não me deram atenção. Alguns homens e uma mulher pegaram as pesadas caixas cheias de vegetais para levá-las a uma carruagem na entrada da vila, antes de retornarem aos seus lugares. A maneira sem esforço com que eles as carregavam testemunhava sua tremenda força. Isso também me mostrou que suas mulheres – pelo menos esta – eram tão fortes quanto os homens. Por outro lado, embora mais esbeltas e com ombros mais estreitos, as mulheres estavam na mesma altura de suas contrapartes, os músculos de seus braços bem definidos como os de uma modelo fitness.

Assim que eu estava me aproximando dos últimos cinco metros da entrada da vila, onde os portões estavam escancarados, a cor da aura deles mudou novamente, dessa vez com um toque de laranja. Meu estômago afundou e eu parei no meio do caminho. Não havia como isso ser uma coincidência. Enquanto o amarelo original apenas me dizia que eu deveria ficar em guarda, a intensidade aumentada sugeria que eles poderiam estar tramando algo. Mas essa era a cor que meus condenados geralmente exibiam quando estavam esperando o momento certo para armar uma armadilha para seu alvo desavisado.

Eu não sabia se essas cores tinham um significado diferente para essas pessoas, mas todos os meus instintos gritavam para eu sair dali. Silenciando minha vontade de seguir em frente e fazer contato com minha companheira, eu comecei a recuar lentamente, meus olhos voando em todas as direções por qualquer sinal de que eles estavam atrás de mim.

E realmente aconteceu.

Eu tinha dado apenas três passos para trás quando cada um

dos símios sacudiu a cabeça na minha direção. Meu sangue congelou quando todos fizeram contato visual direto comigo. Instintivamente eu olhei para meu escudo para ter certeza de que ainda estava ativo. E estava. De alguma forma, eles conseguiam ver através dele. Como um, eles largaram suas ferramentas de jardinagem e correram em minha direção.

Eu bati minhas asas e disparei em direção à floresta. Para minha consternação, eles corriam em velocidades impossíveis, se aproximando de mim. Sua coordenação perfeita acompanhada por um silêncio assustador – além do som de batidas de seus pés – tornou tudo ainda mais assustador. Meu coração pulou uma batida quando um homem com uma tiara pulou pelo menos quatro metros de altura, com as pontas dos dedos roçando meu calcanhar esquerdo. Apenas mais alguns centímetros e ele teria agarrado meu tornozelo para me puxar de volta para baixo.

Eu voei ainda mais forte quando uma estranha sensação de formigamento se manifestou no fundo dos meus olhos. Meu plano inicial de perdê-los na floresta foi rapidamente frustrado quando todos eles pularam em alturas insanas, agarrando-se aos primeiros galhos mais baixos das árvores ao redor, balançando com força incrível por alguns metros na próxima árvore. Muitos estavam subindo ao mesmo tempo. Alguns deles soltaram um grito agudo, que lembrava aqueles emitidos por macacos. Eles não soaram aleatórios, mas pareciam agir como algum tipo de direção tática para ajudá-los a coordenar melhor seu ataque.

Com o desconforto crescente no fundo dos meus olhos, eu demorei muito para perceber que eles estavam tentando ganhar altura suficiente para pular em mim e me derrubar no chão.

Eu imediatamente voei, esperando colocar distância vertical suficiente para que os galhos superiores ficassem fracos demais para suportar seus pesos, me dando uma chance de escapar. Mas assim que eu comecei minha ascensão, um barulho alto explodiu dentro da minha cabeça. Minha visão ficou turva e, de repente, eu me vi lutando para controlar meus movimentos. Parecia um ruído branco não natural, confundindo minhas sinapses e embaralhando meu sistema motor.

Eu comecei a cair e mal consegui me recuperar o suficiente para planar para não cair no chão. O barulho diminuiu, restaurando parcialmente meu controle sobre minhas asas e sentidos. Mas assim que eu tentei fugir deles novamente, o barulho voltou com força total, me fazendo vacilar um pouco mais.

Sem escolha a não ser pousar ou arriscar ferimentos graves, eu voei em direção ao chão, mas caí brutalmente, minha visão turva me fez calcular mal a distância. Meus dentes chacoalharam na minha cabeça, mas eu rolei com o impulso e pulei de volta para meus pés. O barulho implacável fez meus olhos lacrimejarem e meus músculos tremerem. Eu tentei me concentrar nas silhuetas se aproximando de mim enquanto invocava meu Lumiak. As pontas dos meus dedos formigaram com a energia elétrica meio segundo antes dela acabar. Meus joelhos cederam e eu caí. Uma onda de tontura caiu sobre mim. Ajoelhado, com minhas palmas apoiadas no chão da floresta para apoio, eu lutei para permanecer consciente.

Em um último esforço desesperado, eu explodi meu *bakaan*. Se nada mais, isso poderia impedi-los de me matar. Eu não sabia dizer se tive sucesso, mas depois de vários sons de pancadas dos símios pulando das árvores e pousando ao meu redor, o barulho na minha cabeça diminuiu enquanto todos eles paravam.

— Uma aura calmante? — disse uma voz masculina com um toque de diversão — Deve ser um talento útil para se ter com crianças turbulentas. Mas não há necessidade de nos apaziguar. Nós não somos seus inimigos, Obosiano. Você pode se acalmar e largar seu escudo. Nós esperávamos por você.

Como em nome de Tharmok eles sabiam o que eu era quando eu nunca tinha ouvido falar de sua espécie? Como eles poderiam me esperar? Como eles falavam Universal tão fluentemente? E especialmente, como diabos eles podiam me ver?

De certa forma, a última pergunta foi estúpida. Claramente,

eles possuíam alguma forma de poderes psiônicos. Eu, como um Obosiano, tinha o poder de ver almas, mesmo através de camuflagem. Eles aparentemente compartilhavam habilidades semelhantes.

Com a mente ainda cambaleando, eu desativei meu escudo. Eu olhei para o homem alto e musculoso que parecia ser o líder deles, apenas julgando pela tiara em sua testa que nenhum dos outros possuía.

— Vocês me esperavam? — eu perguntei, odiando me encontrar em uma posição tão vulnerável.

Ele assentiu — Não nos dê motivos para machucá-lo, e tudo ficará bem.

— Quem é você? — eu perguntei, enquanto a pressão no meu cérebro continuava a diminuir. Para meu alívio, suas auras estavam mudando para azul, a cor padrão para ausência de ameaça.

— Meu nome é Aku. Eu sou o Kald de Bryst, a vila que você estava tentando invadir furtivamente. E estes são meus companheiros de tribo. Nosso povo é chamado Kreelars. Mas fique de pé. Você deve estar firme o suficiente agora.

Ele não precisou dizer duas vezes.

Eu me levantei e limpei a sujeira de mim antes de reajustar minha couraça. Nenhuma palavra poderia descrever a extensão da mortificação que eu senti naquele instante. Como um Guerreiro Obosiano de elite, considerado o melhor da minha linhagem – o que me rendeu a gestão do nosso Setor em Molvi – eu nunca deveria ter sido derrotado tão facilmente. Certo, eu estava seriamente em menor número. Mas eles eram primitivos, terrestres, de outro planeta, sem armas. Eu tinha poderes psiônicos próprios. Eu também possuía uma pistola e uma espada, nenhuma das quais eu usava.

Considerando o resultado atual – pelo menos por enquanto – eu fiquei feliz por não ter feito isso. Atacar ou matar essas pessoas era a última coisa de que precisávamos se os prisioneiros quisessem ter uma chance de voltar para casa ilesos. Eu simplesmente lidei mal com a coisa toda. Os sinais de alerta tinham sido altos e claros. Mas minha arrogância e excesso de confiança na minha habilidade de escapar graças às minhas asas tinha sido minha queda. *Se meu Pai descobrir, eu nunca mais vou parar de ouvir sobre isso.*

Embora eu duvidasse que ele pudesse ler mentes, o Kreelar chamado Aku me deu um sorriso provocador que parecia indicar que ele suspeitava dos pensamentos autodepreciativos que passavam pela minha cabeça.

— Nós vamos te livrar das suas armas por enquanto — Aku disse, estendendo a mão para mim — Você vai pegá-las de volta mais tarde, quando estivermos confiantes de que temos um entendimento. Não tema, elas não serão adulteradas.

Eu silenciei meu desejo instintivo de discutir. O brilho inflexível em seus olhos desmentia a doçura educada de sua voz. A aura de autoridade que emanava dele gritava alto o quão formidável inimigo ele poderia se tornar se necessário. Uma espiada em sua aura felizmente confirmou mais uma vez que ele não tinha más intenções em relação a mim. Não que isso faria diferença. Se eu tentasse resistir, eles não teriam problema em me espancar até a submissão e ainda tirariam minhas armas, como demonstrado pela facilidade com que me capturaram.

Beliscando meus lábios, eu obedeci, o que só fez o sorriso irônico do Kreelar se expandir um pouco. Ele as entregou a outro homem, comparável em tamanho e musculatura, mas com um pelo bege-acinzentado. Pelo menos, o cuidado com que o segundo homem as manuseou me apaziguou. Ele não demonstrava medo do desconhecido, mas mais respeito por um item de valor.

— Ande comigo, Obosiano — Aku disse, gesticulando em direção à vila.

— Meu nome é Amreth — eu disse mal-humorado.

— Certo, Amreth — ele respondeu em tom conciliador, enquanto começávamos a caminhar.

— Mas você não respondeu minha pergunta inicial. Como é que você me esperava? — eu perguntei.

Ele me lançou um olhar de lado e levantou uma sobrancelha que claramente indicava que eu estava sendo um pouco convencido demais. Obviamente, eu não estava em uma posição de poder. No entanto, meu povo tinha a tendência de ser direto ao ponto sobre tudo. Às vezes parecia rude, presunçoso ou arrogante, o que na verdade não era intencional.

Para minha surpresa, ele me atendeu.

— Nossos amigos nos avisaram que você viria resgatar sua companheira. Só que ela não precisa ser resgatada. Ela precisa da sua ajuda — Aku disse de forma factual.

— Ajuda com o quê? — eu perguntei, confuso.

— Com a conclusão da tarefa dela. Uma vez que isso for feito, todos vocês podem voltar para casa — ele respondeu no mesmo tom neutro.

— E que tarefa seria essa? — eu insisti, começando a me sentir incomodado pelo gotejamento lento de informações.

— Corrigir o dano extremo que os humanos nos infligiram — ele respondeu, com os olhos e a voz endurecendo.

— Humanos?! — eu exclamei, atordoado — Quando? Como? Seu planeta está sob restrições muito rígidas da Primeira Diretriz.

— E os humanos violaram isso viajando em áreas proibidas muito além dos territórios dos Sangoth — Aku rosnou — Por causa de seu descuido, os humanos nos infectaram com uma doença mortal que agora colocou meu povo à beira da extinção.

— Pelo sangue de Tharmok! — eu suspirei, o choque dando lugar à compreensão — Então é por isso que vocês pegaram os prisioneiros. Vocês querem que eles encontrem uma cura!

Ele assentiu, sua expressão sombria enquanto saíamos da

linha das árvores e entrávamos no caminho largo que levava à vila. Com um gesto rígido de cabeça, Aku sinalizou para seus companheiros de tribo que eles poderiam voltar às suas tarefas de cuidar dos campos. Todos eles obedeceram, exceto por dois homens que permaneceram conosco enquanto continuávamos pelo caminho largo em direção à vila.

— Mas se vocês encontraram uma maneira de viajar para fora do planeta para abduzir esses cientistas, por que não simplesmente tornar público como os humanos o injustiçaram? — eu perguntei, perplexo — A OPU e todos os planetas aliados teriam colocado todos os recursos à sua disposição para consertar as coisas e fazer os culpados responderem por seus crimes.

Aku balançou a cabeça com uma convicção que me pegou de surpresa — Nós exploramos todos esses cenários. Cada um deles acaba em um destino muito pior para nós. Algumas pessoas poderosas em seu mundo podem perder muito se isso for exposto da maneira que deveria ser. Exterminar uma espécie primitiva da qual ninguém nunca ouviu falar para manter seu segredo pode ser tentador para aqueles com os meios para fazer isso.

Minhas costas ficaram rígidas, meus instintos de proteção dispararam a todo vapor, enquanto minha profunda necessidade por justiça exigia que eu caçasse os culpados e os submetesse à justa retribuição que eles mereciam.

— Como você sabe que um destino pior vai recair sobre vocês se vocês os levarem à justiça? Eles não podem ser autorizados a escapar impunes de algo tão atroz, se for verdade. Além do fato de que eles devem responder por seus crimes, se eles forem autorizados a escapar impunes, o que os impede de causar dano semelhante ou talvez até maior a outra pessoa? — eu desafiei veementemente.

Ele me deu o tipo de sorriso indulgente que alguém daria a uma criança excessivamente animada — Não tenha medo, Amreth. Os responsáveis pagarão por isso.

— Nós precisamos de justiça, não de justiceiros — eu respondi com uma carranca e minha voz severa.

Ele bufou, e sua diversão aumentou um pouco — Não haverá nenhuma atividade de justiceiro envolvida. Você, Amreth, cuidará da punição deles.

Eu recuei, atordoado não apenas por suas palavras, mas também pela certeza com que ele as disse.

— Eu? — eu repeti.

— Sim, *Diretor* — ele disse, sua ênfase no meu título me deixando ainda mais curioso.

— Quem em nome de Tharmok são seus amigos?

— Apenas bons amigos — Aku respondeu em um tom que deixou claro que ele não iria expandir mais.

— Como eles lhe deram essa previsão? — eu insisti.

— Eles simplesmente fazem isso — ele disse, dando de ombros, sua expressão transmitindo em voz alta que eu deveria mudar de assunto.

Irritado, eu classifiquei o bilhão de perguntas que eu queria fazer a ele, especialmente quando se tratava da identidade das pessoas poderosas às quais ele havia aludido. Mas ele não me deu uma chance de fazer isso.

— Esta é a nossa vila, Bryst — Aku disse quando finalmente passamos pelos portões principais abertos.

Embora primitiva para os padrões galácticos, a vila era realmente muito bonita. Uma grande praça nos recebeu, coberta de calçada colorida formando um motivo abstrato. Eu não duvidei que ela geralmente servia para reuniões em massa e possivelmente um mercado aberto. Ao redor dela, vários prédios de um andar feitos de madeira e argila criavam pequenos aglomerados semelhantes a blocos de rua. Eles ergueram um punhado de prédios muito maiores com pedra e tijolos. Todos eles ostentavam cores claras de bege, marrom e cáqui, com janelas de vidro adequadas. As ruas eram todas feitas de terra batida delineadas por uma pedra decorativa ou borda de calçada. Muitas plantas, árvores e flores coloridas davam ao lugar uma sensação convidativa.

Eu não detectei sinais claros de energia elétrica ou de qualquer tipo de tecnologia de transporte como veículos. Pouquíssimas pessoas perambulavam pelas ruas, a maioria mulheres e um punhado de crianças que me olhavam com indisfarçável curiosidade. Para meu alívio, nenhuma de suas auras expressava hostilidade. Quem quer que fossem seus amigos – sem dúvida Sectários – eles convenceram essas pessoas de que eu seria algum tipo de aliado. Embora isso servisse ao meu propósito e evitasse que meu erro inicial tivesse um resultado infeliz, também me deixou ainda mais ansioso para descobrir sua identidade e como eles se envolveram em primeiro lugar.

Nós imediatamente viramos à direita em direção ao outro portão que controlava o acesso ao pátio interno onde minha companheira e seus colegas estavam presos. Meu pulso acelerou com a perspectiva de conhecer minha Ciara pessoalmente. Ela parecia bem quando saiu do laboratório mais cedo. A julgar pelas minhas interações com Aku até agora, eu não tinha motivos para me preocupar que ela tivesse sofrido qualquer tipo de maus-tratos.

Mas como ela se sentirá com a minha presença?

Aku disse a ela que o amigo deles havia previsto minha chegada? Ela estava ansiosa por isso? De acordo com Kayog, ela estava ansiosa para me conhecer. No entanto, ela certamente não esperava que fosse nessas circunstâncias.

Para minha surpresa, em vez de me levar ao laboratório, Aku me levou para uma moradia no lado oposto do pátio interno, de frente para ele. Eu olhei para o prédio desdobrável por cima do meu ombro apenas para ver um dos dois homens que nos acompanhavam ir direto para lá. O que permaneceu conosco segurava minhas armas.

O líder Kreelar abriu a porta da casa e acenou para que eu entrasse.

— Você dividirá esta moradia com sua companheira — ele disse assim que entramos na humilde, mas confortável sala de estar.

— O quê?! — eu exclamei, olhando para ele em choque.

— Paz, Amreth — Aku disse com aquele tom de provocação desagradável com o qual eu estava começando a me familiarizar — Eu estou ciente de que vocês dois nunca se conheceram. Há dois quartos. Ela terá sua privacidade. Mas se dividir uma moradia for realmente problemático para qualquer um de vocês, nós faremos arranjos para movê-los para outro lugar.

— Entendo — eu disse, a tensão saindo dos meus ombros.

Obviamente, eu preferia muito mais dividir um lar com Ciara, mesmo que fosse só para poder protegê-la em qualquer capacidade que eu pudesse. Mas eu queria que ela se sentisse confortável comigo, e não como se minha presença estivesse sendo imposta a ela simplesmente porque um Temern nos declarou almas gêmeas.

— Nós não vamos acorrentá-lo, ou espioná-lo — Aku disse, seu rosto assumindo uma expressão séria com uma pitada de aviso — Eu confiarei em sua honra para fazer o certo pelo meu povo antes de partir, e que você não tentará escapar antes que essa situação seja resolvida.

— Confiar? Você não me conhece. Isso parece um salto de fé imprudente — eu desafiei, minha boca Obosiana miserável falando o que penso quando eu deveria me alegrar com isso.

— Eu posso te algemar se você insistir — ele respondeu, seu tom apenas parcialmente provocador — Mas não, Diretor, quando se trata desse assunto específico, nenhuma decisão que eu tomo é imprudente. Mas um salto de fé? Sim, eu vou admitir isso. Eu tenho total e completa fé em meus amigos. Eles dizem que você é confiável, e que você permanecerá até que esse assunto seja resolvido, assim como eles previram que você viria aqui. Então sim, eu vou confiar em sua honra.

Eu inclinei a cabeça para o lado, incapaz de resistir à necessidade de cutucar sua lógica, mas também de ter uma ideia melhor de com quem eu estava lidando.

— Eu não conheço seus amigos ou como a previsão deles funciona. Mas e se eu não quiser ajudar seu povo? E se eu escolher desafiar a afirmação deles de que eu vou ajudá-lo? Afinal, por melhores que sejam suas intenções, você cometeu um crime para atingir seu propósito.

Para minha surpresa, ele deu de ombros, aparentemente imperturbável com minhas palavras — Isso vai me entristecer e atrasar a resolução dessa tragédia. Por sua vez, isso provavelmente causará mais mortes desnecessárias. Mas eu não posso coagi-lo a ajudar a resolver uma situação que você não criou. Então, se você se recusar a ajudar, você simplesmente terá que permanecer aqui até que seja seguro para nós libertarmos todos vocês.

Eu olhei para ele em choque. Um vislumbre de sua aura não revelou nenhuma enganação. Ele realmente não me obrigaria ou usaria minha companheira para me forçar a obedecer às suas exigências. Para minha vergonha, ele me pareceu uma pessoa muito melhor do que eu queria acreditar que era.

Eu abri a boca para responder, mas uma luz brilhante no canto da minha visão chamou minha atenção.

— Sua companheira se aproxima — Aku disse em voz baixa.

Minha boca ficou seca instantaneamente quando a luz mais linda que eu já tinha visto – embora amortecida pela porta fechada entre nós – me manteve em cativeiro. O brilho da aura de seu acompanhante me irritou profundamente, pois se misturou com o dela devido à sua proximidade.

Momentos depois, a porta se abriu e meu cérebro parou de funcionar.

Tharmok me golpeie, ela é pura perfeição!

— Vamos deixá-la com seu companheiro — Aku disse.

O tom levemente zombeteiro em sua voz mal foi registrado em minha mente. Eu estava muito encantado pela minha mulher.

Ela engasgou, e seus olhos se arregalaram enquanto ela me encarava, antes de lançar um olhar confuso para Aku.

— Meu companheiro?! — ela exclamou, segundos antes de parecer atingida por um pensamento. Ela sacudiu a cabeça para trás em minha direção para me examinar com choque e descrença — A... Amreth? — Ciara perguntou com uma voz hesitante.

— Sim, Ciara. Sou eu — eu disse, atordoado por ter conseguido formar alguma palavra.

A risada suave de Aku me tirou do meu transe atordoado. Eu olhei para o Kreelar apenas para pegá-lo olhando para mim e para minha companheira com um sorriso satisfeito. Em um lampejo de compreensão repentina, eu percebi que ele de alguma forma sabia que essa cena exata aconteceria. Algo na maneira como aconteceu o agradou.

Sem dizer mais nada, ele nos cumprimentou com um aceno de despedida e saiu da casa com seu colega de tribo.

CAPÍTULO 7

CIARA

M uitos pensamentos dispararam simultaneamente no meu cérebro para permitir que ele funcionasse corretamente. A beleza de tirar o fôlego de Amreth tornou ainda mais difícil para minha mente agir racionalmente. A partir do momento em que Kayog me contou sobre minha alma gêmea, minha imaginação fértil começou a criar todos os tipos de cenários sobre como seria nosso primeiro encontro. Então meu mundo inteiro desabou durante aquele ataque.

— O que você está fazendo aqui? — eu soltei, estremecendo instantaneamente por essas serem as primeiras palavras que saíram da minha boca depois que ele confirmou sua identidade.

Pela maneira como ele piscou e pela incerteza que brilhou em suas feições impressionantes, essa não tinha sido a reação que ele esperava ou possivelmente desejava.

— Eu vim para resgatá-la — ele disse cuidadosamente.

— Para *me* resgatar? — eu repeti, minha confusão audível — Como você chegou aqui? Como nos encontrou? Você não é um Diretor?

Eu pressionei as palmas das mãos nas bochechas e balancei a cabeça, envergonhada por aquela onda repentina de diarreia verbal. Eu não queria bombardeá-lo com tantas perguntas, mas toda essa situação parecia surreal.

— Sim, Ciara. Eu sou um Diretor em Molvi, e vim assim que ouvi o que aconteceu com você — ele respondeu com uma expressão cautelosa.

— Mas... Kayog te contou sobre...? — eu fiz um gesto entre nós dois quando minha voz sumiu.

Ele assentiu — Assim que foi confirmado que você estava desaparecida, Kayog me contatou sobre você.

— E você veio por mim? — eu sussurrei, minha voz cheia de descrença.

— Claro — ele respondeu como se fosse evidente — Que tipo de homem não viria ao resgate de sua alma gêmea?

Eu olhei para ele sem palavras. Uma parte de mim queria derreter de dentro para fora por ele não ter hesitado em vir atrás de mim sendo que nunca nos conhecemos, muito menos conversamos. Outra estava simplesmente muito impressionada para entender completamente minhas emoções conflitantes. Aku mencionou que meu companheiro viria, mas eu continuei descartando isso como sendo muito rebuscado. E, no entanto, aqui estava ele, parecendo gostoso o suficiente para comer.

— Uau — eu disse finalmente, com uma mistura de espanto e perplexidade — Quem mais está aqui com você? Os Executores?

Minha testa franziu ainda mais em confusão quando ele balançou a cabeça com uma expressão de desculpas.

— Temo que estou sozinho. A situação é um pouco complicada — Amreth respondeu, escolhendo cuidadosamente suas palavras.

— Deixe-me adivinhar — eu disse com um tom nada impressionado — Três Médicos Interestelares não são importantes o suficiente para enviar as armas grandes.

Ele assentiu novamente — Os Executores não poderiam justificar assumir esta missão para três civis, pois deveria ser um assunto tratado pelos Pacificadores. Também não ajuda que este planeta esteja localizado dentro da Zona Morta. Não há uma maneira simples de rastreá-los aqui.

— Mas você conseguiu — eu desafiei, franzindo ainda mais a testa.

— Eu tive que... hmmm... contornar certas regras para vir aqui — ele disse relutantemente.

Em outras circunstâncias, o olhar mortificado em seu rosto lindo teria sido adorável. Este homem era realmente deslumbrante. Ele tinha que ter pelo menos 1,95 m, ombros largos e bíceps salientes deixados expostos pela couraça sem mangas e ornamentada que ele usava. Sua pele estava no espectro mais escuro para um Obosiano. Como elfos negros, eles tendiam a ter uma pele muito sombria, geralmente no tom azul meia-noite ou cinza muito escuro. A dele era mais marrom-acinzentada, no que eu chamaria de carvão. Sua esclera preta fazia seus olhos brancos prateados se destacarem nitidamente, me atraindo de uma forma quase irresistível. Ele tinha um nariz nobre e os lábios mais sensuais e carnudos feitos para beijar.

Assim como todo o seu povo, uma série de escamas escuras adornavam sua testa, mudando para o conjunto principal de chifres pretos no topo de sua cabeça, com um conjunto menor recurvado atrás de suas orelhas. Elas também contrastavam fortemente com seu longo cabelo branco-prateado, da mesma cor que o meu. Enquanto esse tom era padrão para Obosianos, para mim, era devido ao fato de que eu tinha o raro traço humano do piebaldismo. Mesmo dobradas, suas asas de morcego pretas e de couro pareciam enormes, para não mencionar letais com as garras afiadas nas pontas e alinhando as bordas inferiores.

Naturalmente, eu não pude deixar de fixar meus olhos em seus muitos piercings faciais visíveis. Isso era algo cultural para os Obosianos e uma grande fonte de orgulho. Seu povo não podia simplesmente colocar um piercing em si mesmo. Eles precisavam ganhar esse privilégio por meio de uma infinidade de realizações potenciais pelas quais eles recebiam uma quantidade variável de um metal raro chamado algarium. Com isso, eles podiam forjar o piercing em um formato que gostassem para o local do corpo que mais os tentasse.

Amreth tinha um pequeno anel na lateral de cada uma das narinas, um pequeno pico em seu labret – o ponto logo abaixo do lábio inferior, mas acima do queixo, dois anéis em sua sobrancelha esquerda e mais alguns ao longo dos lados de suas orelhas. Eu não conseguia ver nenhum piercing em seus braços, mas não duvidei por um minuto que mais alguns se escondiam sob seu peitoral.

Eu imediatamente desliguei o pensamento que estava surgindo sobre se ele também tinha alguns em suas partes safadas. Ao que tudo indica, tanto os homens quanto as mulheres Obosianos faziam questão de ter alguns em suas áreas privadas para sensações extras. Considerando que eles possuíam poderes eróticos que frequentemente os rotulavam como Íncubos e Súcubos, não era tão surpreendente assim.

— Uau — eu disse finalmente, genuinamente comovida — Eu sei o quão importante é obedecer às regras para o seu povo. Então realmente significa muito para mim que você as tenha contornado um pouco para vir me salvar.

— Sempre, Ciara — ele disse com um sorriso gentil que suavizou seu rosto da maneira mais maravilhosa.

— Então o que você fez? Você simplesmente andou até a vila? — eu perguntei com sincera curiosidade.

O olhar repentino e envergonhado em seu rosto e a maneira como ele se mexeu desconfortavelmente em seus pés me pegaram de surpresa, além de aumentar minha curiosidade.

Ele esfregou um ponto atrás do chifre inferior direito, logo acima da nuca, enquanto procurava uma resposta apropriada.

— Não exatamente. Eu estava tentando explorar a área para

encontrar a melhor maneira de tirar vocês três de lá quando fui capturado — ele disse timidamente.

Eu pisquei.

— Eles usaram poderes psiônicos contra mim que eu não tinha como neutralizar. Isso me paralisou — ele acrescentou rapidamente, soando um pouco na defensiva.

— Certo — eu respondi pensativamente — Eu me lembro dos guardas Obosianos na Gladius quase caindo na passarela quando foram afetados por ataques semelhantes. Na verdade, Kayog fez algo que os ajudou a resistir. Estou surpreso que ele não tenha mencionado isso a você.

Amreth girou os ombros e esticou o pescoço, visivelmente tentando aliviar um pouco da tensão que se acumulava ali, enquanto seu constrangimento parecia aumentar ainda mais.

— Kayog mencionou suas habilidades psiônicas — ele admitiu.

— E você veio despreparado para isso? — eu soltei, minha voz cheia de descrença, e então imediatamente eu estremeci por dentro novamente.

Vai se foder! Eu poderia soar mais crítica e ingrata? Minha boca miserável tinha uma tendência de apenas falar o que pensava, o que às vezes podia involuntariamente soar como maldoso ou ofensivo.

— Eu não entrei de forma imprudente — ele disse, soando ainda mais defensivo — Eu tinha meu escudo furtivo ativado. Considerando que minhas varreduras não revelaram nenhuma forma de tecnologia, além do laboratório implantável em que você estava trabalhando, eu não tinha razão para pensar que eles possuíam poderes que pudessem ver através dele. Afinal, meu povo desfruta de algumas das tecnologias mais avançadas que existem. Eu só planejei entrar e sair rapidamente e talvez plantar algumas distrações para ajudar na sua fuga.

— Eu entendo — eu disse em um tom conciliatório, sentindo que fui uma vadia com o pobre homem — No seu lugar, eu teria suposto o mesmo. Ninguém suspeitaria que eles tivessem o tipo de poderes psiônicos que eles demonstraram. Na verdade, eles não costumavam ter. Esta não é uma característica normal para os Kreelars. O que quer que tenha acontecido com eles uma década atrás causou esta mutação.

— O quê?! — Amreth exclamou, atordoado.

Eu assenti, minha testa franzida em uma carranca — Mas, por favor, sente-se. Eu estou sendo uma péssima anfitriã — eu acrescentei com uma risada nervosa.

Ele sorriu — Está tudo bem. Toda essa situação é meio surreal. Não se pode esperar que nenhum de nós aja da maneira usual.

Depois de um momento estranho de hesitação, eu o guiei para a área de jantar em vez da sala de estar. Um lado da mesa tinha um banco largo, enquanto os outros tinham cadeiras. Eu imaginei que a ausência de um encosto seria mais confortável para acomodar suas asas. Ele pareceu compartilhar esse pensamento enquanto seguia direto para o banco. Ainda assim, ele permaneceu de pé até que eu me acomodei primeiro do outro lado da mesa, em frente a ele. Era estranho que ele seguisse algumas dessas cortesias humanas da velha guarda.

Assim que eu me sentei, de repente me lembrei de que não havia oferecido nada para ele beber ou comer.

— Não, Ciara. Estou bem — ele disse com uma expressão divertida quando eu mais uma vez soltei se ele precisava de algum refresco — Não se preocupe tanto. Eu te aviso se eu precisar de alguma coisa.

— Okay — eu disse, me sentindo insanamente desajeitada. Essa não era a primeira impressão que eu queria dar à minha alma gêmea.

— Então você estava prestes a me contar sobre a mutação dos Kreelars. Mas primeiro, eu gostaria de saber como você está se saindo — ele perguntou, seus olhos branco-prateados me estudando atentamente — Com base nas gravações da Gladius, você foi gravemente ferida.

Pela maneira como seu olhar saiu um pouco de foco, eu suspeitei que ele estava observando minha alma ou aura para obter alguma informação adicional sobre meu estado emocional atual.

— Eu estou bem, nós três estamos bem. Obrigada por perguntar — eu respondi com um sorriso — Os Kreelar e seus amigos me consertaram completamente. Não sei que tipo de tecnologia seus amigos têm, mas ela poderia rivalizar com a dos Xurgens. E desde que chegamos aqui, eles nos trataram como hóspedes estimados. Eles precisam de nós... muito.

— Estou grato que eles conseguiram consertá-la. Nada disso faz muito sentido. O que você descobriu desde sua chegada? — ele perguntou — Aku alega que humanos os prejudicaram.

Eu assenti severamente — O que aconteceu foi realmente uma bagunça e a razão pela qual há regras rígidas da Primeira Diretriz. É ainda mais irritante que toda essa tragédia tenha sido causada pelas mesmas pessoas que deveriam saber melhor.

— O que você quer dizer?

— Toda essa confusão começou há pouco mais de dez anos. Você provavelmente ouviu sobre o incidente que levou a OPU a fazer contato com os Sangoth pela primeira vez, certo?

Ele assentiu — Contrabandistas estavam roubando alguns dos metais raros em suas montanhas. A competição por esses recursos raros levou algumas facções criminosas a lutar por essa riqueza. Se bem me lembro, a facção perdedora delatou a vencedora.

— Está certo. O Cartel Timmons não aceitou bem a derrota. Eles pensaram que se não pudessem aproveitar essa riqueza, ninguém mais poderia. Sem eles avisarem a OPU, nós nunca teríamos sabido da existência dos Sangoths. Exceto que muitos danos já haviam sido causados à população deles. A OPU iniciou algumas negociações diplomáticas, e os Sangoths consentiram em permitir que alguns de nossos cientistas realizassem estudos não intrusivos de seu povo.

— E é aí que entra Elias Jacobs — ele disse com compreensão repentina.

Eu assenti — A equipe dele estava lá para um estudo de um ano. Os Sangoths possuem ossos extremamente fortes, quase inquebráveis. Eles vêm dos resíduos minerais na água que flui por sua montanha. Jacobs esperava descobrir uma maneira de adaptá-los a outras espécies e ajudar a resolver coisas como a doença dos ossos frágeis e a osteoporose. Mas essa pesquisa não deu em nada. Os Sangoths possuem características genéticas únicas que lhes permitem assimilar esses minerais como nenhuma outra espécie poderia.

— Mas isso permitiu que ele descobrisse aquele soro SS12. Ou isso foi uma invenção? — ele perguntou.

— Os Sangoths não têm nada a ver com esse soro — eu disse com raiva — Durante esse tempo, dois dos médicos da equipe dele decidiram fazer uma escapada romântica no vale perto do rio. Era bem fora da área autorizada. Eles estavam fazendo sexo perto da água depois de um piquenique. Uma mãe Kreelar e seu filho tropeçaram neles.

— Droga! Imagino que não tenha ido bem? — Amreth disse com uma carranca.

— Isso é um eufemismo. Eles nunca tinham visto humanos antes, mas esse não seria o problema. A criança de cinco anos foi atrás da comida e começou a comê-la. O homem percebeu e foi parar a criança.

Amreth estremeceu, sem dúvida imaginando o que aconteceria em seguida.

— Pensando que ele estava tentando machucar o filho dela, a mãe o atacou e o mordeu. O casal conseguiu escapar atirando tranquilizantes nela.

Amreth xingou baixinho — Eu nem sou médico e sei que

não se deve injetar produtos químicos em espécies primitivas sem ter ideia de como elas podem reagir.

— Exatamente. Ela ficou inconsciente por algumas horas. A sedação finalmente passou e ela conseguiu levar seu filho de volta para a aldeia. No começo, tudo estava bem. Mas foi na semana seguinte que ela começou a mostrar sinais de doença. O problema era que ela era uma ama de leite para seu povo.

— Pelo sangue de Tharmok! Ela infectou outros? — Amreth perguntou severamente.

Eu assenti — A parte triste é que ela parou de amamentar assim que os primeiros sintomas apareceram. Mas o estrago já estava feito. Poucos dias depois que ela adoeceu, muitas das crianças que ela estava alimentando também adoeceram. Os Kreelars amamentam seus filhotes até eles atingirem a idade de seis a sete anos.

— E a equipe de Jacobs não fez nada? Eles ao menos investigaram as potenciais consequências do que causaram? — ele perguntou, indignado.

— Na verdade, eles fizeram — eu admiti — Eles rapidamente perceberam que algo estava errado e intervieram. Infelizmente, era tarde demais para oito das crianças que morreram. Eles conseguiram salvar a mãe, Sora, mas ela desejou não ter sobrevivido.

— O quê?! Por quê? — Amreth exclamou.

— Sora se culpa pelo que ocorreu naquela época, pelo que aconteceu depois e pelo que está acontecendo atualmente — eu disse, frustrada.

— Mas isso não é culpa dela! Ela estava apenas defendendo seu filho. Ela não tinha como saber que o estranho havia passado alguma doença para ela — ele argumentou.

— Eu concordo plenamente com você, mas as coisas se transformaram em algo muito maior do que qualquer um esperava. Nós estamos nisso há apenas três dias, mas tudo o que descobrimos até agora só me enfurece ainda mais.

— O que você quer dizer? — ele perguntou, inclinando a cabeça para o lado.

— Nós fizemos alguns testes em Sora. E adivinhe só? A grande descoberta de Elias, o SS12, veio dela. Ele derivou o soro dos anticorpos que ela desenvolveu ao sobreviver à doença que o médico humano passou para ela.

— Então não foi o sedativo que causou a reação negativa dela? — Amreth perguntou, surpreso.

Eu balancei a cabeça — Não. Foi a mordida, que a fez engolir um pouco do sangue dele. Mas o problema é que o que quer que ela tenha sofrido não é a mesma doença que está matando os outros. Se fosse o caso, nós poderíamos ter obtido uma cura rápida para todos eles. Mas outra coisa aconteceu.

— Você acha que Elias fez algo com o povo deles? — Amreth perguntou, sua expressão escurecendo enquanto a suspeita enchia sua voz — Ele poderia tê-los deixado doentes de propósito para validar ainda mais seu soro?

Eu hesitei — Na verdade, não. Não acho que ele a tenha deixado doente de propósito. Afinal, pela nossa análise e pelo relato dos eventos, foram circunstâncias puramente infelizes ela tê-lo mordido e ter sido infectada com aquela doença. O problema é que assim que ele a curou, ele foi embora e nunca olhou para trás. Esta é uma violação grave da Primeira Diretriz. A terrível precipitação deveria ter sido imperativamente relatada. Os Kreelars deveriam ter permanecido sob observação discreta por pelo menos cinco anos para garantir que nada ressurgisse.

— Por que ele não fez isso? Não era como se ele tivesse culpa por aqueles dois médicos tolos quebrarem o protocolo. Eles teriam enfrentado as consequências. Na pior das hipóteses, isso teria sido uma pequena mancha em sua reputação, mas não teria sido um golpe devastador — Amreth argumentou.

— E essa é a parte que realmente me incomoda. As consequências agora por ser exposto vão destruir sua carreira. Por que arriscar? A incrível descoberta do SS12 teria feito a vergonha dessa situação desaparecer num piscar de olhos. Esse era o momento ideal para ele, por mais trágico que tenha sido para as vítimas. Há algo mais que estamos deixando passar.

— Aku mencionou que eles tinham que manter segredo sobre isso porque pessoas extremamente poderosas teriam tornado as coisas ainda mais trágicas se eles tivessem tornado isso público em vez de sequestrá-los — Amreth disse pensativamente.

— Ele insinuou isso também — eu disse com uma carranca — Depois que salvarmos essas pessoas, precisamos chegar ao fundo disso.

— Concordo — Amreth disse com uma determinação que quase me fez sorrir.

Ele realmente era a personificação do Obosiano extremamente cumpridor da lei.

— É frustrante que ninguém realmente tenha cutucado algumas de suas inconsistências. Primeiro, ele rotulou sua descoberta de SS12, que significa Soro Símio. Embora os Sangoths tenham alguns vínculos muito distantes com os macacos, nós os comparamos principalmente aos Yetis. Enquanto os Kreelar claramente possuem características símias. Quando solicitado a descrever a espécie da qual ele derivou o soro, Elias deu uma explicação aleatória de que a doença da qual a criatura sofria agia como uma bactéria carnívora virulenta que não apenas consumia a carne em uma taxa acelerada, mas também a fazia se decompor muito rapidamente para que eles tivessem qualquer tecido viável que os permitisse identificar sua espécie.

— Isso é ridículo! — Amreth disse, incrédulo.

Eu bufei — Nem me fale. Mas as pessoas estavam ocupadas demais falando sobre o soro e suas aplicações para realmente se debruçar sobre suas origens. E aqui, tudo estava bem por quase um ano após a partida deles. E então, aquela doença voltou. Mas era diferente. Ninguém mordeu ninguém, e não estava restrito a um subgrupo específico como tinha sido com Sora e os jovens que ela amamentou. Membros aleatórios da tribo de todas as idades e gêneros começaram a ficar doentes.

— Algum tipo de vírus? — ele perguntou.

Balancei a cabeça — Não. Seja o que for, não é transmitido pelo ar, não é um patógeno transmitido pelo sangue e não é fisicamente transmissível pelo toque. Isso está causando fortes dores de cabeça e inchaço no cérebro. É quase como encefalite com dores de cabeça, febre, fadiga, dor nas articulações e, eventualmente, confusão e alucinações. Ambos os sexos podem se contaminar, mas as mulheres que contraem após a puberdade raramente sobrevivem. O maior problema é que isso começou a acontecer em todas as outras tribos, não apenas nas pessoas aqui em Bryst.

— Isso não faz sentido. Quando Sora ficou doente pela primeira vez, ela infectou uma criança de outra tribo?

— Não. A doença atacou exclusivamente aqui. Então aconteceu outra coisa que agora está se espalhando para outros Kreelars, mas não para os Sangoths. Mas, essas duas espécies não interagem uma com a outra. Nos últimos nove anos desde que a doença retornou – ou melhor, que essa versão dela se manifestou – as mulheres Kreelars foram dizimadas. Elas agora representam menos de um terço da população. Se nós não encontrarmos uma cura rapidamente, elas serão extintas. Então, como você pode imaginar, nós não podemos ir embora. Nós temos que consertar isso.

Ele assentiu lentamente, uma carranca profunda vincando sua testa — Aku disse que você pode resolver isso, mas ainda mais rápido com minha ajuda.

Eu me animei — Ele disse. Eles têm algum tipo de vidente que disse que você viria e que ajudaria. Essa primeira parte foi claramente precisa.

— Foi. O que significa que eu devo ajudar. O que quer que você precise, eu farei.

Embora suas palavras me agradassem, por uma razão que eu

não consegui explicar, eu senti a necessidade de desafiar sua motivação.

— Você ainda ofereceria sua ajuda se eu não estivesse envolvida? — eu perguntei.

Ele recuou um pouco e pareceu um pouco ofendido.

— Sim, Ciara. Eu ainda ofereceria. Eu posso ter vindo aqui especificamente por você, e como sua alma gêmea é de fato meu dever ajudá-la de todas as maneiras possíveis. Mas eu também tenho o dever de consciência de fazer o certo por aqueles em necessidade. Os Obosianos podem parecer frios e rígidos às vezes, mas não somos insensíveis. Nós somos apenas... arrogantes quando se trata de defender a lei e seguir regras.

— Então você pode achar que me ter como companheira é bem problemático. Eu sou do tipo rebelde — eu desafiei.

Embora ele tenha estreitado os olhos para mim, seus lábios se esticaram em um sorriso sutil com um toque de provocação.

— Você é mesmo? — ele perguntou em um tom duvidoso — Parece um pouco contraditório para uma epidemiologista.

Eu dei de ombros — Essas regras, eu sigo. Mas outras... — eu acenei com a mão em desdém enquanto minha voz sumia.

— Bem, então você só terá que ser disciplinada.

Eu bufei e lancei-lhe um olhar incrédulo, sem saber como interpretar sua expressão, que era a mistura perfeita de seriedade com um toque de travessura.

— Boa sorte com isso! — eu disse com um desafio.

— Nesse aspecto, eu não preciso de sorte, Ciara — ele disse, sua voz baixando uma oitava de um jeito que soava ameaçador e cheio de promessas.

Meu estômago deu uma cambalhota, e de repente eu me vi admirando sua aparência insanamente atraente. Eu não sabia como me sentia em relação a ele. Fisicamente, de 0 a 10 ele era um bilhão. Em termos de personalidade, levaria algum tempo para me ajustar a ele. Eu apenas me confortei com esse vislumbre de seu lado brincalhão.

Parte de mim desejava não saber que ele era minha alma gêmea, pois assim nosso relacionamento teria uma chance de crescer organicamente. Em vez disso, eu me senti compelida a simplesmente ser levada pelo fluxo, porque sabia que éramos feitos um para o outro. Isso teria sido bom se não fosse pela minha mente estúpida e excessivamente analítica que sempre precisava procurar as falhas potenciais que poderiam ter repercussões ruins mais tarde. Eu precisava relaxar e apenas deixar as coisas acontecerem. Afinal, ele tinha viajado metade da galáxia para me resgatar em um salto de fé.

E Kayog nunca estava errado.

— Mas falando sério, o que eu posso fazer para ajudar? Eu sou muitas coisas, mas definitivamente não sou um cientista — ele disse com um olhar de desculpas.

Eu sorri — Na verdade, sua chegada não poderia ter sido mais perfeita. Essas pessoas ainda não possuem sistemas avançados de transporte ou comunicação. Elas têm o equivalente a CBs para comunicação por rádio. Mas, como você pode imaginar, isso é muito restritivo para nossas necessidades. Nós precisamos visitar as outras aldeias para tentar ter uma noção melhor do que pode ser a causa da doença se espalhando para outras tribos.

— Claro, eu ficarei feliz em voar com você. De alguma forma, duvido que Aku ficaria muito interessado em me deixar levá-la dentro da minha nave — ele acrescentou pensativamente.

— Concordo. Pelo menos, não agora. As pessoas aqui em Bryst têm sido gentis conosco, mas as outras vilas nunca conheceram um humano pessoalmente antes. Já que o único conhecimento que eles têm de nós é de como nossas ações podem ser a causa do que está destruindo seu povo, duvido que eles aceitariam uma nave auxiliar até que tivéssemos a chance de estabelecer algum tipo de relacionamento. Eu ia montar em uma de suas montarias, mas levaria horas para chegar ao nosso destino.

Então você me levar voando seria ótimo, supondo que eu não seja muito pesada? Eu estremeci assim que disse a última frase. Os Obosianos eram conhecidos por sua força. Eu tinha um peso saudável, o que colocaria muito pouca pressão sobre ele. Eu não queria que ele pensasse que eu só disse isso para pescar elogios.

A emoção mais estranha passou rapidamente por seus olhos brancos prateados — Você está me chamando de fraco, mulher? — ele perguntou com falsa indignação.

Eu bufei e relaxei instantaneamente — Não totalmente, mas tenho que levar em conta o fato de que ser alto e ter ombros largos não significa necessariamente ser forte. Não há vergonha em ser fraco — eu disse provocativamente.

— Você logo descobrirá que sua alma gêmea é muitas coisas, mas não fraca.

Ele abriu a boca para dizer mais alguma coisa, hesitou e então decidiu não prosseguir. Isso me deixou queimando de curiosidade. Com uma certeza que eu não conseguia explicar, ele quase flertou. Era uma droga querer cortejar um ao outro, mas ter que andar na ponta dos pés por causa das circunstâncias sérias em que nos conhecemos, além de quão incomum era nossa situação.

E ainda assim, eu secretamente me alegrei por termos sido jogados em um relacionamento como esse. Não havia teste maior para a força de um casal do que enfrentar a adversidade juntos. Até agora, eu realmente gostei das respostas dele a tudo isso.

— Não se importe se eu colocar tudo isso à prova — eu respondi com uma provocação antes de ficar séria — Mas você também pode ser de grande ajuda em uma frente diferente. Eu entendo que os Diretores são grandes caçadores. Pelo que Aku me disse, eles encontraram casos crescentes de feras selvagens se tornando raivosas nos últimos nove anos.

— Mais ou menos na mesma época em que a segunda onda

da doença começou! — ele exclamou — Esse tipo de raiva já havia ocorrido antes?

Eu balancei a cabeça, impressionado com suas habilidades analíticas — Não. E suspeitamos que elas estejam ligadas. Ou melhor, Ernst emitiu algumas hipóteses sobre qual poderia ser a causa. Mas ainda precisamos de mais dados para ter certeza.

— Hipóteses como o quê? — Amreth insistiu.

— Nossos testes preliminares não indicam nenhuma anomalia em seu povo. Mas suspeitamos que pode ser o caso de um príon malformado — eu disse pensativamente.

Ele levantou uma sobrancelha, seu rosto assumindo uma expressão confusa que imediatamente fez minhas bochechas queimarem. Como eu raramente discutia meu trabalho com pessoas não científicas – já que isso geralmente faz os leigos dormirem – eu tendia a esquecer de explicar algumas das noções que eram comuns para mim.

— Ah, desculpe. Príons são como proteínas dentro de coisas orgânicas como pessoas, animais, plantas, etc. Mas se algo contém um príon malformado – o que significa que está deformado – e você o consome, é possível que ele cause uma doença catastrófica.

— Consome? Então você acha que eles estão comendo algo que os está envenenando? — Amreth perguntou, parecendo surpreso.

Eu assenti — Como eu disse, ainda estamos especulando, mas parece a teoria mais provável.

— Se está na comida, por que apenas um pequeno número de pessoas está ficando doente? Por que não todo mundo? Pelo pouco que vi, eles parecem cultivar comida para todos. Eu presumo que eles também caçam como uma tribo para a vila inteira. Ou eu interpretei mal as coisas?

— Você está certo. No entanto, algumas pessoas já são imunes porque ficaram doentes antes e desenvolveram anti-corpos contra ela — eu expliquei — Para outros, talvez eles acabaram comendo do lote seguro. Mas, novamente, é muito cedo para dizer. Podemos estar completamente errados. — Você testou os estoques de alimentos deles? — ele perguntou.

Eu sorri, me sentindo estupidamente orgulhosa do interesse aguçado que ele estava demonstrando, assim como da facilidade com que ele estava seguindo e fazendo perguntas perspicazes. Eu não precisava de um nerd, mas eu definitivamente queria alguém espirituoso que pudesse pensar rápido.

— É exatamente isso que temos feito. Infelizmente, sem sorte até agora. Mas isso não é surpreendente. Se estivermos corretos ao assumir que é um príon malformado causando a doença, então os sintomas podem levar dias ou semanas para aparecer. Então, se um lote contaminado causou isso, ele já teria desaparecido há muito tempo. Portanto, estreitar a causa será complicado. Mas você pode nos ajudar a escanear a vida selvagem local em busca da fonte potencial nos próximos dias.

— Eu ficarei feliz em fazer isso. Você terá dificuldade em encontrar um Obosiano que não goste de voar, especialmente em um ambiente tão deslumbrante e puro como este — ele respondeu com um sorriso.

— Obrigada. Isso significa muito. Descobrir a fonte é a parte mais difícil do trabalho investigativo. Por favor, tenha paciência comigo se eu ficar nerd. Quando começo a falar sobre essas coisas, costumo divagar. Então não tenha vergonha de me dizer para ficar quieta — eu disse timidamente.

O jeito suave e quase terno com que ele sorriu fez coisas engraçadas comigo — Nunca peça desculpas por ser apaixonada por algo, especialmente pelo seu trabalho. E o seu é extremamente importante. Você muda a vida de outras pessoas para melhor. Eu fico honrado em poder ajudá-la nessa empreitada.

Meus dedos dos pés podem ter se curvado um pouco ao ouvir sua resposta. Assim que eu estava abrindo a boca para falar, o som de sinos disparou. Amreth enrijeceu, imediatamente alertado.

— Está tudo bem! — eu disse, levantando minha palma em um gesto apaziguador — É só o sino indicando que os caçadores retornaram com carne. Eu deveria ir testar para ver se há algum sinal de contaminação.

— Mostre o caminho, minha companheira.

CAPÍTULO 8

AMRETH

E u segui Ciara para fora da casa enquanto tentava resolver minhas emoções conflitantes. Desde o momento em que Kayog revelou sua existência para mim, eu imaginei um milhão de cenários diferentes sobre como seria nosso primeiro encontro. Por mais que eu me orgulhasse de ser do tipo racional e estoico, eu não consegui resistir a fantasiar sobre inúmeras cenas heroicas de mim a resgatando, voando pelos céus com ela em meus braços enquanto era perseguido por inimigos diabólicos. Ela se agarraria a mim, confiante em minha capacidade de mantê-la segura, apesar do perigo extremo que enfrentávamos.

Ser capturado na minha primeira excursão, em grande parte porque eu não tinha me preparado adequadamente, não poderia ter ficado aquém daquelas expectativas grandiosas. Minhas entranhas ainda queimavam de vergonha por ela ter me falado isso.

Embora ela estivesse inegavelmente atraída fisicamente por mim, Ciara não parecia particularmente impressionada comigo como indivíduo. Doeu. Mas o que eu esperava? Eu não acreditava em amor à primeira vista, embora ela tenha tirado meu fôlego no momento em que Kayog compartilhou sua imagem comigo. Ainda assim, eu esperava por mais uma química instantânea que tivesse confirmado o que o Temern alegou sobre nós sermos feitos um para o outro. Na verdade, sem essa afirmação, eu provavelmente não a teria perseguido mais, em vista de sua resposta morna para mim.

No entanto, eu fiquei animado em uma ou duas ocasiões em que ela pareceu baixar a guarda e mostrar um lado menos distante e reservado de sua personalidade. Isso era demais vindo de um Obosiano. Nós tínhamos a reputação de sermos bem rígidos. E isso certamente sempre se aplicou a mim. Mas eu realmente queria um abraço dela.

Por uma razão que eu não conseguia explicar, eu senti profundamente em meus ossos que contato físico entre nós seria necessário para iniciar o vínculo. E eu não quis dizer sexual. Até mesmo algo tão simples como dar as mãos ajudaria a quebrar a barreira invisível que nos separava.

Uma parte de mim se perguntava se eu estava pensando demais nas coisas. Mas outra parte sentia fortemente que se não conseguíssemos preencher a lacuna entre nós desde o início, ela simplesmente aumentaria com cada um de nós lutando cada vez mais para encontrar uma maneira de estabelecer essa conexão. De certa forma, saber que fomos feitos um para o outro criou essa estranha expectativa de que as coisas deveriam fluir de uma certa maneira. Em circunstâncias diferentes, se nosso primeiro encontro tivesse sido um encontro romântico cuidadosamente planejado por nós, eu acreditava que teria sido muito mais tranquilo do que esse constrangimento.

Isso não me impediu de ficar ainda mais impressionado com minha Ciara. Além de sua beleza física e da maravilha encantadora que era sua alma, minha mulher era inteligente, forte e não era fácil de lidar. Eu adorava que ela expressava seus pensamentos sem rodeios em algumas ocasiões, mesmo que isso me colocasse em uma situação ruim. Era muito Obosiano da parte dela. Eu não tinha utilidade para uma mulher mansa e arisca que não conseguia falar o que pensava ou me dar uma bronca pelas minhas falhas. A ausência de crueldade enquanto ela fazia isso, e a lasca de culpa que emanou dela por ter possivelmente ferido meus sentimentos me tranquilizaram quanto a ela ser uma pessoa gentil. Mas foi sua determinação em fazer o certo por aqueles que foram injustiçados, e usar as habilidades que ela aprimorou ao longo dos anos para melhorar a vida de outras pessoas que realmente me aqueceram de dentro para fora. As pessoas muitas vezes presumiam erroneamente que nós, Obosianos, tínhamos um lado sádico que nos fazia gostar do sofrimento dos prisioneiros. Eles não poderiam estar mais enganados. Na verdade, partia meu coração toda vez que um dos meus condenados falhava em se redimir ou encontrava um fim terrível por causa de suas escolhas ruins.

Eles não veem a quantidade de esforço e trabalho que nós fazemos para fazer com que os presos usem seu tempo na prisão para se aprimorarem, para que possam ter um futuro melhor, fazendo escolhas melhores graças às novas habilidades e riqueza que adquiriram.

Embora eu não pudesse negar ter muito menos simpatia pelos criminosos em nossos Quadrantes Escuros, alguns deles realmente se esforçavam para se redimir. Considerando a atrocidade dos crimes que os levaram até lá, para começar, ver um deles completar sua sentença e mudar de vida era provavelmente uma das maiores realizações para nós.

Minha companheira correndo até os dois humanos que eu reconheci como Mehreen Aziz e Ernst Wagner pôs fim aos meus pensamentos errantes. Seus dois colegas já estavam reunidos ao redor da carroça com rodas puxada por uma fera que eu não reconheci. Um grande animal estava morto nela. Ernst estava olhando para a interface de um dispositivo de análise, provavelmente tendo tirado um pouco de sangue da fera. Mehreen estava passando um scanner portátil sobre cada centímetro de seu corpo.

Minha companheira os alcançou e trocou algumas palavras com Ernst, que lhe mostrou a interface. Ela deu algumas instruções e então puxou o que parecia uma agulha longa do topo do dispositivo. Ela a segurou enquanto Ernst substituía a agulha por uma nova e mexia no dispositivo, enquanto Ciara furava a criatura novamente.

Não querendo atrapalhar o trabalho deles, eu fiquei para trás e observei os moradores. Vários deles tinham entrado no pátio interno, embora permanecessem perto dos portões como se estivessem preocupados em invadir. Eles estavam observando os cientistas com cautela inegável, mas desprovidos de qualquer agressão. Ocorreu-me então que a preocupação era provavelmente mais com a segurança de sua comida do que com os próprios médicos.

Mais uma vez, isso fez minha mente descer uma espiral de especulação sobre quem, em nome de Tharmok, eram os amigos que os convenceram tão completamente de que poderíamos ser confiáveis para fazer o certo por eles. Eu precisava escrever para Maeve para colocá-la na trilha de qualquer entidade poderosa com quem Elias pudesse estar conspirando.

Ou poderia estar sendo usado?

Eu fiz uma nota mental das coisas que eu gostaria que ela investigasse. Como uma das principais hackers dos Executores, não havia muitos segredos que escapassem a Maeve quando ela decidisse descobri-los. Contanto que tivessem algum tipo de impressão digital, ela os encontraria.

O pensamento de que eu não podia simplesmente decolar agora mesmo e ir para minha nave não me caiu bem. Eu odiava ser um prisioneiro naquele pátio. Que irônico para um Diretor. Meus internos não me deixariam ouvir o fim disso se soubessem da minha situação atual. Tecnicamente, eu poderia ir embora. Eles estavam claramente nos dando liberdade de movimento suficiente para que eu pudesse pegar Ciara e voar para minha nave antes que eles pudessem chegar perto o suficiente para me desabilitar com seus poderes psiônicos.

Mas eu nunca faria isso. Além do fato de que eu sentia um forte dever moral de ajudá-los, eu tinha a honra de ficar por perto. Com uma certeza que eu não conseguia explicar, eu sabia que Aku não era do tipo que concedia facilmente sua confiança. E ele havia me concedido a dele. Não importava que a previsão de algum Vidente consolidasse essa convicção. Uma parte de mim acreditava que nossas interações o convenceram de que eu era um homem de palavra. Se ele tivesse sentido que eu não era confiável, com Vidente ou não, eu não duvido que ele teria me acorrentado.

De qualquer forma, tentar fugir agora seria a maneira mais segura de destruir qualquer esperança de um relacionamento tranquilo com minha mulher.

Eu voltei a me concentrar nos cientistas assim que eles terminaram seus testes. Com base na linguagem corporal deles, eles não encontraram nada suspeito ou que pudesse ajudar em suas pesquisas. Ciara gesticulou para os caçadores Kreelar, indicando que eles poderiam levar a carne embora. Ela então me encarou enquanto seus companheiros se viraram em direção ao laboratório apenas para parar imediatamente quando finalmente me notaram.

— Um Obosiano! — Ernst sussurrou em choque, rapidamente substituído por empolgação.

Ele se aproximou rapidamente de mim, seguido pelas duas mulheres. Eu fiquei parado enquanto ele diminuía a distância entre nós.

— Meu Senhor, estamos tão felizes em vê-lo. Onde estão os outros? — ele perguntou, espiando por cima do meu ombro.

— Eu vim aqui sozinho. Não tem mais ninguém, só eu — eu respondi com uma voz calma — E você pode simplesmente me chamar de Amreth.

Em teoria, ele deveria de fato se dirigir a mim como Senhor Amreth, já que eu era de ascendência nobre. Muitos dos meus pares eram fanáticos por hierarquia. Eu não me importava particularmente. E, dadas as circunstâncias, aqueles protocolos rígidos não pareciam apropriados. O brilho de aprovação nos olhos da minha companheira fez algo delicioso para mim. Eu não tinha feito isso para impressioná-la, mas eu aceitaria qualquer coisa que pudesse ajudar a fazê-la se apaixonar por mim.

Ele piscou confuso — Sozinho? Por quê?

Com vontade própria, meus olhos se voltaram para Ciara. Eu me peguei bem antes de dizer a ele que vim resgatar minha companheira. Embora fosse verdade, não parecia apropriado expor a natureza do nosso vínculo sem o consentimento dela. Embora ela tivesse reconhecido saber da nossa conexão, ela ainda não havia expressado qualquer ânsia de ver isso acontecer.

— Ele veio atrás de mim — Ciara respondeu em meu lugar, surpreendendo a todos nós.

— De você? — Ernst e Mehreen ecoaram simultaneamente.

A expressão tímida mais adorável passou pelo rosto da minha mulher, enquanto ela tentava parecer indiferente.

— Pessoal, por favor, conheçam Amreth Vahna, um Diretor em Molvi, que também é minha alma gêmea. Kayog nos pareou logo antes da Gladius ser atacada.

A maneira como seus colegas ficaram boquiabertos e seus olhos quase saltaram das cabeças teria sido hilária se eu não estivesse muito ocupado me envaidecendo por ter sido assim publicamente reivindicado. Ciara não me pareceu o tipo que gosta de se gabar. Para mim, o fato dela ter revelado isso abertamente para os outros transmitia que ela estava comprometida o suficiente sobre nós sermos um par e que ela não tinha escrúpulos em compartilhar esse fato.

— Kayog? O casamenteiro Temern?! — Mehreen exclamou.

Ciara assentiu.

— Caramba! Eu não sabia que você procurou os serviços dele — ela acrescentou.

Minha companheira bufou e balançou a cabeça — Eu não fiz isso.

Nós nos conhecemos na nave e começamos a conversar depois de ajudar uma mulher que estava se sentindo um pouco indisposta. E então, bum, ele me disse que conhecia minha alma gêmea.

— Mas... Mas quando vocês dois conversaram antes de sermos sequestrados?! — Ernst desafiou.

— Não conversamos — eu respondi de forma factual — Assim que foi confirmado que Ciara estava entre os desaparecidos, Kayog me contatou.

— E então você decidiu vir resgatá-la?! — Mehreen perguntou, um ar de puro espanto descendo sobre suas feições.

— Claro. Que tipo de homem eu seria se não o fizesse?

Minha companheira caiu na gargalhada, enquanto Ernst revirava os olhos com falso desespero quando Mehreen pressionou as duas palmas das mãos contra o peito e olhou para mim com um ar de admiração.

— Calma, meu coração! Isso é tão romântico. Por favor, me diga que você tem um irmão solteiro!

Foi a minha vez de cair na gargalhada — Sim — eu respondi com um aceno de cabeça.

— Eu exijo uma apresentação formal — Mehreen disse antes de piscar os cílios descaradamente.

— Mulher, controle-se e pare de flertar com meu homem — Ciara disse com falsa severidade.

Isso também me fez coisas engraçadas. Era bobo quanto prazer eu sentia com a exibição possessiva dela sobre mim, por mais brincalhona que fosse essa situação atual.

— Estraga-prazeres — Mehreen respondeu com um beicinho exagerado — De qualquer forma, meu nome é Mehreen, e ele é Ernst.

— Ele já sabe e leu todos os nossos arquivos no caminho

para cá. Agora vamos comer. Podemos atualizá-lo sobre as partes que eu ainda não falei.

Todos nós seguimos o exemplo dela. Estava começando a ficar claro para mim que os dois cientistas se submetiam à autoridade da minha mulher. Ela nos levou para uma das casas adjacentes ao laboratório. Para minha surpresa, o interior havia sido montado como uma sala de reunião ao lado de uma área de jantar. A mesa já estava carregada com uma quantidade generosa de comida. Para minha consternação, quando nos sentamos, eu notei a porcentagem substancial de frutas e vegetais com apenas uma pequena porção de carne e alguns pães secos.

Ciara riu ao ver minha expressão, seu próprio rosto assumindo um ar de comiseração misturado a uma pitada de escárnio.

— Alguém aqui não é vegano? — ela perguntou provocativamente.

— Definitivamente não — eu respondi em um tom rabugento — Nossos Nundars fazem os pratos gastronômicos mais deliciosos que alguém poderia sonhar.

— Nundars? O que são eles? — ela perguntou com curiosidade.

— Nós os chamamos de nossos familiares. Eles são uma espécie de eremitas espirituais que precisam viver com um Obosiano para prosperar. Eles são altamente inteligentes e possuem poderes psiônicos extremamente poderosos. Eles se alimentam de emoções, mas também são extremamente sensíveis a elas. Emoções negativas os afligem muito, o que explica sua necessidade de isolamento — eu expliquei.

— Por que eles prosperam em torno da sua espécie especificamente? — Ciara perguntou.

— Assim como meu povo, eles se alimentam principalmente de emoções. Os Obosianos emitem naturalmente e constantemente uma certa aura energética que podemos gastar mais deliberadamente conforme necessário. Portanto, na época em que atingimos a maturidade, nós somos cercados por jovens Nundars na esperança de que alguns deles gostem de nossa energia. Aqueles que gostarem nos escolherão como seus patronos e se mudarão conosco para a seção de nossa moradia reservada a eles.

Eu achei mais sensato pular a parte em que essa seleção ocorria durante as semanas selvagens quando os jovens Obosianos atingiam a maturidade por volta dos dezoito anos. Antes disso, nós somos basicamente assexuados. Mas quando esse momento ocorre, praticamente ficamos raivosos e somos jogados em uma orgia com outros adolescentes da nossa idade enquanto exercitamos nossa libido desenfreada com tudo e qualquer coisa que se mover. Os jovens Nundars supervisionam, certificando-se de que nos matenhamos hidratados, alimentados e descansados durante o tempo em que nossas mentes ficam completamente confusas. Nos ver em nosso estado mais descontrolado e primitivo os ajuda a avaliar melhor se eles poderiam nos servir pelo resto de suas vidas.

— Não é um pouco invasivo? Parece que você pode acabar com muitos deles — Ciara perguntou cuidadosamente.

Eu bufei e dei a ela um sorriso tranquilizador — Eles realmente não são. Como eu disse, eles gostam de viver isolados. Você terá sorte se vê-los pelo menos uma vez por mês. Normalmente, você só percebe a existência deles porque eles cuidam de todas as tarefas da casa, incluindo cozinhar, limpar e lavar roupa. Mas como eles podem sentir nossa presença e estado de espírito, eles sabem exatamente como se tornarem escassos e só aparecem se sentirem que queremos falar ou interagir com eles.

— Uau, ajudantes invisíveis e eficientes, que cozinham ótimas comidas e cuidam de todas as tarefas da casa? Me inscrevam! — Mehreen disse, sua voz pingando de inveja, embora seu tom permanecesse brincalhão — Sobre aquela introdução ao seu irmão...

Todos nós bufamos, e minha companheira balançou a cabeça

com falsa severidade para sua colega, como se ela fosse um caso perdido.

— Então é verdade que os Obosianos são como os íncubos — Ernst disse pensativamente.

— Na medida em que nos alimentamos das emoções de nossos parceiros, sim, somos. Nós não precisamos disso, mas nos sacia muito mais do que comida normal. No entanto, nós não drenamos a força vital de nossos parceiros quando fazemos isso. Eles não são afetados negativamente de forma alguma — eu disse provocativamente.

— Ah, então, você ficará bem — Mehreen disse com entusiasmo exagerado — Você não precisa se torturar com toda essa comida de passarinho — ela acrescentou, acenando para a refeição quase toda vegetariana na mesa antes de lançar um olhar significativo para Ciara.

— Ei! Eu não sou comida! — Ciara exclamou com falsa indignação.

— Tecnicamente, sim, você é — eu disse com um sorriso sarcástico — Ou melhor, suas emoções são.

Eu silenciei a parte em que o prazer dela seria o banquete mais suculento que eu desfrutaria quando chegasse a hora.

— Mas não tema, Ciara. Eu nunca me alimentarei sem seu consentimento expresso — eu disse em um tom tranquilizador.

Aparentemente determinada a causar o máximo de confusão possível – embora sem nenhuma intenção maliciosa – Mehreen provocou ainda mais minha companheira, em uma clara tentativa de fazê-la corar.

— Considerando que vocês dois são almas gêmeas – sem mencionar que você é extremamente gostoso – tenho certeza de que Ciara ficará mais do que feliz em lhe dar esse consentimento — Mehreen disse com um aceno de mão desdenhoso — A propósito, devemos presumir que você vai compartilhar a casa de Ciara?

Ernst mordeu o interior das bochechas para não rir enquanto

minha companheira engasgou em descrença, ainda presa naquele primeiro comentário. Mehreen estava crescendo em mim. Era estranho, pois meu povo tendia a ser mais rígido. Eu também presumi injustamente que cientistas seriam chatos e enfadonhos. Uma parte de mim suspeitava que o humor dela também era um mecanismo de enfrentamento para a situação estressante em que eles foram colocados.

— Uhm... de acordo com Aku, nós realmente devemos dividir a moradia. Eu o desafiei, dizendo que era altamente inapropriado. Ele me informou que havia um quarto de hóspedes, então não deveria ser um problema. Mas se fosse realmente problemático para qualquer um de nós, então ele forneceria acomodações diferentes para mim — eu expliquei, factualmente.

— Uau! — Ciara sussurrou, olhando para mim com uma expressão magoada que me pegou de surpresa — Você acha tão horrível assim dividir uma casa comigo?

Eu recuei e fiquei boquiaberto para ela — O quê?! Não, nem um pouco. Eu só achei extremamente presunçoso da parte dele supor que você ficaria bem com isso.

Os ombros dela relaxaram — Ele te contou por que queria que a gente dividisse uma casa?

— Ele disse que éramos almas gêmeas — eu respondi calmamente.

— O que é correto — Mehreen disse com um tom óbvio.

— Sim, mas como ele sabe? — eu desafiei antes de olhar para minha companheira — Duvido que você ou Kayog tenham contado a ele.

— O amigo deles fez isso — Ciara disse com certeza antes de franzir o rosto em frustração — Eu odeio que nossas memórias tenham sido apagadas. Eu só sei que o amigo deles alegou que todos nós desempenharíamos um papel importante que levará ao sucesso de nossos esforços.

— Parece a visão de um Vidente ou Oráculo — eu disse pensativamente — Esses amigos poderiam ser Korletheanos?

Para meu choque, todos os três humanos responderam em uníssono com um não definitivo. Isso os surpreendeu, e eles trocaram olhares divertidos com a reação instintiva deles.

— Não sei por que posso dizer isso com total certeza, mas os amigos dos Kreelars odeiam os Korletheanos — Ciara disse cuidadosamente, ao que seus colegas assentiram.

— É, eu sinto algo muito nojento quando o nome deles aparece. Isso tem que vir daqueles amigos misteriosos — Ernst disse com uma carranca — Eu me pergunto se os amigos deles poderiam ser Sarenianos.

Ciara assentiu — É plausível, considerando que eles possuem poderes de controle mental. Com um único comando, eles poderiam ter apagado nossas memórias. Eles também odeiam os Korletheanos. Mas o que eles estariam fazendo aqui na Zona Morta? Eles ficam principalmente em sua própria região, no extremo oposto do Quadrante Oriental.

— Isso importa? — Ernst rebateu.

— Com certeza! — eu exclamei severamente — Ao contrário dos humanos, que também fazem parte da Aliança Galáctica dos Quadrantes Oriental e Ocidental, o resto de nós aqui no Quadrante Norte sabe muito pouco sobre os Sectários. Eles ajudaram a realizar um ataque contra uma de nossas naves Aliadas mais poderosas. Foi um evento isolado ou eles estão tramando algo mais nefasto?

— Pergunta justa — Ciara disse em um tom apaziguador — Mas os Kreelars realmente precisam da nossa ajuda. Sem a intervenção de seus amigos, eles poderiam ter se tornado completamente extintos nos próximos anos. Além disso, até agora, eu não percebi absolutamente nenhuma maldade ou engano de Aku e seus companheiros de tribo. Eles só querem salvar seu povo.

Eu assenti com relutância — Eu também não percebo nenhuma traição da parte deles. Mas por que os amigos deles são tão secretos?

— Você sabe por quê — Ciara disse em um tom de reprovação — Eles violaram a lei para ajudar os Kreelars. Mesmo que eles tenham feito isso por boas razões, você faria o possível para colocar suas mãos neles.

— Com razões válidas! — eu exclamei.

Ela me lançou um olhar duro, seu rosto se fechando da forma mais desagradável. Eu não gostava de provocar esse tipo de resposta dela.

— Se eu tiver que infringir a lei para salvar uma espécie em extinção, farei isso sem hesitação — ela disse em um tom áspero.

— Havia outras maneiras que eles não exploraram — eu argumentei.

— Havia? — ela desafiou — Eles acreditam que nós somos a única esperança com o melhor resultado para todos. Até agora, a previsão deles tem sido correta, incluindo você vindo aqui.

— Um crime é um crime — eu disse teimosamente — Pessoas se machucaram por causa do ataque.

— E eles fizeram todos os esforços razoáveis para mitigar os ferimentos, incluindo salvar minha vida e me curar completamente — Ciara disse na mesma voz severa — Você violou a Primeira Diretriz ao vir me resgatar. Você deveria ser sentenciado a Molvi?

Eu acenei com a mão em desdém — Algumas exceções são feitas quando se ajuda parentes e também com base nas intenções da pessoa que cometeu a invasão.

— Exatamente! — Ciara exclamou como se isso fosse óbvio para mim — Você não sabe quais eram as intenções deles.

— Justo — eu concedi — Mas o que eles estavam fazendo aqui em Kestria em primeiro lugar?

Ciara deu de ombros — O que nós, humanos, estávamos fazendo aqui também? O que Elias e sua equipe estavam fazendo aqui? Esta é a Zona Morta. A OPU não tem mais jurisdição sobre os Sectários que vêm a este planeta do que os Sectários têm sobre nós. Quem quer que sejam seus amigos, eles podem ter tido razões legítimas para estar aqui. E claramente, eles têm um forte vínculo que me parece ter durado muitos anos. Então, tecnicamente, se há algum intruso, me parece que somos nós.

Eu franzi os lábios enquanto refletia sobre suas palavras antes de concordar lentamente.

— Você levanta pontos válidos. Mas por que você é tão protetora com eles? — eu perguntei com genuína curiosidade.

Ela pareceu surpresa com a pergunta. Para minha alegria, em vez de negar instantaneamente ou ficar na defensiva, Ciara levou um momento para avaliar seus pensamentos e sentimentos sobre isso antes de responder. Isso me agradou muito.

— Quando eu me tornei médica, prometi não fazer mal e ajudar os necessitados. Os Kreelars estão em necessidade desesperada. Sem seus amigos, eles estavam fadados a morrer. Você falou de um ataque, mas não de um massacre. Aku jurou que eles não fizeram mal a ninguém, nem mesmo aos guardas, que eles também perturbaram psiquicamente. Você confirmou isso. Sim, pessoas se machucaram no pânico. Mas isso não foi culpa dos Kreelars, ou melhor, não diretamente. A maneira como eles me salvaram provou que eles estavam tentando mitigar qualquer dano causado a inocentes.

Mais uma vez, eu me vi forçado a concordar com a cabeça em concessão. Isso pareceu agradá-la e encorajá-la.

— Eu acho que os Kreelars são boas pessoas, e o amigo deles viu isso também. Eles poderiam estar nos tratando como merda pelo que eles suportaram, mesmo que Elias e sua equipe sejam os responsáveis por isso — ela continuou.

— Eles foram extremamente gentis conosco — Ernst concordou enquanto Mehreen assentiu em apoio.

— Ciara disse que você pode ter encontrado uma trilha. Você acha que pode ajudar? — eu perguntei.

Ernst assentiu, seu rosto se iluminando de esperança — Nós encontramos os príons responsáveis – os agentes infecciosos que estão causando essa variação de doenças de príons — ele acrescentou rapidamente em um tom de desculpas, embora essa explicação permanecesse menos do que clara para a maioria das pessoas.

Eu sorri de forma tranquilizadora — Ciara já fez um ótimo trabalho me explicando o que são príons.

— Oh, excelente! — ele exclamou — Então nós encontramos os príons nas células cerebrais dos quatro pacientes atuais aqui. Dois deles só começaram a apresentar sintomas ontem. Nós sabíamos com certeza que era uma doença de príons por causa da formação inicial de placas esponjosas em seu tecido cerebral vista em exames. Como Ciara provavelmente lhe disse, os príons devem ser ingeridos. Nós examinamos todos os alimentos na vila, assim como suas fontes de água. Tudo está limpo. Nós precisamos descobrir o que eles estão comendo que está causando isso, e isso é uma agulha no palheiro.

Eu não sabia o significado formal dessa expressão, mas, no contexto, suspeitei que significava que seria uma tarefa extremamente difícil de realizar.

— O importante é que, como isso está acontecendo em outras vilas, sabemos que o problema não está restrito a um rebanho ou uma fazenda. Há algo lá fora infectando essas pessoas — Ernst disse.

— Vocês podem curar isso? — eu perguntei.

Todos os três balançaram a cabeça.

— Não há curas conhecidas para doenças de príons. Normalmente, nós só podemos deixar os pacientes humanos o mais confortáveis possível enquanto a doença progride até que eles morram — Ciara disse com uma expressão preocupada — Mas isso está se comportando de forma diferente com os Kreelars.

— Como assim? — eu perguntei com genuína curiosidade.

— Os sintomas aparecem mais rápido, enquanto na maioria das outras espécies pode levar muitas semanas ou meses para se manifestar. Mas o mais importante é que alguns dos Kreelars sobrevivem, enquanto os humanos morrem em dois anos. Sora foi o primeiro caso, e ela ainda está viva. Ela é irmã de Aku e a ama de leite que atacou os médicos perto do rio. Ela não só tem anticorpos, como também seu tecido cerebral também sofreu mutação para lhe conceder poderes psiônicos.

— Os outros, como Aku, possuem os mesmos anticorpos? — eu perguntei, fascinado.

Ciara hesitou, parecendo insegura sobre como responder.

— Os anticorpos são bem parecidos, mas não os mesmos — Mehreen disse — Acreditamos que os príons compartilhavam a mesma origem, mas que a fonte de contaminação era diferente, e a variante que Sora consumiu através do sangue daquele médico era uma versão mutada daquela que estava infectando os outros.

— Nós ainda estamos tentando descobrir por que as mulheres têm mais probabilidade de morrer — Ciara disse.

— Eu presumiria que fosse um fator hormonal — eu disse cuidadosamente.

— É o que nós suspeitamos também, mas o que especificamente? Como isso está interagindo com os príons para precipitar as falhas catastróficas que os mataram? — ela disse pensativamente.

— Pelo menos, agora podemos detectar quem está infectado, mesmo que ainda não apresentem sintomas — Ernst disse — Devemos testar todos e fornecer kits de teste para garantir que mães e amas de leite infectadas não estejam passando nada para seus filhos.

— Suponho que eles tenham muitas aldeias espalhadas por um vasto território. Eles possuem sistemas de comunicação rápidos? — eu perguntei, tentando avaliar quantas aldeias poderíamos alcançar no menor tempo possível.

— Sim e não — Ciara respondeu — Eles têm o equivalente aos antigos CBs, que basicamente só exigem uma antena e um receptor para captar as frequências de rádio. Eles podem falar por eles, mas não há comunicação por vídeo. Então não podemos mostrar a eles virtualmente o que fazer. Pelo menos isso permite que Aku os avise do que está acontecendo e que começaremos a visitá-los a partir de amanhã com kits de teste e remédios.

— Remédios? — eu repeti com uma carranca — Eu pensei que você tinha dito que não havia cura?

— Nós preparamos algo derivado dos anticorpos de Sora com imunoglobulinas sintéticas que ajudarão a evitar que príons normais se tornem anormais. Isso deve retardar significativamente o progresso da doença e dar ao corpo do paciente uma chance de lutar e sofrer mutação em vez de morrer. Até agora, tem funcionado bem para nossos dois primeiros pacientes.

Um pensamento repentino me ocorreu — Há alguma chance de que eles estejam de fato consumindo o que quer que seja isso de propósito? Há alguma possibilidade de que os Kreelars queiram passar por essa mutação? Afinal, isso deu a eles o tipo de poderes psiônicos ofensivos que muitos caçadores adorariam ter.

Para minha surpresa, todos balançaram a cabeça simultaneamente.

— Definitivamente não — Ciara disse com certeza — Eles estavam felizes do jeito que estavam. Mas eles vão preferir a mutação à morte. Eles apenas temem que outras mudanças possam ocorrer no futuro e adorariam a confirmação de que essa mutação é o resultado final de sua exposição aos príons.

— Justo. Então qual é o plano? — eu perguntei.

— Nós viajamos para vilas próximas com algumas escoltas Kreelar pela manhã — Ernst disse — Com suas asas, você poderia levar Ciara para uma das mais distantes.

Eu assenti — Nós estávamos discutindo isso antes dos caçadores retornarem com suas capturas. No entanto, minha nave seria muito mais eficiente. Espero que as coisas corram bem amanhã o suficiente para que este povo se sinta mais confortável com nossa tecnologia avançada. Isso permitiria que você e Mehreen viajassem mais longe enquanto eu voo com minha companheira.

Eu estremeci por dentro quando me peguei usando esse termo carinhoso. Era a segunda vez que eu fazia isso. Eu lancei um olhar nervoso para Ciara, mas fiquei aliviado ao vê-la sorrindo com aprovação. Eu duvidei que fosse porque eu a havia reivindicado. Mas eu acolhi o fato de que isso não pareceu incomodá-la ou desagradá-la.

— Parece um bom plano! — Ciara disse.

Nós terminamos nossa refeição de comida de "pássaro" em uma atmosfera amistosa. Depois, Ernst e Mehreen voltaram a fazer mais remédios enquanto Ciara me ensinava como administrar o teste para que eu pudesse ajudá-la pela manhã.

De uma forma que eu não consigo explicar, foi bom.

CAPÍTULO 9

CIARA

Finalmente, tão prontos quanto podíamos estar para a manhã, nós trocamos nossos boa-noites, e eu voltei para minha casa acompanhada do meu companheiro. Eu ainda lutava com a ideia de que ele era meu. Não era como se eu tivesse um problema com isso, mas mais que eu realmente não sabia como fazer isso. Pela primeira vez, eu percebi o quão estranha eu era no lado romântico.

Amreth fez algumas tentativas de flerte desde sua chegada, mas ele também estava sendo cauteloso. Era um equilíbrio difícil de atingir para evitar parecer muito ousado, muito cedo. Seu comentário anterior sobre me disciplinar tinha contornado essa linha tênue. A questão é que eu não podia jurar se ele pretendia que isso insinuasse uma surra pervertida. Seu povo era todo sobre disciplinar o mau comportamento. Portanto, suas palavras poderiam ter sido totalmente inocentes.

Mas, eu sempre fui do tipo alheio quando se tratava disso. Meu ex-noivo traidor teve que me dizer abertamente que estava interessado e estava ficando sem maneiras sutis de expressar isso antes que eu percebesse que ele realmente estava flertando comigo.

E agora, meu eu romanticamente desafiado estava indo para casa com o completo estranho que supostamente era a outra metade de mim.

Se ele fosse de qualquer outra espécie – exceto talvez um Temern como Kayog – eu não poderia jurar que ficaria bem com ele passando a noite sob o mesmo teto que eu tão cedo. Quartos separados não significavam nada se a pessoa fosse psicopata ou do tipo que não respeita limites. Mas Amreth inspirava confiança com uma intensidade que desafiava a lógica.

Para minha surpresa, na metade do caminho do pátio em direção à minha casa, Amreth gesticulou para que eu esperasse um minuto e foi em direção ao portão, acenando para Enre, o guarda Kreelar sentado no topo da pequena torre na borda do portão. Enre saltou os três metros, pousando sem esforço com a graça de um gato. Ele se aproximou de nós com um comportamento calmo misturado à curiosidade.

— Desculpe incomodá-lo, mas preciso fazer uma tarefa em minha nave — Amreth disse.

Eu fiquei boquiaberta antes de rapidamente controlar minhas feições. Enre estreitou seus olhos castanhos escuros para ele com uma pitada de suspeita.

— Por quê?

— Se eu for ficar aqui, preciso de roupas limpas e alguns itens pessoais — Amreth respondeu com naturalidade.

O Kreelar estudou suas feições em silêncio com uma expressão ilegível. Seus olhos brilhavam levemente. Sempre me assustava quando eles faziam isso. Para meu total aborrecimento, quando questionei Aku sobre seus poderes, ele me disse que tal conhecimento era irrelevante para a minha tarefa aqui. Quando eu desafiei essa noção, dizendo que uma melhor compreensão de seus poderes poderia me levar a fazer certas associações que poderiam ajudar a identificar e resolver o problema mais rápido, ele me ignorou. Aparentemente, aqueles amigos miseráveis dele

REGINE ABEL

confirmaram que me dar esse conhecimento não ajudaria sua causa.

Considerando as ocasiões em que eles usaram essa habilidade, eu suspeitava fortemente que isso permitia que eles lessem as emoções ou intenções de seus alvos. Eu não acreditava que eles pudessem ler mentes. Mais de uma vez, eles ficaram genuinamente surpresos com algo que dissemos ou revelamos. Se eles pudessem ler mentes, eles saberiam com antecedência o que estávamos nos preparando para dizer ou fazer.

— Essa é uma decisão que cabe a Aku tomar — Enre disse finalmente.

— Claro — Amreth respondeu graciosamente.

Embora agora não fosse o momento de enchê-lo de elogios, eu dei-lhe um sorriso agradecido por ele estar demonstrando tanta consideração e sendo tão cooperativo. Tecnicamente, como ele não era oficialmente um prisioneiro, ele poderia ter escapado e tentado retornar discretamente assim que tivesse terminado com o que quer que o estivesse chamando de volta para sua nave.

Eu odiaria isso. Eu não sabia se ele conseguiria, mas depois da traição do meu ex-noivo, eu tinha alguns problemas de confiança. Qualquer ato dele que remotamente indicasse que ele estava sendo frouxo com sua palavra minaria significativamente qualquer relacionamento que pudéssemos ter.

Para meu choque, menos de dez segundos depois, Aku atravessou o portão para o pátio. Pela maneira como Amreth estreitou os olhos, eu sabia que a mesma pergunta estava cruzando sua mente sobre se Enre usou alguma forma de telepatia para chamá-lo. Isso poderia explicar os olhos brilhantes.

— Enre disse que você quer ir embora? — Aku perguntou de forma não confrontacional, confirmando minhas suspeitas.

— Não ir embora — Amreth corrigiu — Só preciso pegar roupas limpas e coisas pessoais. Quando eu desci, não esperava ficar aqui.

Aku franziu os lábios enquanto o avaliava com um olhar.

— Escute, eu estarei voando para uma vila próxima com Ciara pela manhã. Se minha intenção for escapar, isso vai acontecer de qualquer maneira nesse momento. Seu "amigo" disse que eu sou confiável, e eu me comprometi a ver isso até o fim. Então, se você for confiar em mim, precisa começar agora. Eu não vim aqui para brincar.

— Nosso povo é cauteloso com estranhos. Vocês indo e vindo tão cedo só os deixarão ainda mais desconfortáveis — Aku argumentou.

— Amreth é um Obosiano — eu interrompi suavemente — Sua palavra é seu vínculo. Se ele diz que retornará, então você pode contar com isso. Seu amigo estava certo sobre tudo até agora. Por que duvidar dele agora?

Para minha surpresa, ele me lançou um olhar estranho antes de lançar um olhar ainda mais estranho para Amreth. Eu teria dado muitos créditos para ter uma dica sobre quais pensamentos estavam passando pela cabeça dele.

— Não é a minha confiança que você precisa ganhar. Vocês dois já a têm. Meu povo está morrendo. Eles precisam de alguém para culpar. Você só acontece de ser a coisa mais próxima que eles podem usar. Por favor, seja rápido e discreto.

Eu fiquei boquiaberta, sem palavras. De todas as coisas que ele poderia ter respondido, eu não esperava isso.

— Eu vou — Amreth disse, saindo do mesmo estupor que eu senti primeiro.

Ele olhou para o nordeste, onde uma série de cadeias de montanhas baixas podiam ser vistas no horizonte, e então se virou para mim.

— Você precisa que eu lhe traga alguma coisa da minha nave? — ele perguntou.

Eu balancei a cabeça — Nós temos tudo o que precisamos. O laboratório implantável é perfeito. Mas o que quer que você for buscar lá, não traga comida de volta!

Eu comecei a rir da maneira como ele franziu o rosto. Eu duvidei que ele tivesse realmente considerado fazer isso, mas esse lembrete de que ele não estava gostando da comida quase vegetariana que eles tinham aqui me fez rir. Ele parecia um garotinho fazendo beicinho por ter que comer seu brócolis.

— Entendido. Eu volto em breve — ele respondeu.

Então, com um poderoso bater de asas, ele levantou voo. Eu não pude deixar de admirar sua graça e força. Amreth era magnífico. Obviamente, sua aparência física não incomodava meus olhos. Mas o que eu tinha visto até agora de sua personalidade estava crescendo seriamente em mim. Era extremamente cedo em nosso relacionamento, então nós tínhamos um longo caminho a percorrer para nos conhecermos. No entanto, eu amava sua inteligência e sua capacidade de entender as coisas rapidamente e se concentrar em tópicos que geralmente faziam os olhos das pessoas ficarem vidrados em segundos.

Minha principal preocupação era o quão rígido ele às vezes parecia ser quando se tratava de seguir a lei. Eu entendia que isso era quase doutrinado em seu povo desde o nascimento. Mas nada era completamente preto ou branco. Pelo menos, ele estava aberto a argumentos, ouvia com a mente aberta e parecia disposto a fazer concessões.

Uma forte sensação de estar sendo observada me fez virar a cabeça de repente em direção a Aku. Encontrar ele e Enre me encarando com uma expressão levemente divertida fez minhas bochechas queimarem de vergonha.

— Ele te agrada — Aku disse de forma factual.

Eu me mexi em meus pés, me sentindo um pouco estranha e dei de ombros desdenhosamente — Espero que sim. Somos almas gêmeas, afinal.

— Você ainda não o conhece — Aku desafiou.

— Você está certo, mas isso não significa que não possa haver química natural. Seu amigo disse que fomos feitos um para o outro, assim como o meu amigo disse — eu disse despreocupadamente — Às vezes, você não precisa conhecer alguém por muito tempo para ter uma boa noção de quem eles são e de sua verdadeira natureza. Eu não te conheço, e apesar de você ter nos sequestrado, eu confio que você é uma boa pessoa. Suas ações e devoção ao seu povo transmitem isso em alto e bom som. Eu sinto o mesmo por Amreth.

Uma expressão estranha surgiu no rosto dele e de Enre.

Aku assentiu lentamente — Suas palavras são gentis. Mas, como dito antes, o sentimento é mútuo. Além disso, é fascinante testemunhar essa atração entre espécies tão diferentes — ele acrescentou pensativamente, o que levou Enre a concordar.

Eu sorri — Isso é muito comum fora do planeta. Pessoas de muitos planetas da nossa aliança se casam. Almas gêmeas não são determinadas por espécies. Quero dizer, sua própria alma gêmea pode ser humana.

Aku recuou — Eca! Absolutamente não! — ele exclamou com a mesma expressão horrorizada que Enre exibiu.

— Ai! — eu disse, pressionando a palma da mão no peito como se tivesse sido mortalmente ferida, com uma expressão excessivamente dramática no rosto.

— Desculpe — Aku disse, suas orelhas escurecendo de vergonha mesmo quando eu comecei a rir — Eu não quis desrespeitar. Você e seus companheiros são charmosos o suficiente, mas não, eu acabar com uma humana é altamente improvável. Na verdade, uma companheira de outro mundo não seria bem-vinda aqui depois de tudo isso. Vai levar um bom tempo para meu povo se curar e ver os estranhos como algo além de portadores da ruína.

— Certo — eu disse, ficando séria.

—Mas estou feliz por você — Aku disse em um tom mais gentil — Ele realmente parece honrado. Na verdade, ele não foi fácil de capturar, mesmo que ele acredite nisso, e isso fere seu orgulho. Dez de nós tivemos que usar nossos poderes em Amreth para derrubá-lo. E mesmo assim, ele ainda lutou. Já faz um tempo desde que tivemos que perseguir alguém ou alguma coisa por tanto tempo. Eles geralmente não chegam até a linha das árvores.

— Oh, uau! Você devia dizer isso a ele. Ele se sentiu muito mortificado por ter sido capturado — eu disse, com uma onda boba de orgulho surgindo através de mim.

— Não vai acontecer! Nós não queremos que isso suba à cabeça dele agora, queremos? — ele disse em tom de provocação.

Eu bufei e balancei a cabeça para ele — Então talvez eu mesma faça isso. Eu meio que devo isso a ele. Ele veio até aqui para me resgatar sem que a gente nem tivesse se conhecido — eu acrescentei melancolicamente antes de dar a ele um olhar sério — Eu entendo que você não pode nos contar nada sobre seus amigos. Mas eles são uma ameaça para nós?

Embora eu não tivesse motivos para confiar que ele não mentiria para protegê-los, a rapidez e a convicção com que ele balançou a cabeça ao menos me convenceram de que ele realmente acreditava que eles não eram. Não que isso provasse alguma coisa.

— Eles não são. Os assuntos deles estão nos Quadrantes Oriental e Ocidental. Coisas obscuras estão se formando lá. Eu só posso rezar para que eles saiam no lado vencedor quando tudo estiver dito e feito — Aku disse em um tom misterioso misturado com uma pitada de preocupação por seus amigos — Mas agora nós os deixaremos. Seus colegas e eu partiremos cedo. Enre partirá hoje à noite para a Vila Jaln antes de sua chegada. Descanse bem.

— Eu farei isso — eu disse com um sorriso.

Depois de um último aceno rígido em resposta, Aku se virou e saiu com Enre o seguindo. Eu os observei até que eles desapareceram de vista e então fui para minha casa. Para minha surpresa, eu me peguei correndo para tomar um banho e escolher a roupa que eu usaria da seleção respeitável que havia sido fornecida para mim. Havia algumas camisolas, sensuais o suficiente, mas permanecendo recatadas e respeitáveis – o tipo de roupa de dormir que eu poderia usar na frente dele sem que parecesse que eu estava tentando ser brincalhona. Ainda assim, eu suspeitava que quem escolheu essas roupas para mim sabia que eu estaria com Amreth.

A julgar pelas roupas usadas pelos Kreelars, eles não criaram essas roupas. Seu povo – tanto homens quanto mulheres – usava principalmente calças que me lembravam aquelas calças de harém bufantes com cintos coloridos ou tanga por cima. Nenhum dos gêneros usava tops, além da faixa ocasional, tiras de armas, mas mais frequentemente uma série de contas coloridas e colares em volta do pescoço, que caíam até o meio do peito.

Suas mulheres não tinham seios proeminentes como nós, apenas um par extra de mamilos. Eu não conseguia dizer se suas vestimentas tinham a intenção de esconder sua nudez ou eram simplesmente uma declaração de moda. Mas eu apreciei não ter que olhar para suas partes safadas. O único paciente masculino que examinamos nos deu mais do que uma boa visão. Se os Kreelars fossem todos feitos da mesma forma, eles poderiam ter características simiescas, mas eram em parte como cavalos.

Depois de escolher uma camisola coral sem mangas que favorecia minha pele escura, eu escovei meu cabelo e dentes, me certificando de que não havia nada estranho preso entre eles. Eu era aquela pessoa que sorria loucamente para os outros, mas alheia ao fato de que tinha um pedaço de espinafre preso entre meus dentes da frente.

Uma rápida olhada no meu relógio indicou que vinte e um minutos se passaram desde que Amreth voou para sua nave. Considerando que ele disse que era um voo de quase dez minutos em cada direção, provavelmente levaria mais vinte antes dele retornar. Sentindo-me inquieta, eu voltei para meu laptop para tentar trabalhar um pouco mais, mas minha mente continuou divagando.

Ele estava aqui há menos de um dia, e ainda assim minha vida inteira parecia ter virado de cabeça para baixo. Eu queria que não estivéssemos aqui, que essa coisa toda já estivesse resolvida para que pudéssemos focar apenas em nos conhecer e explorar nosso relacionamento. Entre outras coisas, eu precisava descobrir como eu queria lidar com as coisas entre nós nos próximos dias. Eu deveria simplesmente deixar as coisas manterem seu curso normal e seguir o fluxo? Eu deveria sugerir que colocássemos qualquer coisa entre nós em espera enquanto resolvíamos essa bagunça e então começar do zero com nossas mentes tranquilas quando terminássemos? O que ele esperava?

— Oh, meu Deus! Pare com isso! — eu sussurrei com raiva para mim mesma.

Eu tinha a tendência de pensar demais e analisar demais as coisas. Às vezes, as coisas não precisavam se encaixar perfeitamente dentro de um pequeno recipiente com um rótulo adequado. O caos tinha sua própria beleza.

Eu quase pulei da cadeira quando ouvi uma batida na porta da frente. Com o coração batendo forte, eu fiquei de pé e saí correndo do quarto de hóspedes onde estava trabalhando – ou melhor, sonhando acordada – e corri para a porta. Não estava trancada. Meu coração acelerou quando eu vi Amreth parado atrás dela, suas mãos carregando duas malas grandes.

— Entre — eu disse, me sentindo um pouco estranha enquanto saía do caminho.

Ele sorriu com um toque de diversão, sem dúvida percebendo o quão perturbada sua mera presença de repente me deixou.

— Tecnicamente, como você vai morar aqui agora, não precisa bater na porta no futuro — eu disse com uma risadinha nervosa.

— Obrigado. Só pareceu presunçoso não fazer isso pelo menos dessa vez — ele respondeu.

— E eu aprecio você ser tão atencioso — eu disse, colocando uma mecha do meu cabelo branco prateado atrás da orelha — Mas, por favor, por aqui. Suas malas parecem pesadas — eu adicionei, gesticulando em direção ao quarto de hóspedes.

Ele me seguiu para dentro do quarto só para meu cérebro idiota finalmente perceber que eu estava usando-o como um escritório. Durante todo o tempo em que o esperei, não me ocorreu nenhuma vez que eu deveria tirar minhas coisas de lá. Certo, era apenas um laptop e um display holográfico 3D, mas eu ainda deveria ter pensado nisso.

— Oh, desculpe! — eu exclamei, correndo para removê-los — Eu estava usando esta sala como meu escritório.

— Você pode deixá-los aqui — Amreth interrompeu enquanto colocava uma das malas na cama — Eu só vou precisar deste quarto para dormir. Você ainda pode trabalhar aqui o resto do tempo.

— Eu não quero incomodá-lo nem invadir sua privacidade — eu disse timidamente.

Ele deu de ombros e olhou para mim como se eu tivesse dito algo bobo — Sua presença nunca pode me incomodar. Mas a minha definitivamente pode incomodá-la — ele acrescentou provocativamente.

— Eu duvido. Eu realmente gostei da sua companhia até agora, e você é muito mais agradável de se olhar do que todos esses dados médicos — eu retruquei, provocante.

Ele bufou — Não é para me gabar, mas eu não poderia concordar mais com você nesse último ponto. Eu fico vesgo só de olhar para esses relatórios que você e seus colegas estão analisando. Até eu prefiro ficar me olhando do que vendo isso — ele disse com um estremecimento exagerado.

Eu ri, gostando seriamente daquele lado brincalhão dele. Eu duvido que ele tenha percebido, mas enquanto as pessoas ocasionalmente diziam que eu tinha uma cara de vadia, ele tinha a típica cara altiva e descansada de Obosiano. Qualquer um que não o conhecesse provavelmente presumiria que ele era convencido e mais santo do que você.

— Mas você também é muito agradável aos olhos, Ciara. Eu adoro a cor dessa camisola em você. Ela faz sua pele brilhar.

Meu estômago vibrou com a sensação mais agradável. Não eram apenas as palavras, mas a maneira suave como ele as falava e a admiração em seus olhos desprovidos de tons escabrosos. Isso poderia ter ido em tantas direções diferentes. Eu só gostei que ele não parecia olhar para mim apenas como um brinquedo sexual.

Eu olhei para mim mesma com um sorriso tímido, minha mão direita distraidamente achatando vincos inexistentes na saia curta da minha camisola.

— Obrigada. Quem escolheu as roupas para mim tinha um gosto muito bom. Eu não costumo escolher roupas coloridas naturalmente, mas a seleção que eles forneceram me fez repensar essa postura. Quando eu sair daqui, meu guarda-roupa vai receber uma atualização notável. Eu só queria que eles tivessem uma banheira aqui e não apenas um chuveiro. Eu tenho uma queda por banhos de espuma enquanto leio um bom livro.

— Eu tenho uma banheira de hidromassagem na minha nave que eu pessoalmente nunca uso. Se a vontade ficar muito grande para você, eu terei que falar docemente com Aku para permitir que você tenha uma escapada bem merecida por uma hora ou mais.

Eu sorri — Você é gentil, e eu definitivamente vou manter essa oferta em mente. Na verdade, eu vou definir isso como uma recompensa para quando identificarmos a fonte da doença que os aflige.

—Combinado! Agora eu tenho um incentivo extra para fazer que isso aconteça mais cedo do que tarde. Mas, dito isso, eu poderia usar um chuveiro também — Amreth disse, olhando ao redor da sala — Eu não notei a sala de higiene quando Aku me trouxe aqui pela primeira vez.

— Este lugar é bem primitivo — eu disse em um tom de desculpas, como se de alguma forma esta fosse minha casa que eu temia não estar à altura — Eles têm um chuveiro ao ar livre e uma latrina.

O olhar desanimado em seu rosto me fez cair na gargalhada. Eu não queria tirar sarro dele, mas como um nobre Senhor, ele provavelmente não estava acostumado a passar por situações difíceis. Somado a isso, suas asas eram bem grandes. Embora o chuveiro não fosse pequeno, provavelmente seria um pouco apertado para ele lá dentro.

— Eu devia ter escutado a mim mesmo — ele murmurou baixinho.

— Sobre o quê? — eu perguntei, curiosa.

— Sobre tomar um banho na minha nave antes de retornar. Mas eu já tinha ficado fora tempo suficiente e não queria que Aku pensasse que eu tinha renegado minha palavra. Ah, bem, será um bom lembrete de como era durante meu treinamento de Guerreiro. Eles garantiam que esquecêssemos o significado de conforto durante aqueles quatro anos brutais — ele disse com resignação.

Meu coração derreteu — Obrigada. Você realmente é muito atencioso. Aku deu um grande salto de fé confiando em nós. Eu não esperava que ele dissesse o que disse antes de você ir embora. É bobo, mas isso me deixou ainda mais determinada a provar que ele estava certo em confiar em nós.

— Eu sinto o mesmo, especialmente porque ele foi sincero quando disse essas palavras. Ele tem uma alma excepcionalmente agradável.

— Não estou surpresa. Mas admito que estou com muita inveja da sua habilidade de ver almas. Isso teria me poupado de ser enganada por alguns idiotas no passado — eu disse com uma boa dose de autodepreciação.

Amreth me deu um sorriso misterioso enquanto começava a remover sua couraça — Não fique com inveja, Ciara. Você também poderá fazer isso em um futuro não tão distante... Eu espero.

Eu pisquei confusa — O que você quer dizer?

— No dia em que você e eu nos unirmos formalmente, eu passarei algumas das minhas habilidades para você. Especificamente, você ganhará visão noturna e a habilidade de ver almas. Não será tão poderosa quanto a minha, mas você será capaz de saber quem lhe deseja mal e quem é honesto. Você também se curará mais rápido de ferimentos e será mais resistente a doenças em geral.

Eu fiquei boquiaberta enquanto ele ria presunçosamente, o som era profundo e gutural da forma mais sexy possível.

— Droga, me inscreva — eu sussurrei.

Ele riu, colocou seu peitoral na cama e se virou para mim. Eu precisei de cada grama da minha força de vontade para não deixar meu olhar ganancioso vagar por toda a perfeição do seu corpo. Isso não me impediu de notar o piercing em seu mamilo esquerdo e o de seu umbigo. A presença deles reforçou ainda mais minha convicção de que eu eventualmente descobriria alguns mais ao sul nele.

— Você se importaria de me mostrar aquele chuveiro primitivo? — ele perguntou, o brilho travesso em seus olhos sugerindo que eu estava fazendo um péssimo trabalho em me impedir de ficar olhando para ele.

Mas meu instinto me disse que o miserável se despiu parcialmente de propósito para me fazer salivar.

— Por aqui — eu disse, escapando com um pouco de ansiedade demais para esconder meu constrangimento.

Eu o levei para o quintal privado onde o chuveiro estava localizado. Mais uma vez, eu não consegui evitar outra risada nada caridosa de sua expressão desanimada quando ele viu com o que tinha que trabalhar.

— Aproveite! — eu disse provocativamente em uma voz cantada.

Ele murmurou algo baixinho enquanto eu voltava para dentro. Eu nunca fui o tipo de mulher maníaca faminta por sexo, mas a vontade ardente de dar uma olhada no meu homem se lavando era quase irresistível.

Minha alma gêmea era linda!

Só de pensar na perfeição do corpo dele eu já estava babando, especialmente naquele piercing impertinente no mamilo. Eu nunca tinha realmente gostado de nenhum tipo de modificação corporal, fossem implantes, piercings ou até tatuagens. Claro, eu poderia admirá-las em alguém que tivesse algumas realmente bonitas, mas nunca foi algo que me atraísse.

Em Amreth, era pura perfeição.

Obviamente, eu era super tendenciosa no que se referia a ele, mas eu estava genuinamente excitada por tudo sobre ele. Para minha vergonha, minha mente perversa começou a mergulhar fundo em todo tipo de fantasia safada o envolvendo. Eu queria chutar Mehreen por fazer todas aquelas insinuações antes e especialmente por trazer à tona o tópico de seus poderes de íncubo. Ao mesmo tempo, eu queria que ela o tivesse feito se aprofundar ainda mais nisso para me dar uma imagem mais completa do que me esperava no dia em que Amreth e eu começássemos a trabalhar.

Quando isso realmente vai acontecer?

Para minha consternação, uma onda de decepção tomou conta de mim sabendo que esta não era uma união oficial da Agência Prime. Embora Kayog nos tenha pareado, nós não recebemos nenhum dos benefícios da AP nem fomos submetidos às suas regras e compromissos. Com ambos pertencendo a espécies avançadas, nós fomos deixados por conta própria no que diz respeito ao nosso acasalamento. Isso significava que nós não tínhamos obrigação de consumar nossa união esta noite. Inferno, nós nem éramos casados para começar.

Esse comportamento era ainda mais confuso para mim porque eu não era do tipo que faz sexo no primeiro encontro.

Claro, Amreth não era apenas um cara aleatório que eu estava conhecendo para ver se as coisas poderiam se desenvolver em algo mais significativo. A questão era o quanto da minha atração e impaciência para aprofundar o relacionamento com ele era devido à química natural entre nós ou ao conceito criado pelo conhecimento de que éramos feitos um para o outro?

Minha mente vagou de volta para seus poderes de íncubo. Eu tinha lido uma coisa ou duas sobre eles no passado. No entanto, considerando que a possibilidade de um relacionamento com um Obosiano era mínima ou nenhuma naquela época, eu não tinha pesquisado muito sobre isso. Como eu me arrependi disso hoje.

Uma olhada no meu relógio me fez franzir a testa. Já tinham se passado vinte minutos desde que ele entrou no chuveiro. Como ele não me pareceu do tipo que fica demorando ou sonha acordado enquanto se lava, isso pareceu muito longo.

Eu esperei um pouco mais, mas quando começou a chegar a trinta e cinco minutos, eu finalmente decidi ir dar uma olhada nele, caso algo tivesse acontecido ou se ele precisasse de ajuda com alguma coisa. Eu tinha analisado o sabão e a água deles, e nenhum deles representava a menor ameaça aos humanos ou aos Obosianos.

Sentindo-me um pouco nervosa sobre me intrometer, caso ele realmente fosse do tipo que passa uma eternidade no chuveiro, eu pressionei meu ouvido contra a porta para ouvir se a água ainda estava correndo. Não parecia estar, mas um som abafado vazou pela porta. Intrigada, eu bati para me anunciar antes de abrir a porta.

— Amreth? Você está bem? — eu gritei pela abertura estreita.

— Eu estou bem, você pode sair — ele respondeu.

Empurrando a porta um pouco mais, eu coloquei minha cabeça para fora para dar uma olhada no que estava acontecendo. Meu queixo caiu, e eu abri a porta completamente para sair enquanto olhava para Amreth com uma aparência um tanto irritada. Ele estava inclinado para frente, suas palmas pressionadas contra a parede externa do chuveiro, uma toalha enrolada em sua cintura para esconder suas partes safadas, e suas enormes asas batendo lentamente atrás dele.

— O que você está fazendo? — eu perguntei, perplexa.

— Secando minhas asas — ele disse em um tom mal-humorado — Eu tinha esquecido o quão desagradável é não ter os chuveiros adequados especificamente ajustados para lavar nossas asas ou o secador para tirar toda a água entre os vincos. Você não tem ideia de como é irritante tentar dormir com asas úmidas. Voar por aí teria tornado isso muito mais rápido. Mas duvido que nossos anfitriões ficariam muito felizes em me ver circulando sua aldeia à noite como um predador pronto para atacar.

Eu bufei antes de tapar a boca com a mão para não rir — Você está certo, eu não tenho ideia de como é. Acho que lavá-las também foi uma dor de cabeça e tanto. Eu tenho dificuldade em lavar minhas costas sem uma escova de costas. Eu não consigo imaginar tentar limpar essas asas enormes.

— Eu desisti no meio do caminho — ele disse desanimado — Contorções extremas só te levam até certo ponto com essas coisas.

— Pobre bebê — eu disse provocativamente — Sabe, você podia ter pedido ajuda.

—Eu não queria incomodá-la — ele murmurou.

— Isso não me incomoda, seu bobo — eu disse em tom de repreensão enquanto me dirigia às prateleiras recuadas perto do chuveiro onde estavam as toalhas.

Para minha surpresa, ele de repente pareceu quase tímido quando eu me aproximei dele com a toalha grande. Isso me pegou de surpresa. Eu não estava vendo muito mais dele agora do que quando ele havia removido sua couraça. A única diferença era que ele estava descalço e com uma toalha em volta da cintura em vez das calças de couro apertadas que ele usava antes.

Mas estou prestes a tocá-lo... mais como acariciá-lo com a toalha...

No momento em que esse pensamento miserável surgiu em minha mente, meu estômago imediatamente se revirou e meus dedos começaram a tremer de antecipação.

— Algum ponto em particular em que eu deva focar? — eu perguntei, orgulhosa por minha voz estar muito mais firme do que eu esperava.

— A base das minhas asas, onde elas se conectam às minhas costas, e os vincos ao longo dos espinhos, por favor — Amreth disse.

— Tudo bem. Não hesite em me dizer se eu estiver fazendo errado — eu disse enquanto parava atrás dele.

Amreth abriu bem as asas. Além do fato de que elas eram magníficas, eu realmente admirava sua impressionante envergadura. Os músculos de suas costas ondulavam e inchavam sob o esforço que a posição exigia. Apesar disso, parecia fácil para ele.

Eu comecei a esfregar a toalha em suas costas, à esquerda de sua espinha e ao longo da base de sua asa. Um arrepio o percorreu. Foi sutil, mas forte o suficiente para eu notar. Meu estômago deu uma cambalhota ao pensar que o prazer do meu toque provocou essa reação. Eu não mencionei isso e nem ele.

— Suas asas são realmente lindas — eu disse melancolicamente enquanto admirava sua textura de couro e obsidiana — Mas elas devem ser terrivelmente pesadas.

Ele olhou para mim por cima do ombro, um sorriso divertido esticando seus lábios — Tecnicamente, você está certa. Mas para mim, elas não parecem diferentes de quaisquer outros membros do meu corpo. Eu tive uma vida inteira para me acostumar com elas.

— Ainda assim, deve ter sido desafiador no começo — eu insisti.

Ele deu de ombros — Nós nascemos com elas. Nós tropeçamos no começo enquanto nos ajustamos ao peso delas. Mas não é muito diferente de bebês humanos tentando encontrar o equilíbrio enquanto aprendem a ficar de pé. Nós apenas temos um conjunto extra de membros para levar em conta.

Eu passei a toalha sobre a superfície de couro, demorando um pouco mais do que o necessário para secar completamente cada pedacinho de umidade nos cantos onde os espinhos se conectavam. Eu estava realmente ansiosa para esfregar minha palma em tudo. Mas parecia um pouco ousado demais.

— E a primeira vez que você teve que voar? Não foi aterrorizante?

— Não para mim — ele disse firmemente — Alguns Obosianos ficam muito nervosos com isso. Nós temos até uma fração muito pequena do nosso povo que odeia ser alado. Isso vai além de não querer voar ou ter medo. Eles simplesmente odeiam ter asas, o que eu realmente luto para compreender. Eu amo minhas asas. Eu não poderia imaginar um mundo onde eu ficasse para sempre preso à terra.

— Nossa! Eu nunca imaginei que isso pudesse ser um problema — eu disse com genuína surpresa enquanto passava para sua outra asa — O que acontece com essas pessoas? A terapia pode ajudar?

— Para alguns, a terapia os ajudará a superar isso. Esses casos geralmente ocorrem porque a pessoa enfrentou algum trauma grave relacionado a voar. Mas a porcentagem muito baixa de pessoas que são realmente contra ter asas normalmente expressam essa aversão bem cedo, quando jovens. A maioria delas acaba tendo suas asas removidas.

— O QUÊ?! Você está falando sério?! — eu exclamei.

Ele assentiu severamente — Como o procedimento não é reversível, eles têm que esperar até atingirem a idade adulta. Se eles ainda quiserem fazer isso nesse momento, eles são obrigados a passar um ano inteiro vivendo sem asas em uma simulação de holograma. Só então, se ainda quiserem fazer isso, eles receberão a cirurgia. Felizmente, embora 8% da nossa população queira se livrar de suas asas, apenas 2% realmente as cortam. Os outros as mantêm, mas simplesmente nunca voam.

— Droga. Mesmo que eu possa ter vertigem só de ficar em pé em uma cadeira, eu ainda duvido muito que eu teria minhas asas removidas. Mas eu poderia me ver vivendo como uma pessoa presa à terra — eu disse timidamente.

Amreth arfou e se virou para me encarar em choque — Você tem medo de voar?

— Eu tenho medo de altura — eu disse com uma expressão culpada.

— Você sabe que eu estarei te carregando em meus braços quando voarmos amanhã para aquela vila, certo? — ele disse, parecendo um pouco perplexo.

Eu assenti — Sim. Eu vou apenas manter meu rosto enterrado em seu peito, e meus olhos bem fechados.

— Mas você vai perder a vista! — ele exclamou, parecendo escandalizado — Este planeta é maravilhoso! Seria um crime você perder sua beleza.

— Acredite em mim, Amreth, é melhor eu perder a paisagem do que vomitar em você ou fazer xixi nas calças de medo — eu disse provocativamente enquanto trabalhava na parte da frente de suas asas, não que elas realmente precisassem, já que ele claramente tinha conseguido alcançar aquela parte sozinho.

— Não haverá vômito ou xixi — ele disse com uma segurança que beirava a arrogância.

— É mesmo? — eu desafiei.

Ele assentiu — Eu vou apaziguá-la para que a altura não seja tão assustadora para você.

— Me apaziguar? — eu ecoei — Agora você me deixou curiosa. Como você fará isso?

— Com meu *bakaan*, é claro — ele disse.

Assim que ele disse essas palavras, uma sensação de formigamento tomou conta de mim, seguida rapidamente pela mais fantástica sensação de paz e bem-estar.

— Uau! Certo, isso é incrível! — eu disse, minha voz levemente arrastada como quando você acaba de receber a melhor
massagem corporal de todas que te deixa quase grogue, mas não
tanto — Eu queria ter esse poder ao lidar com pacientes angusti-
ados ou em pânico. Acho que esse não é um dos poderes que
você vai me passar?

Ele balançou a cabeça e me lançou um olhar de desculpas —
Não é. Mas eu ficarei feliz em usá-lo em seus pacientes em seu
nome.

— Você é muito gentil — eu respondi provocativamente —
Eu sabia que os Obosianos podiam fazer isso, mas nunca experi-
mentei isso diretamente. Na nave, durante o ataque, um dos
guardas usou isso na multidão em pânico para parar a debandada, mas eu estava fora do raio de seu *bakaan*. Mas, além disso
e do seu Lumiak, todos os seus outros poderes não são de natureza sexual?

Ele hesitou — Tecnicamente, minha aura realmente é. Eu a
usei em seu nível mais baixo em você agora mesmo. Mas quanto
maior a intensidade, mais erógeno o efeito. Na verdade, em sua
intensidade máxima, eu posso fazê-la chegar ao clímax sem nem
mesmo te tocar.

Eu fiquei boquiaberta para ele — Seu *bakaan* por si só
poderia me dar um orgasmo? — eu perguntei, querendo ter
certeza de que realmente o havia entendido.

Seus olhos branco-prateados escureceram enquanto seu
sorriso presunçoso assumiu um tom sensual que instantaneamente acendeu uma pequena faísca na boca do meu estômago.

— Mmhmm, pode. Mas eu também tenho feromônios que
podem te deixar completamente louca de tesão. E quanto ao meu
Lumiak, ele não é apenas um poder ofensivo. Em baixa intensidade e usado em pontos erógenos muito estratégicos, eu posso te
deixar louca com prazer instantâneo e poderoso, ainda maior do
que alguém mirando precisamente no seu ponto G.

Maldito homem... ou melhor, íncubo. A maneira como sua

voz ficava mais baixa a cada uma de suas palavras, sem mencionar as palavras em si, me deixou latejante e dolorida em pouco tempo. Como diabos ele poderia simplesmente me provocar com tantas promessas de diversão sabendo que não agiria de acordo com elas? O meu lado safado queria pedir que ele me desse uma amostra... pela ciência, é claro. Pelo jeito provocador como ele estava me encarando, o miserável sabia exatamente quais pensamentos estavam passando pela minha mente.

— Bem, parece que eu tenho muitas coisas interessantes para esperar quando você e eu nos aproximarmos. Apenas esteja ciente de que você estabeleceu um padrão muito alto para si mesmo. Eu tenho todos os tipos de expectativas agora.

Ele bufou e estufou o peito com uma confiança beirando a arrogância — Dar a você mais prazer do que você jamais poderia imaginar ser possível não é um desafio para mim. Eu sou um Obosiano. Nós somos a personificação da sexualidade e da sensualidade.

Dizer que meus dedos dos pés se curvaram intensamente seria o eufemismo do século.

— Alguém está se gabando — eu disse provocativamente para esconder o quanto suas palavras estavam me afetando.

— Não, minha Ciara. Eu nunca me gabo, muito menos sobre isso. Você vai descobrir em breve.

Eu franzi o rosto para ele. Eu não precisava ler mentes ou ver almas para saber que ele não estava brincando. Pela segunda vez esta noite, eu me peguei desejando que estivéssemos sob as diretrizes da AP para que eu pudesse colocar tudo isso à prova.

Em vez disso, eu suspirei e enrolei a toalha úmida com a qual o estava secando.

— Bem, acho que terminamos, a menos que você sinta que eu esqueci de algum ponto — eu disse com indiferença, embora consternada com o fio de esperança que surgiu lá no fundo quando eu disse a última parte.

— Obrigado, Ciara. Mas não fique tão triste. Você pode me

tocar a qualquer hora, e não só para me secar — ele disse provocativamente.

Eu fiquei sem fôlego e lancei-lhe um olhar atordoado.

— Nós somos almas gêmeas — ele respondeu de forma óbvia em resposta à minha expressão — Tudo de mim, tudo o que eu sou é seu.

E lá se foram meus ovários explodindo. Um bilhão de respostas queimaram minha língua. Em vez disso, eu surpreendi a mim mesma ao soltar uma pergunta completamente diferente.

— O quanto você se assustou ao descobrir que estava pareado com uma humana? Comigo?

Eu imediatamente estremeci por dentro. Embora essa questão tenha me atormentado desde o momento em que Kayog me disse que Amreth era meu único e verdadeiro amor, eu me perguntei como ele se sentiria sobre isso. Pelo que eu entendi, seu povo não estava particularmente impressionado com minha espécie como um todo. Os humanos tinham uma propensão muito grande a quebrar as regras ou esticá-las até seus limites. Nossa moralidade pode ser muito fluida, especialmente quando isso nos beneficia, mesmo em detrimento dos outros.

— Não me assustou nem um pouco. Pelo contrário, eu fiquei exultante — ele disse com uma convicção que fez um enxame de borboletas voarem na boca do meu estômago.

— Sério? — eu perguntei, imaginando de onde vinha essa necessidade irracional de ser tranquilizada.

Ele assentiu — Eu estou desejando uma parceira de vida há algum tempo. Na verdade, no mesmo dia em que Kayog ligou para me contar sobre você, eu estava lamentando o fato de não poder contratar os serviços de sua agência porque meu mundo natal era muito avançado. Nenhuma notícia poderia me deixar mais feliz, especialmente sabendo que quem quer que você fosse, juntos, nós alcançaríamos a harmonia perfeita e compartilharíamos o tipo de amor que meu melhor amigo Kronos encontrou com sua Malaya.

Eu coloquei uma mecha de cabelo atrás da orelha e sorri para ele — Eu não estava procurando. Então Kayog jogar isso para mim me pegou totalmente de surpresa.

— Não foi ruim, eu espero? — Amreth perguntou, inclinando a cabeça para o lado.

A vulnerabilidade e incerteza subjacentes em sua voz – por mais sutil que fosse – me deixaram perplexa. Como um espécime tão bom poderia duvidar remotamente que qualquer mulher de sangue quente ansiaria por se jogar nele?

— Você está brincando? Você não sabe como as mulheres humanas babam constantemente por sua espécie? Nós sabemos o quão exigentes vocês são. Então descobrir que minha alma gêmea era um Obosiano foi uma grande honra. E até agora, você está excedendo tudo o que eu esperava. E eu não estou falando sobre sua aparência atraente – que você com certeza possui. Você também parece ter um bom coração, compaixão, integridade e a capacidade de não apenas acompanhar meu jargão nerd, mas também de se interessar pelas coisas científicas que eu despejo. Você me fez sentir vista e ouvida em vez de irritante como os leigos costumam fazer.

— Você é muitas coisas, mas não irritante, Ciara. A primeira vez que Kayog me mostrou um holograma seu, eu fiquei impressionado com sua beleza. Eu me lembro de pensar que você poderia ser uma das nossas com sua pele escura e cabelo branco-prateado — ele disse melancolicamente.

Eu bufei, minha boca fugindo comigo para esconder meu constrangimento — A maioria das pessoas me acha estranha por causa do meu piebaldismo. É isso que faz meu cabelo ser branco e ter essa mancha de pele descolorida na minha testa — eu disse com uma risada nervosa.

— Você não é estranha. Só um tolo pensaria assim. Além do fato de que seu cabelo combina com as cores do meu povo, eu acho sua mancha descolorida deslumbrante. É como seu próprio diadema orgânico. Eu gostaria que você pudesse se ver através dos meus olhos. Sua aura é hipnotizante e te ilumina por dentro. Ela faz sua coroa brilhar.

Minha garganta apertou de emoção. Claro, suas palavras me tocaram, mas foi o olhar em seus olhos e a sinceridade em sua voz que me destruíram.

— Você fala da minha compaixão e integridade, mas não vê a sua? Muitas pessoas em suas circunstâncias teriam virado as costas para os Kreelars por sequestrá-los. Aku confia em você porque sua gentileza e determinação em ajudar seu povo irradiam de você com a força de mil sóis. Eu não sei até que ponto sou inteligente, mas você tem um talento para explicar conceitos complexos de uma forma que é compreensível e fascinante.

— Caramba! Se você está tentando me fazer gostar de você, você está fazendo um ótimo trabalho — eu murmurei, minhas bochechas esquentando de prazer.

— Sucesso! Quando terminarmos de ajudar essas pessoas, eu pretendo fazê-la se apaixonar perdidamente por mim — ele disse com uma voz cheia de promessas — Mas venha, vamos voltar para dentro.

Eu assenti e pendurei a toalha para secar no suporte perto da parede interna do chuveiro. Para minha surpresa, Amreth estendeu a mão para mim. Por instinto, eu a peguei. Seu sorriso grato fez coisas engraçadas comigo. Ele acariciou gentilmente as costas da minha mão com o polegar antes de me levar de volta para dentro da casa. Meu companheiro parou no meio da sala de estar, que também ficava diretamente entre os dois quartos, e se virou para mim.

— Acho que deveríamos nos recolher para a noite, pois precisamos acordar cedo de manhã — ele disse com uma voz gentil — Apesar das circunstâncias terríveis que nos trouxeram aqui, estou feliz que estejamos juntos finalmente. Seria muito ousado da minha parte pedir um beijo de boa noite? Sinta-se totalmente confortável em dizer não.

Meu estômago deu outra cambalhota, e eu precisei de toda a minha força de vontade para não concordar com entusiasmo.

— Não é muito ousado — eu disse com muito mais equilíbrio do que eu sentia — E sim, você pode.

A suavidade do seu sorriso e a maneira como seus olhos brancos prateados escureceram enquanto ele me puxava cuidadosamente para seu abraço fizeram minhas partes femininas ficarem em posição de sentido. Eu pressionei minhas palmas em seu peito nu, um arrepio delicioso percorreu minha espinha enquanto seus braços fortes se fechavam ao meu redor. Eu queria esfregar minhas mãos nele todo, tendo sido enganada pela toalha entre nós quando sequei suas asas mais cedo. Sua pele era macia e quente. Meus dedos coçavam para viajar mais para cima, até seus ombros e a lateral de seus braços que estavam cobertos de escamas escuras.

Forçando minhas mãos a permanecerem paradas, eu levantei meu rosto em direção ao dele. Ele se inclinou para frente, inclinou a cabeça para o lado e então pressionou seus lábios nos meus. Embora eu soubesse sem sombra de dúvida que ele não tinha usado seus feromônios afrodisíacos ou *bakaan*, o raio de desejo que explodiu na boca do meu estômago com aquele mero contato me deixou cambaleando. Fazia ainda menos sentido que o beijo fosse desprovido de qualquer luxúria. Ele foi gentil, terno e altamente respeitoso.

Cedo demais, ele quebrou o beijo. Eu quase choraminguei, ainda não pronta para me separar dele. Para meu deleite total, quando eu pensei que ele iria me afastar, Amreth apertou seu abraço em volta de mim e enterrou seu rosto em meu cabelo enquanto eu enterrei meu rosto em seu pescoço. Desta vez, com vontade própria, minhas mãos deslizaram para cima, acariciando as escamas escuras em forma de chevron que cobriam a curva de seus ombros, e então afundaram na sedosidade de seu longo cabelo branco prateado em sua nuca. Outro arrepio percorreu meu corpo quando suas asas nos envolveram.

Eu sempre me perguntei como seria ser abraçada assim. Era mais do que me sentir protegida e abrigada. Eu me sentia em casa.

Eu não sei dizer quanto tempo permanecemos assim, silenciosamente nos braços um do outro. Mas quando ele abriu suas asas e afrouxou seu aperto ao meu redor, uma sensação brutal de estar desolada me esmagou. Eu poderia ter ficado assim com ele para sempre. A ternura em seus olhos enquanto ele travava olhares comigo me derreteu de dentro para fora. Eu não o conhecia bem ainda, mas sabia com certeza inabalável que este era apenas um primeiro vislumbre do amor profundo que eventualmente queimaria forte entre nós.

Ele segurou minha bochecha direita com a mão e se inclinou para frente novamente para roçar seus lábios nos meus uma última vez.

— Bons sonhos, minha companheira — ele disse em um sussurro profundo.

Seu polegar acariciou meus lábios, e então ele tirou a mão da minha bochecha.

— Boa noite, Amreth — eu sussurrei de volta.

Ele se virou e foi até seu quarto. Eu encarei suas costas recuando, dois dos meus dedos distraidamente encontrando o caminho para meus lábios como se para reacender a sensação do seu beijo. Foi só quando a porta se fechou atrás dele que eu finalmente saí do meu transe.

Eu fui para o meu próprio quarto, ainda dividida pela minha decepção por não termos nos enquadrado nas regras da AP e pelo alívio de que poderíamos resolver as coisas entre nós no nosso próprio ritmo. Mas o pensamento dominante enquanto eu subia na cama e acomodava minha cabeça no travesseiro era que eu estava desenvolvendo uma grande paixão pelo homem com quem eu passaria o resto da minha vida.

Eu fechei os olhos e sorri.

CAPÍTULO 10

AMRETH

A primeira noite compartilhando esta casa acabou sendo muito mais repousante do que eu esperava. Uma conexão genuína ocorreu ontem à noite. Em vez de me revirar na cama enquanto ansiava por segurá-la novamente, a lembrança de quão perfeitamente ela se sentia em meus braços me fez companhia até de manhã.

Uma parte de mim estava envergonhada por estar tão profundamente ciente de sua excitação enquanto sua aura a transmitia em alto e bom som. Obviamente, me agradava muito que ela se sentisse atraída por mim. Mas eu queria uma conexão emocional e espiritual com Ciara antes de levarmos as coisas mais longe. Como o sexo com um de nós era certamente fenomenal, eu precisava sentir que nós tínhamos mais do que apenas luxúria como base.

Mas aquele abraço…

Eu nunca fui alguém com personalidade viciada, até agora. Não havia dúvidas de que minha companheira se tornaria minha nova droga. E eu aceitei isso.

Nós acordamos quase ao mesmo tempo. Depois de nos

vestirmos rapidamente, nos encontramos na sala de estar, onde eu descaradamente roubei um beijo dela, seguido de um abraço muito breve e sem asas. Eu poderia ter tentado fazer com que durasse um pouco, mas as luzes brilhantes das almas que se aproximavam me forçaram a pôr um fim nisso.

Como um Obosiano, eu podia ver almas em um raio muito amplo, mesmo através de paredes e outros obstáculos que bloqueavam a visão normal das pessoas. Nem escudos furtivos conseguiam me enganar.

Acabou sendo Aku nos convidando para nos juntarmos aos outros para um rápido café da manhã antes de cada um se separar em sua própria direção. Após a refeição, o espetáculo que nos recebeu do lado de fora nos surpreendeu. Um punhado de montarias aguardava nossos colegas e suas escoltas.

— Esses são Saguls — Aku explicou — Eles nos permitem viajar distâncias muito maiores, muito mais rápido do que se corrermos ou balançarmos em árvores. Os humanos anteriores que vieram aqui disseram que eles se pareciam com cavalos e se comportavam da mesma forma.

Minha companheira assentiu — Eles certamente são do mesmo tamanho de um cavalo com uma cabeça similar. Mas as curvas e o formato de seus corpos me lembram mais um galgo com listras de zebra, juba de leão e o chifre de unicórnio, embora três chifres no caso deles.

Aku e alguns outros Kreelars cujo nome eu não sabia a encararam com um pouco da confusão que eu compartilhava. Eu conhecia cavalos, leões e unicórnios, mas galgos e zebras não significavam nada para mim. Eu suspeitei que nossos anfitriões nunca ouviram falar de nenhuma dessas outras criaturas também.

— Eles são lindos! — Mehreen exclamou com uma empolgação quase infantil — Devo entender que cada um de nós pode andar em um?

Aku assentiu — Sim. Espero que não seja um problema?

Ernst e Mehreen balançaram a cabeça simultaneamente —
Andar a cavalo é um treinamento obrigatório para ser um
Médico Interestelar designado para alguns dos planetas primitivos. Muitas vezes não é possível ou permitido pelos moradores
locais que usemos ônibus espaciais. Então nós precisamos ser
capazes de nos adaptar a qualquer transporte local disponível.
Uma onda de vergonha surgiu em mim pelo ciúme instantâneo que eu senti quando Ciara olhou para seus companheiros
com inveja enquanto os Kreelars os ensinavam a cavalgar os
Saguls. Eu estava contando as horas, minutos e segundos até que
eu finalmente poderia segurá-la em meus braços enquanto
voávamos pelos céus até nosso destino. Não havia como deixar
uma criatura alienígena bonita roubar meu momento de proximidade com minha companheira.

Felizmente, nosso destino era muito longe para montarmos
naquela montaria. Na verdade, nosso acompanhante – Enre –
saiu na frente ontem à noite para que pudesse chegar lá pela
manhã. Para meu choque, bem antes dos outros dois médicos e
seus acompanhantes partirem, uma mulher entrou no pátio
interno carregando um pequeno pacote. Ela o entregou ao seu
líder, que então veio até mim.

— Aqui, caso precise disso. Eu duvido, mas eu odiaria que
você se encontrasse em uma situação precária com poucos meios
para se defender ou defender sua companheira. Eu confio que
você mostrará sabedoria sobre quando ou se elas devem ser
usadas.

Eu fiquei de queixo caído ao ver que ele havia devolvido
minha pistola e minha espada.

— Sua confiança me honra — eu disse com toda sinceridade
enquanto pegava as armas dele.

— Assim como sua integridade nos honra. Boa viagem para
vocês dois. Que sua viagem seja proveitosa — Aku respondeu.

Com um último aceno, ele se virou e pulou em sua própria

montaria com uma graça e destreza incríveis que demonstravam um predador letal contido atrás de seu exterior controlado. A extensão da importância do trabalho que estávamos fazendo aqui e do relacionamento que estávamos desenvolvendo atualmente com seu povo finalmente me atingiu.

Entre suas habilidades físicas naturais e seus novos poderes, os Kreelars seriam inimigos extremamente letais no campo de batalha. O fato deles não terem conseguido fazer viagens interestelares por conta própria não significava nada quando espécies claramente mais avançadas interagiram com eles em várias ocasiões no passado. Se um desses visitantes – ou pior ainda, seus amigos – os convencesse a se voltar contra nós, as coisas poderiam ficar feias rapidamente. Os humanos já lhes deram um motivo para nos ressentir. E seu ataque à Gladius provou que eles poderiam causar estragos além de suas fronteiras planetárias se quisessem.

Eu prendi minhas armas em volta da cintura enquanto observávamos suas montarias decolarem. Assim que eles passaram pelo portão para o pátio interno, eu me virei para olhar para minha mulher e a encontrei me encarando com um ar de orgulho que me aqueceu profundamente. Eu não tinha feito nada de especial para nosso anfitrião me mostrar esse nível de confiança, mas me agradou que ela se deliciasse tanto com isso. Seu orgulho confirmou que ela me reivindicou e nos via como uma extensão um do outro.

— Vamos — eu disse em voz baixa.

Ciara assentiu e passou a alça da bolsa em volta do pescoço para que ela balançasse de lado sobre o peito. Felizmente, Enre levou consigo a maioria dos equipamentos e remédios que minha companheira precisava na noite passada, prendendo-os em sua montaria.

Uma chama acendeu na boca do meu estômago quando ela se aproximou de mim e deslizou seu braço direito em volta dos meus ombros quando eu a peguei como uma noiva. Ela colocou sua bolsa em cima de seu estômago antes de olhar para mim. A expressão de Ciara era ilegível, mas uma parte de mim acreditava que ela também estava gostando daquela proximidade. Não era luxúria girando profundamente dentro de mim, mas uma possessividade terna misturada com uma estranha sensação de bem-estar por tê-la tão perto, em meus braços, onde ela pertencia.

— Lá vamos nós — eu disse gentilmente antes de bater minhas asas e alçar voo.

Conforme eu subia, Ciara gradualmente ficou tensa, sua mão em volta do meu ombro o agarrando com mais força enquanto ela se pressionava contra mim. Ela fechou os olhos e enterrou o rosto na curva do meu pescoço. Tharmok me leve! Ela parecia tão maravilhosa contra mim. Mas a vergonha imediatamente esmagou aquele sentimento caloroso. Por mais que eu amasse aquela proximidade maior com minha companheira, meus instintos protetores anularam minhas necessidades egoístas.

— Calma, minha Ciara — eu disse em um tom reconfortante enquanto emitia um pouco do meu *bakaan* para apaziguá-la.

Um arrepio percorreu seu corpo, e sua mão apertou um pouco mais meu ombro por uma fração de segundo antes que ela olhasse para mim com um ar de admiração.

— Viu? Não é tão ruim — eu disse gentilmente.

Ela franziu o rosto, e então espiou cautelosamente abaixo antes de fechar os olhos e enterrar o rosto no meu pescoço novamente. Eu ri e apertei meu abraço em volta dela antes de beijar o topo de sua cabeça. Eu amava a textura macia e saltitante de seu cabelo. Era como esfregar meu rosto em uma nuvem.

Apesar de tudo isso, minha companheira lançou mais alguns olhares para o ambiente enquanto voávamos, e seu medo diminuiu gradualmente à medida que a beleza da paisagem prendia cada vez mais sua atenção.

— Voar é uma dessas coisas que eu ficaria arrasado em

perder — eu disse melancolicamente enquanto abria minhas asas para planar sobre uma corrente de ar — É a sensação de liberdade total, de estar em completa harmonia com o mundo. Às vezes, eu apenas faço acrobacias selvagens no ar por diversão.

Meu irmão e eu costumávamos perseguir um ao outro, lançando desafios ridiculamente perigosos para ver quem desviaria primeiro enquanto avançávamos em direção a uma parede de pedra ou descíamos um penhasco.

— Por que eu tenho a sensação de que isso nem sempre termina bem? — Ciara perguntou com um tom de desaprovação.

— Porque é verdade — eu confirmei com uma risada — É uma coisa boa termos uma regeneração acelerada além do acesso a alguns dos melhores remédios disponíveis. Eu posso ter quebrado mais do que minha cota justa de ossos por causa de comportamento imprudente. Controlar as palhaçadas selvagens dos jovens depois que eles experimentam o verdadeiro gosto da velocidade pode ser desafiador.

— Então como você aprende a voar? — ela perguntou, olhando para minhas asas sobre meus ombros enquanto eu continuava a batê-las — Eles te chutam para fora de uma nave ou te jogam de um penhasco?

Eu bufei e balancei a cabeça — Os pais geralmente são os que tentam impedir os pequenos de tentar voar cedo demais. Algumas crianças relutantes precisam de um pouco de incentivo para começar. Mas para a maioria de nós, a necessidade de imitar nossos pais e mais velhos é muito forte, sem mencionar o desejo instintivo de apenas bater nossas asas. A única coisa que nos impede de voar cedo é a fraqueza dos nossos músculos.

— Quer dizer que você tenta decolar, mas não consegue bater as asas com força suficiente?

Eu assenti — Nós subimos alguns centímetros e caímos de volta. Eu nem preciso dizer que nossos arredores ficam meio maltratados no processo. Você verá que as moradias com filhotes tendem a ser bem minimalistas em sua decoração.

Ela riu — Isso significa que nós teremos que forrar todas as superfícies da casa no dia em que tivermos filhos? — Ciara perguntou provocativamente.

Um desejo poderoso explodiu em meu peito com esse pensamento. Eu definitivamente queria filhos. Como nós tínhamos acabado de nos conhecer, isso obviamente não tinha sido uma discussão entre nós, mas me agradou além das palavras que ela parecesse não apenas estar aberta à ideia, mas até mesmo pensando que era uma conclusão precipitada que nós teríamos.

— Pode não ser uma má ideia para certas coisas. Se eles forem tão turbulentos quanto meu irmão e eu costumávamos ser, seria um curso de ação sensato — eu confessei, impenitente.

— Eu tenho dificuldade em imaginar vocês – ou qualquer Obosiano, nesse caso – como encrenqueiros — ela disse com uma expressão divertida — Vocês todos sempre parecem tão corretos e disciplinados.

Eu ri — É com os quietos que você deve ter mais cuidado. Não se deixe enganar por essa expressão abafada que meu povo projeta. Nós somos como todo mundo com nosso senso de humor, comportamento travesso e vastas respostas emocionais, incluindo birras de diva, como os humanos gostam de descrevê-las. Nós apenas tendemos a fazer isso a portas fechadas.

— Ok, agora eu quero muito te ver tendo um colapso dramático completo — Ciara disse com os olhos brilhando de travessura.

— Viole a lei deliberadamente e você poderá ter seu desejo atendido — eu disse, provocando.

Para minha surpresa, ela não respondeu com um bufo desdenhoso como eu esperava. Ela ficou séria e estudou minhas feições com uma intensidade surpreendente.

— Não, Amreth. Não acho que isso resolveria. Na verdade, acredito que apenas uma dor profunda e devastadora o faria perder o controle. Mas não tenho dúvidas de que você vai me repreender até minhas orelhas caírem.

— Isso, eu certamente farei. Por que eu tenho a sensação de que você está conspirando para deliberadamente mexer comigo? — eu perguntei, olhando-a desconfiada.

O sorriso presunçoso e descarado que ela me deu foi toda a resposta que eu precisava. Incapaz de resistir, eu me inclinei para frente e beijei sua testa. Ela sorriu e levantou o rosto para dar um beijo em minha bochecha. Meu coração derreteu ainda mais, e eu dei-lhe um aperto gentil antes de olhar de volta para nosso destino.

Eu gesticulei para frente com meu queixo — É aqui, Vila Jaln. Devemos pousar nos próximos cinco minutos.

Ciara assentiu, embora eu não tenha perdido a tensão que retornou, enrijecendo suas costas.

— Vai dar tudo certo, e não estaremos sozinhos — eu disse tranquilizadoramente — Enre já está lá, esperando por nós.

Ela sorriu, sua rigidez indicando que ela ainda estava apreensiva sobre a saudação que nos esperava. Eu usei um pouco mais do meu *bakaan* para acalmá-la. No entanto, eu precisava ter cuidado com a quantidade da minha aura calmante que eu emitia, pois isso poderia deixá-la grogue ou muito excitada. Em tais circunstâncias, nenhum dos dois seria ideal.

Quando comecei minha descida, eu avaliei a vila. Seu tamanho era comparável ao de Bryst, talvez até um pouco maior. Ela também parecia mais velha, com uma evolução clara de alguns dos prédios mais antigos para os mais novos. Assim como na vila de Aku, uma série de casas havia sido separada do resto da vila por um pátio interno. Eu estava começando a suspeitar que todas as tribos haviam sido forçadas a erguer essa separação para isolar seus membros que adoeceram quando a doença começou a se espalhar.

Indo em direção à área aberta que servia como praça da vila, eu alterei minha visão para avaliar o estado geral de espírito dos moradores. Eu esperava muito mais auréolas azuis, mas o tom geral de amarelo era claro o suficiente para expressar cautela e não hostilidade. Pelo menos, no que diz respeito à maioria das pessoas. Um número não desprezível deles felizmente irradiava uma aura que geralmente refletia alívio e até mesmo antecipação. Apenas um Kreelar deixou todos os meus sentidos em alerta máximo. Ele estava com raiva. Infelizmente, eu não consegui dizer se essa raiva era direcionada a nós ou a algo completamente sem relação.

Para meu próprio alívio, eu avistei Enre no meio da praça acenando para nós em saudação e se certificando de que o víssemos. Antes de nossa partida de Bryst, Aku confirmou através do sistema de rádio que tudo estava bem e que éramos esperados.

Incomodou-me profundamente que Ciara ainda se sentisse nervosa – se não um pouco assustada – quando eu pousei na frente de Enre. Ele estava de pé ao lado de uma mulher Kreelar com uma aura potente de autoridade. Ela parecia ser mais velha que Aku, e mais próxima da minha idade de quarenta e seis anos. Como a maioria das mulheres, ela era alta, bastante musculosa – mas não de uma forma masculina – com pelo bege acinzentado claro e olhos azuis deslumbrantes. Assim como Aku, um diadema adornava sua testa marcando-a como a líder da tribo.

— Aí estão vocês — Enre disse com um grande sorriso — Fico feliz que vocês conseguiram encontrar seu caminho rapidamente.

Embora ele tenha falado essas palavras em um tom jovial, eu não perdi o alívio subjacente em sua voz. Ocorreu-me então que, por mais que seu povo respeitasse a autoridade de Aku, eles não necessariamente compartilhavam suas opiniões sobre tudo. Eles confiaram em seu julgamento ao me permitir voar com minha companheira aqui sozinho, mas não compartilhavam igualmente sua fé em mim. Isso não feriu meus sentimentos, mas aumentou meu respeito por Aku como um líder. Considerando tudo o que estava em jogo para eles, isso disse muito sobre o nível de lealdade que seu povo tinha com ele.

— As instruções foram perfeitas — eu disse gentilmente enquanto colocava minha companheira no chão.

Ela ajustou a alça da bolsa no peito, passou os dedos pelos cabelos para penteá-los depois que o vento os bagunçou seriamente e sorriu educadamente para Enre e nossa anfitriã. Apesar do nervosismo persistente, a postura e o comportamento calmo que ela demonstrou encheram meu coração de orgulho. Se não fosse pela minha capacidade de ler uma gama limitada de emoções através da aura de alguém, eu teria sido enganado por seu estoicismo aparente.

— Ótimo, ótimo! Amreth, Ciara, deixe-me apresentar a vocês Kald Vala, líder da Vila Jaln. Vala, esses são os alienígenas sobre os quais falamos, Amreth e Ciara, que estão trabalhando diligentemente para ajudar a salvar nosso povo — Enre disse, gesticulando para mim e minha companheira.

— É um prazer conhecê-los, Amreth e Ciara — Vala disse com uma voz gentil — O povo de Jaln os acolhe e agradece por qualquer assistência que possam fornecer com nossa situação. Nós...

— *Samra telankay!* — uma voz masculina irritada gritou de repente, interrompendo-a.

Sem surpresa, meu implante de tradução não reconheceu a língua. No entanto, eu não precisei dele para adivinhar a natureza de suas palavras. Ele as repetiu em sucessão enquanto avançava em nossa direção.

Como um, os outros moradores, que se reuniram a uma curta distância ao redor da praça para testemunhar nossa chegada, moveram-se em direção ao homem para contê-lo. Ele era a aura raivosa que eu percebi durante minha descida. Por instinto, eu empurrei Ciara para trás de mim e abri minhas asas para escondê-la da vista. Eles agarraram seus braços e tentaram segurá-lo enquanto ele lutava para se libertar, gritando as mesmas palavras em um loop. A profundidade da dor e tristeza em sua voz e em seu rosto me disse tudo o que eu precisava saber.

A doença levou um de seus entes queridos.

Enre e Vala assumiram uma postura protetora na nossa frente. Isso apagou qualquer preocupação persistente que eu pudesse ter sobre suas intenções ou a segurança de minha companheira nesta vila.

— Muti, acalme-se! — Vala ordenou.

Eu coloquei minha palma em cada um dos ombros de Enre e Vala e gentilmente os empurrei para o lado para que não obstruíssem mais minha visão do homem gritando. Eles lançaram um olhar preocupado para mim, mas eu mantive meus olhos fixos em Muti. Eu não fiz nenhum gesto ameaçador e, em vez disso, lancei uma explosão focada do meu *bakaan* nele. Como ele tinha uma área de efeito, as pessoas em sua vizinhança direta também sentiram um pouco da minha aura calmante, a tensão sangrando para fora delas, mas também afrouxando o aperto sobre ele enquanto tentavam contê-lo.

Com ele recebendo a maior concentração do meu poder, seus esforços para se libertar enfraqueceram, seus olhos levemente vidrados, e seus gritos raivosos se transformaram em palavras ininteligíveis antes de se transformarem em sons sufocados e lacrimosos. Meu coração se partiu por ele quando ele caiu de joelhos, seu corpo balançado por soluços violentos. Muitas das pessoas ao redor dele se agacharam ao seu lado. Elas entrelaçaram suas caudas com as dele, acariciaram sua cabeça e costas, e sussurraram palavras suaves em sua língua.

Ciara empurrou minha asa esquerda, claramente querendo ver o que estava acontecendo. Com a maior parte da ameaça agora sob controle, eu dobrei minha asa e a puxei para o meu lado. Vala caminhou em direção a Muti, ajoelhou-se diretamente na frente dele e o puxou para seu abraço. Ela sussurrou para ele na língua deles de uma forma quase maternal. Eu continuei a enviar ondas apaziguadoras em sua direção, e seus soluços gradualmente desapareceram. Vala se afastou, segurou seu rosto com as duas mãos e enxugou suas lágrimas com os polegares. Ela falou mais algumas palavras para ele. Ele assentiu, suas feições torturadas pela tristeza, desespero e algo parecido com culpa. Vala beijou sua testa e o ajudou a se levantar ao mesmo tempo em que se levantou. Ela gesticulou com a cabeça para alguns moradores. Eles prontamente se aproximaram, cada um segurando um dos braços de Muti, e gentilmente o escoltaram.

A líder da tribo continuou a encará-lo enquanto ele se afastava com uma expressão triste cheia de pena antes de se virar para nós. Como se seguisse a deixa dela, o resto dos aldeões também voltou sua atenção para nós. Uma rápida pesquisa sobre suas emoções me assegurou que esse incidente não os havia tornado mais hostis. Mas uma sugestão definitiva de desespero agora se infiltrava em suas emoções.

— Por causa da doença que seu povo nos trouxe, Muti está prestes a perder sua companheira. Ela está em estado crítico, e seus dois filhotes estão lutando por suas vidas — uma mulher à nossa direita disse amargamente.

Apesar da dureza do tom dela, sua raiva não era direcionada especificamente a nós, mas aos forasteiros em geral e à situação que estava destruindo seu povo. Um único olhar severo de Vala a acalmou.

— Nenhuma palavra pode expressar a tristeza que sentimos pela tragédia que se abateu sobre seu povo — Ciara disse à mulher em uma voz suave cheia de simpatia — Nós poucos aqui não somos seus inimigos. Vocês têm todo o direito de estar com raiva. Nada disso deveria ter acontecido. Nós pessoalmente não causamos isso, mas faremos tudo ao nosso alcance para garantir que isso pare. Isso não trará de volta aqueles que já foram perdidos. Nós só podemos nos dedicar a impedir que isso aconteça novamente.

— Vocês conseguem? — Vala interrompeu com um toque de desafio na voz — A doença voltou depois que os primeiros humanos disseram que ela estava curada. Ao longo da última década, ela continuou voltando. Ela sempre volta. E desta vez, está atingindo minha tribo com mais força do que nunca. Vinte e três do meu povo começaram a mostrar sinais há apenas três dias.

— No mesmo dia em que você chegou! — disse a mesma mulher, a acusação subjacente audível em sua voz dessa vez.

Algumas cabeças assentiram enquanto outras pessoas presentes murmuravam suas concordâncias em sua língua. Outra rápida olhada em suas auras me assegurou que eles ainda não estavam se tornando hostis, embora sua raiva estivesse florescendo. Não havia nada remotamente alarmante ainda, mas eu me preparei mentalmente para agir rapidamente para levar minha companheira para a segurança caso as coisas azedassem.

Tendo aprendido minha lição da primeira vez que me capturaram, eu fiz questão de trazer de volta um disruptor psíquico para que eles não pudessem mexer com minha mente novamente. Eu realmente não acreditava que eles se voltariam contra nós. Mas quando se tratava da segurança da minha mulher, eu não corria riscos.

— Nossa chegada nesse dia foi pura coincidência e não está ligada de forma alguma — Ciara disse em um tom que não admitia discussão — O tipo de doença que os está afligindo só é transmitido por algo que vocês comem. Também leva um certo número de dias antes que os primeiros sintomas apareçam. Então, o que quer que tenha causado essa nova onda, os membros doentes da tribo comeram muito antes de chegarmos a Kestria.

— Mas que comida? — Vala perguntou — E por que só eles, não o resto de nós?

— É isso que eu espero que você possa nos ajudar a determinar — Ciara disse — Eu tenho muitas perguntas sobre isso que espero que nos coloquem no caminho para encontrar a fonte. Mas Enre também trouxe kits de teste para detectarmos se algum de seus estoques de alimentos está contaminado no momento, assim como descobrir se mais alguém entre vocês foi infectado, mas ainda não está mostrando sinais.

— Os kits de teste foram mantidos em um ambiente fresco, conforme suas instruções — Enre disse rapidamente — Devo ir buscá-los?

— Em um minuto — Ciara disse — Primeiro, precisamos organizar as coisas e garantir que manteremos o controle de todos que foram testados. Há também um pequeno questionário que precisamos que eles preencham.

— Sim — Enre disse — Ernst me explicou o procedimento. Nós vamos montar as mesas e cadeiras e deixar os formulários prontos.

— Obrigada — Ciara disse com um sorriso agradecido antes de se virar para Vala — Naturalmente, eu precisaria examinar os pacientes. Mas eu também gostaria de saber se há algo específico ou incomum que aconteceu com todos eles na última semana ou algo assim.

Ela franziu a testa enquanto ponderava sobre o assunto — Não há realmente nada em que possamos pensar. No começo, pensamos que poderia ser devido à peregrinação deles ao Templo Svast. Todos nós vamos lá uma vez por ano para orações e purificação. Os rituais duram uma semana antes deles voltarem.

— Parece que todos comeram alguma coisa lá que os deixou doentes — eu disse pensativamente.

Vala balançou a cabeça — Inicialmente, nós presumimos que algo no templo os deixou doentes. Teria sido uma tragédia, considerando que este é o mais sagrado dos lugares. Por que os deuses nos puniriam quando fomos honrá-los? Em média, sete ou oito tribos diferentes participam juntas. Desta vez, havia nove tribos. Assim que a primeira pessoa adoeceu, nós contatamos as outras aldeias cujos membros estavam presentes, mas apenas uma tinha pessoas adoecendo.

— Só uma? — Ciara ecoou pensativamente — Quanto tempo dura a viagem daqui até o templo?

— É uma jornada de dois dias a pé pela floresta em cada direção — Vala respondeu, de forma factual — Poderíamos completá-la mais rápido, mas os peregrinos param ao longo do caminho para lançar orações de bênção sobre a terra, comer e descansar. Eles acampam durante a noite no ponto intermediário.

— Há quanto tempo eles retornaram do templo? — Ciara perguntou, sua voz intensa.

Empolgação não seria um termo apropriado para descrever suas emoções, mas ela claramente parecia sentir que estava no caminho certo.

— Eles retornaram há oito dias, mas só começaram a apresentar sintomas cinco dias depois — Vala respondeu.

— Esta é uma informação crítica — Ciara disse enquanto olhava distraidamente para Enre, que estava montando as mesas a uma curta distância com a ajuda de outros moradores — Isso nos dá uma janela muito mais estreita de quando a infecção ocorreu. A outra vila com pessoas infectadas, quão perto ela fica daqui?

— Nem um pouco perto — Vala disse com desânimo — Essa é outra razão pela qual nós eliminamos a possibilidade de que a jornada até o templo pudesse ser a causa. Há um rio largo entre a Vila Baki e nós que eles devem atravessar usando um barco. E uma vez do outro lado, eles têm um longo caminho a percorrer a pé. Eles partiram em rotas completamente diferentes.

— Mas eles caçaram comida ao longo do caminho, certo? — Ciara argumentou.

Vala assentiu — Nós caçamos e forrageamos ao longo do caminho.

De repente, eu compreendi.

— Então, algo que eles coletaram na floresta ou caçaram ao longo de seus respectivos caminhos estava infectado — eu disse pensativamente — Alguma chance dos animais ainda estarem infectados, ou eles já estariam todos mortos agora?

— Depende se o príon que está prejudicando os Kreelars é normal para o animal, fruta ou vegetal que eles consumiram. Se for normal para eles, então eles ainda estarão prosperando naquela área. Mas se não for, então precisaríamos encontrar um que ainda esteja vivo.

— Levaria um pouco mais de meio dia – aproximadamente doze horas – para correr até o templo a pé, e talvez sete a oito horas montando um Sagul — Vala respondeu.

— O que significa que levaria apenas duas a três horas em cada sentido — eu disse.

— Deve levar cerca de seis horas para testar todos, assim como a comida. Então isso funcionaria perfeitamente — Ciara disse com uma faísca entusiasmada em seus lindos olhos.

Mas enquanto eu falava essas palavras, uma onda de desconforto tomou conta de mim. Eu realmente não queria deixar minha companheira aqui sozinha. Claro, Enre a protegeria, e eu não duvidava do mesmo de Vala. A aura das pessoas ao nosso redor tinha gradualmente perdido um pouco de sua ponta cautelosa, cada vez mais tendo listras azuis indicando que estavam relaxando ao nosso redor. Mas isso ainda me enervava. Ao mesmo tempo, eu conseguiria fazer isso muito mais rápido do que eles.

Alheia à minha agitação interior, Ciara começou a digitar algumas instruções em sua braçadeira, segundos antes do meu apitar devido a uma mensagem recebida.

— Eu enviei dados sobre os príons que estamos procurando — Ciara disse — Eu preciso que você faça uma varredura aérea da flora e fauna entre aqui e ali. Há uma boa chance de que sua braçadeira não consiga detectar os príons sem realmente testar uma amostra. Mas ele conseguirá detectar quaisquer anomalias entre plantas e animais da mesma espécie.

— Então ele sinalizará qualquer animal ou grupo de plantas

que sejam anormais em comparação com outros do mesmo tipo — eu disse para confirmar que entendi corretamente o que ela quis dizer enquanto carregava os novos dados no meu scanner.

— Exatamente — Ciara disse, sorrindo para mim com aquele mesmo brilho de orgulho nos olhos que me fez sentir tão doce. Eu nunca tinha pensado em mim mesmo como um idiota, mas simplesmente como alguém de inteligência padrão. E ainda assim, no último dia, minha companheira tinha me feito sentir cada vez mais como um gênio. Eu estava descobrindo uma nova paixão em tentar resolver esses pequenos mistérios.

Eu sorri antes de lançar um olhar cauteloso ao redor da multidão. Para minha surpresa, Ciara imediatamente sentiu meu desconforto.

— Eu ficarei bem na sua ausência — ela disse em um tom reconfortante — Enre e Kald Vala vão garantir que eu fique segura.

— Nenhum mal acontecerá à sua companheira — Vala confirmou com uma firmeza que fez maravilhas para aliviar algumas das minhas preocupações — Não pode haver desonra maior do que um anfitrião permitir que seus convidados sejam maltratados em sua casa. Pela minha honra, e com a minha vida, eu prometo manter sua companheira segura enquanto ela estiver dentro de nossas paredes e até que ela retorne a Bryst.

— Obrigado, Vala — eu disse com sincera gratidão.

Eu me virei para Ciara e acariciei gentilmente sua bochecha. Para minha alegria, ela pressionou a palma da mão nas costas da minha e se inclinou para meu toque. Incapaz de resistir, eu me inclinei para frente e a beijei. Ela retribuiu com uma ternura que mexeu com minha cabeça. Lutando contra a vontade de puxá-la para meu abraço e aprofundar o beijo, eu me endireitei e relutantemente deixei minha mão cair.

— Eu voltarei em breve.

— Fique seguro lá fora — ela respondeu com um sorriso encorajador.

Eu assenti, lancei um último olhar significativo para Vala e então voei.

A primeira hora provou ser totalmente tranquila. Meu scanner coletou dados sobre a flora e fauna abaixo sem captar nada incomum. Graças às visitas anteriores sancionadas a Kestria pelas equipes de Elias Jacobs para trabalhar com os Sangoth, a OPU já tinha um banco de dados bem extenso sobre as plantas e criaturas deste planeta. Com tudo checando até agora, eu me permiti deleitar com a beleza imaculada deste novo mundo.

Por mais que eu odiasse como aqueles médicos tolos tragicamente descarrilaram as vidas dessas tribos com suas ações descuidadas, eu conseguia entender a tentação que levou a isso. Este lugar realmente era um paraíso com inúmeros cenários perfeitos para escapadas românticas. Eu vi tantos ao longo do caminho onde eu adoraria levar Ciara para um encontro adequado. Para minha vergonha, eu me peguei pensando se seria aceitável ter tal escapada antes de nossa partida. Como não estaríamos trazendo nada alienígena para seu ecossistema, certamente seria aceitável?

Mas todos esses pensamentos errantes voaram para fora da minha cabeça quando meu scanner apitou. Uma olhada na interface indicou uma série de pontos laranja em movimento de tamanhos variados, que pertenciam a animais. Eu olhei para cima e alterei minha visão para espiar a aura daquelas criaturas. Uma mistura de choque e empolgação surgiu em mim ao ver a cor bordô acinzentada de suas auras. Isso correspondia a um estado de raiva irracional. Aquelas criaturas eram raivosas.

Quem ou o que os infectou?

Eu circulei pela área, marcando as coordenadas no mapa do meu scanner enquanto tentava ver o quão longe as criaturas infectadas tinham vagado. Eu também notei que nem todos os animais foram registrados como raivosos. Na verdade, apenas alguns o fizeram. Embora eu tenha apenas examinado rapidamente os resultados, me pareceu estranho que nem todos os animais da mesma espécie apresentassem os sintomas. Eu não consegui dizer se era porque eles ainda estavam nos estágios iniciais da doença, se ainda não tinham sido infectados ou se eram de alguma forma imunes. Mas isso caberia a pessoas mais competentes do que eu avaliar.

Para minha surpresa, conforme eu viajava mais para o oeste do caminho que eu estava seguindo, uma densa mancha vermelha apareceu na borda do meu raio de varredura. Ela estava localizada do outro lado do rio, o que inicialmente me fez hesitar. Intrigado, e não querendo deixar pedra sobre pedra, eu atravessei o grande corpo d'água. Uma vez na costa oeste, eu toquei no meu scanner. Meu queixo caiu quando um pequeno display holográfico apareceu do meu bracelete com informações adicionais indicando uma planta intrusiva.

— Como essa planta é intrusiva? — eu perguntei ao meu dispositivo.

— Esta planta não pertence ao ecossistema de Kestria — respondeu a inteligência artificial — Ela possui uma correspondência de 94% com duas espécies diferentes de frutas da Terra: morangos e framboesas.

Eu murmurei um xingamento baixinho enquanto uma emoção me percorria. Certo, as frutas estavam bem longe do local onde as criaturas infectadas vagavam. Mas se também demorasse um pouco para os sintomas se manifestarem, os animais teriam ido embora nos dias após consumi-las.

Do outro lado do rio?

Isso não fazia sentido. Eu continuei voando mais para o oeste até que o scanner parou de encontrar mais frutas. Mas ele detectou alguns animais doentes, embora em números muito menores do que os que eu tinha encontrado na costa leste. Eu voltei e continuei quase um quilômetro para o leste para ver se conseguia encontrar mais frutas, mas não consegui.

Por um momento, eu pensei em pegar algumas amostras, mas decidi não fazer isso. Eu não era cientista e não sabia quais consequências potenciais minhas ações poderiam ter contra os Kreelars. Não importava que Ciara dissesse que a infecção só ocorria por consumo. Essas pessoas já estavam sofrendo o suficiente sem que eu arriscasse mais com suas vidas. Pelo menos, eu sabia especificamente onde elas poderiam ser coletadas sob procedimentos adequados de segurança e contenção. Em vez disso, eu voei até alguns dos maiores trechos e tirei fotos de perto.

Com o tempo passando, eu voltei para o caminho principal que os peregrinos tinham tomado e continuei a jornada até o Templo Svast. Uma melodia assombrosa chegou até mim muito antes da floresta se abrir na minha frente para revelar seu esplendor. Eu não duvidei que este era de fato um lugar sagrado. Ele irradiava energia divina. Eu suspeitava que parte disso poderia ser explicado pela física, mas uma parte de mim acreditava que as pessoas poderiam imbuir uma área com energia positiva ou negativa quando uma quantidade suficiente dela fosse expandida repetidamente por um longo período de tempo.

O templo em si tinha sido esculpido diretamente na face de uma montanha emoldurada por uma cachoeira. Os altos pilares e as portas maciças eram intrincadamente adornados com símbolos esculpidos em uma língua estrangeira que meu tradutor não conhecia. Não parecia haver um acesso direto à entrada da frente por terra. Era preciso andar pela água para chegar às escadas. Eu presumi que fosse uma forma de ritual de limpeza antes de ser permitido entrar.

E era exatamente o que parecia estar acontecendo agora. Pelo menos cem peregrinos de todas as idades se reuniam na água. Os mais jovens ficavam mais próximos das escadas, que era a parte mais rasa. Os mais velhos se posicionavam na parte mais funda, com a água chegando até o meio da cintura. Eles formaram uma corrente contínua com todos na mesma fileira de mãos dadas. As pessoas que estavam no final de cada fileira se conectavam à fileira da frente ou de trás segurando a cauda da pessoa à sua frente.

Eles estavam cantando enquanto não estavam exatamente realizando uma dança, mas andando de um lado para o outro, para frente e para trás, e ocasionalmente inclinando suas cabeças em vários ângulos de forma sincronizada. Na frente deles, parados no topo dos quatro degraus até a entrada, três Kreelars também cantavam enquanto realizavam gestos mais amplos com seus braços e mãos. Eles estavam usando túnicas sem mangas com máscaras sem rosto que tornavam impossível saber seu gênero com certeza.

Eu queria voar mais perto para ter uma visão melhor e analisar mais os procedimentos fascinantes, mas dei meia-volta. Embora Vala não tenha me dito para ficar longe do templo, parecia um sacrilégio espionar suas devoções e invadir seu santuário. De qualquer forma, eu estava aqui apenas para determinar se mais plantas ou animais infectados poderiam ser encontrados na área. O fato de eu não ter encontrado nenhum pareceu confirmar por que apenas um pequeno número de peregrinos anteriores havia sido infectado em vez de todos.

Embora eu tenha me apressado na minha viagem de volta, eu ainda acabei chegando a Vila Jaln após uma ausência de quase oito horas. Apesar de me sentir cansado e faminto, a emoção que dominou dentro de mim quando comecei minha descida em direção à praça foi o alívio de encontrar Ciara correndo em direção ao seu centro com um largo sorriso.

Alívio também irradiava dos outros aldeões, e especialmente de Enre e Vala. Eu só conseguia imaginar o quanto a confiança que as pessoas tinham neles teria sido minada se eu não tivesse retornado.

Ciara se jogando em meus braços assim que eu pousei fez a coisa mais maravilhosa para mim. Eu poderia me acostumar a esse tipo de recepção calorosa todos os dias pelo resto da minha vida. Isso me comoveu ainda mais porque não foi o medo e a necessidade de proteção que a provocaram, mas a alegria genuína de simplesmente me ter de volta.

— Bem-vindo de volta, Amreth. Nós temíamos que você tivesse se perdido — Vala disse em um tom provocador, embora eu não tenha perdido a preocupação subjacente que ela realmente sentia.

— Não, mas eu me afastei muito mais do que pretendia inicialmente para investigar algumas anomalias — eu respondi antes de me virar para minha companheira — Acredito que você vai gostar disso.

Com alguns toques na interface da minha braçadeira, eu busquei as fotos que tirei e as exibi na tela holográfica que se abriu sobre ela. Ciara engasgou, seus olhos arregalados de empolgação. Eu rapidamente contei o que encontrei, sobre os animais raivosos e os canteiros de frutas.

— Você foi sábio em não trazer amostras — Ciara disse distraidamente enquanto navegava pelos relatórios de varredura antes de olhar para Vala — Você conhece essas frutas? Elas fazem parte da sua dieta?

Ela balançou a cabeça e olhou para elas com uma expressão confusa compartilhada por Enre.

— Eu nunca vi essas frutas antes. Elas certamente não estão nem perto das áreas em que caçamos ou forrageamos.

— Não é de se surpreende — eu disse pensativamente — Sem o scanner, eu provavelmente não teria notado a existência delas. Elas não eram visíveis de cima, e mesmo depois que eu pousei, eu tive que levantar algumas folhas para expô-las.

Ciara franziu os lábios e assentiu lentamente enquanto refletia sobre minhas palavras — Isso é bem comum com morangos selvagens. Isso explica algumas coisas. O ideal seria termos um laboratório de campo diretamente naquela área. Talvez pudéssemos montar algo usando sua nave?

Eu acalmei meu desejo instintivo de dizer sim e olhei interrogativamente para Vala. Meu coração afundou quando ela nos encarou com uma expressão fechada.

— Eu discutirei o assunto com os outros Kalds — ela disse de forma evasiva — De qualquer forma, está ficando tarde demais para vocês retornarem a Bryst. Vocês devem estar cansados e com fome. Venham, descansem e comam. Vocês todos dormirão aqui esta noite. De manhã, nós tomaremos uma decisão.

CAPÍTULO 11
AMRETH

Por mais que eu entendesse a relutância deles, eu odiava me sentir acorrentado. A essa altura, eu sentia como se tivéssemos provado a nós mesmos o suficiente para receber ainda mais liberdade para nos movimentar e fazer o que fosse necessário para resolver essa crise. Não vendo sentido em criar confusão, eu segui o fluxo.

Eles nos levaram para uma pequena casa. Surpreendentemente, não era no pátio interno, mas na vila propriamente dita. Todas as do pátio já estavam cheias de peregrinos infectados. Dois homens estavam saindo quando nos aproximamos. Só quando eu entrei é que percebi que eles tinham trazido comida para mim. Para meu total constrangimento, meu estômago expressou sua aprovação em voz alta, fazendo todos rirem.

— Aproveitem sua refeição. Nós os veremos pela manhã — Vala disse.

Nós a agradecemos e a observamos sair. Assim que a porta se fechou atrás dela, eu tirei do meu cinto as armas que felizmente não precisei usar hoje e olhei para a parede direita onde a porta do quarto de hóspedes estava localizada em Bryst. Não encontrando nenhuma, eu virei a cabeça para olhar para a parede oposta. Só então eu percebi que esta moradia não tinha um quarto de hóspedes.

— Sangue de Tharmok. Parece que só tem um quarto. Eu posso ir perguntar se eles possuem uma moradia maior — eu disse, coçando minha nuca — Ou eu poderia dormir no sofá.

— Absolutamente não! — Ciara disse, olhando para mim como se eu tivesse levado uma pancada a mais na cabeça — Você já olhou para o seu tamanho comparado com aquele sofá? Você está querendo dormir com os joelhos pressionados na testa?

Eu bufei e balancei a cabeça, quase me sentindo como uma criança sendo repreendida pela mãe.

— Nós somos adultos, não animais raivosos. Tenho certeza de que podemos dividir uma cama e nos comportar como pessoas civilizadas. Mas se isso te deixa desconfortável, eu te deixo ficar com a cama, e eu durmo no sofá.

— Absolutamente não! — eu disse, ecoando suas palavras anteriores, mas com total indignação — Eu não vou dormir confortavelmente em uma cama enquanto minha companheira estiver apertada em um sofá.

— Exatamente! — ela disse com um ar exagerado de alívio por eu finalmente estar enxergando a luz — Viu como isso pareceu ultrajante para você? Por que você presume que eu ficaria bem fazendo isso com você?

Eu franzi o rosto para ela, sem conseguir encontrar uma resposta apropriada.

— Nós dois precisamos de um descanso adequado. Então esse assunto está resolvido. Agora vamos alimentá-lo — Ciara disse em um tom que não admitia discussão enquanto acenava para que eu me sentasse à mesa.

Como um nobre Senhor e Diretor do meu próprio Setor, eu não conseguia me lembrar da última vez que alguém me deu ordens. A única pessoa que me fazia pular em posição de sentido com uma única palavra era meu pai. Por outro lado, o pai de Kronos tinha um jeito de fazer seu interior se liquefazer com um simples olhar. E ainda assim, por trás de seu exterior severo e intimidador, o Senhor Aramon era o mais doce dos homens com o senso de humor mais seco. Você nunca sabia se ele estava te castigando ou provocando até que você pegasse seu sorriso presunçoso muito discreto.

Eu sorri, divertido com sua atitude de assumir o comando, e me sentei à mesa. Ela não se sentou, mas imediatamente começou a cavar nas três bandejas de servir que nos trouxeram, empilhando toda a carne que conseguiu encontrar em um prato, que então colocou na minha frente.

— Eu disse a eles que você não gostava de comida para pássaros — Ciara disse provocativamente.

Eu comecei a rir, meu peito se aquecendo de carinho enquanto ela pegava apenas alguns vegetais com um pedaço de carne branca assada antes de se sentar à minha frente na mesa.

— É só isso que você vai comer? — eu perguntei, franzindo a testa para a pequena quantidade em seu prato.

Ela deu de ombros — Eu já comi. Só estou me juntando a você porque é uma droga comer sozinho enquanto seu companheiro está olhando para você. Agora coma. Você não vai morrer de fome sob minha supervisão.

Eu assenti novamente, grato por mais um gesto atencioso dela, e obedeci. Dizer que eu estava faminto não poderia começar a descrever o vazio no meu estômago. Voar exigia muita energia. Por mais grato que eu estivesse pela comida – que era realmente muito deliciosa – eu ansiava por um tipo muito diferente de sustento. Minha boca encheu de água ao pensar em como suas emoções teriam gosto. Ela não conseguia nem começar a imaginar o quanto mais satisfatório seria me alimentar dela.

Atenta como sempre, Ciara não puxou conversa imediatamente, permitindo que eu desse algumas mordidas para apaziguar as dores mais brutais. Eu quase inalei os primeiros pedaços de carne. Embora ela tentasse esconder, eu não perdi a diversão em seus olhos enquanto ela me olhava discretamente.

— Eu estava preocupado com você — eu disse finalmente depois de engolir outro bocado — Tudo correu bem na minha ausência?

Ela assentiu — Obrigada pela preocupação, mas não havia necessidade. Todos foram muito gentis comigo. De qualquer forma, Enre e Vala entraram totalmente no modo protetor de mamãe urso por mim. Manter-me segura era realmente uma questão de orgulho e honra para eles.

— Fico feliz em saber que não houve incidentes — eu disse enquanto cortava um pedaço de carne.

— Na verdade, houve algumas notícias parcialmente boas e um pequeno incidente — Ciara emendou — A notícia quase boa é que eu consegui colocar a esposa de Muti em uma semi-estase. Isso impede que a doença progrida. Eu a injetei com alguns nano-robôs que estão mirando nos príons, matando-os e erradicando-os. É um processo muito lento. Mas parece estar funcionando.

— Isso vai curá-la? — eu perguntei, me animando.

Ela balançou a cabeça — Não. Isso só vai levá-la a um estado menos crítico, onde seu corpo, esperançosamente, será capaz de lutar contra os príons enquanto se ajusta às mudanças de sua evolução. Seus dois filhos se adaptaram muito bem ao remédio, então estou mantendo meus dedos cruzados.

— Essa é uma notícia maravilhosa. Não consigo imaginar um presente maior para aquele pobre homem. Sua dor era tão vívida que eu quase podia tocá-la. O que você e sua equipe estão fazendo é fenomenal — eu disse com profunda admiração e respeito.

Ela sorriu timidamente — Obrigada. Mas não se esqueça de que agora você também faz parte dessa equipe. E com sua descoberta hoje, podemos chegar ainda mais perto do sucesso.

— Como você disse, dedos cruzados — eu respondi gentilmente — Mas você mencionou um incidente?

Ciara assentiu — Depois que nós terminamos de testar todos – e felizmente não encontramos outros casos – nós começamos a administrar a vacina em todas as pessoas que não tinham sido infectadas antes. Duas delas foram inflexíveis sobre não serem injetadas.

Eu franzi os lábios e assenti pensativamente — Isso não é surpreendente. Francamente, eu esperava muito mais resistência de um número maior de pessoas. Mas você não pode forçar alguém a receber esse tipo de tratamento.

— Eu sei. Tudo o que posso fazer é explicar os benefícios, mas no final, continua sendo uma escolha deles. Espero que ver os outros bem e não sofrendo efeitos negativos disso possa acabar mudando suas mentes. De qualquer forma, eu rezo para que possamos realmente encontrar um tratamento ou erradicar a fonte.

— Você acha que as frutas são a fonte? — eu perguntei.

— Com sua origem estrangeira, é extremamente provável. Não deveria haver morangos em Kestria. Pelos eventos que Sora e Aku nos contaram, os médicos estavam comendo perto do rio. Depois que Sora mordeu o homem, eles a atordoaram e então fugiram. Eles nunca voltaram para pegar a comida que deixaram para trás. Nem os Kreelars.

— Então a fauna local se banqueteou com ela — eu disse com compreensão repentina.

— Exatamente. As bagas são um pesadelo para isso, porque cada uma tem uma concentração muito alta de sementes. Essas sementes passarão pelo sistema digestivo e geralmente sairão intactas nas fezes — Ciara explicou — De todas as frutas que eles poderiam ter trazido, tinha que ser aquela que era mais fácil de espalhar e cultivar. Morangos só precisam de solo úmido, alguns fertilizantes e muito sol.

— Todas as condições foram atendidas — eu respondi pensativamente.

— Sim. Se os animais que as comeram ficaram doentes e regurgitaram as sementes, ou simplesmente as passaram pelas fezes, eles as disseminaram. Não sei qual a quantidade de frutas ou quantos animais diferentes as comeram, mas o local que você me mostrou é muito longe da área onde ocorreu esse incidente inicial.

— Então está se espalhando. Mas como isso apareceu do outro lado do rio?

— De manhã, precisaremos fazer uma análise completa da cadeia alimentar da vida selvagem deles. Os pequenos roedores e mamíferos que comeram as frutas só viajariam até certo ponto com elas. Temos que supor que alguns pássaros também comeram essas frutas e viajaram distâncias muito maiores. E então você tem os predadores maiores que se alimentam tanto dos pássaros quanto dos pequenos mamíferos. Se algum desses animais tende a vagar ou migrar, elas se moveriam junto com eles.

— Já faz quase dez anos — eu disse com uma carranca — Não teria se espalhado muito mais longe e mais amplamente?

Minha companheira balançou a cabeça — Não necessariamente. Esse tipo de coisa tende a ser exponencial. Começa pequeno, com uma pequena parte aqui e depois outra ali. Mas quanto mais você tem, mais criaturas se alimentam disso, e mais elas espalham. Nem toda semente liberada na natureza criará raízes. As probabilidades simplesmente aumentam com o número de ocorrências.

— Nós podemos acabar com todos esses canteiros de frutas? — eu perguntei enquanto descaradamente enchia meu prato, dessa vez com uma mistura de acompanhamentos e vegetais.

Ela franziu a testa e colocou o garfo na lateral do prato vazio — É extremamente difícil, e muitas vezes impossível, erradicar completamente uma planta invasora. Uma vez que ela começa a se espalhar, sempre há alguma semente em algum lugar que escapou da detecção, ou que está no sistema digestivo de alguma criatura, apenas esperando para ser liberada quando e onde você menos espera. Então, por mais que você consiga diminuir o número delas, elas quase sempre voltam. Torna-se uma tarefa permanente controlar sua propagação.

— Então não há soluções — eu perguntei, desanimado.

— Existem medidas de mitigação que podemos usar. Mas levará um bom tempo de testes completos para garantir que não prejudicaremos a flora ou fauna local no processo. Nós precisamos estudar todos os animais na área, tanto aqueles que foram infectados quanto aqueles que parecem imunes. Nós resolvemos problemas semelhantes no passado com nano-robôs projetados especificamente para impedir que um certo tipo de proteína se ligasse a células específicas, impedindo-as de se reproduzir e, portanto, matando o organismo.

— Isso parece a solução perfeita! — eu disse de forma evidente.

— É se essa célula for única o suficiente para não ser encontrada em outras formas de vida na área. Nós não queremos exterminar acidentalmente outras plantas ou animais no processo — ela explicou.

— Certo, eu não pensei nisso. É por isso que você é a cientista — eu disse provocativamente.

Ela sorriu — Cada um de nós tem suas habilidades e propósitos. Você foi fantástico hoje. Desde a maneira como me fez sentir segura durante o voo para cá, apesar do meu medo de altura, até como você ajudou a apaziguar aquele pobre homem, quando outros teriam respondido à sua agressão com violência. E como você lidou com a missão que lhe confiamos. Você foi além, investigando minuciosamente mais do que o caminho original determinado.

— Foi apenas bom senso — eu disse, minha voz soando um pouco mal-humorada quando na verdade era motivada pela timidez diante dos elogios dela.

— Acredite em mim, o bom senso é, com muita frequência,

uma mercadoria rara. Não se subestime. E, para que fique registrado, acho que você não percebeu, mas ganhou muito respeito por não se aproximar do templo. Eu vi o olhar deles quando você disse que se virou. Não há palavras para descrever o quão orgulhosa de você eu estou. Meu peito aqueceu, e eu me peguei estendendo a mão em sua direção por cima da mesa. Para minha alegria, ela colocou a dela na minha sem hesitar.

— O sentimento é mútuo, Ciara. Acho que não percebi o que você viu porque estava muito ocupado observando como eles estavam reagindo a você. Quando chegamos esta manhã, suas auras irradiavam desconfiança e desespero. Quando eu voltei esta noite, eu vi alívio, mas especialmente esperança. O que você e seus colegas estão fazendo irá salvar uma espécie inteira. Não poderia haver maior honra para mim do que fazer parte disso.

— E você certamente está provando ser uma parte importante, em mais de um sentido — ela disse com um sorriso.

Eu apertei suavemente sua mão e acariciei suas costas com meu polegar antes de soltá-la.

— Bem, eu suei o dia todo. Eu deveria ir tomar banho — eu disse, me levantando e pegando os pratos vazios na mesa.

Ciara pegou os outros e me seguiu até a pia para que pudéssemos lavá-los. Havia algo estranhamente íntimo em nós realizarmos uma tarefa tão servil juntos.

— Você quer que eu lave suas asas? — minha companheira ofereceu, enquanto eu terminava de secar o último prato.

Meu estômago deu um nó, e eu escondi o quanto suas palavras me afetaram, colocando uma expressão de provocação no rosto.

— Eu precisaria ficar nu enquanto você faz isso.

Ela deu de ombros, levantou uma sobrancelha e segurou meu olhar sem vacilar — Sim, e daí? Eu sou médica. Não há muita coisa que eu já não tenha visto. Então, a menos que isso te deixe desconfortável, ou se a nudez Obosiana for de alguma forma letal para humanos, então não terei problema com isso — ela brincou.

— Nudez letal? Essa seria a primeira vez. Mas não, me ver sem roupa não vai lhe causar nenhum mal.

— Então, está resolvido, garotão. Vamos para o chuveiro!

— Garotão?! — eu exclamei com uma mistura de diversão e descrença.

— Eu disse o que disse — ela respondeu em uma voz cantada enquanto caminhava em direção à porta dos fundos. Seguindo em seu rastro, eu removi meu peitoral e o coloquei no balcão antes de sair de casa. Ela tirou os sapatos e abriu a torneira. Para meu choque, Ciara tirou suas próprias roupas, colocando-as cuidadosamente em uma pilha ao lado das prateleiras rebaixadas que continham as toalhas limpas. Quando ela se virou para me encarar em sua gloriosa nudez, ela me encontrou olhando para ela, de boca aberta, e minhas mãos congeladas na cintura da minha calça com os fechos magnéticos meio abertos.

— O que você está fazendo? Tire isso! — ela disse, gesticulando com a mão direita de um jeito que significava que eu deveria me apressar — E não fique me olhando assim. Eu não vou molhar minhas roupas enquanto lavo suas asas, e preciso tomar banho também.

Isso me tirou do meu transe, e eu prontamente obedeci. Apesar do seu tom e comportamento direto e prático, eu não perdi a lasca de autoconsciência em seus olhos. Um bilhão de palavras se pressionaram na minha língua. Eu queria dizer a ela o quão linda ela era, tanto quanto eu queria perguntar se isso significava que eu poderia lavá-la de volta também.

Uma parte de mim sentiu que apontar que o striptease dela mudou a dinâmica entre nós só tornaria isso estranho. Mas outra parte acreditava que não reconhecer isso tornaria isso ainda mais estranho, como quando algo é tão ruim que você prefere se convencer de que não está acontecendo em vez de lidar com isso.

— Me desculpe. Sua beleza confundiu meu cérebro — eu

disse finalmente — Mas você tem um ponto justo. Prática e eficiente. Eu aprovo! Embora ela tenha bufado e feito uma careta para mim, eu não perdi a maneira sutil como seus ombros relaxaram. Eu queria acreditar que tinha lidado com isso adequadamente.

— Essas são apenas algumas das minhas inúmeras qualidades — ela disse, sacudindo o cabelo sobre o ombro de uma forma teatral que me fez rir — Mas obrigada por notar.

Eu tirei minhas botas e então tirei minhas calças enquanto uma onda de nervosismo me invadia. Parecia bobo me preocupar com o que ela poderia pensar da minha aparência. Eu estava extremamente em forma e duvidava que ela achasse meu corpo deficiente. No entanto, ela sabia como era um pênis Obosiano? Isso a excitaria ou a deixaria angustiada?

Eu me endireitei e fiquei de frente para ela, meu queixo erguido com uma pitada de desafio. Ciara não parecia perturbada pelo espetáculo diante dela. Com uma ousadia incrível, ela deixou seu olhar vagar lentamente sobre mim com uma possessividade que fez meu sangue correr para minha virilha. Embora inegavelmente apreciativa, não havia nada lúgubre ou objetificante na maneira como ela me admirava.

— Você é realmente um homem deslumbrante — Ciara disse quase melancolicamente.

— Fico feliz que você pense assim — eu acrescentei, me sentindo inexplicavelmente tímido.

Ela rapidamente prendeu o cabelo em uma única trança que ela enrolou em um coque, habilmente tecendo a ponta através do cabelo para que ele ficasse preso. O gesto fez seus seios empinados empurrarem levemente para frente, atraindo meus olhos para as aréolas escuras e pequenos botões tensos. Eles ficariam ainda mais deliciosos com um piercing dourado.

Como se estivesse lendo os pensamentos que passavam pela minha mente, minha companheira apontou para minha região inferior.

— Desde o momento em que te conheci, eu fiquei imaginando quantos piercings você teria e onde eles estariam localizados — ela disse em voz baixa.

Eu olhei para meu pau que estava meio ereto. Assim que ela
começou a se despir, meu eixo enrijeceu. Não me incomodava
que ela tivesse essa prova inegável da minha excitação crescente.
Embora pudesse ser percebido como ofensivo, eu acreditava que
a ausência de desejo visível da minha parte quando ela estava
completamente nua diante de mim pela primeira vez teria sido
muito mais problemática.

— Posso dizer sem hesitação que todo Obosiano adulto,
homem ou mulher, tem pelo menos alguns piercings ou
implantes nas partes íntimas — eu disse, divertido.

— A julgar pelo seu, é muito mais do que alguns — Ciara
disse, franzindo o rosto de uma forma ilegível.

Eu olhei para o meu pau, meu olhar percorrendo as duas
fileiras de três pinos redondos de cada lado do meu comprimento, perto da base, os barbilhões no começo do eixo, aquele
na cabeça e os dois pinos adicionais logo abaixo da glande.

— De fato. Eu tenho dez — eu disse de forma factual antes
de estudar suas feições — Isso a incomoda?

Para meu alívio, ela balançou a cabeça sem hesitar.

— De jeito nenhum. Na verdade, é até gostoso — ela acrescentou, parecendo um pouco envergonhada — Algum mais?

— Na minha língua — eu respondi.

Ela assentiu, seu rosto assumindo uma expressão travessa —
Eu sei. Eu o senti.

Isso me fez rir, mas também me fez querer beijá-la profundamente de novo. Afastando esse pensamento errante da minha
mente, eu permiti que meu olhar livremente – e um tanto ganan-
ciosamente – vagasse pela perfeição que era seu corpo.

— Alguns deles também ficariam extremamente atraentes
em você — eu pensei em voz alta.

Para minha surpresa, Ciara imediatamente enrijeceu o corpo,

franzindo a testa enquanto balançava a cabeça.

— Isso vai ser difícil para mim — ela disse em um tom que não admitia discussão.

Considerando o comentário anterior dela sobre achá-los atraentes em mim, essa resposta me pegou de surpresa.

— Por quê? — eu perguntei cuidadosamente.

— Embora eu realmente aprecie e admire a modificação corporal em outras pessoas – pelo menos quando bem feita – eu pessoalmente não quero nenhuma em mim. Meus lóbulos furados para brincos são o máximo que eu posso fazer. Eu não tenho nada contra isso, mas gosto da minha aparência física do jeito que ela é — ela disse de forma gentil, quase cautelosa.

— Eu entendo — eu disse suavemente.

Ela se mexeu nos pés, parecendo um pouco desconfortável — Isso te aborrece?

Minha sobrancelha se ergueu em surpresa — Me aborrece? Nem um pouco. Um pouco decepcionado, talvez. E até mesmo isso parece uma palavra forte demais. Eu amo a estética dos piercings, pois é uma parte intrínseca da minha cultura, mas não essencial. No final das contas, é o seu corpo. Ninguém pode ditar o que você faz com ele. Contanto que você esteja feliz, isso é tudo o que importa.

— Mas isso me tornará menos atraente para você? — ela insistiu.

— Ciara, sua aparência física não é seu principal apelo. A luz da sua alma é. E a sua me hipnotiza. Nada pode superar isso. Você é linda do jeito que é. E isso não vai mudar, mesmo em sessenta anos, quando nós dois estivermos enrugados, e eu tiver uma barriga de vinho.

Ela começou a rir — Você quer dizer uma barriga de cerveja?

— É, isso — eu disse em um tom divertido — Ou seja lá como os humanos chamam aquela barriga de grávida que seus homens têm quando estão mais velhos.

Ainda rindo, minha companheira olhou para minha barriga

lisa com uma expressão melancólica — Meu avô tem uma bem impressionante que minha avó chama de bola de cristal. Sempre que ele pergunta algo bobo para ela, ela começa a esfregá-la e a espiá-la como se quisesse encontrar a resposta antes de responder com algo totalmente ridículo.

Foi a minha vez de cair na gargalhada enquanto tentava visualizar a cena — Seremos nós em alguns anos, eu acho.

Ela sorriu e balançou a cabeça — Eu duvido. Eu já vi Obosianos mais velhos. Vocês todos continuam detestavelmente em forma durante seus últimos anos... não que eu esteja reclamando. Mas vamos colocá-lo debaixo d'água.

Eu assenti e rapidamente torci meu próprio cabelo longo em um coque para que ele não molhasse quando ela fosse abrir a torneira. Eu não ia passar horas tentando deixá-lo secar naturalmente antes de dormir.

Nós entramos na água para nos molhar. Meus olhos imediatamente se concentraram na forma como a água escorria por sua pele. A inveja mais irracional surgiu em mim, desejando que fossem minhas mãos e minha língua deslizando sobre ela daquele jeito. Eu queria lamber cada gota que permanecia na seda escura que eu ansiava por explorar.

Como havia uma única barra de sabão, nós nos revezamos para usá-la, fazendo espuma antes de passá-la. Vê-la esfregar o sabão no corpo, especialmente nos seios e entre as coxas, me deixou duro como uma rocha em segundos. Embora ela fingisse não ver, eu não perdi o sorriso presunçoso que discretamente curvou o canto da boca dela.

Mas dois poderiam jogar esse jogo.

Esperando o momento certo, eu gesticulei com o queixo em direção às suas costas.

— Quer ajuda? — eu ofereci.

— Sim, por favor — ela respondeu, com uma luz estranha queimando em seus olhos castanho-acinzentados.

Ela se virou, e meus olhos se concentraram nas curvas roliças de seu traseiro. Tharmok me leve! Deveria ser ilegal qualquer coisa ser tão malditamente atraente. Eu não conseguia decidir se estava mais dolorido para agarrar suas nádegas com as duas mãos ou cair de joelhos e dar uma mordida. Seu traseiro exigia ser mordido.

Me controlando, eu me forcei a olhar para cima enquanto começava a lavar suas costas. Longe de me distrair, isso só me deixou ainda mais duro. Sua pele era tão macia, tão quente sob meu toque. Senti-la tremer enquanto minhas mãos deslizavam por suas costas em cada lado de sua espinha fez meu pau estremecer em resposta. Apesar de suas tentativas de permanecer estoica, o cheiro de sua excitação chegou até mim.

Por uma fração de segundo, eu pensei em ficar mais ousado e deslizar minhas mãos em volta da frente dela para provocar seus mamilos. Uma parte de mim acreditava que ela não se oporia a tal ato, talvez até o acolhesse. Mas outra parte considerou mais prudente me conter. Não era apenas o fato de que eu não queria que ela me achasse muito presunçoso ou desrespeitoso. Eu precisava que Ciara soubesse que ela podia confiar em mim para não tentar aproveitar nenhuma oportunidade para tirar vantagem dela, especialmente em um ambiente vulnerável.

Eu terminei, abaixei minhas mãos – com muita relutância – e dei um passo para trás. Minha companheira imediatamente se virou para me encarar, seu rosto ilegível. Seus mamilos tensos, em posição de sentido, quase pareciam gritar com raiva sua consternação por serem tão completamente ignorados e negligenciados.

Agindo de forma indiferente, eu retomei a me ensaboar enquanto ela entrava na água para enxaguar. Com os olhos fixos nos dela, eu comecei a lavar meu pau e meus testículos, desafiando-a silenciosamente a desviar os olhos. A expressão lasciva que descia sobre suas feições deixou uma gota de pré-sêmen vazando, felizmente escondida pelo sabão.

Meu estômago deu uma cambalhota tripla quando ela de

repente se afastou da água, fechando a distância estreita entre nós para pegar o sabonete de mim. Ela estava tão perto, que toda vez que ela respirava, o movimento do seu peito fazia seus mamilos roçarem em mim. Por um segundo tolo, eu pensei que ela iria se inclinar e me beijar. Em vez disso, ela acenou com a toalha que eu não tinha notado em sua mão.

— Pronto para suas asas — ela disse em uma voz cantada.

O brilho provocador em seus olhos deixou claro que ela havia notado minha decepção e estava se deleitando com o poder que tinha sobre mim.

— Obrigado — eu disse com a voz controlada enquanto lutava contra a vontade de dar uma palmada naquele traseiro delicioso dela.

Ela começou a lavar minhas asas de forma eficiente, mas rápida demais para o meu gosto. Quando ela as secou anteriormente, Ciara levou seu doce tempo, fazendo o prazer-tortura durar para nosso prazer e consternação. Ela claramente queria tocar minhas asas com suas mãos nuas, assim como eu ansiava que ela fizesse isso.

Esses jogos de propriedade que praticamos são realmente irritantes.

E ainda assim, eu realmente não me importava com eles. Eles construíam a tensão e a antecipação. Quando esse desejo fosse finalmente satisfeito, isso tornaria a experiência ainda mais especial.

— Então como é que um espécime tão fino de masculinidade como você ainda estava solteiro? — Ciara perguntou de repente enquanto limpava a frente da minha asa esquerda.

Eu bufei e olhei de lado para ela, mais lisonjeado do que jamais admitiria.

— A resposta óbvia é que eu ainda não tinha te encontrado — eu respondi provocativamente — Mas como você pode imaginar, viver em Molvi torna mais desafiador encontrar uma parceira.

— Certo. Um planeta-prisão não parece exatamente um cenário ideal para um encontro — ela respondeu. Embora seu tom fosse leve e um pouco brincalhão, eu notei a expressão preocupada que passou por suas feições.

— Não é — eu admiti — mas não pelos motivos que você imagina. Ao contrário do que a maioria das pessoas pensa, Molvi não é apenas um grande lugar assustador infestado de assassinos e psicopatas, além de um exército de feras sanguinárias e aterrorizantes. Tudo isso está definitivamente lá, mas contido em cada um dos nossos Setores. O resto do planeta é tão bonito quanto a natureza selvagem que você aprecia aqui. Nós temos uma capital com shoppings, restaurantes, entretenimento, escolas e vários negócios que atendem às necessidades diárias das pessoas e famílias que vivem lá.

— Oh, meu Deus! Sério?! — Ciara exclamou.

Eu não pude deixar de sorrir ao ouvir o tom aliviado e esperançoso em sua voz.

— Sim, minha companheira. Nenhum Diretor seria capaz de ter uma família se não pudesse desfrutar de uma vida normal, segura e confortável lá. O problema é que a maioria das pessoas já é casada, ou os filhos mais novos desses casais. As escolas em Molvi só vão até certo ponto. Uma vez que o aluno está pronto para seguir para uma educação mais avançada, como um diploma universitário, eles geralmente voltam para Vargos, nosso mundo natal.

— Certo. Eu entendo isso.

— Obviamente, eu viajava com frequência para casa e era convidado para muitos eventos onde meus pais tentavam fazer alguma coisa — eu disse, incapaz de conter um revirar de olhos irritado que fez Ciara rir — Meu povo também é extremamente fã de festas luxuosas onde eles ostentam suas mansões e riquezas em Molvi, o que apresenta oportunidades de conhecer uma parceira em potencial. Mas, apesar de todos os seus confortos e belezas, a vida em um planeta prisão não é para todos.

— Deve ser muito limitante para certas profissões — ela admitiu enquanto circulava ao meu redor para começar a lavar a parte de trás das minhas asas.

Me incomodava ela fazer isso nesse momento. Eu queria ver a cara dela enquanto abordávamos esse tópico delicado. Em algumas semanas – um mês, no máximo, eu esperava – nós poderíamos voltar para nossas próprias vidas. Por mais que eu quisesse acomodá-la, minha situação fez com que ela tivesse que ser a pessoa a me seguir. Isso era um obstáculo?

— Isso seria um problema para você? — eu perguntei suavemente.

Meu peito apertou quando ela não respondeu imediatamente. Eu olhei por cima do ombro para espiá-la. Para meu alívio, ela não parecia angustiada ou desconfortável, mas parecia estar avaliando algumas coisas.

— Para ser honesta, eu não me importo muito com onde moro — ela respondeu finalmente — Nos últimos anos, eu mudei mais para pesquisa, o que posso fazer em quase qualquer lugar, desde que haja um laboratório avançado o suficiente. Mas até mesmo isso requer viagens ocasionais. Às vezes, nós ficamos fora por algumas semanas, até alguns meses.

— Nós podemos resolver isso — eu respondi rapidamente — Dar a você acesso a um laboratório de primeira linha não seria um problema. Nós já temos algumas instalações de pesquisa de ponta em Molvi. Quanto às suas viagens, se Kayog e Linsea conseguiram ter um casamento tão bem-sucedido, apesar de cada um deles ter que ir a cada canto da galáxia, tenho certeza de que podemos fazer isso também.

Seus lábios se esticaram em um sorriso melancólico, seu rosto se suavizando com uma expressão sonhadora — Eles são tão perfeitos juntos. Eu já vi muitos casais profundamente apaixonados, mesmo depois de muitos anos de casamento. Mas acho que nunca estive na presença de duas pessoas em tão perfeita

REGINE ABEL

harmonia uma com a outra. Eu não sou do tipo invejosa, mas quero tanto o que eles têm.

— Nós teremos — eu disse com convicção — Nós somos almas gêmeas.

Ela sorriu e terminou de lavar minhas asas antes de me empurrar para baixo da água para enxaguar.

— Quem está cuidando do seu Setor agora? — Ciara perguntou, pegando uma toalha.

— Meu melhor amigo, Kronos. Ele é o Diretor do Setor bem ao lado do meu. Meu primo Arthas também está de prontidão para ajudar se necessário. Mas eu estou me sentindo culpado pela minha ausência — eu admiti timidamente, enquanto estendia a mão para pegar a toalha dela.

Para minha surpresa, minha companheira ignorou minha mão e começou a secar meu peito. Embora atordoado, eu não a peguei de volta.

— É um problema sério? Isso poderia minar seu status como Diretor do seu Setor? — ela perguntou com uma ponta de preocupação.

Aquilo me comoveu mais do que eu poderia expressar. Eu não precisava ser um gênio para saber que ela tinha reservas sobre se estabelecer em Molvi. Outra pessoa poderia ter se alegrado com o pensamento de minha ausência prolongada possivelmente me fazendo perder meu cargo para que elas não ficassem presas se mudando para lá comigo. Sua preocupação ser imediatamente comigo dizia muito sobre ela.

— Não — eu respondi em um tom tranquilizador — Seria preciso algo extremamente sério para que um Diretor fosse removido. O problema é mais porque eu odeio ser um inconveniente para os outros. Kronos já está ocupado com seus próprios Quadrantes, sem mencionar o fato de que sua companheira humana está bem avançada na gravidez do primeiro filho deles. Eu deveria estar lá apoiando e acalmando-o em vez de ser um fardo.

Eu mal consegui terminar a frase, meu cérebro se distraindo quando Ciara enfiou o dedo indicador no tecido felpudo da toalha para cuidadosamente traçar ao redor do piercing de barra no meu mamilo esquerdo. A maneira como minha companheira circulou ao redor da aréola não deixou dúvidas em minha mente de que ela estava me provocando de propósito.

Ela deliberadamente evitou fazer contato visual enquanto terminava de secar meu peito. Ela trouxe a toalha até minha pélvis. Por meio segundo, eu achei que ela continuaria a jornada até meu pau. Eu prendi a respiração, me preparando para isso, apenas para a infeliz mulher passar a toalha para a direita enquanto circulava para o lado. O sorriso presunçoso, quase malicioso, que esticou seus lábios me fez querer colocá-la sobre meus joelhos e fodê-la até não aguentar mais.

— Talvez você não esteja sendo um fardo — ela disse despreocupadamente enquanto secava meu braço — Se ele está tão nervoso com o primeiro filho, você pode estar fazendo um grande favor à esposa dele. Se ele está constantemente se preocupando com ela ou entrando em pânico toda vez que ela espirra, ela pode estar louca de vontade de deixá-lo inconsciente para que possa ter um pouco de paz. Mantê-lo ocupado pode ser uma bênção.

Eu bufei e assenti lentamente — Malaya pode ter gritado com ele uma ou duas vezes sobre como ela estava apenas grávida e não inválida — eu respondi com uma risada.

— Viu? — Ciara disse triunfantemente — Mas eu entendo. Eu também odeio quando minha carga de trabalho acaba sendo despejada em outra pessoa porque as circunstâncias tornam impossível para mim lidar com isso sozinha.

Um ronronar involuntário saiu da minha garganta quando ela começou a secar minhas costas. Ela provavelmente esfregou acidentalmente aquele ponto sensível bem no canto superior perto da minha espinha, onde minha asa se prendia às minhas costas. Eu não o chamaria de erógeno, mas esfregar o músculo ali sempre foi altamente prazeroso. Não era o tipo de prazer que o faria chegar ao clímax, mas o tipo que o fazia ficar lânguido como durante uma massagem de corpo inteiro.

— Oooh! Alguém gostou disso! — Ciara disse presunçosamente.

— Alguém certamente gostou — eu disse, minha voz soando mais profunda — Esse é meu ponto fraco. É extremamente relaxante tê-lo massageado.

Ciara bufou — Bem, isso foi sutil...

— O que você quer dizer? — eu perguntei com uma voz excessivamente inocente que não a enganou nem um pouco.

Para meu choque – e total deleite – ela massageou aquele músculo com a mão nua, enviando um arrepio violento pela minha espinha, seguido por outro ronronar estrondoso, quase um gemido. Minha companheira riu, continuando seus cuidados por mais alguns segundos. Eu quase choraminguei quando ela parou.

— Ponto fraco devidamente anotado. Espere que eu abuse descaradamente dele para fazê-lo ceder a quaisquer exigências irracionais que eu possa fazer no futuro — ela disse com um sorriso impenitente.

Eu ri — Para isso, sim, eu provavelmente daria minha alma a você.

Ela riu e voltou a secar minha asa.

— Mas e você, Ciara? Por que uma mulher tão linda, inteligente e bem-sucedida como você ainda estava solteira? — eu perguntei.

— Eu estava noiva de um babaca, que me enganou por muito tempo. Depois de terminar com ele, eu fiquei muito mais exigente — ela respondeu com desdém — Eu prestei mais atenção aos sinais de que a pessoa poderia ser um abusador ou um narcisista. Na verdade, eu conheci alguns homens decentes, mas sempre faltava alguma coisa. Entrar em um relacionamento que estava fadado ao fracasso desde o início parecia inútil. Então, ficar solteira era mais simples.

— Por mais que eu odeie que você tenha se machucado, fico feliz que aquele idiota mostrou suas verdadeiras cores antes de poder reivindicar o que era meu. Eu teria violado a lei para me livrar dele — eu disse de forma factual.

— Amreth! — Ciara exclamou, sua indignação misturada com uma grande dose de admiração e diversão.

Eu olhei para ela por cima do meu ombro com uma expressão impenitente — Parece que encontrar minha companheira desbloqueou meu lado mais sombrio.

— É o que parece... E é bem sexy — ela sussurrou com um sorriso.

Eu abri a boca para responder, mas apenas um suspiro chocado escapou de mim. Com os olhos fixos nos meus, ela passou a toalha no meu traseiro. Ela levantou minha cauda, limpando todo o seu comprimento, sua mão fechando em volta da ponta antes de deslizar de volta para baixo, como se acariciasse um pau. Eu engoli em seco quando ela voltou para minha nádega direita. Mudando para o lado, Ciara circulou de volta na minha frente enquanto secava minha coxa direita. Eu prendi a respiração enquanto ela esfregava a toalha corajosamente sobre meu pau. Meus lábios se separaram e eu inalei bruscamente enquanto ela envolvia as duas mãos em volta dele para limpar seu comprimento. Eu odiava aquela toalha entre nós, me privando do contato direto com ela. Minha companheira então levou seu doce tempo limpando minhas bolas, dando-lhes um aperto não tão sutil no processo.

Minhas presas ardiam com a necessidade de afundar na carne macia do seu pescoço e prendê-la a mim.

Longe de terminar, Ciara finalmente quebrou o contato visual enquanto se agachava lentamente diante de mim. Ela secou cuidadosamente minhas pernas, uma de cada vez, seu olhar fixo em meu comprimento. Um raio de fogo explodiu na boca do meu estômago enquanto ela o examinava de perto. Não foram meus piercings que prenderam sua atenção, mas as escamas em forma de chevron que cobriam a parte superior do meu eixo e os espinhos macios que revestiam suas laterais. Ela se inclinou tão perto, por uma fração de segundo, que eu acreditei que ela realmente pressionaria sua boca nele.

Para minha consternação, a pirralha olhou para mim com um sorriso travesso e um brilho provocador nos olhos.

— Muito bom — ela disse em tom de provocação enquanto se endireitava lentamente.

Um bilhão de pensamentos passaram pela minha mente, e o dobro de palavras queimaram minha língua. Mas algo estalou dentro de mim quando seus mamilos duros roçaram mais uma vez meu peito. Movendo-me na velocidade de uma cobra atacando, minha mão direita agarrou seu cabelo na nuca com vontade própria e puxou seu rosto para o meu. Minha cauda se enrolou possessivamente em volta dela, achatando seu corpo contra o meu.

Eu percebi que a estava beijando quando minha boca pressionou brutalmente a dela em um beijo voraz. O farfalhar suave do tecido vagamente registrou em meu cérebro quando a toalha caiu no chão enquanto Ciara deslizava os braços em volta do meu pescoço. Eu a peguei, ambas as mãos atrás de suas coxas, e ela envolveu suas pernas em volta da minha cintura. Meu pau intumescido pulsava contra sua barriga enquanto eu aprofundava o beijo. Ela afundou os dedos em meu cabelo, soltando-o do coque improvisado em que eu o havia amarrado. Ele caiu em cascata, e ela o apertou na minha nuca com ambas as mãos.

Segurando-a com uma mão atrás das coxas, eu acariciei suas costas com a outra. Sua pele ainda estava um pouco úmida, pois ela não se secou depois que nós dois a enxaguamos. Mas eu não me importei, e ela também não.

Eu quebrei o beijo e olhei nos olhos da minha mulher. Palavras não eram necessárias. Ela sorriu, suas mãos apertando meu cabelo. Eu sorri de volta e reclamei seus lábios. Peito com peito, eu a carreguei de volta para dentro.

CAPÍTULO 12

AMRETH

Cada passo em direção ao nosso quarto fazia meu sangue correr pelas veias. Um desejo ardente fez uma poça de lava girar na boca do meu estômago. Eu não entendia como ela podia ter me inflamado tão facilmente. Eu queria dar a Ciara um namoro prolongado. Mas agora, tudo o que eu conseguia pensar era o quão desesperadamente eu queria me perder nela, sentir cada centímetro do seu corpo enrolado no meu, o som dos seus gemidos nos meus ouvidos e o gosto do seu prazer na minha língua.

Ainda apoiando seu peso com um braço atrás das coxas, eu abri cegamente a porta do quarto com minha mão livre. Ciara acariciando ansiosamente meu peito e meu lado estava tornando ainda mais difícil formar qualquer pensamento racional. Eu queria... precisava de mais.

Eu nunca tinha entrado neste quarto antes. Como um Diretor e Guerreiro Obosiano de Elite, meu primeiro instinto deveria ser examinar rapidamente meus arredores para avaliar qualquer ameaça potencial e detalhes táticos que pudessem ser usados defensivamente ou ofensivamente caso surgissem problemas.

Mas eu só tinha olhos para a cama grande apoiada no meio da parede dos fundos.

Ainda beijando minha companheira, eu fui direto para lá, antes de deitá-la cuidadosamente em cima do colchão macio. Quando eu tentei me endireitar, Ciara aumentou seu aperto em volta dos meus ombros, me puxando para mais perto. Eu ri contra seus lábios e cedi. Eu subi na cama e em cima dela. Minha companheira abriu as pernas para que eu pudesse me acomodar entre elas. Segurando meu peso com meu antebraço esquerdo apoiado no colchão, eu interrompi o beijo e rocei meus lábios por todo o rosto dela, e especialmente naquela linda coroa em sua testa.

Segurando a lateral do pescoço dela com minha mão direita, eu levantei seu queixo com meu polegar, expondo a artéria palpitante na qual minhas presas doíam para afundar. Mas eu simplesmente cobri seu pescoço com beijos, chupando a carne macia na curva, bem antes de se curvar em seu ombro. O suspiro de prazer de Ciara ressoou diretamente em meu pau. Eu beijei um caminho descendo por seu peito, minha boca salivando antecipadamente enquanto eu me aproximava do prêmio que me provocava pelo que pareceu uma eternidade.

Eu me agarrei ao seu pequeno e duro nódulo como um homem faminto, chupando e lambendo-o com força. Minha companheira me recompensou com um gemido voluptuoso, um arrepio percorrendo-a quando eu também belisquei seu mamilo esquerdo com meus dedos.

Levantando minha cabeça para olhar o lindo rosto de Ciara, eu invoquei meu Lumiak no meu dedo indicador e enviei uma pequena descarga elétrica na parte inferior do mamilo dela. Minha companheira imediatamente jogou a cabeça para trás enquanto gritava. Um espasmo violento sacudiu seu corpo, e seus músculos abdominais se contraíram algumas vezes. Respirando pesadamente, ela levantou a cabeça para me olhar em choque.

Eu dei a ela um sorriso presunçoso, expondo minhas presas no processo de uma forma um pouco ameaçadora. Usado na intensidade certa, no lugar certo, nosso Lumiak poderia enviar uma explosão de prazer tão intensa, que flertava com um orgasmo, sem realmente alcançá-lo... Bem, a menos que fosse usado diretamente no clitóris.

Com o olhar ainda preso ao dela, eu coloquei minha língua para fora, esticando-a lentamente. Seu queixo caiu quando a ponta continuou passando pelo meu queixo, descendo até minha jugular. Outro arrepio a percorreu. Meu sorriso se alargou, e seus olhos arderam quando eu abaixei minha cabeça novamente para lamber uma trilha descendo por sua barriga lisa em direção ao meu prêmio ainda maior.

O delicioso aroma de seu almíscar fez meu pau pulsar de necessidade. Ele ficava mais forte a cada segundo em conjunto com sua excitação. Encontrar as pétalas da minha mulher já escorregadias para mim atiçou as chamas do braseiro queimando profundamente dentro de mim. Elas eram do mais adorável tom de rosa e marrom escuro com um toque de roxo. Embora seu clitóris intumescido estivesse implorando por minha atenção, a necessidade de provar minha companheira me excitava demais.

Eu provoquei sua fenda com a ponta da minha língua, que era mais pontuda que a de um humano. Ciara engasgou, e sua mão esquerda fechou em volta do meu chifre direito principal. Isso imediatamente enviou uma onda de luxúria na minha virilha. Eu queria que ela agarrasse meus dois chifres principais e os puxasse. Mas eu podia esperar. Eu só podia rezar para que ela fizesse isso quando eu estivesse com as bolas bem fundo dentro dela.

Eu empurrei minha língua em sua fenda. O gosto ácido de sua essência incendiou meus quadris. Um rosnado faminto de aprovação vibrou em minha garganta enquanto eu pressionava minha boca contra seu sexo e afundava minha língua ainda mais fundo. Um grito estrangulado escapou de Ciara, e sua mão direita agarrou meu outro chifre. Meu pau doía e palpitava com a necessidade de reivindicá-la, mas eu me concentrei em meu banquete.

O som dos gemidos dela nos meus ouvidos era a música mais doce quando eu comecei a fodê-la com a minha língua. Suas paredes internas eram tão quentes e macias, imaginar como elas seriam em volta do meu comprimento estava me deixando louco. Eu acelerei o movimento da minha língua entrando e saindo. Para aumentar o prazer dela, eu me certifiquei de esfregar sistematicamente meu piercing lingual contra o feixe sensível de nervos do seu ponto G.

Em pouco tempo, os quadris de Ciara estavam girando, sua mão apertando meus chifres. Não era tão firme quanto eu gostaria, mas cada puxão involuntário ainda ressoava diretamente em meu pau. Somente quando suas pernas começaram a tremer em volta do meu rosto é que eu finalmente dei ao seu clitóris a atenção há muito esperada que ele merecia.

Sem parar de saquear sua bainha apertada com minha língua, eu esfreguei seu pequeno nó com meu polegar. Eu mal rocei nele antes da minha mulher disparar. Ela gritou, seu corpo convulsionando enquanto o êxtase a varria. A essência de Ciera derramou em minha língua, e eu devorei avidamente cada gota. Meu polegar e minha boca a mantiveram voando alto por mais um tempo. Por fim, eu cedi e levantei minha cabeça para espiá-la.

Minha companheira parecia um pouco atordoada, seus lábios se separaram enquanto ela respirava pesadamente. A rápida subida e descida de seu peito só atraiu minha atenção de volta para seus seios empinados. Por mais que eu quisesse me enterrar dentro dela e sentir seu clímax no meu pau, eu não tinha terminado de brincar com ela.

Eu me ajoelhei entre as coxas da minha mulher e abri mais suas pernas, deixando-a completamente nua e exposta ao meu olhar possessivo. Tharmok me golpeie! Ela era de tirar o fôlego, e minha. Toda minha. Eu a faria gritar meu nome repetidamente antes do fim da noite.

Ciara piscou, assustada por um movimento repentino na borda de sua visão, antes de perceber que era minha cauda se juntando à festa. Seus olhos se arregalaram enquanto ela a observava deslizar sobre sua barriga, e passar sobre cada um de seus seios, provocando os brotos duros ao longo do caminho. Sua respiração engatou quando ela retomou sua jornada para cima e se enrolou em seu pescoço. Descansando ambas as palmas no colchão de cada lado dela, eu me inclinei para frente para estudar suas feições enquanto começava a apertar minha cauda, constringindo levemente suas vias aéreas.

Eu alterei minha visão para examinar sua aura em busca de qualquer sinal de angústia ou desconforto. Ela me atingiu com um arco-íris hipnotizante de cores que fez minha boca salivar instantaneamente com a necessidade de provar sua energia. Eu precisei de cada grama da minha força de vontade para não ceder à vontade de me empanturrar com suas emoções.

Embora mantendo-a enrolada no pescoço de Ciara, eu afrouxei o aperto da minha cauda apenas para estender sua ponta em direção à boca dela. Sem precisar de nenhuma instrução, minha companheira imediatamente abriu os lábios para recebê-la. Um rosnado baixo e animalesco vibrou em meu peito enquanto ela começou a chupá-la de uma forma lasciva que incendiou meu sangue.

Mostrando minhas presas para ela, eu fechei minha mão direita em volta do meu pau, apertando a base quase dolorosamente para silenciar sua necessidade de entrar em erupção. Cada movimento de sua cabeça enquanto ela balançava sobre minha cauda ressoava direto no meu pau. Quando minha mulher girou sua língua em volta da ponta, eu quase podia sentir na minha glande. Porra, se eu a deixasse continuar, Ciara poderia me fazer chegar ao clímax só com isso. Eu temia o quão rápido ela me faria desmoronar se fosse no meu pau que ela estivesse dando tanta atenção.

Ela engasgou, parecendo quase indignada quando de repente eu puxei minha cauda para longe. Ela tentou argumentar, mas eu a sufoquei com ela, meu rosto severo, deixando claro que ela deveria se comportar. Por uma fração de segundo, eu me preparei para a possibilidade de ela se rebelar. Eu não queria uma verdadeira submissa, pois não me considerava um Dominador no sentido tradicional. No entanto, por mais que eu gostasse de ter controle no quarto, eu não me opunha à troca ocasional de poder se minha parceira quisesse assumir a liderança.

Mas neste exato momento, eu queria fazer do meu jeito com ela, o que exigia sua submissão. Obviamente, eu cederia se ela claramente se opusesse e só podia esperar que ela não o fizesse.

Meu coração disparou quando ela relaxou de repente, cedendo a mim.

— Boa menina — eu sussurrei enquanto afrouxava minha cauda antes de retraí-la completamente — Eu vou me alimentar de você, Ciara.

Meu tom era quase ameaçador quando eu falei essas palavras. Mais uma vez, eu queria o consentimento dela. Tecnicamente, eu poderia fazer isso sem que ela sequer percebesse, e isso não tiraria nada dela. Mas pareceria muito uma violação, tanto do seu corpo quanto da sua confiança.

Para minha alegria, ela lambeu os lábios de uma forma que gritava antecipação e estendeu a mão para mim. Eu olhei para suas mãos enquanto elas acariciavam meu peito, seu polegar provocando meu mamilo direito. Suas palmas eram como brasas ardentes em minha pele, me aquecendo até os ossos. Eu coloquei minhas próprias mãos em sua cintura, acariciando um caminho em direção aos seus seios enquanto invocava meu Lumiak. Ela engasgou quando os tentáculos elétricos incendiaram suas terminações nervosas, a sensação agradável acentuada por explosões de prazer enquanto eu passava meu relâmpago sobre suas áreas erógenas.

Antes que ela pudesse se ajustar totalmente aos meus cuidados, eu emiti ondas gradualmente crescentes do meu *bakaan*. A intensidade da minha aura agiu como uma injeção de êxtase líquido diretamente em suas veias. Em pouco tempo, ela estava gemendo e se contorcendo na cama pelo prazer conflitante do meu *bakaan* e Lumiak. Suas costas arquearam no colchão, e ela agarrou meus antebraços com força contundente quando a ponta da minha cauda encontrou seu caminho entre suas coxas.

Como esperado, era um encaixe mais apertado do que minha língua, e eu a usei descaradamente não apenas para dar prazer a ela, mas também para prepará-la para receber minha circunferência maior. Pelos dentes de Tharmok, ela era deslumbrante. Sua aura irradiava como um caleidoscópio de luzes brilhantes, banhando-a em uma auréola hipnotizante enquanto ela gemia de êxtase.

Meus olhos brilharam quando eu comecei a me alimentar dela, e então quase rolaram para trás da minha cabeça quando seu gosto divino explodiu através de mim. Porra! Era como beber da fonte dos próprios deuses. Eu me empanturrei com suas emoções, regando-a com ainda mais do meu *bakaan* para aumentar seu prazer enquanto minha cauda a penetrava implacavelmente.

O grito agudo de êxtase de Ciara me tirou do meu torpor bêbado. Sua cabeça rolou de um lado para o outro enquanto ela voava alto mais uma vez. Mesmo quando eu parei de me alimentar dela, minhas presas doíam para se enterrar em seu pescoço, injetá-la com minha essência e até mesmo beber um pouco de seu sangue. Não era algo que meu povo realmente fazia mais, mas às vezes nos entregávamos aos nossos impulsos mais primitivos em momentos de emoções avassaladoras como este.

Eu deixei meu *bakaan* e Lumiak desaparecerem, e puxei minha cauda para fora da minha mulher, apenas para substituí-la pelos meus dedos. Enquanto ela continuava a voar nas asas da felicidade, eu beijei e acariciei Ciara, com minha mão direita esticando-a para me receber.

Assim que ela voltou à realidade, eu etirei meus dedos, lambi avidamente sua essência deles, então cuidadosamente me acomodei em cima da minha companheira. Ela envolveu seus braços ao meu redor, o ar de admiração em seus lindos olhos castanho-acinzentados – que quase ficaram pretos de paixão – me transformou em uma poça bagunçada. Obviamente, isso não era amor. Nós ainda mal nos conhecíamos. Mas isso me deu um vislumbre de que tipo de vínculo floresceria entre nós ao longo do tempo.

Eu não podia esperar.

— Minha Ciara — eu sussurrei ternamente enquanto afastava uma mecha úmida de cabelo da testa dela — Você me aceita, minha companheira?

— Sim — ela sussurrou de volta, sua voz um pouco áspera de tanto gritar — Eu te aceito, Amreth.

Eu sorri, deixando a ternura e a paixão que ela despertou em mim brilharem antes de eu recuperar seus lábios. Deslizando uma mão entre nós, eu alinhei meu pau com sua abertura e gentilmente comecei a me empurrar para dentro. Apesar de quão molhada eu a deixei, e quão relaxada Ciara estava, seu corpo rapidamente resistiu a mim. Eu esperava isso, mas isso não diminuiu o golpe em minha impaciência ardente de ser um com minha alma gêmea.

Invocando o controle adquirido ao longo de anos de treinamento rigoroso para me tornar um Diretor, eu me forcei a manter um ritmo lento, empurrando-me com estocadas cuidadosas e superficiais. O tempo todo, eu sussurrei palavras doces de encorajamento, a beijei e acariciei. Minha Ciara retribuiu cada toque com paixão correspondente.

E então nós nos tornamos um.

Suas unhas cravaram na parte inferior das minhas costas

enquanto eu comecei a me mover. Seu aperto firme no meu pau ameaçava me fazer gozar a cada estocada. Embora destinados a proporcionar sensações extras à nossa mulher, os espinhos que revestiam as laterais do meu pau eram altamente erógenos. A maneira como suas paredes internas os apertavam em seu caminho para dentro e para fora enviava faíscas de relâmpago por toda a minha região inferior e pelas minhas pernas. Envolto no calor escaldante do seu corpo, eu gradualmente cedi à paixão que ela despertou em mim. Conforme eu acelerava o ritmo, tomando-a mais rápido, mais fundo e mais forte, minha companheira erguia sua pélvis, encontrando-me estocada por estocada. Um inferno se alastrava dentro de mim. Eu não conseguia ter o suficiente dela, da maneira febril como ela me acariciava e arranhava, a doçura de sua língua se misturando com a minha e o som de seu prazer.

Mas acima de tudo, o sabor desse prazer...

Eu me empanturrei um pouco mais com suas emoções. Minha mente gritava para eu parar, mas eu não conseguia. Era bom demais, divino demais. Uma quantidade insana de energia percorreu meu corpo. Minha pele parecia prestes a explodir pelo transbordamento de poder que a alimentação dela me dava. Eu queria estar bem fundo dentro dela, envolto nela, e tomá-la toda dentro de mim. Sem começo, sem fim, Ciara e eu totalmente entrelaçados como um.

Em pouco tempo, eu estava metendo nela. Minhas asas se abriram, doendo para que eu voasse com minha companheira e completasse nosso vínculo. Eu temia vagamente que meus instintos selvagens simplesmente assumissem o controle e reivindicassem irrevogavelmente sem seu consentimento em minha necessidade raivosa de fazê-la minha para sempre. Mas eu estava me afogando em um turbilhão muito poderoso de emoções e felicidade. Tanto, na verdade, que eu nem vi o clímax de Ciara se aproximando.

De repente, ela gritou, suas unhas rombas arranhando selvagemente minhas costas enquanto seu orgasmo a atingia. Suas paredes internas apertando meu pau arrancaram minha própria liberação de mim. Jogando minha cabeça para trás, eu rugi e me enfiei profundamente dentro da minha mulher. Minha semente explodiu com uma violência que me deixou cambaleando. Ela disparou para dentro de Ciara em poderosos jorros de êxtase líquido. Meu corpo inteiro tremeu enquanto eu permanecia enterrado profundamente, esfregando minha pélvis contra a dela até que eu estava completamente esgotado.

Destruído, eu desabei na cama ao lado dela e rolei de costas, puxando-a comigo. Ela respirava pesadamente, sua cabeça descansando em meu peito. Eu enrolei minha cauda e meus braços em volta de seu corpo esbelto coberto por uma fina camada de suor. Um calafrio percorreu seu corpo, e arrepios se espalharam por toda sua pele. Eu fechei minhas asas ao redor dela para mantê-la aquecida e segura... para mantê-la por perto.

— Você é minha, Ciara. Agora e sempre — eu sussurrei.

Ela se aninhou mais profundamente contra mim e deu um beijo suave no meu peito — Assim como você é meu — ela sussurrou de volta.

Eu sorri.

CAPÍTULO 13

CIARA

As mãos errantes de Amreth me despertaram do meu sono. Embora maravilhosamente dolorida, eu participei alegremente de mais uma brincadeira selvagem com ele. Meu homem não estava se gabando ao afirmar que o sexo com ele seria fora de série. Dizer que ele deixou minhas partes femininas cantando árias não poderia nem começar a descrever.

A ousadia com que eu tinha iniciado tudo isso entre nós ainda me surpreendeu. Eu não era pudica, mas também não era do tipo que pulava rapidamente na cama com um novo parceiro. É claro, Amreth e eu tínhamos uma conexão muito mais forte do que isso. Nós éramos almas gêmeas. Mas isso não significava que precisávamos apressar nada.

Meu cérebro superanalítico continuou tentando racionalizar por que eu tinha feito isso, não que eu tivesse algum arrependimento. Obviamente, ter um homem tão bom, pronto e disposto a fazer coisas desagradáveis comigo tinha sido uma tentação difícil de resistir. No entanto, por mais excitada que ele me deixasse, minha libido não me controlava. Era mais do que atração animal entre nós. Eu também percebi rapidamente que, por mais que

Amreth se qualificasse como um alfa, ele era extremamente respeitoso e protetor. Mais de uma vez, eu percebi seu desejo de levar as coisas um pouco mais longe ou de ser mais flertador. Ele se controlava sistematicamente, deixando claro que me deixaria definir um ritmo que fosse confortável para mim. Eu adorei como ele buscou minha validação e consentimento a cada passo do caminho. Mesmo quando ele ficou mais dominante e controlador ontem à noite, nem uma vez eu me senti ameaçada ou coagida. Eu sabia, sem sombra de dúvida, que uma única palavra teria sido suficiente para fazê-lo desistir de fazer o que quer que me deixasse desconfortável.

A maneira como ele me tocou, beijou e falou comigo me fez sentir segura e adorada. Eu estava me apaixonando pelo meu íncubo.

Com muita relutância, nós finalmente saímos da cama e tomamos banho juntos. Enquanto nos acomodávamos à mesa para comer o generoso café da manhã que os Kreelars nos trouxeram, Amreth franziu o rosto para a comida. Considerando a quantidade substancial de carne fornecida, sua reação não fez sentido.

— O que há de errado? — eu perguntei, confusa.

Ver suas orelhas pontudas de elfo escurecerem e seu rosto assumir um ar de vergonha despertou minha curiosidade ainda mais.

— Eu não estou com fome — ele murmurou.

— O que você quer dizer com não estar com fome? Nos últimos dias você tem sido um poço sem fundo! — eu exclamei — Considerando seu esforço ontem à noite – e esta manhã, devo acrescentar – você deveria estar fam...

Minha voz sumiu, e meus olhos se arregalaram com entendimento repentino, enquanto seu rosto escureceu ainda mais. Apesar do meu melhor esforço, eu falhei em me impedir de cair na gargalhada com sua expressão mortificada.

— Alguém teve indigestão por ter se alimentado um pouco demais de sua companheira? — eu perguntei em tom de provocação.

A cara de mau humor que ele fez foi toda a resposta que eu precisava. Eu ri um pouco mais, simpatia, diversão e uma boa dose de presunção crescendo dentro de mim em igual medida.

— A culpa é sua por ter um gosto tão bom — ele resmungou.

— Desculpe... Bem, não exatamente. Mas duvido que haja algo que eu possa lhe dar para acalmar seu estômago — eu disse em um tom travesso.

— Não é meu estômago — ele disse da mesma forma descontente — A energia está armazenada dentro de mim, e faz minha pele parecer prestes a estourar. Tecnicamente, é comparável a um estômago muito cheio, mas espalhado por todo o corpo.

— Ai — eu disse com sincera simpatia dessa vez — Existe alguma maneira de aliviar isso?

Ele assentiu — Eu só preciso gastar um pouco da energia que armazenei para abrir espaço. Normalmente, eu me livro do excesso de energia enquanto carrego os cristais de poder dos vários Quadrantes dos meus internos. Eu só preciso sair e explodir um pouco de energia.

— Por que você não fez isso quando saímos para tomar banho? — eu perguntei com curiosidade genuína.

— Porque eu duvido que nossos anfitriões teriam apreciado ver uma rajada de relâmpagos disparando no céu sobre sua aldeia — Amreth respondeu ironicamente.

Eu bufei, imaginando a cena. Sim, os Kreelars não teriam se divertido nem um pouco com isso, especialmente se ele estivesse realmente explodindo uma grande quantidade. Eu tinha visto o quão impressionantes as descargas elétricas dos Obosianos podiam ser em níveis letais. Era assustador.

— Eu vou pedir a Vala para que me deixe andar um pouco mais longe da aldeia para fazer isso.

— Boa ideia — eu respondi com um sorriso.

Momentos depois, como se em resposta ao seu comentário, Vala apareceu para nos informar que os Kalds das outras vilas concordaram em nos deixar viajar livremente por todo o seu território, incluindo entre suas vilas com sua nave. Meu companheiro não precisou ser avisado duas vezes.

Eu o acompanhei para fora. Ele me deu um beijo antes de voar de volta para sua nave para pegar a que nós usaríamos como nosso próprio laboratório de campo. Antes disso, porém, ele iria pegar algumas frutas na floresta e faria um desvio por Bryst para deixá-las para Mehreen e Ernst. Eles poderiam então testá-las e analisá-las completamente no laboratório implantável, que possuía o equipamento adequado para isso.

Eu comecei a rir de novo quando um raio começou a disparar à distância na direção geral para onde ele tinha ido. Era bobo, super fofo e incrivelmente lisonjeiro. Amreth não me pareceu o tipo de pessoa que exagera nas coisas ou tem uma personalidade viciante. O fato das minhas emoções terem sido tão deliciosas para ele que ele não conseguiu se conter a ponto de ficar desconfortável foi o maior elogio que ele poderia ter me feito.

Suspirando melancolicamente, eu fui até o escritório no salão de reuniões da vila para estabelecer uma ligação com Mehreen e Ernst usando o sistema de comunicação de rádio dos Kreelars. Parecia tão estranho, como se eu tivesse me teletransportado para um futuro distópico onde a sociedade havia retornado aos velhos tempos em que a maior parte da tecnologia havia sido varrida do planeta. Parecia ainda mais estranho sem vídeo. Situações como essas me lembravam o quão excessivamente confortáveis os avanços tecnológicos nos tornavam, e como frequentemente nós tomávamos tantas conveniências como certas, não mais apreciando realmente seus benefícios até que os perdêssemos.

— Nós fizemos um grande progresso aqui — Ernst disse orgulhosamente — Todos os nossos testes confirmaram que é de fato o estrogênio que mata as mulheres mais rápido. Como você sabe, ele interage com o hipocampo e o córtex pré-frontal delas para aumentar a sinaptogênese.

Antes mesmo que ele terminasse, eu percebi o que estava acontecendo.

— Claro! — eu exclamei — A doença causa as mutações cerebrais que concedem seus poderes. Com o estrogênio impulsionando a formação de novas sinapses, os cérebros das mulheres estão sofrendo mutações muito rápido!

— Exatamente, e com essas novas sinapses vem uma atividade neurotransmissora aprimorada. Exceto que os príons interrompem a função normal dos neurônios, o que leva à síntese inadequada e sinapses danificadas. Seus corpos ficam sobrecarregados antes que eles tenham uma chance de lutar, e eles morrem — Mehreen disse — Nós temos feito alguns testes e simulações que mostram que os antagonistas do hormônio liberador de gonadotrofina funcionam neles como nos humanos e impedem que seus ovários liberem estrogênio.

Eu franzi a testa — Isso é ótimo, mas é o suficiente?

— Isso aumentará significativamente suas chances de sobrevivência, especialmente se dermos a elas os antagonistas de GnRH adequados. A estase parcial pode ser necessária para ajudar aquelas cuja doença já progrediu muito. Mas se for detectada precocemente, administrar antagonistas de GnRH em mulheres trará suas chances de vencer a doença a níveis comparáveis aos dos homens.

— Ótimo trabalho! — eu disse com um sorriso — Amreth vai passar em Bryst nas próximas horas. Ele foi pegar sua nave, e vai pegar algumas frutas para vocês no caminho. Por favor, dê a ele alguns antagonistas de GnRH para que eu possa administrar nas mulheres aqui que precisam.

— Eu farei isso — Ernst disse, sua voz borbulhando de empolgação — Eu já comecei a fazer algumas pesquisas sobre uma maneira de erradicar permanentemente os morangos aqui.

Mas meus testes são baseados nos da Terra. Mal posso esperar para colocar as mãos nos locais.

— Quanto a mim, eu estou procurando maneiras de tornar os Kreelars imunes ou, pelo menos, atenuar significativamente os efeitos. Entre as duas opções, devemos ser capazes de chegar a uma solução viável.

— Perfeito. Assim que Amreth retornar, nós iremos diretamente para a floresta para estudar o solo, a flora ao redor, assim como os animais que se alimentam deles. Espero conseguir alguns dados úteis para você.

— Parece um bom plano — Mehreen respondeu com entusiasmo.

Nós conversamos um pouco mais antes de encerrar a conversa. Enquanto esperava por Amreth, eu cheguei os pacientes. Para meu alívio, o tratamento que administramos estava funcionando até agora. Obviamente, não era uma cura, mas impedia que os príons se reproduzissem. A menos que conseguíssemos encontrar uma solução – o que permanecia duvidoso – não haveria cura milagrosa. Tudo o que podíamos fazer agora era fornecer um protocolo antagonista para os infectados para retardar a progressão da mutação por tempo suficiente para que seus cérebros se ajustassem. Esse tempo extra permitiria que eles sobrevivessem às mudanças.

Eu também trabalhei com seus curandeiros para treiná-los e ensiná-los métodos naturais usando sua tecnologia atual para testar seus alimentos no futuro, assim como detectar infecções precocemente em pacientes. A ideia não era derrubar ainda mais sua sociedade despejando um monte de tecnologia avançada para que pudessem retomar o controle sobre sua saúde. Eles precisavam ser capazes de lidar com isso por conta própria usando métodos que se alinhassem com seu nível tecnológico atual.

Assim que Amreth chegou, ele lançou uma série de drones para inspecionar a área em busca de animais menores se alimentando das frutas. Nos próximos dias, os Kreelars organizariam uma caçada para abater as criaturas maiores e raivosas que vagavam mais ao norte. Aku e seus companheiros de tribo capturaram algumas feras vivas para Mehreen e Ernst fazerem testes para ver como poderíamos também tentar salvar outras criaturas daquelas espécies, caso falhássemos em eliminar completamente a presença das frutas no planeta. Esperançosamente, seria algo parecido com uma vacina contra a raiva na Terra.

Amreth finalmente localizou o local perfeito para nós alojarmos a nave espacial. Ele estava cercado por vários canteiros de frutas e algumas tocas de Onei. Quando ele examinou a área pela primeira vez, ele conseguiu capturar algumas imagens das adoráveis criaturinhas.

Eles possuíam a bunda mais arredondada de um castor, mas o corpo e o comprimento da cauda mais esbeltos de uma lontra. Eles eram mestres da camuflagem, graças ao seu pelo verde que facilmente se misturava com musgo e grama, o leque em forma de folha na ponta de suas caudas e, especialmente, aquela cabeça adorável com olhos enormes, um narizinho de rato com uma boca minúscula e uma coroa em forma de folhas de samambaia. Enquanto o Onei permanecesse imóvel, você realmente o confundiria como apenas parte do mato.

De acordo com Vala, eles eram pequenos mamíferos relativamente inofensivos, um tanto comparáveis a coelhos – pelo menos com base em como ela os descreveu. Eles se alimentavam principalmente de folhas, frutas e nozes. Em raras ocasiões, especialmente quando enfrentavam escassez de alimentos, eles comiam pequenos insetos. Eles eram extremamente rápidos, com dentes muito fortes e afiados que lhes permitiam quebrar as cascas das nozes. Então, embora eles geralmente fugissem quando assustados, se você os pegasse, os Oneis poderiam infligir alguns ferimentos desagradáveis com uma mordida forte o suficiente para cortar seu dedo e garras tão afiadas que o rasgariam em pedaços.

Mas eu tinha minha arma especial na forma de um Obosiano

de aparência muito sexy. Eu me posicionei perto de um arbusto alto, com luvas e acolchoamentos em volta dos meus pulsos e antebraços para proteção. O homem presunçoso nem mesmo usou um escudo furtivo para se aproximar da criatura escondida entre duas raízes grossas e fibrosas de uma árvore alta. As folhas largas das plantas selvagens elevando-se sobre os arbustos de frutas vermelhas escondiam parcialmente o Onei. Na verdade, se não fosse pelo scanner na minha braçadeira confirmando sua presença, eu nunca o teria detectado ou até mesmo as frutas.

Não é de se admirar que as frutas tenham passado despercebidas por tanto tempo, principalmente porque elas ainda não tinham se espalhado o suficiente para o sul para estarem em áreas onde os jovens Kreelars pudessem brincar e tropeçar nelas.

Amreth começou a disparar seu *bakaan* de forma focada em direção à localização da criatura. Ele tinha circulado na direção oposta a mim para que pudesse conduzir o Onei em minha direção caso ele tentasse fugir. Embora a área de efeito não tenha alcançado minha posição, eu imediatamente me senti excitada com a mera lembrança de como ele me destruiu com isso na noite passada.

Uma série de pensamentos altamente inapropriados começou a correr pela minha mente. Eu os reprimi, me castigando mentalmente por ser tão tarada. O Onei tentando fugir quando finalmente percebeu a abordagem insanamente silenciosa de Amreth me trouxe de volta ao foco. A coisa miserável era rápida. Eu pulei para frente para pegá-lo, mas ele escorregou por entre meus dedos e continuou correndo apenas para tropeçar de repente, parecendo grogue.

Eu olhei para Amreth com uma pitada de indignação e suspeita. Ele claramente diminuiu sua aura calmante, permitindo que a criatura escapasse de mim e só a desacelerou depois que eu a perdi. O olhar excessivamente inocente em seu rosto pareceu confirmar isso. Mas antes que eu pudesse falar uma palavra, ele gesticulou de uma forma que dizia para me apressar antes que o Onei fugisse.

Eu corri até o pequeno bonitinho apenas para vê-lo sair correndo novamente segundos antes de eu pegá-lo.

— Seu filho da mãe! — eu exclamei, olhando feio para Amreth — Pare com isso!

Mais uma vez, ele assumiu uma expressão excessivamente dramática, mas dessa vez exibindo o ar de culpa mais desonesto que eu já tinha visto.

— Desculpe, minha companheira! Eu fiquei tão distraído com sua beleza que esqueci o que estava fazendo. Aqui, deixe-me pegá-lo para você — ele disse.

— Faça isso — eu respondi, franzindo o rosto para ele.

Eu não conseguia decidir se queria chutar a bunda dele ou beijá-lo. Na verdade, eu queria fazer as duas coisas. Olhando para ele com desconfiança, eu o observei se pavonear, sua cauda balançando lentamente de um lado para o outro no que eu percebi como provocação e zombaria. O Onei ainda estava dando um passo ocasional para frente, mas parecia incerto sobre o que queria fazer.

Amreth o pegou sem esforço, sem o menor sinal de resistência. Eu rapidamente abri minha maleta médica e peguei o estilete que também servia como seringa para coletar amostras de sangue. Eu estava prestes a pegar um pano esterilizado para limpar a área onde faria a punção quando meu companheiro me parou.

— Deixe-me pegar isso para você — Amreth ofereceu.

— Está tudo bem. Eu cuido disso — eu respondi com um sorriso grato que congelou segundos depois.

— Eu insisto! — Amreth disse, antes de colocar o Onei de volta no chão para que ele pudesse pegar o recipiente redondo.

— Que porra é essa?! — eu gritei enquanto a pequena criatura decolava e desaparecia no mato.

— Oops? — Amreth disse.

Eu não sabia que expressão estava estampada em meu rosto, mas Amreth não ficou para pedir explicações e apenas bateu as asas, voando para trás para uma distância segura de mim. Ele caiu na gargalhada enquanto uma série de palavrões saía da minha boca. Mas mesmo quando eu estava ansiosa para jogar uma pedra grande para que ela o acertasse bem naquele punhado de escamas entre seus chifres principais, eu também tive vontade de rir.

Eu fiquei extremamente irritada por ter um trabalho sério atrasado. E, ao mesmo tempo, eu adorei ver esse lado infantil e brincalhão dele. Quando ele desapareceu na floresta por alguns segundos antes de retornar com o Onei confortavelmente aconchegado em seus braços, eu o observei diminuir a distância entre nós com sentimentos mistos. Embora eu pudesse ver o humor em sua provocação – e até mesmo gostasse, apesar da minha explosão – eu também me perguntei se ele era do tipo que não sabia quando parar enquanto estava na frente.

Como se tivesse lido os pensamentos que passavam pela minha mente, ele parou na minha frente e me encarou.

— Prometo me comportar dessa vez — ele disse com uma expressão séria, embora eu não tenha perdido o toque de diversão em sua voz.

— Ótimo — eu disse, meio séria e meio brincalhona — Isso deve ser angustiante para o Onei.

Desta vez, toda a provocação desapareceu de seu rosto enquanto ele balançava a cabeça.

— Ele não está angustiado. Ele percebeu rapidamente que nós não o machucaríamos. Eu posso ser um pirralho às vezes, mas nunca maltrataria um animal, muito menos para entretenimento.

Enquanto ele falava essas palavras, ele gentilmente coçou a criatura atrás da longa escama em forma de folha que parecia cobrir sua orelha direita. Meu coração derreteu instantaneamente quando o Onei esticou seu pescoço e inclinou sua cabeça para a esquerda para lhe dar melhor acesso.

— Uau, ele parece gostar de você — eu disse suavemente.

— Quem não gosta? — ele perguntou presunçosamente.

Eu bufei e dei um tapinha brincalhão nele — Fique parado, Sr. Adorável, para que eu possa tirar algumas amostras — eu respondi em um tom falsamente severo.

A criatura permaneceu felizmente imóvel nos braços do meu companheiro. Aquela calma não era totalmente natural, pois eu podia sentir o *bakaan* de Amreth, mas era muito fraco. Eu suspeitei que agora era mais para manter o animal estoico enquanto eu tirava o sangue e menos para evitar que ele fugisse.

— Eu amo animais de estimação — eu refleti em voz alta — Quando eu era criança, nós tínhamos um cachorro, um gato e um aquário cheio de tartarugas. Eu não me importava muito com elas. Elas eram os animais de estimação do meu pai. Mas eu amava os outros dois. Como médica viajante, parecia cruel adotar animais de estimação se eu não pudesse dar a eles a estabilidade adequada de que precisavam. E eu não queria abandoná-los por semanas a fio. Me estabelecer com você em Molvi resolveria isso.

— Então nós teremos um ou dois animais de estimação... ou cinco — Amreth disse com um sorriso.

Eu ri e lancei-lhe um olhar curioso antes de olhar novamente para os frascos de sangue, que eu comecei a etiquetar.

— Você tem algum animal de estimação? — eu perguntei enquanto colocava o primeiro frasco etiquetado no compartimento de resfriamento do recipiente.

Eu levantei uma sobrancelha ao ver o sorriso quase maligno que se abriu em seus lábios, permitindo que as pontas de suas presas aparecessem entre eles.

— Sim, mas eles são do tipo assustador que ninguém em sã consciência sequer consideraria acariciar — ele disse com autodepreciação.

— Tipo o quê? Você tem um tanque de piranhas?

Ele riu e balançou a cabeça — Meus bichinhos têm alguns metros de comprimento, com cinco cabeças cheias de dentes de adaga, e o tipo de veneno que mata até a pessoa mais resiliente em poucos minutos. Eles também podem voar e te esfaquear com o dardo afiado na ponta da cauda.

— Que charmoso — eu disse com um estremecimento que só o fez rir ainda mais.

— Faernychs não são amigáveis. Eles são criados especificamente para proteger as florestas ao redor de nossos Quadrantes. Eles se vinculam ao seu Diretor, o que geralmente os impede de nos atacar pessoalmente. Mas você nunca deve tomar isso como garantido. No entanto, o treinamento deles definitivamente os impedirá de borrifar seu ácido em nós.

— Eu não gosto dos seus animais de estimação — eu disse enquanto começava a examinar o Onei, que ainda parecia contente em permanecer nos braços de Amreth.

Não posso culpá-lo.

— Está tudo bem. Eles não são realmente do tipo sociável, então eles não esperam carinhos de você — ele acrescentou provocativamente — De qualquer forma, eles nunca saem da floresta.

Eu inclinei a cabeça para o lado e lancei-lhe um olhar avaliador.

— Então o que o fez querer se tornar um Diretor?

— É frequentemente esperado que o primogênito de um Diretor assuma esse manto quando atingir a idade adulta — ele disse, dando de ombros.

Eu olhei para ele com curiosidade — Então você fez isso por dever?

Ele balançou a cabeça — É esperado, mas não exigido. Afinal, a posição deve ser conquistada. Primeiro, você precisa possuir as características de Guerreiro, que nos permitem invocar nosso Lumiak. Ao contrário da crença popular, nem todo

Obosiano pode invocar relâmpagos. Ou melhor, a maioria só pode invocar o tipo de centelha fraca suficiente para dar prazer a um parceiro durante as preliminares, mas não o suficiente para usar de forma ofensiva ou defensiva.

— O que significa que algumas pessoas que poderiam querer se tornar um Diretor são eliminadas por padrão? — eu perguntei.

Ele assentiu — Isso é essencial para o papel. Mesmo que você pudesse encontrar alternativas para o Lumiak quando se trata de controlar presos malcomportados ou as feras selvagens que vagam pelas florestas ao redor, você ainda precisa disso para a rede elétrica. Nós geramos a energia elétrica que alimenta cada Quadrante de nossos Setores. Construir uma usina elétrica ou qualquer outra fonte de energia não seria apenas custoso, mas também ineficiente.

Eu parei de passar o scanner para encará-lo com admiração — Então você é literalmente uma bateria ambulante? Essa coisa de expelir esse excesso de energia esta manhã não foi apenas um exagero dramático. Você falou sério?!

Ele riu e assentiu — Se seu laboratório implantável ficar com pouca energia devido a um longo período sem sol suficiente para recarregar as baterias, eu poderia maximizá-las para você em menos de dez minutos.

Eu assobiei entre os dentes enquanto completava a varredura — Posso pensar em algumas pessoas que adorariam tê-lo por perto. Contas de luz podem ser insanas em alguns planetas.

— Aposto que sim. Elas também seriam em Molvi, se não fosse por isso. Verdade seja dita, eu não tinha certeza se queria ser um Diretor inicialmente.

— Oh? O que mudou?

— Eu não diria que algo mudou, mas mais que as coisas se esclareceram para mim conforme fui ficando mais velho. Eu sempre vacilei entre me tornar um Diretor ou um Juiz. Você sabe como os humanos incentivam seus descendentes a serem advogados, médicos ou engenheiros?

— Sim, com certeza.

— Para nós, é um juiz, um agente da lei ou assumir qualquer que seja o negócio da família.

— Não um Diretor? — eu perguntei, surpresa antes de indicar para ele soltar o Onei.

A adorável criatura, não maior que um gato doméstico comum, olhou para Amreth com uma expressão quase ofendida por ter sido descartada. Considerando o quão ansiosa ela estava para fugir, eu esperava que ela não ficasse por perto mais tempo do que o necessário. Mas ela não fugiu. Depois de ficar por perto de nós por mais um momento, ela andou alguns metros de onde estávamos para ir comer mais frutas vermelhas por perto.

— Não há mais Setores para serem designados — Amreth disse enquanto eu me agachava perto dos arbustos para coletar algumas amostras de solo — Então, a menos que sua família tenha um, ou você se case com uma família que tenha, suas chances de se tornar um Diretor são praticamente nulas.

— Oh, meu Deus! Há tantos prisioneiros que o planeta inteiro foi usado como Quadrantes?! — eu perguntei, atordoada.

Ele sorriu e balançou a cabeça — Não. Apenas um terço do planeta é usado atualmente para encarceramentos. Metade ainda é uma área selvagem intocada, e o resto é ocupado pelos setores urbano e residencial. Atualmente, não há necessidade de espaço adicional. Se esse dia chegar, a competição para garantir esses novos lotes será acirrada.

— Estou surpresa que seu povo não os desenvolveu ainda — eu disse pensativamente — Na Terra, qualquer pedaço de propriedade imobiliária disponível para desenvolvimento seria explorado ao máximo. A ganância é uma coisa poderosa.

— Sim — ele admitiu enquanto me entregava outro recipiente para que eu pudesse colocar mais amostras da flora ao redor — Mas esse tipo de coisa tende a levar à corrupção e erros judiciais. Se você tem instalações vazias, você vai querer preenchê-las para evitar um déficit. Por sua vez, isso pode levar as autoridades a prender pessoas sob desculpas frágeis e os juízes a darem sentenças mais longas e duras do que o necessário. Isso também fará com que os Setores existentes não tenham mais presos suficientes para tornar sua operação atual razoavelmente sustentável.

— Isso seria ruim para sua família? — eu perguntei.

Ele balançou a cabeça — Nós somos uma casa nobre. Nossa riqueza remonta a séculos, com alguns negócios muito bem-sucedidos e lucrativos. A matéria-prima de que precisamos para algumas de nossas fábricas é coletada em meu Setor. Mas eu pago meus detentos a preços de mercado por tudo o que eles decidem coletar. Portanto, financeiramente, não faria diferença para nós se comprarmos de nossos prisioneiros ou de alguma outra empresa.

Eu sorri — Você não tem ideia do quanto eu aprecio que vocês compensem os prisioneiros de forma justa em vez de usá-los como mão de obra escrava. Por muito tempo, foi assim que os humanos trataram seus presos em prisões privatizadas.

Ele retribuiu meu sorriso — Os Obosianos não são perfeitos, mas, no que diz respeito ao sistema penal, eu acredito genuinamente que há muitas coisas que nós fazemos direito. Eu tenho primos suficientes – sem mencionar meu próprio irmão – que são da raça Guerreiro e que poderiam ter se tornado Diretores em meu lugar. Como eu nunca me interessei por administração de empresas, assumir uma de nossas fábricas não me agradava.

— Eu acho que você teria sido um Juiz maravilhoso. Por que você escolheu a outra opção?

Ele me lançou um olhar travesso — Eu sou fanático por punição?

Eu bufei e fui até um local diferente de plantas e árvores para coletar mais amostras, enquanto ele segurava o recipiente para mim.

— Eu posso ver isso. Mas falando sério, por quê?

— Porque eu não conseguiria ficar trancado dentro de um

tribunal só para julgar os outros — ele disse, sóbrio — Eu preciso ser ativo. Preciso do ar livre. Para me tornar um Diretor, nós passamos por um treinamento extremamente intenso do qual muitos desistem. Em termos de dificuldade, ele é comparável aos seus Navy Seals. Mas para isso você tem que incluir combate aéreo com e sem armas. Eu fiquei viciado apesar das dificuldades do treinamento.

— E isso certamente valeu a pena — eu disse provocativamente enquanto lançava ao seu corpo um olhar muito significativo e admirado.

Ele riu e curvou a cabeça em agradecimento — No entanto, além disso, eu precisava sentir que estava fazendo a diferença na vida das pessoas. Como Juiz, você as condena e segue em frente. Como Diretor, você pode tentar ajudá-las a voltar ao caminho da redenção. Cada pessoa que você ajuda a melhorar a si mesma, encontrar seu caminho e viver uma vida justa e produtiva é a maior vitória que alguém poderia sonhar.

Meu peito aqueceu por ele pela forma apaixonada como ele falou sobre isso. Isso me deu mais um vislumbre do homem realmente bom enterrado dentro de seu exterior Obosiano severo e intimidador.

— Acontece com frequência, você redimir seus presos? — eu perguntei em voz baixa.

Ele franziu os lábios e seus ombros se curvaram imperceptivelmente — Infelizmente, nem de longe tão frequentemente quanto eu gostaria. Nós temos uma taxa de sucesso respeitavelmente alta com internos do Q1. Mas isso diminui quase exponencialmente quanto mais escuros os Quadrantes. Ainda assim, houve resgates no Q4 no passado. Eu me esforço para continuar a aumentar essa proporção ao longo do tempo. Mas e você? O que a fez querer se tornar uma Médica Interestelar?

Eu sorri e gesticulei com a cabeça para que voltássemos à nave espacial para pegar as amostras que havíamos coletado.

— Assim como você, é uma coisa de família. Meus pais são

cirurgiões plásticos. Eles ficaram extremamente felizes quando eu disse que estava seguindo os passos deles entrando na área médica. Mas eu rapidamente estourei a bolha deles dizendo que não faria cirurgia plástica. Eles ainda estão orgulhosos de mim, mas incomodados com muitas das minhas escolhas — eu disse com uma pitada de autodepreciação.

— Como o quê? — ele perguntou com genuína curiosidade.

— Ao longo dos anos, eu recebi algumas ofertas bem lisonjeiras para assumir posições de prestígio na área médica. Mas essas funções se transformam mais em uma coisa de relações públicas, política e administrativa, onde você apenas realiza conferências, se mistura com a elite arrogante e perde aquela conexão prática com a magia da cura. Assim como você, eu quero fazer uma diferença tangível na vida das pessoas. Essas funções extravagantes ou a clínica ainda mais extravagante dos meus pais não funcionam para mim.

Amreth abriu a porta da nave e gesticulou para que eu entrasse primeiro antes de me seguir.

— A cirurgia plástica não está relacionada apenas a modificações de vaidade — ele rebateu suavemente — Para muitos pacientes, a cirurgia reconstrutiva foi a única coisa que lhes devolveu suas vidas após um acidente ou ferimento grave, sem mencionar aqueles nascidos com defeitos congênitos sérios.

Eu assenti — Isso é absolutamente verdade. Na verdade, eu considerei seriamente no começo. Meus pais até se ofereceram para adicionar isso como um novo serviço na clínica deles. Mas a febre de aventura me contaminou. Eu queria ir e enfrentar o tipo de desafio que eu nunca encontraria no ambiente controlado de uma clínica local. Os mundos e as pessoas que visitei e descobri me mudaram de maneiras que eu nunca conseguiria colocar em palavras. De todas as maneiras que importam, essas experiências me tornaram uma pessoa melhor.

— Eu entendo o que você quer dizer — ele disse pensativamente — Trabalhar de perto com meus detentos também abriu meus olhos e ampliou meus horizontes. A menos que você interaja com eles diretamente e por um longo período de tempo, você esquece que eles são pessoas primeiro, e criminosos depois. Isso me forçou a aprender sobre suas várias culturas e circunstâncias. Por mais rigoroso que eu possa ser em relação à manutenção da lei, ser um Diretor me lembrou que as pessoas não nascem criminosas. A sociedade e as circunstâncias geralmente são as culpadas. Eu amo poder tentar desfazer o dano que os trouxe a esse lugar para começar.

— Assim como eu posso tentar desfazer o mal causado aos meus pacientes, seja intencionalmente ou por acidente – especialmente quando devido ao descuido de algum idiota — eu disse, com uma ponta de raiva se infiltrando na minha voz enquanto pensava nas circunstâncias que levaram à tragédia que assolou os Kreelars — Eu só queria poder dizer aos meus pais que está tudo bem e que eu estarei em casa o mais rápido possível.

— Eles já sabem — Amreth disse em um tom hesitante.

Chocada, eu quase deixei cair o recipiente que estava prestes a colocar no balcão do porão da nave, que havíamos transformado em um laboratório improvisado.

— O QUÊ?!

Ele deu um suspiro e pareceu escolher as palavras cuidadosamente antes de responder — Lembra como eu mencionei que Maeve me ajudou a rastreá-la até aqui?

— Sim — eu disse, a irritação na minha voz indicando claramente que eu não via o que isso tinha a ver com a pergunta que eu tinha acabado de fazer.

— Ela pediu para que eu enviasse uma mensagem assim que tivesse confirmação visual de sua presença — ele explicou — Inicialmente, isso teria sido suficiente para os Pacificadores – e talvez até mesmo os Executores – virem atacando se você estivesse em algum tipo de perigo ou demonstrando angústia. Então, antes de ser capturado, eu enviei a Maeve a gravação de vocês três saindo do laboratório enquanto eu ainda estava explorando.

— Certo — eu disse, a tensão sangrando para fora das minhas costas — Isso faz sentido. Mas não confirma que ela recebeu ou que ela passou para meus pais. Afinal, você mesmo disse que estamos na Zona Morta, e as comunicações com o resto da galáxia são uma aposta na melhor das hipóteses antes que o sinal viaje longe o suficiente para ser captado por um dos retransmissores.

— Isso seria verdade se não fosse pelo fato de eu ter encontrado a resposta de Maeve quando retornei à nave esta manhã — ele rebateu.

— O quê?! Por que você não me disse isso antes? O que ela disse? — eu perguntei, me sentindo um tanto ofendida.

— Ela disse que eles receberam minhas duas mensagens.

— Duas mensagens?! — eu exclamei antes que ele pudesse continuar, interrompendo-o.

Ele assentiu — A primeira mensagem foi a que eu te contei. Mas naquela primeira noite, quando Aku me deixou ir buscar meus pertences pessoais, eu enviei uma segunda mensagem informando que estávamos bem, seguros e que ficaríamos voluntariamente para ajudar a curar seu povo. Sem isso, eles teriam enviado alguém para investigar, e as coisas poderiam ter ficado feias. Se não fossem os próprios Executores, eu posso garantir que minha família teria vindo me procurar.

— Justo — eu disse, ainda surpresa com a coisa toda.

— Quando eu fui buscar a nave esta manhã, encontrei outra mensagem na qual Maeve confirmou que todas as suas três famílias e os Executores foram informados da situação — Amreth continuou — Eles não vão interferir, mas permanecerão em espera. Na verdade, acredito que eles estão em órbita ou não muito longe daqui.

Eu franzi a testa — Por quê? O que o faz dizer isso?

— As respostas dela são muito rápidas — ele respondeu com naturalidade — Sem um retransmissor por perto, deveria levar em média alguns dias até que o sinal seja captado.

— Mas por que você não me contou nada disso antes? O que está acontecendo? Eu não sou fã de segredos, especialmente nas circunstâncias atuais — eu disse, olhando para ele com desconforto.

Eu odiava os flashbacks poderosos que eu estava tendo do meu ex-noivo babaca. Ele mantinha tantas coisas em segredo para poder tirar vantagem de mim que agora eu tinha problemas de confiança.

Amreth passou a mão nervosamente pelos longos cabelos brancos prateados, franzindo a testa coberta de escamas escuras.

— Eu estou preso em uma posição estranha — ele disse, parecendo frustrado — Acredito que eles querem que eu seja muito discreto.

— Discreto? — eu ecoei, perplexa — Sobre o quê?

— É difícil explicar. São apenas vários sinais sutis entrelaçados na conversa e nas mensagens. Eu tive a nítida impressão desde o início de que estava sendo recrutado como um agente livre para esta missão específica, para que eles pudessem manter uma negação plausível se algo desse errado. E acredito que há algo muito maior acontecendo para o qual eles precisam ter certeza de que ninguém saiba que estamos aqui.

— Você acha que está acontecendo alguma coisa suja? — eu perguntei com um pouco de preocupação.

Amreth assentiu com uma expressão sombria — Eu acredito que sim. Posso estar pensando demais, mas havia uma única palavra fora do lugar no final da mensagem dela. Ela simplesmente dizia "Kalmia" como se alguém escrevesse seu nome como assinatura.

Eu recuei — Kalmia? Como naquele enorme caso de corrupção que resultou em baixas enormes?!

Ele assentiu novamente — Eu não tenho certeza. Mas, assim como você, essa foi a primeira coisa que me veio à mente.

Eu balancei a cabeça em desacordo — Isso não faz sentido. As frutas que estão matando os Kreelars atualmente cresceram organicamente na última década. As análises dos computadores sobre o padrão de propagação confirmam isso. Nenhum assassino veio aqui e plantou essas frutas. Animais fizeram com que elas fossem encontradas em todos esses lugares diferentes — eu argumentei.

— Eu não acredito que isso tenha algo a ver com as frutas — Amreth disse pensativamente — Eu concordo com seu raciocínio sobre o fato de que as frutas se espalham naturalmente. Mas, para mim, Kalmia não se refere à situação atual em que uma espécie inteira está lentamente caminhando para a extinção ao longo de várias décadas. Em vez disso, isso implica que alguém está enviando um bando de assassinos para exterminar rapidamente toda a população Kreelar.

— Mas por quê?! — eu exclamei, recusando a acreditar que alguém faria algo tão insano, flagrante e imoral.

— Para que essa história nunca seja exposta — Amreth respondeu com uma convicção que me deu um arrepio na espinha — Aku mencionou que havia indivíduos poderosos que causariam um resultado terrível para seu povo se eles tornassem isso público desde o começo, em vez de sequestrá-la.

Eu assenti — Certo, ele disse isso para mim também quando eu o desafiei sobre isso. Mas quem poderia ser?

— Como parte da mensagem que eu enviei a Maeve, eu pedi que ela se aprofundasse mais na história e nas identidades da equipe de Elias naquela época. Haveria um registro de todos os membros de sua equipe. Talvez, olhando para cada um de seus históricos, possamos encontrar uma conexão.

— Se eles realmente estão pensando em enviar assassinos, nós temos que avisar os outros — eu disse, com a voz tensa.

Para minha surpresa, ele balançou a cabeça veementemente.

— Os outros não — ele disse energicamente — Eu concordo que devemos informar Aku. No entanto, isso atualmente é pura especulação da minha parte. E se eu estiver errado? Não há necessidade de fazer as pessoas entrarem em pânico até que tenhamos razões mais sólidas para acreditar que isso é uma ameaça real. Francamente, eu hesitei em contar a você.

— Por quê? — eu perguntei, a mágoa que eu sentia era audível na minha voz — Sei que acabamos de nos conhecer, mas eu confiaria em você com absolutamente qualquer coisa.

— Não é que eu não confie em você, minha Ciara. Eu só não quero te assustar com um monte de especulações infundadas — Amreth disse com uma sinceridade que aliviou um pouco da sensação irracional de rejeição que eu sentia — Você já tem tanta coisa sobre suas costas que parece irresponsável adicionar ainda mais.

— Eu aprecio que você esteja tentando me proteger — eu disse suavemente — Mas a honestidade é muito importante para mim. Eu prefiro ter uma verdade feia que eu possa descobrir como enfrentar do que viver em ignorância feliz até que a realidade finalmente me dê um tapa na cara. Eu não posso me preparar para um golpe que eu nem sabia que estava vindo em minha direção.

— Peço desculpas, minha companheira — ele disse com uma expressão culpada — Eu prometo ser mais transparente no futuro. Só mexe com a minha cabeça Aku ter dito que eu punirei os responsáveis. Eu gostaria que ele me dissesse mais do que apenas essas frases enigmáticas que provocam mais perguntas do que respostas.

— Ele não pode — eu disse em um tom simpático — Essa coisa de Vidente e Oráculo é bem confusa. Todos os jogos envolvendo o Destino são complicados. Se um deles disser que não pode entrar em maiores detalhes, você só precisa engolir e aceitar.

Ele franziu a testa e estudou meu rosto com indisfarçável curiosidade — Como você sabe disso?

— A Terra faz parte da Aliança Galáctica, lembra? Nós ouvimos muito sobre Oráculos e Videntes. Se eles lhe contarem muito sobre o que vislumbraram do seu futuro, isso pode influenciar suas escolhas da maneira errada. Todos eles fazem um juramento de sangue para sempre falar a verdade, mas também nunca tentar ditar o caminho que alguém deve seguir, especialmente quando se trata de Oráculos, pois elas veem possibilidades, não certezas imutáveis como os Videntes. O livre-arbítrio é essencial.

— Mas permaneceria sendo meu livre arbítrio se me dissessem claramente o que aconteceria? — Amreth argumentou — Se você me disser que uma pessoa vai se afogar em um momento e lugar específicos, eu posso escolher ignorar, ir lá para tentar resgatá-la, enviar alguém lá em meu lugar ou tentar avisar essa pessoa para não chegar perto da água naquele momento crucial.

— Certo, mas essa premissa inicial seria o tipo de coisa que o Vidente ou Oráculo diria a você — eu rebati — As opções que você listou são os tipos de caminhos que uma Oráculo vê. O que ela não dirá é que se você for você mesmo, você realmente salvará aquela pessoa, mas se afogará no processo. Ela não mencionará que se você ignorar, uma pessoa diferente tentará resgatar a vítima e causará um desastre massivo que tirará mais cem vidas. Ela também não dirá que enviar outra pessoa para lá permitirá que ela descubra que era uma alma gêmea, ou que avisar aquela pessoa para não entrar na água naquele momento preciso permitiria que ela fosse para um lugar diferente onde entraria em um acordo comercial que traria prosperidade para um povo inteiro que está lutando severamente.

— Mas por que eles não mencionariam esses dois caminhos com resultados positivos? Então eu poderia escolher qual deles eu acreditava ser mais benéfico. Eu ainda exerceria meu livre arbítrio — Amreth argumentou.

Eu sorri — Na verdade, não. Porque nesse ponto, você está apenas escolhendo entre as duas opções moralmente mais adequadas. Mas cada caminho tem seu próprio conjunto de efeitos dominó. Seu afogamento enquanto tentava resgatá-la colocará em movimento a criação de uma série de novas leis e medidas de segurança em torno daquela área que salvarão inúmeras vidas no futuro. Então seu sacrifício valeu a pena. Quanto mais você mexe com qualquer fio do Destino, mais vidas acabam sendo afetadas, seja positiva ou negativamente.

— É por isso que os amigos dos Kreelars se recusaram a se envolver mais. Os caminhos potenciais que eles viram tinham muitos efeitos colaterais negativos — ele respondeu pensativamente.

Eu assenti — Acredite em mim, eu odeio ser obrigada a apenas esperar para ver. Mas eu entendo. Mas aquece meu coração saber que de alguma forma você levará os filhos da puta que causaram toda essa dor à justiça.

—Isso eu prometo — ele disse com uma ferocidade que era sexy pra caramba.

Eu sorri, fechei a distância entre nós e deslizei meus braços em volta da cintura dele. Ele retribuiu meu abraço, sua cauda se enrolando em mim enquanto uma emoção terna se instalava em suas belas feições.

— Obrigada por compartilhar tudo isso comigo — eu disse com sincera gratidão — Eu estou tão feliz que você está aqui. Você me faz sentir segura e apoiada, como se tudo fosse possível, e que não importa qual obstáculo seja lançado em nosso caminho, nós prevaleceremos. Obrigada por vir me resgatar.

—Sempre, minha Ciara. Sempre — Amreth disse em um tom solene.

Eu sorri e levantei meu rosto para receber seu beijo. Sim, essa era minha alma gêmea.

CAPÍTULO 14

AMRETH

Nos três dias seguintes, minha companheira e eu estabelecemos uma rotina confortável. Eu adorava acompanhá-la no que comecei a rotular como nossas viagens de campo. Eu a ajudava de todas as maneiras possíveis, embora eu desejasse poder fazer mais. Sua inteligência, habilidades e ética de trabalho nunca deixavam de me surpreender. Eu não entendia metade das coisas que ela estava fazendo, mas fiquei feliz em poder acelerar o processo capturando os animais que ela precisava testar, coletando algumas das amostras necessárias e simplesmente voando com ela para onde ela quisesse.

Acima de tudo, eu simplesmente amava estar com ela.

Eu estava me apaixonando pela minha mulher. Era bobo como minha mente constantemente procurava maneiras de fazê-la sorrir. Estranhamente, eu tinha essa vontade irracional de irritá-la de vez em quando. Não tanto que ela realmente ficasse brava comigo, mas apenas o suficiente para ela ter aquele olhar nos olhos que gritava que ela queria chutar minha bunda. Algo sobre isso era sexy pra caralho.

Hoje, nós concluímos nossos testes finais na região e nos preparamos para nosso retorno a Bryst. Ciara fez uma última rodada de checagem dos pacientes da vila antes de nos despedirmos de Vala.

— Obrigada por tudo o que vocês fizeram pela minha tribo — Vala disse, sua voz profunda com gratidão — Eu quero agradecer especialmente pelo que você fez pela família de Muti. Duvido que ele algum dia se recuperaria da perda de sua companheira. Ele a ama desde a infância. Todos nós tínhamos feito as pazes com o fato de que ela morreria.

Uma emoção poderosa passou pelo rosto da minha mulher enquanto ela sorria para a líder da aldeia. Orgulho cresceu dentro de mim enquanto eu olhava para Ciara.

— Ela ainda está lutando e ainda não está completamente fora de perigo — Ciara avisou gentilmente — Mas as coisas estão parecendo boas agora. Embora eu não faça nenhuma promessa, contanto que os curandeiros continuem administrando os tratamentos, eu tenho grandes esperanças de que ela e os outros vão sobreviver.

— Não tenha medo, Ciara. Suas instruções serão obedientemente seguidas. Até você chegar, nós não tínhamos nada além de escuridão no horizonte. Agora, o sol nasce novamente. É com tristeza que a vemos partir. Saiba apenas que você sempre terá um lar com a tribo de Jaln — Vala disse.

Minha companheira piscou várias vezes para conter as lágrimas que escorriam de seus olhos.

— Obrigada — ela respondeu com uma voz um pouco trêmula — Mas você não vai se livrar de mim tão facilmente ainda. Nós voltaremos para verificar os pacientes e ver como todos os outros estão se saindo dentro de uma semana. Enquanto isso, não hesite em nos ligar pelo rádio se algo parecer estranho. Nada é muito insignificante. Nós não podemos correr riscos.

— Você tem minha palavra. Boa viagem, irmã.

Aquela última palavra destruiu minha companheira. Para meu choque, ambas as mulheres trocaram um abraço. Depois que elas se soltaram, Vala também me deu um caloroso adeus, mas um vínculo inegável havia se formado entre ela e minha Ciara. A vila como um todo cantou para nós enquanto subíamos de volta para dentro da nave espacial. Eu nunca tinha sentido algo assim antes.

— Agora entendo o que você quer dizer com querer fazer a diferença na vida das pessoas — eu disse suavemente enquanto pilotava a nave de volta para Bryst.

Ela sorriu, seu rosto ainda exibindo as fortes emoções que essa despedida despertou dentro dela.

— Eles nem sempre são tão expressivos — ela respondeu com um olhar melancólico — Alguma forma de aplausos, vivas ou oferecimento de presentes são um tanto comuns, dependendo da situação. Cantar é muito mais raro. Por outro lado, meu papel raramente dura até que a doença seja uma coisa do passado. Normalmente, eu só fico por perto o tempo suficiente para encontrar a cura ou o tratamento. Depois, eu vou para uma missão diferente, e enfermeiros de campo ou médicos generalistas ficam para trás para fazer o tratamento. Então, eles geralmente são os que são celebrados.

Eu franzi a testa — Isso parece um pouco injusto.

Ela bufou e balançou a cabeça — Encontrar a cura é apenas a ponta do iceberg. Aqueles que lidam com os dias, semanas e meses seguintes tratando os pacientes têm o trabalho mais difícil. Não é fácil testemunhar tanto sofrimento enquanto você tenta dar aos doentes e seus entes queridos esperança e força para continuar lutando. É de partir o coração toda vez que você tem que desligar o plugue daqueles que não sobreviveram. E você continua se perguntando se havia algo que você poderia ter feito melhor, mais cedo ou de forma diferente que os teria salvado.

Eu franzi os lábios e assenti lentamente, sem ter olhado para isso desse ângulo — Entendo o que você quer dizer.

— Todos em cada etapa do processo são importantes e essenciais. Então, não, eu não invejo os enfermeiros e médicos que recebem a maioria dos elogios no final. Eles merecem cada pedacinho disso. Saber que meu trabalho contribuiu para esse sucesso é a maior recompensa que eu poderia esperar. Eu ajudei a salvar essas vidas.

— Você fez isso, minha companheira — eu disse com orgulho.

Nós aterrissamos em Bryst pouco tempo depois. Mais uma vez, nós fomos recebidos calorosamente, quase como heróis. Era bobo, mas me ocorreu que nossas ações em Jaln refletiam positivamente sobre eles, como se fôssemos um membro de sua tribo ajudando um de seus vizinhos. Afinal, Aku garantiu por nós e nossas intenções.

— Mais pessoas partirão em peregrinação na próxima semana — Aku disse enquanto terminávamos de levar para o laboratório implantável as últimas amostras que Ciara e eu havíamos coletado mais cedo durante o dia — Nós partiremos de manhã para limpar os caminhos principais para o templo. Um número crescente de criaturas raivosas foram vistas vagando mais perto de nossa vila e campos de caça.

— Eu ficaria feliz em ajudá-lo — eu imediatamente ofereci enquanto colocava o contêiner no balcão — Meus drones podem ajudar a localizar todas elas, e será muito mais rápido chegar até elas e descartar os corpos com meu transporte.

— Obrigado. Estamos gratos pela oferta — Aku disse calorosamente.

Ele não precisou especificar que esperava que eu fizesse isso. Fazia sentido. Sozinhos, eles levariam semanas para explorar suas extensas florestas, com muitas feras provavelmente escapando de suas redes enquanto continuavam a vagar por aí.

— Na verdade, enquanto vocês estiverem nisso, vocês deveriam marcar os locais dos arbustos de frutas e até mesmo começar a arrancá-los — Ernst interveio enquanto abria uma das caixas que trouxemos — Eu entendo que a tribo Jaln já começou a exterminar os morangos em sua área.

— Nós estávamos planejando fazer isso depois do abate — Aku disse.

Ciara balançou a cabeça — Acho que vocês deveriam se livrar das frutas primeiro ou ao mesmo tempo. O tipo que vocês têm crescendo aqui é o que chamamos de morangos neutros, o que significa que eles dão frutos continuamente da primavera ao outono. Eu esperava que vocês tivessem aqueles que dão frutos apenas uma ou duas vezes por estação.

— Claro que não. Isso teria sido fácil demais — Aku disse, sua voz carregada de sarcasmo.

— Abater todas as feras raivosas só deixará mais um bando vagando por aí enquanto as frutas ainda estiverem sendo comidas. Então, até que seu povo tenha decidido o que vocês querem fazer com essas frutas e qual será o melhor método de contenção daqui para frente, sugiro que vocês as desenterrem completamente e podemos ajudá-los a ajustar o pH do solo para dificultar que elas cresçam novamente. O que descobrimos até agora não é uma solução permanente, mas reduzirá drasticamente a probabilidade de mais criaturas ficarem raivosas e, por extensão, deixarem seu povo doente.

— Nós podemos cuidar de ambos durante o abate amanhã. Os drones podem rastrear os animais e as partes enterradas ao mesmo tempo. Se vocês as desenterrarem enquanto formos, podemos queimá-las no incinerador da nave — eu sugeri.

— Excelente ideia — Aku disse com aprovação — Eu vou reunir mais algumas pessoas para cuidar das frutas enquanto caçamos.

Naquela noite, estar de volta naquela primeira casa parecia estranho. Era quase como estar de volta em casa. Naturalmente, eu evitei o quarto de hóspedes para dividir o quarto de Ciara, que também tinha uma cama maior, mais adequada para minha estrutura alta – não que dormíssemos tanto assim.

Ainda me envergonhava como eu repetidamente me empanturrava de suas emoções. Eu não conseguia me conter. Ao longo dos poucos dias que eu passei na Vila Jaln, a tribo começou a fazer piadas sobre meu estranho hábito de lançar uma quantidade insana de raios à distância todas as manhãs. No início, eles temeram que algo ou alguém tivesse me enfurecido, me levando a desabafar minha fúria dessa forma. Então, sua cautela rapidamente deu lugar à diversão. Quando eu perguntei à minha companheira se ela havia delatado a causa do meu comportamento, ela jurou sua inocência. A julgar por sua aura, ela estava falando a verdade.

Então como eles adivinharam? Supondo que eles adivinharam...

O pensamento de que eles descobriram por causa do quão alto nós fomos foi mortificante. Ainda assim, continuava sendo um exagero para eles fazerem a conexão. Portanto, eu me convenci de que eles não tinham ideia, mas estavam apenas entretidos por um comportamento que consideravam peculiar.

Naquela manhã, Aku e dezesseis Kreelars se juntaram a mim a bordo da nave. O retorno seria um pouco apertado se planejássemos voar de volta com as carcaças das criaturas. No final, nós concordamos em queimá-las no local para evitar trazer de volta desnecessariamente qualquer coisa que pudesse ser prejudicial às pessoas.

Eu soltei cinco drones, enviando-os à frente para explorar as áreas vizinhas do caminho que os peregrinos usariam. Em pouco tempo, nós encontramos o primeiro casal de feras selvagens que eles chamavam de Murthis. De todas as criaturas infectadas, elas representavam a maior ameaça. Com pelo menos três metros de comprimento e dois metros de altura, as feras possuíam os ombros largos e o corpo elegante de um predador. Ciara afirmou que eles pareciam como se um leão gigante tivesse um bebê com um dinossauro. Eu tive que pesquisar o último para descobrir o que ela queria dizer.

Ele tinha uma pelagem curta esverdeada na barriga e escamas verdes ao longo do pescoço grosso, peito e costas. Escamas ainda maiores cobriam suas pernas e patas felinas, assim como sua cauda reptiliana, que ostentava uma série de pontas ósseas afiadas ao longo de seu lado superior. A cabeça era inegavelmente reptiliana, de formato triangular, com uma boca larga cheia de dentes de adaga e uma língua longa e bifurcada. Um enorme conjunto de chifres, também cobertos de pontas na borda superior, brotava da testa e se curvava em cada lado de seu rosto. Apesar de seu tamanho e peso enormes, os Murthis podiam se mover a velocidades insanas. Sua mandíbula era forte o suficiente para cortar carne e osso com uma única mordida poderosa. Felizmente, eles geralmente viajavam em pequenos grupos de cerca de quinze. A maioria dos machos só permanecia com as fêmeas e os filhotes que geravam até que os filhotes tivessem idade suficiente para começar a caçar ao lado de suas mães, o que normalmente levava cerca de seis meses. Os machos então partiam novamente por conta própria, embora permanecessem dentro do território que compartilhavam com até dez outros machos.

Como eu esperava que não tivéssemos que abater mães e seus filhotes, os drones captaram um bando suspeitamente grande, pelo menos duas a quase três vezes o número normal de animais. Um rápido sobrevoo com o drone indicou que eram todas fêmeas com seus filhotes. Elas pareciam nervosas, as mães formando um círculo ao redor de seus filhotes.

— As fêmeas estão unindo forças para proteger seus filhotes dos machos enfurecidos — Aku disse — Por favor, me diga que nenhuma delas está infectada.

—Os scanners não mostram nenhuma infecção entre essas fêmeas ou seus filhotes — eu disse com alívio.

— Perfeito. Vamos cuidar dos machos doentes então — Aku disse.

Eu pousei a nave em uma pequena clareira, a meio quilômetro da besta raivosa mais próxima. Assim como na primeira vez em que me capturaram, os Kreelars não estavam armados até os dentes. Era como se eles estivessem simplesmente saindo para um passeio de lazer na floresta. Todos eles usavam aquelas calças bufantes com uma tanga decorativa por cima. Descalços e com o peito nu, eles tinham um cinto de armas e braçadeiras, com as ocasionais tiras no peito.

Enquanto meu cinto de armas incluía uma lâmina – não exatamente uma espada completa, mas mais longa que uma adaga – e uma pistola, os Kreelars tinham apenas uma zarabatana pouco mais grossa que um canudo, uma adaga e uma pequena bolsa contendo os dardos que eles atirariam em seus alvos.

— O quê? — Aku perguntou quando me viu olhando para eles enquanto saíamos da nave.

— Eu só estava pensando que suas armas são mínimas para enfrentar feras tão imponentes — eu disse cuidadosamente.

Ao mesmo tempo, os Kreelars bufaram, olhando para mim como se eu tivesse dito algo ridículo.

— Observe e aprenda, forasteiro — disse uma mulher provocativamente.

Com a mesma velocidade alucinante que eles demonstraram quando vieram atrás de mim, os Kreelars saíram correndo na direção que meu scanner indicou que dois machos raivosos estavam localizados. Eles se dividiram em dois grupos, um subindo nas árvores à esquerda e o outro nas árvores à direita. Aku continuou correndo no chão bem à frente. Eu ativei meu escudo furtivo e voei, seguindo o líder.

Observar seus companheiros de tribo balançando de árvore em árvore me deixou sem fôlego. Agora que eu não estava mais tentando fugir deles, eu podia admirar a proeza física que isso envolvia. Eles saltavam facilmente de seis a oito metros para a próxima árvore, pegando um galho com uma mão e usando seu impulso para se seguir em direção à árvore seguinte. Isso me lembrou do movimento hipnótico de um pêndulo, seus corpos balançando de um lado para o outro enquanto eles se seguravam com a mão esquerda, saltavam para a próxima árvore, pegavam um galho com a mão direita e saltavam novamente em um loop infinito.

O movimento de todos aqueles Kreelars viajando em velocidades comparáveis e em sincronia quase perfeita fez a coisa toda parecer algum tipo de coreografia letal. Agindo como isca, Aku avançou no chão em direção ao alvo. Assim que a besta o notou, ela atacou com um rugido de gelar o sangue. Eu lutei contra o desejo instintivo de descer e arrastar o líder Kreelar para longe do perigo.

A confiança ousada com que ele continuou a correr em direção a uma fera selvagem com pelo menos quatro vezes seu tamanho deixou minha mente perplexa. Vê-lo simplesmente sacar sua zarabatana parecia ainda mais imprudente. Mas sua aura não indicava medo, apenas foco e determinação. De repente, ele desviou em direção a uma árvore enquanto a fera se aproximava dele. No último minuto, Aku saltou a uma altura impossível sobre o Murthis. Ele se ergueu nas patas traseiras para tentar eviscerar o Kreelar com suas garras cruéis, mas errou completamente. Antes que pudesse voltar a ficar de quatro, pelo menos três ou quatro dardos encontraram seus alvos em sua barriga, disparados pelos companheiros de tribo que enxameavam as árvores.

Mas meus olhos estavam fixos em Aku. Com graça e destreza fenomenais, ele chutou o tronco de uma árvore próxima, pegou um galho com sua cauda, usando-a para balançar-se de volta para a criatura, e disparou um dardo de zarabatana na parte de trás de sua cabeça. Ele afrouxou sua cauda, usando o impulso para pousar a uma curta distância da criatura. Meu queixo caiu quando o Murthis cambaleou sob o efeito de qualquer droga que cobrisse os dardos. Ele desmoronou no momento em que Aku estava correndo até ele.

Agarrando a criatura que se debatia pelos enormes chifres emoldurando sua cabeça, Aku quebrou seu pescoço com um movimento poderoso. E assim, estava feito. O respeito que eu sentia por seu povo cresceu mil vezes. A admiração por suas habilidades era apenas uma pequena parte disso. Foi a maneira misericordiosa e eficiente com que eles despacharam o animal que realmente me impressionou. Eu também adorei que, como seu líder, ele não se sentou em casa em segurança e os deixou fazer o trabalho sujo. Ele desceu para as trincheiras e assumiu o papel mais perigoso.

Apesar do meu escudo furtivo, Aku levantou a cabeça para olhar a posição exata em que eu estava pairando, com uma expressão presunçosa no rosto. Ainda mexia com a minha cabeça que eles pudessem me ver tão claramente. Eu odiava o quão vulnerável isso me fazia sentir, o que era irônico considerando que meu povo utilizava esse mesmo poder para rastrear nossos prisioneiros.

Eu assenti em concessão antes de procurar a mulher que me provocou sobre observar e aprender. Ela estava agachada em um galho grosso a alguns metros à minha direita. Ela piscou para mim com um sorriso brincalhão que me fez bufar.

Aku emitiu um único som agudo que fez todos se moverem como um na direção da próxima fera, exceto dois dos Kreelars que se aproximavam de sua presa. Ambos levaram alguns momentos para borrifar algo sobre a carcaça. Eu presumi que isso repeliria qualquer comedor de carniça que quisesse dar uma mordida até que eles pudessem voltar e se livrar dela. Eu marquei o local em meu bracelete antes de alcançar o resto da tribo. Eu cheguei bem a tempo de vê-los acabar com o próximo alvo rapidamente.

Mais uma vez, eu percebi que exército mortal eles seriam em batalha. Não era apenas sua velocidade e eficiência, mas também o quão incrivelmente silenciosos eles eram enquanto literalmente voavam através das árvores. Primitivos ou não, a OPU precisava formar uma aliança com os Kreelars e nutrir esse relacionamento para o futuro.

Com o próximo alvo localizado a uma distância considerável, eu pousei perto de Aku, e o resto de seus companheiros de tribo também desceu das árvores.

— Trabalho impressionante — eu disse enquanto desabilitava meu escudo furtivo — Eu estou curioso para saber por que você não usou sua habilidade de perturbação mental em vez de correr direto para uma fera enfurecida.

— Especificamente porque elas estão enfurecidas — Aku disse com um sorriso — A mente de um animal raivoso já está confusa demais para que nossos poderes funcionem. Sua habilidade calmante pode na verdade atrasá-los, pois deixa o alvo um pouco grogue.

— Eu ficaria feliz em fazer isso — eu imediatamente ofereci — Embora vocês não pareçam precisar disso.

Ele sorriu para mim presunçosamente de um jeito que me fez balançar a cabeça. Naquele instante, eu percebi que sentiria falta dele quando deixássemos este planeta. Em circunstâncias diferentes, eu acreditava que ele e eu poderíamos ter nos tornado amigos próximos.

— Vamos remover as frutas desta área antes de passarmos para a próxima fera — Aku disse pensativamente enquanto olhava ao redor.

— Eu vou buscar uma plataforma flutuante para que possamos levar as carcaças de volta ao incinerador da nave, assim como as caixas para colocar os arbustos — eu respondi.

— Obrigado, meu amigo — Aku disse.

Mais uma vez, eu observei com espanto a eficiência com que cada um deles trabalhava, sua força física e resistência facilmente rivalizando com alguns dos Guerreiros mais aptos que eu conhecia. Em mais de uma ocasião, eu me perguntei se eles tinham algum tipo de mente coletiva. Nada específico motivou essa suposição. Era apenas uma combinação de coisas na forma como eles exigiam pouca comunicação enquanto trabalhavam coletivamente em direção a um objetivo comum.

REGINE ABEL

Eles formaram uma fila e avançaram enquanto arrancavam os arbustos de frutas, caules e raízes. Alguns de seus companheiros de tribo os seguiram segurando as caixas nas quais despejaram as plantas enquanto também observavam o chão em busca de sinais de que algo havia sido deixado para trás. Enquanto eles as enchiam, eu peguei algumas das caixas, levei-as de volta para a nave e depois as joguei no incinerador.

Por enquanto, os Kreelars e a equipe da minha companheira concordaram em não mexer com o pH do solo até que entendessem melhor como isso poderia afetar a fauna ao redor. Embora seus testes iniciais indicassem que seria seguro usar alguns sulfatos de alumínio para diminuir o pH e torná-lo menos adequado para morangos que prosperavam em solos mais ácidos, não havia pressa. A limpeza atual nos daria um adiamento longo o suficiente para que testes mais completos pudessem ser realizados primeiro.

Todos voltaram para a nave, e passamos para um setor diferente. Eles despacharam mais quatro Murthis, assim como um punhado de criaturas raivosas menores e menos letais que ainda ameaçavam a fauna local.

Nós nos movemos em um ritmo fenomenal que indicava que poderíamos limpar toda a área até o final do dia seguinte. No início da tarde, nós voamos de volta para a vila para almoçar e para os Kreelars reabastecerem os dardos. Desta vez, em vez de comermos na sala de reuniões ao lado do laboratório implantável no pátio interno, nossos anfitriões nos convidaram para nos juntar a eles em seu salão de reunião.

Era uma prática comum eles comerem juntos, embora nem todos comessem ao mesmo tempo. Embora a sala pudesse acomodar a tribo inteira, eles geralmente vinham em grupos menores, como os bebês com seus pais ou cuidadores, os fazendeiros e artesãos como um grupo separado, e então os caçadores, embora não necessariamente nessa ordem. Isso não impedia que pessoas de vários grupos entrassem em horários diferentes ou se misturassem com outras. Se nada mais, os Kreelars pareciam ser muito informais, com um forte senso de comunidade. Eles não possuíam moedas formais. Tudo era baseado em troca, bens por bens ou serviços, seja dentro da tribo ou com seus vizinhos. O fato deles nos convidarem para compartilhar sua refeição dizia muito sobre como eles agora estavam nos aceitando como amigos e não apenas intrusos. Esperançosamente, isso nos daria uma oportunidade de ter uma visão mais profunda de sua sociedade, que eles estavam zelosamente mantendo em segredo de nós.

Eu não poderia culpá-los por nos mostrarem apenas o mínimo estritamente necessário para que cumpríssemos nossa tarefa aqui. Quanto menos soubéssemos sobre eles, menos eles expunham vulnerabilidades potenciais que poderiam ser exploradas mais tarde.

Várias mesas estavam dispostas no canto de trás do prédio, com grandes janelas com vista para a praça. Um bufê estava disposto em uma mesa longa. Foi uma das primeiras vezes que eu vi o uso de eletricidade com bandejas largas que mantinham algumas das saladas e vegetais frescos, e queimadores que mantinham os pratos cozidos aquecidos.

Enquanto os caçadores que nos acompanharam se espalharam em várias mesas, Aku e Enre se acomodaram com minha companheira, seus colegas e eu em nossa própria mesa. Nós apreciamos a refeição enquanto fazíamos uma conversa casual. A maior parte dela foi dedicada aos nossos anfitriões perguntando sobre nossas vidas fora do planeta. Eu não perdi como eles habilmente desviaram quaisquer esforços que fizemos para fazê-los se abrir mais sobre seu próprio povo.

Em outras circunstâncias, poderia ter parecido desconfiado, se não um pouco ofensivo. Mas ele não era o líder de toda a sua espécie. Eu suspeitava fortemente que ele e os outros Kalds tinham concordado em evitar compartilhar demais, pois isso poderia potencialmente impactar todos eles. Como apenas um punhado deles tinha conhecido algum de nós, eles não tinham motivos para confiar em nós, apesar da amizade florescente que nós tínhamos com Aku.

Pelo menos, suas perguntas eram inofensivas. Ele não estava tentando bisbilhotar nada que pudesse colocar em risco nossa própria segurança nacional. Era o tipo de conversa amigável que alguém teria com um novo conhecido sobre nossas famílias, hobbies e o que nos levou às nossas respectivas carreiras. Assim que estávamos nos preparando para sair novamente, meu comunicador disparou. Intrigado, eu olhei para sua interface, pensando que era apenas uma notificação dos meus drones de reconhecimento tendo detectado mais feras selvagens. Para meu choque, era uma mensagem real.

"Você tem companhia."

— O que em nome de Tharmok...?! — eu sussurrei para mim mesmo.

Um conjunto de coordenadas e uma frequência seguiram aquela única frase. A identidade do remetente era desconhecida. Tecnicamente, eu não deveria estar recebendo esse tipo de mensagem direta aqui. Eu não estava usando uma frequência de rádio analógica básica, mas uma digital que exigia conectividade.

— O que há de errado? — Ciara perguntou, seu rosto exibindo a mesma curiosidade dos outros.

Eu compartilhei o conteúdo da mensagem com eles e então redirecionei um dos meus drones para mais próximo daquelas coordenadas para ver o que estava acontecendo.

— Companhia? — Aku ecoou, seu rosto e voz endurecendo — Mais naves de fora do planeta vieram?

— Estou supondo que é isso que significa — eu disse cuidadosamente enquanto alterava o display holográfico da minha braçadeira para mostrar o feed da câmera dos meus drones — Me dê um minuto.

No começo, ele não mostrou nada, mesmo quando configurei

o scanner para o raio mais amplo. Eu recalibrei o dispositivo para escanear na frequência fornecida na mensagem. Em segundos, ele detectou uma nave camuflada a uma curta distância. Meu estômago afundou quando o zoom revelou uma nave Nazhral.

— Porra! Isso não pode ser bom — Ernst disse.

— Quem são eles? — Aku exigiu, com um brilho de suspeita e traição em seus olhos castanho-amarelados — O que eles estão fazendo aqui?

— Com base na embarcação, eles pertencem a uma espécie com uma reputação bem ruim quando se trata de contrabando e pirataria — eu expliquei cautelosamente — Mas não tenho ideia de quem eles são, ou por que vieram aqui. Nós estamos todos descobrindo juntos. Se estivéssemos fazendo algo de ruim, eu não estaria compartilhando isso com você em tempo real.

Aku pareceu envergonhado por insinuar que poderíamos estar os enganando. Ele me lançou um olhar de desculpas, e eu sorri, indicando que não estava ofendido. Dadas as circunstâncias, ele tinha todos os motivos para suspeitar de pessoas de fora do mundo.

O drone seguiu a nave discretamente. Felizmente, eu tinha colocado todos eles no modo furtivo para evitar causar qualquer sofrimento à fauna enquanto inspecionava a terra. Como ele não possuía os sistemas avançados de antidetecção de um drone de nível militar, eu fiquei preocupado que nossos alvos pudessem detectá-lo. No entanto, como os intrusos não tinham nenhuma razão específica para suspeitar que estávamos atrás deles, eles alegremente cuidaram de seus negócios, aparentemente sem procurar por ameaças potenciais.

Para nosso choque coletivo, a nave deles seguiu direto para o Templo Svast. Aku proferiu uma série de palavrões em sua língua. Enre mostrou os dentes, a mesma fúria visível em suas feições. Embora este não fosse meu planeta ou meu santuário sagrado, eu me senti pessoalmente violado quando os vi pousar em uma grande clareira perto do caminho que levava à entrada.

— Graças a Deus não há peregrinos lá agora — Ciara refletiu em voz alta — Eu não consigo imaginar o quão feias as coisas poderiam ter ficado de outra forma.

— Parece incrivelmente conveniente — Aku rebateu, a mesma raiva visível em seu rosto — Ontem mesmo, mais de quatrocentos dos nossos estavam lá. Amanhã, centenas mais chegarão pela manhã. Como eles sabiam que tinham que vir hoje para não serem detectados?

Essa foi uma excelente pergunta que desencadeou muitas outras, todas as quais provavelmente renderiam o tipo de resposta que eu temia. Mas dois passageiros desembarcando enviaram outra onda de choque entre nós. Apesar do modelo da nave, não foi um par de Nazhrals que saiu, mas um humano e um Raitheano.

— Que diabos?! — Ciara murmurou baixinho.

Embora atordoado, eu imediatamente direcionei o drone para capturar suas imagens para tentar o reconhecimento facial. Infelizmente, como eu não tinha acesso à rede, eu precisaria transferir os dados para meu contato mais tarde para tentar identificá-los.

Ambos os intrusos caminharam a curta distância até a água perto da entrada do templo. O humano permaneceu na borda enquanto o Raithiano entrou na água. Ele vadeou pela parte rasa, ocasionalmente parando por alguns segundos antes de se mover novamente. E então ele mergulhou na parte mais profunda, desaparecendo completamente de vista enquanto seu companheiro observava em silêncio.

— O que eles estão fazendo? — Aku perguntou — Quem são eles? E eles são uma ameaça?

Franzindo a testa, eu balancei a cabeça, sem conseguir encontrar uma explicação satisfatória.

— Não tenho certeza. Eles vieram em uma embarcação que

não pertence a nenhuma das espécies. Mas eles poderiam tê-la comprado usada em um estaleiro por um preço razoável. Eles não parecem estar fazendo nada além do Raitheano entrar na água. É água salgada, correto?

Aku assentiu.

— Como você pode ver, os Raithianos são uma espécie de anfíbios. Eles precisam ficar de molho em água salgada em intervalos regulares. Então isso pode explicar por que ele está fazendo isso — eu disse, embora meu tom deixasse claro que minha própria explicação não chegava nem remotamente perto de me convencer.

— Justo — Aku disse, sua voz ainda pingando suspeita — Mas por que nosso templo? Há bastante água em todos os outros lugares. Algumas das áreas sobre as quais eles voaram a caminho de Svast tinham praias grandes e desobstruídas que teriam sido muito mais convenientes para eles pousarem. Isso parece muito deliberado.

— Oh Deus! — Ciara exclamou de repente — Isto é Kalmia! Eles estão aqui para matar todos nós!

CAPÍTULO 15

CIARA

Uma poderosa sensação de pavor tomou conta de mim enquanto eu falava essas palavras. Meus companheiros engasgaram, choque e confusão guerreando em suas feições enquanto olhavam para mim em descrença.

— O quê?! — Aku exclamou — Matar todos nós, como? O que é Kalmia?

Eu lambi meus lábios nervosamente enquanto corria meus dedos pelo meu cabelo, minha mente acelerada enquanto observava os intrusos. Raitheanos eram frequentemente chamados de Krakens na Terra. Eles possuíam uma parte superior do corpo semelhante à dos humanos, com um tronco, dois braços e uma cabeça, mas com tentáculos grossos em vez de cabelo. E a parte inferior do corpo era feita de oito tentáculos como um polvo, mas apenas metade deles tinha ventosas.

— Raitheanos – o homem que você vê com o humano – compartilham similaridades com certas criaturas da Terra chamadas lulas e polvos. Eles são reconhecíveis pelos tentáculos que formam a metade inferior de seus corpos em vez de pernas — eu expliquei — Geralmente, eles são uma espécie pacífica, mas também possuem algumas habilidades extremamente letais.

— Como o quê? — Aku insistiu.

— Eles podem produzir crescimentos semelhantes a pérolas que nós chamamos de concreções calcárias — eu continuei — Elas geralmente têm o formato de pequenos seixos ou pedras. Elas podem ser lisas ou ásperas, mas geralmente com os Raitheanos, elas parecem pedras vermelhas.

Aku enrijeceu, seu rosto assumiu uma expressão assustada que me gelou até os ossos. Ele não era do tipo que demonstrava medo abertamente.

— Não deveria haver pedras vermelhas no rio — ele sussurrou com um olhar de pavor.

— Exatamente! Não tenho certeza do porquê sei disso, mas...

— Meu amigo nos avisou que isso poderia acontecer — Aku respondeu com desdém, me interrompendo — O que exatamente essas pedras fazem? Quão perigosas elas são?

Aquele comentário me deixou perplexa. Eu queria perguntar o que mais o amigo dele mencionou sobre isso, mas haveria tempo para isso depois.

— Moluscos como lulas geralmente produzem pérolas ou essas concreções como uma defesa natural contra irritantes, parasitas ou ferimentos. Se um objeto estranho se alojar dentro de seus corpos, e eles não conseguirem expulsá-lo, eles o cobrirão com algum tipo de nácar para evitar que os danifique ainda mais. Em Raitheanos, é um pouco diferente, pois eles formam uma camada fibrosa e não cristalizada como o nácar.

— Tudo bem — Aku disse hesitante, esperando para ver onde eu queria chegar com isso.

— Pérolas feitas de nácar são extremamente difíceis de destruir, enquanto as fibrosas se desintegram facilmente sob pressão ou sob exposição prolongada a algo que pode diluí-las, como água — eu expliquei.

Seus olhos se arregalaram em compreensão.

— Normalmente, as concreções calcárias não são uma ameaça, pois geralmente contêm apenas um fragmento de madeira ou outros irritantes semelhantes que se incorporaram dentro de seus corpos. Mas em uma guerra muito desagradável envolvendo os Raitheanos, nós descobrimos que eles poderiam usar essa habilidade de forma letal para eliminar um número massivo de pessoas. Eles possuem um veneno natural que pode infligir uma doença terrível comparável ao que chamamos de malária na Terra.

— Uma doença letal? — Aku perguntou.

Eu hesitei — Pode ser se não for diagnosticada e tratada rapidamente. Os Raitheanos produzem dardos muito finos do tamanho de uma agulha que eles podem atirar das ventosas em seus tentáculos. Eles normalmente os atiram à distância, da mesma forma que vocês fazem com suas zarabatanas, que é como eles infectam seus alvos.

— Tudo bem, mas o que isso tem a ver com as pedras vermelhas? — Aku perguntou, parecendo um pouco irritado e impaciente.

Eu fiz um gesto para que ele tivesse paciência comigo enquanto eu tentava resumir todo o conceito de forma ainda mais sucinta.

— O problema é que, durante aquela guerra, os Raitheanos comeram deliberadamente plantas tóxicas, o que lhes permitiu secretar um ácido virulento que eles misturaram com seu veneno antes de revestir seus dardos com a combinação. Da mesma forma que eles envolvem um fragmento ou irritante com uma membrana fibrosa em seus corpos, eles podem envolver seus dardos letais com isso também. E eles se tornam como bombas-relógio — eu disse.

— O Raitheano está saindo da água — Amreth disse de repente, nos interrompendo.

Ele tinha nadado uma distância considerável de onde entrou inicialmente. Isso me preocupou ainda mais. Ele tinha espalhado um monte de pedras por todo o leito do rio?

— Seu drone deve escanear a água em busca da presença dessas pedras — eu disse, com a voz tensa.

— Eu preciso dos parâmetros para isso — Amreth respondeu — Eu posso configurar este por enquanto, mas tenho um segundo drone chegando. Este primeiro precisa ficar com a nave caso eles se movam.

Eu assenti e rapidamente comecei a digitar alguns parâmetros, que eu esperava que fossem suficientes. Caso contrário, teríamos que esperar até que eles partissem para que o segundo drone chegasse e se aproximasse o suficiente da água para que a câmera captasse sua presença potencial.

Ao emergir da água, o Raitheano torceu seis de seus oito tentáculos em conjuntos de três, formando um par improvisado de pernas que lhe permitiam andar de uma forma bípede estranha e vacilante. Era uma prática comum para seu povo, pois eles podiam sentir o gosto com as ventosas de seus tentáculos e não gostavam de lamber o chão. Claro, eles podiam bloquear o receptor do gosto, mas algumas migalhas sempre permaneciam quando eles deslizavam em qualquer superfície.

Para nossa surpresa, assim que ele alcançou o humano, ambos voltaram a bordo de sua embarcação e alçaram voo. Simultaneamente, a braçadeira de Amreth apitou com o drone enviando uma confirmação de que ele de fato detectou pedras de Puricis na água.

— Nós precisamos ir imediatamente e detê-los — Aku disse enquanto se levantava e começava a marchar em direção à saída, com Enre o seguindo.

— Espere — Amreth disse em um tom de comando — Não podemos ir atrás deles na nave. Se as coisas esquentarem, a nave deles vai nos destruir. E as pedras? Quanto tempo até elas envenenarem a água?

— Levará algum tempo para a casca fibrosa se dissolver — eu disse pensativamente — Tudo depende de quão grossas ele as fez. Se eles soubessem que o templo estaria vazio hoje, mas que as pessoas viriam amanhã, então ele as teria feito grossas o suficiente para durar pelo menos vinte e quatro horas.

— O que nos dá bastante tempo para ir atrás deles — Aku insistiu.

— Sim, mas apenas se minhas suposições estiverem corretas — eu o avisei — Você pode ir atrás deles enquanto Mehreen, Ernst e eu vamos atrás das pedras no templo. Nós só precisamos de um momento para reunir alguns equipamentos e trajes de proteção.

— Se você quiser ir junto, precisamos usar o ônibus espacial para voar até a nave — Amreth interveio quando Aku abriu a boca para argumentar contra aquele atraso adicional — Não faria sentido monopolizarmos ambas as naves enquanto as deixamos por mais tempo do que o necessário em seu santuário sagrado. O drone os está rastreando no momento. Eles não escaparão. Vamos fazer isso direito.

Com os dentes cerrados, Aku nos deu um aceno rígido — Enquanto vocês se preparam, eu farei com que Sora envie uma mensagem para Vala e os outros Kalds para avisá-los para ficarem longe de qualquer água que compartilhe um riacho com o templo.

— Essa é uma excelente ideia — eu disse com um sorriso agradecido.

Nós corremos para o laboratório implantável e pegamos tudo o que precisávamos. Conforme pulamos no ônibus espacial, um milhão de pensamentos diferentes dispararam em minha mente. Assim que nos acomodamos no assento do passageiro e Amreth nos colocou no ar, eu compartilhei as teorias que estavam se enraizando em minha cabeça.

—Acho que eu finalmente entendi — eu disse pensativamente — Puricis – a bomba de pedra vermelha que os Raitheanos produzem – serviria efetivamente para repetir Kalmia. Qualquer um que entre em contato com ela não fica apenas doente. O ácido também os liquefaz por dentro. Quando ele segue seu curso, a pessoa fica completamente irreconhecível e se transforma em uma poça de sangue.

— Então todos os peregrinos seriam exterminados? — Aku perguntou com raiva.

— Seria pior do que isso — eu disse me desculpando — Puricis é altamente contagioso, uma vez que os sintomas aparecem. A morte é atroz, mas vem rápido. A bactéria é transferida através do mero contato, mas especialmente através do suor do paciente. Ela dura cerca de vinte e quatro horas. Mas assim que a febre baixa, o paciente morre dentro de uma hora.

— O que é essa Kalmia que você fica mencionando? — Aku perguntou, parecendo perturbado.

— Foi um massacre que ocorreu entre dois cartéis rivais — Amreth explicou — Um dos cartéis envenenou a fonte de água do complexo de seus inimigos. Isso dizimou todo mundo. O que me incomoda é que se os assassinos estão mirando seus templos agora, eles sabem que esta é a estação durante a qual a maioria do seu povo entrará naquela água. Quem teria esse tipo de informação sobre seus costumes?

— Ninguém deveria — Aku disse com frustração impotente — Até nossos amigos sabem muito pouco sobre nós. Eles não bisbilhotam do mesmo jeito que nós não bisbilhotamos sobre eles. Então, claramente, pessoas de fora do mundo estão nos espionando. O que me leva aos seus próprios amigos. Quem te avisou sobre os assassinos?

— O mesmo amigo que me disse para vir aqui e resgatar minha companheira — Amreth respondeu de forma factual.

— Você confia neles? — Aku insistiu.

— Sim. Sem essa mensagem, amanhã ou em alguns dias, estaríamos acordando para uma tragédia irreversível — Amreth disse — A questão é por quê? Quem te odeia tanto que tentaria acabar com vocês quando vocês aparentemente só querem seguir com suas vidas?

— A resposta é, obviamente, as pessoas poderosas que

nossos amigos nos disseram que viriam atrás de nós com uma ira cruel se tornássemos isso público — Aku respondeu.

— Pelo sangue de Tharmok! — Amreth exclamou de repente, seus olhos se arregalando — Você não disse que Elias alegou que a criatura na origem do SS12 se decompôs rápido demais para que eles tivessem algo para mostrar? Que ela quase se liquefez?

Meu queixo caiu — Sim. Essa foi a explicação que ele deu quando as pessoas perguntaram sobre isso. Isso não pode ser uma coincidência. Ele usou Puricis como referência para justificar tudo. Mas por que ele iria a tais extremos sobre aquele incidente inicial? Não faz sentido.

— Seja qual for o motivo, eles claramente querem acabar com os Kreelars e apagar todos os vestígios de sua existência — Amreth disse em um tom áspero, seus olhos branco-prateados brilhando com determinação inflexível — Vamos pegar esses demônios. Eles vão falar.

O voo de cinco minutos até a nave de Amreth pareceu uma eternidade. Assim que pousamos, Aku saiu correndo da nave. Eu entendi sua impaciência. Seu povo já havia sofrido tanto, essa nova ameaça seria o golpe final.

— Tome cuidado e volte para mim inteiro, ouviu? — eu disse a Amreth enquanto estávamos na rampa do ônibus espacial.

— Eu prometo, minha companheira. Você também tome cuidado lá fora. Eu não te encontrei só para já te perder — ele respondeu.

— Sem chance. Você está preso comigo — eu disse com um sorriso, apesar da apreensão que me retorcia por dentro.

Nós trocamos um beijo, muito breve, mas não conseguimos nos demorar mais. Aku provavelmente perderia a cabeça de qualquer maneira, e com razão.

Assim que Amreth saiu, eu voltei para meu assento enquanto Mehreen pilotava o ônibus espacial do hangar para o templo. Apenas um minuto após nossa partida, a nave de Amreth decolou. Eu reprimi as imagens terríveis que queriam se infiltrar em minha mente sobre todas as maneiras pelas quais as coisas poderiam dar errado. Lembrar a mim mesma que Amreth era um Guerreiro de elite e um Diretor em Molvi ajudou a aliviar alguns dos meus medos. Eu realmente me importava com ele. A perspectiva de uma vida sem ele era insuportável.

Mas quando nos aproximamos do templo, eu me concentrei novamente na tarefa em questão. Rapidamente nós vestimos nossos trajes de proteção. Para a consternação de Enre, eles não eram adequados para ele ou para os outros dois Kreelars que vieram conosco, em grande parte devido às suas caudas.

Outras varreduras da área felizmente não revelaram a presença de nenhuma outra pessoa, câmeras ou drones que os supostos assassinos pudessem ter deixado para trás. Ou isso testemunhou um excesso de confiança ou um alto grau de descuido. Seja qual for o motivo, nos serviu muito bem.

Conforme entrávamos na água, uma onda de raiva surgiu dentro de mim. Essa era uma maneira covarde e dissimulada de eliminar pessoas que não tinham feito absolutamente nada além de tentar viver suas vidas em paz. Se nós não tivéssemos visto o Raitheano entrar na água, as chances de alguém descobrir o que tinha acontecido teriam sido mínimas.

Devido ao seu tamanho relativamente pequeno, detectar as pedras Puricis seria quase impossível se você não soubesse de sua presença de antemão. E mesmo assim, nós tivemos que usar nossos scanners enquanto continuávamos andando bem perto de algumas delas, que convenientemente se misturavam com o leito do rio. Nós coletamos vinte e duas pedras e as armazenamos dentro de um recipiente de risco biológico.

— Quão ruim está? — Enre perguntou, sua voz tensa enquanto eu selava o recipiente.

— A água? — eu perguntei.

Ele assentiu, com as costas rígidas.

Eu dei a ele um sorriso tranquilizador — Ernst está coletando algumas amostras de água para análise posterior no laboratório, mas todas as nossas varreduras iniciais mostram que está segura. As pedras em si possuem uma camada bem grossa. Estou confiante de que nada vazou. Nós pegamos tudo cedo o suficiente, e não há nenhuma corrente forte que pudesse tê-las arrastado para longe. A água também é relativamente fria. Ela retarda a quebra da casca fibrosa. Se a água estivesse morna, teria sido mais problemático. Tudo deve estar bem.

— Obrigado — Enre disse, sua voz grossa de emoção — Nosso povo não conseguiria lidar com outra tragédia em larga escala.

Seus companheiros assentiram, com expressões sombrias.

— E nós faremos tudo o que estiver ao nosso alcance para garantir que isso não aconteça — eu disse tranquilizadoramente — Vamos voltar para a vila, testar essa coisa e destruí-la.

CAPÍTULO 16

AMRETH

Nós perseguimos a nave em modo furtivo. A julgar pelo padrão de voo, eles pareciam ter um destino muito específico em mente. Eu inseri algumas instruções no meu painel de navegação para que a inteligência artificial calculasse sua trajetória potencial.

Sentado na cadeira do copiloto, Aku de repente murmurou uma série de palavrões em sua língua. Eu olhei para ele inquisitivamente.

— O mapa que seu dispositivo está mostrando está apontando diretamente para Lenph — Aku disse com raiva — É outro templo similar ao Svast, mas localizado em outro território. Estamos perto de cruzar a fronteira.

— É ilegal? — eu perguntei cuidadosamente — Há algum conflito entre seus territórios?

Ele balançou a cabeça — Os Kreelars são um povo pacífico. Nós seríamos todos um se a terra não fosse tão vasta e as distâncias tão grandes. Nós somos todos uma família extensa. Mas seria irrealista que todas as tribos frequentassem o mesmo templo. A jornada seria muito longa.

— Quantos templos assim vocês têm? — eu perguntei a Aku.

— Três no total. Mas esses dois outros territórios – Lenph e Durgh – não foram afetados pela doença. Apenas as tribos que adoram no Templo Svast foram afetadas. A doença não viajou além do nosso território.

Eu assenti severamente — As frutas ainda não se espalharam além das suas fronteiras. Vamos garantir que isso nunca aconteça.

Eu aumentei nossa velocidade para diminuir ainda mais a distância com nossa presa. Eu queria ser capaz de interceptá-los antes que o Raitheano pudesse começar a soltar suas pedras envenenadas no rio. Só os deuses sabiam o dano que já havia sido feito no Templo Svast.

Uma olhada na tela de sobreposição do feed da câmera do drone me mostrou a área em que a nave inimiga estava voando, assim como um contorno fantasmagórico da própria nave. Da nossa localização atual, nós não conseguíamos ver através de sua camuflagem.

Eu dei algumas instruções para que, assim que estivéssemos a quinhentos metros deles, o piloto automático entrasse em ação e nos mantivesse a uma distância constante deles. O objetivo era nos esgueirarmos até eles assim que baixassem a rampa. A julgar por suas ações anteriores no Templo Svast, eles foram bastante descuidados e excessivamente confiantes de que ninguém os estava observando.

— O que você está fazendo? — Aku perguntou quando eu comecei a digitar uma mensagem em uma tela diferente.

— Enviando imagens dos dois intrusos para meu amigo — eu respondi — Nós temos tecnologia de reconhecimento facial que pode ajudá-los a encontrar suas identidades e, com sorte, localizar quaisquer cúmplices que eles possam ter ou talvez até mesmo quem seja seu empregador. Precisamos encontrar a fonte antes que eles tentem atacar novamente.

— Ótimo. Eles devem responder por seus crimes — Aku rosnou — Nós saberíamos...

Uma solicitação de comunicação o interrompeu, assustando nós dois.

— O que em nome de Tharmok...?! — eu sussurrei.

Não deveria haver uma resposta tão rápida, muito menos uma solicitação de comunicação direta. Não havia retransmissores ou satélites por perto. Ou pelo menos, em teoria...

— O que foi? — Aku perguntou.

— Um pedido de comunicação do meu amigo. Vou aceitá-lo — eu respondi.

Ele me deu um aceno firme, sua tensão quase palpável.

Um milhão de pensamentos dispararam em minha mente quando o rosto de Maeve apareceu na minha tela assim que eu aceitei a comunicação. Ela disse que estaria fora em uma missão diferente. E ainda assim, aqui estava ela, em alcance próximo o suficiente para ter uma comunicação por vídeo ao vivo em uma área onde isso não deveria ser possível.

— Maeve — eu disse em saudação — Este é Aku, o líder da tribo que nos hospeda. Aku, esta é Maeve, minha amiga.

— É um prazer conhecê-lo, Kald Aku — Maeve respondeu.

— Da mesma forma — Aku respondeu de forma evasiva, com a voz educada, mas fria.

— Eu não quero ser curta ou rude, mas não posso manter essa conexão por muito tempo — Maeve continuou — Estamos analisando os dados que você enviou, Amreth. Qual é seu status?

— Estamos nos aproximando deles. Pretendemos confrontá-los assim que pousarem. Acreditamos que eles estão indo para outro templo — eu respondi antes de olhar para a sobreposição do feed da câmera do drone — Na verdade, eu posso vê-lo à distância. Eles estão quase lá. Precisamos nos apressar.

— Afaste-os de Kestria, mas não os persiga — Maeve ordenou.

— O QUÊ?! De jeito nenhum! — Aku sibilou — Nós vamos pegar aqueles assassinos, e eles vão responder ao meu povo.

— Eles devem enfrentar a justiça! — Maeve argumentou — A lei...

— Para *Dramsta* com suas leis! Esta é Kestria! — Aku gritou, seus músculos inchando de raiva — Vocês, de fora do planeta, causaram a morte de um número incontável de pessoas do meu povo, e agora ousam ditar como os culpados serão tratados?!

Maeve levantou as palmas das mãos em um gesto apaziguador — Não estamos tentando ditar nada ou impor nossa vontade ao seu povo. Apesar dos eventos trágicos que ocorreram, tenha certeza de que respeitamos sua soberania. No entanto, nós precisamos de provas irrefutáveis contra as pessoas que ordenaram esses crimes e financiaram esse ataque para que elas possam enfrentar a justiça. Você não pode matá-los.

— Por que não deveríamos? — Aku desafiou, sua raiva ainda audível — Seus restos mortais serão prova suficiente. Ao contrário deles, nós não usaremos venenos que liquefarão seus corpos a ponto de ficarem irreconhecíveis.

— Ela tem um ponto válido, Aku. Sem eles vivos e forçados a testemunhar, será mais difícil provar sua culpa — eu disse em um tom suave — O fato de termos seus corpos não significa que eles vieram para seu planeta natal com más intenções, ou que eles vieram intencionalmente. Pode ser uma armação para prejudicar alguém com quem temos um conflito.

— Vocês têm seus dispositivos de gravação — Aku rebateu.

— Nós temos — eu admiti — No entanto, esses vídeos podem ser adulterados, modificados para mostrar o que queremos que eles mostrem. Muitos tribunais não darão a eles muito peso quando se trata de dar julgamento.

— Eles estão pousando! — Aku disse, sua atenção mudando para a exibição sobreposta na tela mostrando nossa presa começando a descer — Vá mais rápido!

Ao contrário do Templo Svast, não havia necessidade de caminhar por um caminho estreito até o rio que levava à entrada.

Uma grande clareira emoldurava cada lado do rio, o que levava à formação rochosa na qual este templo havia sido esculpido. Algumas árvores, colocadas em intervalos equidistantes, adornavam as bordas da costa, seus longos galhos quase formando um arco sobre o rio.

— Sinto muito, Maeve. Precisamos ir — eu disse me desculpando.

— Por favor, Amreth! Não os mate! Eles são vitais para este caso! — Maeve implorou.

— Anotado. Adeus — eu respondi de forma evasiva.

Ela apertou os lábios em resignação e me deu um aceno rígido. Eu encerrei a comunicação e corri em direção ao templo. Eu me xinguei por dentro por não ter me esforçado mais antes. Apesar da longa jornada que tínhamos viajado, eu pensei estupidamente que teríamos um pouco mais de tempo e, portanto, reduzi nossa velocidade para reduzir as chances de sermos descobertos.

Para minha surpresa, embora a nave deles tenha pousado, eles não abaixaram a rampa imediatamente. Na verdade, nada pareceu acontecer nos cinco minutos que levamos para alcançá-los em alta velocidade. Eu reduzi a velocidade da nave e pousei a duzentos metros de distância deles. Ainda assim, eles permaneceram lá dentro sem nenhum sinal de sair.

Outra mensagem recebida quase me fez pular de susto. Sangue de Tharmok! Quando foi que eu fiquei tão nervoso? Para minha surpresa, era um sinal analógico de Ciara. Meu alívio inicial rapidamente deu lugar à preocupação de que algo poderia ter dado errado.

— Ciara? — eu disse em vez de cumprimentá-la assim que a comunicação foi estabelecida — Está tudo bem?

— Sim. Nós cuidamos de tudo no templo — ela respondeu — Se você encontrar mais pedras, não toque nelas. Apenas envie as coordenadas, e nós iremos cuidar disso.

— Eles estão em outro templo, agora mesmo. Mas, por

algum motivo, eles não estão saindo de sua nave. Nossos sistemas não indicam que eles nos detectaram, mas estou começando a me perguntar — eu respondi, odiando não poder ver seu rosto.

— Não estou surpresa — Ciara respondeu imediatamente com confiança, me pegando de surpresa — Raitheanos precisam de tempo para criar mais dessas pedras. Considerando a quantidade que nós recuperamos do rio, e dependendo de quão habilidoso ele é, deve levar cerca de uma hora para ele criar uma quantidade similar com uma espessura comparável de casca fibrosa. Isso significa pelo menos mais quinze a vinte minutos.

O alívio me inundou — Essa é uma excelente notícia.

— O Templo Svast está seguro? — Aku interrompeu.

— Até agora, temos todos os motivos para acreditar que não houve nenhum dano. Os testes iniciais indicam que a água é segura, mas continuaremos realizando varreduras mais aprofundadas — Ciara respondeu.

— Perfeito. Vamos tentar evitar que eles coloquem qualquer coisa na água. Eu vou te mandar uma mensagem quando as coisas estiverem resolvidas aqui — eu respondi.

— Entendido. Fique seguro — Ciara disse.

Assim que a comunicação terminou, eu me virei para olhar para Aku.

— Não podemos matá-los, meu amigo — eu disse em um tom gentil.

Seu rosto endureceu imediatamente. Eu conseguia lidar com sua raiva, mas o brilho de traição em seus olhos me cortou profundamente.

— Eu não vou deixá-los escapar e então apenas esperar que algum forasteiro os pegue e os faça responder por seus crimes — ele rosnou — Você acima de todos os outros, como um Diretor da prisão principal de sua aliança, deve entender que as leis locais devem ser aplicadas quando um crime foi cometido contra o povo.

— Eu sei, meu amigo. Acredite em mim, eu sei. Mas esses dois homens são meros soldados no esquema maior das coisas — eu disse em um tom razoável — Se você escolher torturá-los ou matá-los, quaisquer que sejam meus sentimentos pessoais sobre o assunto, eu não posso interferir. Este é o seu planeta e, portanto, suas regras.

— Exatamente. E nossas regras dizem que eles ficarão diante dos Kalds para enfrentar nossa ira — Aku retrucou.

Eu suspirei, minha mente correndo para encontrar um argumento que pudesse convencê-lo. Era uma situação estranha para mim. Como um Diretor, e mesmo durante meu serviço obrigatório como um Pacificador como parte do meu treinamento, eu nunca tive que fazer malabarismos com esse tipo de conflito diplomático. Como eu só interagi com planetas membros da OPU, nós tínhamos um conjunto de leis que se aplicavam a todos, o que também levava em conta suas leis planetárias individuais.

— Você tem um poder incrível agora. Pessoas mortas não falam. Com eles, nós podemos reunir provas suficientes para levar aos mentores. Se eles fizeram isso com seu povo, é provável que tenham feito o mesmo ou até pior com outros. As pessoas poderosas às quais seu amigo aludiu devem ser detidas. Esses dois podem nos ajudar a conseguir isso.

Ele me encarou por um longo tempo sem dizer uma palavra. Por um breve instante, eu esperei que pudesse ter conseguido entendê-lo, mas seu rosto endureceu novamente.

— Eles vão falar — ele respondeu.

Eu abri a boca para discutir novamente, mas o olhar em seus olhos claramente me disse para deixar para lá. Soltando outro suspiro, eu me levantei. A suspeita que instantaneamente acendeu em seus olhos ardeu novamente. Por mais que eu entendesse sua raiva, eu odiava como essa situação tinha sido suficiente para minar severamente a amizade e a confiança que tínhamos construído gradualmente desde nossa chegada.

— Eu vou colocar cargas de EMP na nave deles — eu disse em resposta à sua pergunta não formulada — São dispositivos que liberarão uma descarga elétrica poderosa que destruirá o motor e os sistemas de navegação deles — eu expliquei — Se eles tentarem fugir, eu posso ativá-las remotamente e garantir que eles não consigam escapar.

Aku relaxou imediatamente, a suspeita dando lugar a uma mistura de aprovação e gratidão. Não havia dúvidas em minha mente de que ele pretendia espancá-los até virarem polpa. Francamente, no lugar dele, eu gostaria de fazer o mesmo. Eu só esperava poder convencê-lo a se acalmar se e quando chegássemos a essa parte.

A principal questão para mim era quem e quantas naves estavam escondidas nas proximidades em órbita. Eu não tinha certeza se Maeve estava entre elas. Na verdade, eu suspeitava que ela tinha sido honesta ao alegar estar em outra missão em outro lugar. Mas a clareza da nossa comunicação implicava que a OPU provavelmente tinha esgueirado um satélite, um relé ou uma daquelas naves de comunicação que agiam como um satélite. Eu estava fortemente inclinado para a última opção, pois isso evitaria suspeitas, já que tais naves eram camufladas para parecerem discretas se detectadas.

Eu só sabia da existência delas por causa da minha alta autorização de segurança como Diretor, já que tais embarcações já haviam sido usadas durante incursões para apreender alguns dos presos que desembarcavam no meu Setor.

A OPU não poderia ter uma pequena frota lá em cima. Mesmo que conseguissem fazer isso sem serem detectados, uma vez que se descamuflassem para capturar os assassinos – supondo que eles conseguissem fugir de nós – isso criaria um problema diferente dentro do sistema de justiça se eles invadissem a Zona Morta sem um mandado. Uma ou duas naves eram muito mais prováveis. Mas isso também significava que os assassinos teriam mais facilidade para escapar. Os EMPs garantiriam que não o fizessem.

Eu peguei os dispositivos EMP do arsenal, assim como um par de pistolas, uma das quais estendi para Aku. Ele levantou o nariz para ela antes de olhar para mim como se eu tivesse feito algo ofensivo. Assentindo em concessão, eu coloquei a arma de volta em seu lugar e ofereci a ele uma braçadeira.

— Ela possui um escudo de energia que você ativa assim — eu disse, demonstrando isso ativando o que estava em minha própria braçadeira.

— Isso não será necessário — Aku disse.

Dessa vez, eu o encarei com irritação — Se as coisas ficarem feias com aqueles dois homens, eles vão atirar em você. Tiros de pistola são fortes e vão te matar. Tudo bem se você não quiser usar uma pistola, pois elas exigem algum treinamento, mas não há razão para você não usar um escudo. Eu não tenho intenção de retornar à sua vila sem que você ande com seus próprios pés.

— Cuidado, Obosiano. Você está começando a soar como se estivesse se importando — ele respondeu em um tom de provocação — Mas eu vou ficar bem. Não vamos perder tempo. Com base na estimativa de sua companheira, eles vão sair a qualquer momento.

— Pelo menos, use o recurso de escudo furtivo pessoal da braçadeira — eu insisti com exasperação preventiva, esperando que ele me recusasse novamente.

Para minha surpresa, ele franziu os lábios antes de me dar um aceno — O recurso de invisibilidade pode ser útil. Eu concordo com isso.

Eu fiquei boquiaberto, minha boca se fechando com um som audível quando ele levantou uma sobrancelha zombeteira para mim. Depois de mostrar a ele como ligar e desligar, nós rapidamente discutimos nossa estratégia, e então saímos da nave.

Eu verifiquei duas vezes se seu escudo furtivo estava ativado corretamente antes de sairmos do raio de camuflagem ao redor de nossa nave. O olhar em seu rosto era quase selvagem. Apesar dos vários dias passados entre seu povo, Aku fez um ótimo trabalho em nos manter no escuro sobre eles. Eu não sabia como eles escolhiam quem seria seu Kald, mas suspeitei que isso incluía não apenas liderança e diplomacia, mas também ser o alfa ápice. E agora, seu rosto expressava em alto e bom som que um predador selvagem e implacável espreitava dentro dele.

Eu fiz um gesto para que ele se afastasse enquanto eu me aproximava rapidamente da nave. Com o coração batendo forte, eu me esgueirei até a parte de trás da nave, agachando-me o mais baixo que pude para colocar a carga EMP o mais perto possível do motor, mas também em um ângulo que seria difícil de notar visualmente sem que sua atenção fosse deliberadamente trazida para ela.

Eu estava prestes a circular para o outro lado para colocar a segunda bomba quando o som da rampa abaixando me assustou. Minha cabeça se virou em direção a Aku. Através de seu escudo furtivo, ele me parecia uma silhueta fantasmagórica. Mas isso não escondia nada da expressão selvagem que desceu sobre suas feições enquanto ele assumia uma postura defensiva, pronto para avançar. Eu fiz um gesto para ele não se mover ainda. Seus olhos se voltaram para mim por um breve segundo antes de se concentrarem novamente nos dois homens saindo da nave Nazhral.

Aku tirou sua zarabatana do cinto enquanto eu me aproximava furtivamente dele. Meus olhos se arregalaram quando ele extrudou um conjunto de garras cruéis que eu não sabia que ele possuía. Nem mesmo durante a caçada contra os Murthis ele as estendeu tanto. Eu sabia que os Kreelars podiam extrudar um pouco suas garras, o que eles faziam regularmente para ajudá-los a subir em árvores com mais facilidade. Mas isso era outra coisa. Me deu um arrepio frio na espinha quando eu percebi que isso poderia ser mais um sinal de que ele não os deixaria viver.

— Este planeta é realmente lindo — disse o Raitheano enquanto descia a rampa daquele jeito estranho que seu povo fazia sempre que torciam seus tentáculos em pernas improvisadas — É uma pena envená-lo e ao seu povo. Não há prazer em matar os inocentes.

— Quem se importa? — disse o homem com uma mistura de aborrecimento e desprezo — Não seja um covarde de merda. Eles são apenas um bando de macacos falantes. Nós nem precisamos sujar as mãos para nos livrar deles. Esta é a pilha de créditos mais fácil que eu já ganhei em muito tempo.

— Não é sobre os créditos — o Raitheano resmungou enquanto parava de andar alguns passos depois de sair da rampa — Algumas coisas são mais importantes do que isso.

— Nada é mais importante do que isso, seu idiota. Desde quando você ficou tão sentimental?

Ele deu de ombros — Eu não sou sentimental. Não vou perder o sono por causa deles. Eu só não tenho prazer em foder com alguém que não me fez mal. Não há honra em envenenar pessoas que não estão incomodando ninguém.

— Cara, me poupe do ato de canalha arrependido. Só vá cagar sua merda para que possamos dar o fora daqui. Tem umas putas legais na Estação Espacial Galathea que vão ficar pulando no meu pau com todos esses créditos que estamos ganhando. Então comece a cagar logo!

— Eu não defeco na água. Criar Puricis leva tempo, e eles devem durar quarenta e oito horas antes de se desfazerem — o Raitheano disse com um olhar de desprezo por seu colega — Seu povo ainda está viajando para cá.

— Eu não dou a mínima para nada disso. Apenas faça isso!

— Você vai se importar quando não receber seus créditos por causa de um trabalho malfeito, seu humano estúpido! Se o veneno for liberado muito cedo, a flora, a fauna e os peixes próximos estarão todos mortos quando o povo deles chegar. Eles saberão que algo aconteceu. O que você acha que Marilia fará conosco quando os Executores forem alertados?

Meu coração pulou ao ouvir esse nome. Ele estava se referindo a Marilia Hesper, a CEO da Typhoon Pharma, o maior conglomerado farmacêutico intergaláctico? Esse nome era único demais para ser uma coincidência.

O humano murmurou algo inaudível, a ameaça aparentemente o convencendo a recuar.

— Estou quase terminando — o Raitheano finalmente disse relutantemente — Me dê mais cinco minutos.

— Eu acho que não! — Aku sibilou enquanto abaixava seu escudo furtivo.

Eu gemi por dentro por ele ter nos entregado tão cedo. O Raitheano poderia ter feito mais algumas revelações que nos ajudariam a reunir todas as pessoas envolvidas nessa confusão.

Ambos os assassinos engasgaram quando se viraram abruptamente para a direita para nos encarar. O humano instintivamente pegou sua pistola enquanto o Raitheano ergueu os dois tentáculos restantes que ele não tinha enrolado em suas pernas improvisadas. Antes que qualquer um deles pudesse atirar, Aku disparou um dardo no humano com sua zarabatana. Ele encontrou seu alvo no pescoço do homem. A mão esquerda do humano voou para o ponto de impacto enquanto ele tentava atirar. O tiro errou de longe, e ele cambaleou para trás, a força do paralítico trabalhando em uma velocidade insana nele.

Mal dando a ele qualquer atenção enquanto ele desabava, seus olhos ficando vidrados, eu disparei para frente enquanto ativava meu escudo de energia para aparar a saraivada de dardos envenenados que o Raitheano lançou em direção a Aku das ventosas de seus tentáculos. Eles colidiram contra meu escudo, fazendo-o brilhar. Minhas mãos formigaram quando eu invoquei meu Lumiak e o disparei contra o Raitheano. Ele desviou para a esquerda em um rolamento, antes de voltar para seus tentáculos agora desenrolados.

Desta vez, ele levantou quatro tentáculos para disparar uma segunda rajada de dardos enquanto deslizava em um padrão errático em direção à rampa para se tornar mais difícil de mirar. Mas eu o impedi, voando em seu caminho enquanto disparava mais Lumiak nele. Aku também já estava em movimento. Ele correu em direção ao Raitheano, pulando em uma altura impossível para evitar os projéteis.

O Raitheano ativou seu próprio escudo de energia, bloqueando meu raio, mas deixando-se vulnerável ao dardo de Aku. Ele gritou de raiva quando sentiu sua picada enquanto ele se cravava em seu quadril. Percebendo que nunca conseguiria voltar para sua nave, e que não conseguiria enfrentar nós dois sozinho, ele correu para o rio. Ele manteve seu escudo erguido na frente dele enquanto deslizava para trás em uma velocidade espantosa e disparava seus próprios dardos em nós.

Eu senti a energia psiônica emanando de Aku meio segundo antes do Raitheano vacilar. Ele piscou várias vezes e balançou a cabeça como alguém tentando se recuperar de um tapa brutal. Eu voei em sua direção, desimpedido, enquanto ele concentrava seus ataques em meu colega, que ainda não estava usando um escudo. Foi um esforço tolo, pois o Kreelar estava se movendo rápido demais, pulando e saltando para longe do perigo em uma velocidade vertiginosa enquanto atirava sua zarabatana quase como uma arma automática.

Muitos – se não todos – os dardos de Aku atingiram o alvo. E, ainda assim, o Raitheano não ficou instantaneamente dormente ou paralisado como o humano. Ocorreu-me então que ele provavelmente estava cobrindo cada dardo com sua membrana fibrosa antes que o veneno pudesse impactá-lo negativamente.

Mas ele pode realmente neutralizá-los tão rápido?

Essa era uma questão para outra hora. Apesar de Aku perturbar psiquicamente sua mente, o Raitheano conseguiu deslizar até a beira da praia. Eu mergulhei, esperando pegá-lo antes que ele caísse na água, o que tornaria extremamente difícil derrubá-lo. Para meu choque, Aku pulou em uma árvore perto da praia, bem acima de nossa presa. Ele girou em volta do galho, jogando sua cauda como um laço, e se prendendo a um dos tentáculos do Raitheano no momento em que ele estava mergulhando na água.

Como um ginasta girando em torno de uma barra horizontal, Aku girou de volta para a clareira, puxando o Raitheano de volta com ele. Ele o jogou no chão com força brutal. Atordoado, ele tentou voltar para seus tentáculos e levantar seu escudo para desviar de qualquer ataque nosso, mas ele não foi rápido o suficiente. Meu Lumiak o atingiu direto no peito. Seu corpo travou, e ele caiu de volta no chão, abalado por espasmos. Lutando contra a vontade de eletrocutá-lo mais uma vez com intensidade ainda maior, eu saquei minha pistola e atirei nele na configuração de atordoamento mais alta. Seu corpo estremeceu mais uma vez antes de ficar mole.

Aku pousou de pé e correu a curta distância até sua presa caída. O olhar assassino em seus olhos enviou outro arrepio pela minha espinha.

— Ele está inconsciente por enquanto — eu disse preventivamente enquanto me agachava ao lado do Raitheano — Vai durar uns dez minutos. Eu vou colocar o colar de controle nele e no humano. Isso vai impedi-los de tentar escapar ou nos atacar. No caso dele, também vai impedi-lo de produzir seus dardos de veneno.

Aku não respondeu. Ele apenas ficou ali, me observando, com as garras totalmente estendidas e seus dedos se contraindo como se estivesse lutando contra a vontade de rasgar o homem inconsciente em pedaços. Eu removi a coleira do meu cinto e rapidamente a coloquei em volta do pescoço do Raitheano antes de configurá-la para sua espécie específica. Ela enviaria sinais neuronais distintos inibindo certas funções.

Eu me movi para o humano que ainda estava muito consciente e atento, apenas paralisado. Ele ainda conseguia falar e pensar racionalmente, mas seus membros estavam pesados demais para se mover. Até mesmo sua fala estava um pouco arrastada quando ele começou a me encher de insultos quando eu fechei a coleira em volta do seu pescoço.

— Vamos trazê-los de volta para dentro da nave — eu disse, nervoso com a intensidade fria – para não dizer sádica – com que Aku ainda olhava para o homem inconsciente.

Eu peguei o humano e o carreguei em meus braços de volta para a rampa. Eu tinha sentimentos mistos sobre Aku agarrando o Raitheano pelo pulso do braço direito e arrastando-o atrás dele como um peso morto. Pelos padrões galácticos, seria considerado um tratamento abusivo e ilegal a um prisioneiro. Eu estava ansioso para pedir que ele o carregasse de uma forma mais compassiva, mas segurei minha língua. Essa pequena aspereza era melhor do que uma execução sumária.

Nós os levamos para a ponte e os sentamos nas cadeiras perto das estações científicas e táticas. Depois de prendê-los aos seus assentos, eu me virei para o painel de navegação e tentei chamar Maeve. Para meu choque, ela mais uma vez respondeu quase imediatamente. Qualquer dúvida que eu ainda tivesse sobre eles terem uma nave de comunicação ou satélite temporário em órbita desapareceu.

— Eles estão vivos? — ela perguntou imediatamente.

— Por enquanto — Aku respondeu com uma voz fria.

Maeve apertou os lábios, mas não discutiu — Me dê acesso ao computador deles. Eu vou te mostrar como.

Eu segui suas instruções simples e, em segundos, todo o painel de navegação se iluminou.

— Obrigada — Maeve disse, sua voz tensa enquanto olhava para meu colega que ainda estava se elevando sobre os prisioneiros. Ela voltou sua atenção para mim, seus olhos falando tudo — Estou contando com você, Amreth.

Eu assenti, entendendo seu pedido não dito. Era uma tarefa difícil, mas uma que eu esperava conseguir.

— O Raitheano mencionou algo sobre uma Marilia. Suspeito

que possa ser Marilia Hesper. Você pode querer dar uma olhada nela.

O sorriso enigmático que ela me deu, entrelaçado com um toque de triunfo em seus olhos castanhos escuros, indicava que ela já tinha descoberto.

— Anotado — ela respondeu de forma evasiva — Maeve saindo.

Embora ela tenha encerrado a comunicação, eu sabia que a hacker chefe dos Executores estava atualmente limpando cada pedaço de dados da nave, incluindo seus registros de comunicação. Qualquer coisa que pudesse ser coletada não escaparia dela. Assim que eu me juntei a Aku com os prisioneiros, ele voltou sua atenção para o humano, que estava consciente e furioso. A julgar pela quietude geral de seu corpo, o paralítico ainda o afetava.

— Quem te enviou? — Aku exigiu, aparentemente esperando que eu chegasse antes de começar o interrogatório.

— Eu quero um advogado — o humano disse com arrogância.

— Você está em Kestria, seu *smarva*! Aqui, você não tem um advogado. Este é o meu mundo, e você seguirá minhas regras.

— Eu não me importo com suas regras, seu macaco idiota. Eu não vou falar sem um advogado — ele cuspiu, erguendo o queixo desafiadoramente.

O tolo não pareceu perceber o quão precária era a situação em que estava. Ele tolamente acreditou que minha presença lhe dava algum tipo de proteção. Em qualquer outro mundo, isso seria verdade, mas não aqui.

Aku inclinou a cabeça para o lado e um sorriso ameaçador apareceu em seus lábios.

— Sabe, nós recuperamos as pedrinhas que seu amigo deixou cair nas águas sagradas do Templo Svast mais cedo — ele disse com uma voz doce e enjoativa — Como nós, Kreelars, acreditamos em tratar os outros como eles nos tratam, eu estou me sentindo inclinado a lhe dar um banho com elas. Nossa amiga Ciara mencionou algo sobre água morna acelerar a experiência. Diga-me, humano, o que você prefere? Um banho quente ou uma conversa amigável?

A cada uma de suas palavras, o humano ficava um pouco mais pálido. Ele tinha a pele bronzeada de alguém acostumado a trabalhar ao ar livre. Ele parecia ter entre quarenta e poucos e anos, com cabelos pretos oleosos até os ombros, uma barba de dois dias, olhos azuis brilhantes e um nariz torto que indicava que ele havia sido quebrado pelo menos uma ou duas vezes. Alto e magro, ele me pareceu o tipo que tentava resolver problemas prontamente com uma pistola, mas que fugia do combate corpo a corpo.

— Tortura é ilegal — ele sibilou, tentando soar corajoso apesar do medo que se infiltrava em sua voz enquanto ele voltava sua atenção para mim — Diga a ele!

— Eu não tenho nada a dizer a ele — eu respondi despreocupadamente dando de ombros — Você o ouviu. Este é o planeta dele. Portanto, nós seguimos suas regras.

— Mas você é um Obosiano! Você jurou defender as leis! — o homem exclamou, seu pânico crescendo constantemente.

— Exatamente. E o povo dele faz as leis locais. Eu as cumprirei. Se os Kreelars autorizam a tortura, não há nada que eu possa fazer sobre isso.

— Você está blefando! — ele gritou, agarrando-se à negação — Este planeta é um membro da OPU. Nós fazemos negócios com os Sangoths!

— Este planeta não é um membro da OPU — eu corrigi — Os Sangoths têm um acordo limitado com eles, mas ele não se estende a nenhuma outra espécie aqui. Esta é a Zona Morta. A Organização dos Planetas Unidos não tem jurisdição aqui, nem os Executores ou os Pacificadores. Então, a menos que você queira ver suas entranhas virarem mingau, eu sugiro que você comece a falar. Porque eu lhe asseguro que Aku ficará mais do que feliz em lhe dar uma amostra do que você tinha reservado para seu povo.

Desta vez, a seriedade da situação finalmente caiu sobre ele. Ele lambeu os lábios nervosamente, suas engrenagens girando enquanto tentava dar uma resposta. Ele olhou para seu colega amarrado ao lado dele apenas para encontrá-lo ainda inconsciente. O Raitheano estaria acordando a qualquer momento, não que ele fosse de alguma ajuda para ele.

— Eu não sei de nada — o humano disse finalmente — Eu sou apenas um empregado contratado. Este era um de muitos contratos. Meu trabalho era levá-lo por aí para que ele pudesse jogar sua merda em três templos e nos poços, se necessário.

— Por quê? — Aku rosnou — Por que você faria isso conosco?

O humano deu de ombros, seu movimento quase imperceptível devido à paralisia persistente — É bem óbvio. Eles nos disseram para exterminar os macacos e os cientistas.

Uma fúria ofuscante cresceu dentro de mim, não apenas por causa do desrespeito contínuo para com os Kreelars, mas também pela insensibilidade com que ele expressou sua intenção de assassinar uma espécie inteira junto com minha companheira e seus colegas.

— Você faria bem em tomar cuidado com o tom, humano — eu sibilei — Você não está em posição de menosprezar pessoas que são muito melhores do que você jamais será. Agora responda à maldita pergunta. Por que você foi enviado para matá-los?

— Eu não sei, e eu não dou a mínima. Eles estavam oferecendo uma boa grana, e eu só queria ser pago. Por que, e quem se machuca no processo não é problema meu — o homem respondeu beligerantemente.

— Você mente! — Aku disse entre os dentes.

Ele estava certo. Um rápido vislumbre da aura do homem

confirmou sua enganação, e também algo mais. Traição veio à mente.

O que ele está fazendo?

Uma onda poderosa de energia psiônica me assustou. Nem um segundo depois, o humano gritou, e sangue começou a escorrer de seu nariz. Com dentes à mostra e uma expressão cruel no rosto, Aku estava encarando o homem com um ódio que me deu um arrepio na espinha. Eu precisei de cada grama da minha força de vontade para não intervir. Eu não acreditava em tortura. Mas, como uma espécie avançada, eu desfrutava de muitos benefícios da tecnologia que ajudava a soltar certas línguas relutantes. Eu queria acreditar que meu colega não levaria as coisas a um ponto em que eu não teria escolha a não ser intervir.

Por mais que eu acreditasse no respeito às leis do seu povo, eu não podia ficar sentado assistindo a um assassinato ser cometido, não importa o quanto a vítima merecesse.

A onda de energia psiônica terminou tão abruptamente quanto começou. A cabeça do homem caiu em seu peito, seus gritos se desvanecendo em gemidos de dor enquanto ele respirava pesadamente.

— Fale ou eu farei com que você deseje morrer — Aku disse em uma voz ameaçadora — Seu povo trouxe morte e sofrimento ao meu com uma doença que quase nos exterminou. E agora, você nos ameaça com extermínio. Você vai me dizer o porquê.

— Eu não sei de nada! Eu juro! — o homem implorou.

Aku não insistiu e simplesmente lhe deu outra porção generosa de ataques psiônicos. Meu estômago se revirou, cada fibra do meu ser gritando para que eu o parasse. Não era assim que se fazia. Isso me incomodava ainda mais porque, embora sua voz gritasse sinceridade quanto a ele não saber de nada, a aura do humano continuava a dizer que ele estava sendo enganoso sobre algo.

Quando o sangue começou a escorrer da orelha do homem,

eu coloquei uma mão no ombro de Aku de forma apaziguadora. Eu não disse uma palavra. Ele me lançou um olhar de lado, nossos olhos se encontraram por um momento. Ele claramente queria me dizer de uma forma nada amigável para recuar. Para minha agradável surpresa – e alívio total – ele cedeu e parou seu ataque. O homem ofegou e chorou, toda sua arrogância e bravura anteriores desapareceram.

— Ele não sabe de nada — o Raitheano disse de repente, assustando nós dois.

Sua cabeça ainda estava abaixada, dando-nos a impressão de que ele permanecia inconsciente. Os tentáculos mais curtos e estreitos pendurados em sua cabeça, e que agiam como cabelo, escondiam seu rosto, reforçando a ilusão de que ele ainda estava desmaiado. Ele o levantou, a membrana nictante de suas pálpebras duplas piscando enquanto ele olhava para nós com uma expressão levemente grogue.

— Bruce é só um soldado raso. Ele é muito estúpido para que as pessoas confiem qualquer coisa a ele além das especificidades de suas tarefas — o Raitheano disse com uma voz cansada.

— Mas você sabe o que está acontecendo — eu retruquei.

— Eu sei um pouco do que está acontecendo, mas não tudo — ele corrigiu antes de mudar sua atenção para Aku — Eu não sei nada sobre a doença que os cientistas estão tentando curar. Mas a existência contínua do seu povo se tornou uma ameaça muito grande agora que vocês encontraram uma maneira de viajar para fora do planeta. Nosso empregador não pode arriscar que você os exponha.

— Cale a boca, Nylar! — Bruce sibilou.

— Não, cale a boca você, humano estúpido — Nylar respondeu, enquanto lhe dava um olhar de esguelha enojado — Nós não vamos ser resgatados. Mas você é burro demais para ver.

— Você não sabe disso! — Bruce rebateu.

— Olhe para o monitor — Nylar disse, gesticulando com o queixo para a tela de sobreposição acima do painel de navegação — A inteligência artificial está transferindo todos os nossos dados no momento. Eles têm alguém habilidoso o suficiente para assumir o controle remoto da nossa nave. A essa altura, eles já viram e lidaram com nossa chamada de resgate de emergência pré-programada. Estamos ferrados. Então, é melhor confessarmos.

— Nós realmente tomamos o controle do computador da sua nave — eu confirmei, enquanto estreitava meus olhos desconfiadamente para ele — Mas por que você está tão cooperativo de repente?

— Porque ou nós morremos aqui hoje, ou sofremos um acidente no caminho de volta ou enfrentamos um destino igualmente terrível em Molvi. De qualquer forma, estamos ferrados. A Typhoon Pharma não vai querer que falemos. Então, eu prefiro fazer isso agora para ter uma chance de maior proteção com os Executores. Com certeza, eles têm algumas pessoas deles lá fora. Não há como vocês nos detectarem tão rápido ou conseguirem hackear nossas naves em uma Zona Morta do jeito que estão fazendo no momento.

Eu assenti em concessão, meu coração disparando ao ouvir essa confirmação sobre o envolvimento da Typhoon Pharma. Sua aura também não mostrar nenhuma enganação me emocionou ainda mais.

— Eu sabia que não deveria ter mexido em um mundo tão bonito, e especialmente em locais de culto — Nylar acrescentou com autodepreciação.

— E ainda assim você o fez — Aku disse asperamente — Por quê?

—Eu tive que fazer isso. É o meu trabalho. Para que fique registrado, eu não sei todos os segredos, mas apenas que se o que aconteceu aqui for exposto, isso levantará muitas questões que farão as pessoas olharem muito de perto para a Typhoon Pharma

— o Raitheano respondeu despreocupadamente — O problema gira em torno de Noah Montel, o filho da CEO de um relacionamento anterior.

— Noah! Eu conheço esse nome — Aku exclamou — Esse era o nome do humano que Sora mordeu.

Nylar bufou — Obviamente. Aquele desgraçado sempre se mete em problemas. A maior parte da minha carreira foi gasta enterrando a merda dele. Depois da última grande tragédia que ele causou, eu pensei que ele estava acabado. Mas Elias Jacobs concordou em levá-lo para sua equipe quando ninguém mais o faria.

— Por que Jacobs fez isso? — eu perguntei — E por que ninguém mais aceitaria Noah?

— Créditos, é claro — Nylar respondeu de forma factual — Jacobs estava falhando em garantir novos financiamentos para sua pesquisa. Noah queria brincar de médico de campo, mas não conseguia seguir regras e fica entediado rapidamente. Neste caso específico, o projeto não estava se mostrando lucrativo o suficiente.

Eu franzi a testa, minha confusão refletida no rosto de Aku.

— O que você quer dizer com não era lucrativo o suficiente? — eu perguntei.

— A pesquisa sobre os Sangoths sempre foi uma aposta enorme na qual ninguém realmente acreditava. Mas era apenas uma fachada. A Typhoon sempre suspeitou que não daria certo. Mas isso lhes deu uma desculpa legal para estar em Kestria, apesar da Primeira Diretriz. Há uma razão pela qual a Typhoon tenta se envolver em projetos em planetas primitivos. Isso permite que eles sempre fiquem à frente de todos os outros quando se trata de grandes descobertas. Eles enviam pessoas como Noah como batedores para explorar áreas proibidas do planeta em busca de novos medicamentos, plantas ou recursos para explorar.

— Mas por que atacar meu povo? — Aku desafiou — Certamente, a Typhoon não sai por aí exterminando a população local de cada planeta que eles tentam explorar.

— Não sabemos, mas seu caso foi único porque a ação de Noah deixou seu povo doente — Nylar explicou — Houve muitas reclamações registradas contra ele ao longo dos anos por infrações anteriores e violações de protocolos médicos e de segurança. Se Jacobs tivesse relatado o que aconteceu, Noah teria perdido sua licença. Além do fato de que sua mãe sempre foi excessivamente protetora com ele, ela não poderia perder o agente eficaz na exploração de mundos primitivos que Noah provou ser.

— Eu entendo. Mas tudo isso aconteceu há mais de uma década. Nossa pesquisa atual indica que a fonte da nova doença é causada por uma espécie invasora de frutas — eu rebati — Se isso fosse descoberto, Jacobs poderia argumentar que não há provas de que sua equipe as trouxe para Kestria. Várias pessoas vêm trabalhar com os Sangoths sob permissões estritas. Uma delas poderia ser a responsável.

— O que teria se aplicado se não fosse o SS12 — Nylar rebateu — Isso mudou tudo para o bem e para o mal.

— Como assim? — Aku perguntou.

— Sem o soro, todos teriam simplesmente seguido em frente quando seu povo estivesse curado. Mas o soro despertou muitas perguntas sobre a fonte. As missões de trabalho com os Sangoths também eram um problema. Mais cedo ou mais tarde, um dos trabalhadores sazonais acabaria descobrindo os Kreelars, o que exporia o incidente. Mas os anos passaram e nada aconteceu, então nós achamos que estava tudo bem. E então as mensagens começaram.

— Que mensagens? — eu perguntei.

— Nossas exigências para que Elias consertasse o que sua equipe fez conosco — Aku respondeu em seu lugar.

— Exceto que Elias não é mais o pesquisador fraco e quase falido que ele era naquela época — Nylar disse — O SS12 o tornou incrivelmente rico e influente. Embora a Typhoon tenha conseguido silenciá-lo na época, eles não têm mais um poder tão grande sobre ele. Ele começou a enviar mensagens para Marilia, CEO da Typhoon, dizendo que já era hora de eles confessarem o incidente. Naturalmente, ela não concordou com isso. Ela me encarregou de deixar bem claro que ele deveria permanecer quieto sobre o assunto e deixá-la lidar com isso.

—Você está dizendo que Jacobs não está envolvido em nada desse plano de assassinato? — eu insisti.

Ele assentiu — Jacobs é um babaca detestável, mas ele nunca quis manter nada disso em segredo. Marilia o forçou a fazer isso para proteger seus próprios interesses.

— Então o que mais vocês iriam fazer além de envenenar nossos templos? — Aku perguntou.

— Nada — Nylar respondeu — Nós íamos deixar meu Puricis fazer seu trabalho. Em uma semana, era esperado que voltássemos para uma segunda dose, se necessário.

— Mas por quê? Nós enviamos essas mensagens há muitos meses — Aku insistiu — O ataque à sua nave foi há mais de duas semanas. Por que vir agora?

— Porque nós recebemos a confirmação de que vocês tinham cientistas aqui tratando de vocês. Eu imediatamente suspeitei que era uma armadilha e contei isso a Marilia. Mas ela insistiu que viéssemos e eliminássemos todo mundo.

— O que te fez pensar que isso era uma armadilha? — eu perguntei, perplexo.

— Porque os Executores nunca vazam nada a menos que queiram essa informação por aí. E toda vez, é uma armadilha para os idiotas e crédulos — Nylar disse com uma expressão desanimada.

E isso era verdade. Eu me lembrava muito bem de como eles me "encorajaram" a vazar informações semelhantes sobre ataques piratas envolvendo a Levendoc Corporation depois que Gaelec completou sua sentença em Molvi.

— E ainda assim você veio — Aku desafiou.

O Raitheano bufou e sorriu com resignação — Assim como Elias, eu não tinha muita escolha. Eu estou trabalhando para Marilia há muito tempo. Uma vez que você se envolve muito, não há como voltar atrás até que você seja libertado – o que raramente acontece – ou a morte o reivindique.

— Você está resignado a essa morte agora que foi capturado, mas não teria arriscado isso para evitar exterminar uma espécie inteira que, como você mesmo admite, é inocente? — Aku rosnou.

Para minha surpresa, Nylar não respondeu imediatamente e refletiu um pouco sobre sua resposta.

— Verdade seja dita, vocês não eram pessoas para mim... não de verdade. Vocês eram meramente alvos... uma tarefa. Eu não gosto de machucar ninguém que não me fez mal, mas isso nunca me impediu de fazer isso, se fosse meu trabalho. Compaixão e empatia não têm lugar na minha linha de trabalho. Apenas saiba que não foi pessoal — ele respondeu de forma factual.

Longe de apaziguá-lo, as palavras do Raitheano enfureceram ainda mais Aku, que mostrou os dentes para ele.

Nylar levantou o queixo desafiadoramente — Você queria a verdade, você conseguiu. Eu nunca disse que seria bonita.

— Eu devia matá-lo — Aku respondeu, sua voz perigosamente suave e baixa — Eu devia levá-lo até o povo para que eles possam dar a vocês dois uma morte lenta e excruciante. Mas até mesmo isso seria gentil demais.

Meu coração saltou de esperança ao ouvir suas palavras, especialmente quando ele se virou para olhar para mim.

— Eu ouvi dizer que Molvi é um lugar terrível para servir uma sentença — Aku disse.

Eu sorri — Certamente é.

— Tudo depende de em qual Quadrante você serve — Nylar

disse de forma indiferente — Eu já estive em Molvi e saí ileso, como você pode ver.

— Você nunca serviu no playground de Dakon — eu retruquei em um tom gelado — Ninguém sobrevive às suas sentenças lá. E eu posso te garantir, é exatamente onde vocês dois vão parar por seus crimes.

O Raitheano teve a decência de parecer nervoso ao ouvir essas palavras. Eu duvidei que ele acreditasse que sobreviveria a uma segunda sentença em Molvi, mas ele provavelmente nunca imaginou que isso aconteceria no pior Setor do planeta inteiro. Dakon não dividia seu Setor em Quadrantes. Todos os internos compartilhavam o mesmo espaço. Portanto, ele só aceitava os criminosos mais cruéis, implacáveis e irredimíveis. Poucas pessoas duravam mais do que algumas semanas, algumas nem mesmo alguns dias.

— Isso parece uma punição adequada — Aku disse — Que vocês pensem em nós todos os dias da sua estadia lá.

O bipe de uma comunicação recebida fez todos nós virarmos a cabeça em direção ao painel de navegação. Assim que eu fui aceitá-lo, meu instinto me disse o que havia acontecido. Sem surpresa, Maeve apareceu na tela novamente.

— Deixe-me adivinhar, você já ouviu tudo? — eu perguntei.

Ela sorriu de forma evasiva antes de desviar o olhar para meu colega.

— Com sua permissão, Aku, nós podemos assumir daqui. Eu tenho controle total da nave. Como você provavelmente preferiria não ter nenhum alienígena invadindo seu espaço, eu posso remotamente tirar esta nave do seu planeta e levar esses prisioneiros sob nossa custódia para enfrentar a justiça.

Ele olhou para ela em silêncio por um momento antes de me dar um olhar inquisitivo. Isso me atingiu duramente, mas da maneira mais maravilhosa. A quantidade de confiança que ele estava depositando em mim significava muito para mim. Mais uma vez, meu peito apertou com o pensamento de que muito em breve, nos separaríamos e provavelmente nunca mais nos encontraríamos. Eu poderia ter nos visto formando uma amizade tão próxima quanto a que eu compartilhava com Kronos.

— Eu confio minha vida a ela e garanto sem hesitação que ela cuidará para que eles não escapem da justiça — eu respondi com firmeza.

Ele assentiu e então olhou de volta para Maeve — Nesse caso, eles são seus.

— Obrigada, Aku. Pela minha honra, eu prometo que levaremos à justiça todos os envolvidos na tragédia que se abateu sobre seu povo. Saiba que sua cooperação hoje nos ajudará a salvar inúmeras outras vidas, assim como vingar ainda mais pessoas injustiçadas pela Typhoon — Maeve disse fervorosamente — Com sua permissão, nós entraremos em contato com você no futuro para mantê-lo informado sobre os acontecimentos.

— Eu apreciaria — Aku disse relutantemente.

Maeve se virou para mim, o vislumbre de gratidão misturado com uma inconfundível centelha de triunfo quase me fez sorrir. Ela não precisava falar para que eu soubesse que estava me parabenizando por uma missão cumprida. Naquele instante, eu percebi que minha suspeita inicial de que estava sendo recrutado como uma agente livre estava correta. Os Executores esperavam o tempo todo que as coisas levassem a esse resultado. Meu instinto ainda me disse que eles sempre suspeitaram da Typhoon Pharma, mas simplesmente não tinham evidências ou causa provável suficiente para obter os mandados necessários para uma investigação completa.

— Obrigada por sua assistência neste assunto. Avise-nos se precisar de algo para ajudar a resolver a situação dos Kreelars. Com esta prisão, a OPU agora está oficialmente apta a se envolver e fornecer qualquer suporte necessário.

— Isso é muito gentil — eu respondi educadamente, profundamente ciente de como suas palavras deixaram Aku tenso —

Nós discutiremos o assunto com os cientistas e os Kalds Kreelar para que eles possam tomar a decisão se desejam mais assistência externa.

Ela sorriu novamente e assentiu em concessão. Desta vez, eu percebi que ela não só esperava tal resposta de mim, mas também fez isso de uma forma provocativa para me lembrar de como ela alegava que eu tinha melhores habilidades diplomáticas do que eu me dava crédito.

Eu retribuí o sorriso dela — Esteja ciente de que eu coloquei um detonador EMP perto do motor deles. Eu posso removê-lo quando sairmos.

Ela bufou e balançou a cabeça — Obrigada pelo aviso, mas não se preocupe com isso. Nós cuidaremos disso assim que recuperarmos a nave.

Nós trocamos nossas últimas despedidas.

— Vamos para casa — eu disse a Aku quando a comunicação foi interrompida.

O sorriso gentil que ele me deu me comoveu profundamente — Mostre o caminho, irmão.

Ignorando a voz suplicante de Bruce, nós saímos da nave sob o olhar resignado do Raitheano. Quando nos acomodamos de volta dentro da minha nave, Maeve já estava remotamente fazendo a nave Nazhral decolar. Ela decolou segundos antes de nós.

— Os outros Kalds ficarão bravos porque você libertou os assassinos? — eu perguntei cuidadosamente enquanto voávamos de volta para casa.

— No começo, alguns ficarão. Mas todos se alinharão com minha decisão — Aku disse com confiança — O que aconteceu conosco não pode acontecer com os outros. E acima de tudo, o líder deve responder pela ação que levou outros a cometer. Seria inconcebível permitir que esses dois assassinos levassem a culpa toda, apenas para serem substituídos mais tarde por outros dirigidos pela mesma mão suja. Eu quero que Marilia e Noah vejam seu mundo inteiro desmoronar da mesma forma que nós vimos o nosso morrer lentamente por anos.

— E nós garantiremos que eles façam isso — eu prometi.

— Eu sei que você vai.

Nós completamos a jornada em uma atmosfera amistosa durante a qual ele apontou alguns marcos de seu mundo, tecendo um pouco do folclore relacionado a eles. Conforme nos aproximamos da vila, ele apontou para uma grande área aberta onde eu poderia pousar a nave.

—É uma caminhada e tanto para você. Eu poderia deixá-lo um pouco mais perto — eu disse, apontando para outro espaço suficientemente grande para pousar.

Ele balançou a cabeça — Não é muito mais longe para andar. E você pode deixar sua nave lá. Não há necessidade de você deixá-la em outro lugar e voar de volta.

Minha sobrancelha se ergueu — Você tem certeza?

Ele assentiu — Obrigado pelo que você fez hoje. Sem seu aviso, nós nunca teríamos sabido, e todos nós teríamos morrido. Nossos amigos nos disseram que você levaria nossos inimigos à justiça. Mas você excedeu todas as esperanças que depositamos a seus pés. Saibam que todos vocês quatro ganharam seu lugar entre meu povo.

— Você nos honra, Aku — eu disse, minha garganta apertando enquanto eu sorria em gratidão. Eu ainda não sabia muito sobre a sociedade e o povo deles, mas sabia o suficiente para perceber que isso não era simplesmente um gesto educado, mas um presente raro.

— Vamos para casa, irmão.

CAPÍTULO 17

CIARA

G ritos animados do lado de fora me fizeram sair do laboratório. Antes que a porta terminasse de abrir, eu levantei a cabeça para escanear o céu. Assim que eu vi a nave de Amreth se aproximando, um grito de empolgação escapou de mim. Eu corri como uma louca para fora do pátio, pela praça da vila e pelos portões com todos me olhando com uma expressão divertida.

Tecnicamente, eu não tinha o direito de sair do pátio interno sem uma escolta. Mas algo inegavelmente mudou depois do nosso retorno do templo. Essa mudança já estava acontecendo gradualmente de uma forma muito mais sutil. Mas hoje, a tragédia que ajudamos a evitar virou tudo de cabeça para baixo.

Embora eu suspeitasse que os Kreelars de outras aldeias continuariam a nos olhar com desconfiança e cautela, os membros da tribo de Bryst agora nos aceitavam completamente.

Amreth pousou sua nave em uma clareira a pelo menos trezentos metros de distância da vila. Embora eu tivesse orgulho de manter a forma, eu estava sem fôlego quando cheguei à nave, constantemente temendo que ele decolasse novamente depois de deixar Aku para ir estacioná-la no penhasco onde ele normalmente a mantinha.

Para meu choque – mas também para minha agradável surpresa – eu encontrei os dois caminhando lado a lado em direção à vila. Seu rosto se iluminou quando ele me viu, e ele bateu as asas, voando apenas alguns metros acima do solo para diminuir a distância entre nós. Eu me joguei em seus braços, e ele me pegou. Eu esmaguei seus lábios em um beijo um tanto brutal no qual derramei minha felicidade e alívio por vê-lo de volta.

Ainda voando perto do chão, ele nos girou antes de pousar de volta. Eu quebrei o beijo, enterrei meu rosto em seu pescoço e inalei profundamente seu cheiro. Uma sensação de paz e de estar em casa tomou conta de mim. Ele envolveu suas asas em volta de mim, me segurando perto enquanto permanecíamos silenciosamente nos braços um do outro.

Depois de alguns segundos ou incontáveis minutos – eu não conseguia dizer, nem me importava – Amreth abriu suas asas e me soltou. Eu dei um passo para trás e imediatamente o examinei da cabeça aos pés procurando por qualquer sinal de ferimento.

Ele riu — Eu estou bem, minha companheira. Nós dois estamos bem.

Eu continuei a dar tapinhas em seu peito e braços antes de esticar meu pescoço para procurar Aku, com uma lasca de culpa torcendo minhas feições. Eu olhei por cima do ombro para encontrá-lo parado a uma distância respeitosa para nos dar um pouco de privacidade. Ele estava nos observando com um ar de diversão quase paternal, o que era bobo considerando que eu era mais velha que ele.

— Você está bem? — eu perguntei a ele, embora ainda encostada em Amreth — Alguém ferido?

Ele balançou a cabeça enquanto se aproximava de nós — Nenhum de nós está ferido, e fomos capazes de parar os assassinos antes que eles pudessem contaminar o templo.

— Onde eles estão? — eu perguntei, olhando por cima do ombro dele em direção à nave, como se eu pudesse ver através do casco até o brigue.

— Os Executores os têm — Amreth respondeu.

— O quê?! Como? — eu exclamei.

— Eu explicarei tudo quando voltarmos com os outros — Amreth disse em um tom apaziguador.

Minha língua queimava com a vontade de bombardeá-lo com perguntas. Eu não queria esperar, mas também não faria sentido que ele passasse por essa história duas vezes. Obviamente, Mehreen e Ernst, assim como toda a vila, gostariam de saber o que aconteceu.

Acabamos nos separando, com Aku reunindo seu povo dentro do salão de reunião enquanto nós quatro, forasteiros, entramos no laboratório implantável. No começo, doeu um pouco que não fôssemos incluídos, considerando nossa contribuição significativa no assunto. Mas Enre e os outros dois Kreelars que nos escoltaram até o Templo Svast atualizaram a todos sobre o que nós fizemos lá. Esta segunda atualização seria mais sobre a maneira como seu líder lidou com os assassinos e as prováveis ações que eles gostariam de tomar para seguir em frente como um povo. No lugar deles, eu também não gostaria que estranhos espionassem, independentemente de quão amigável nosso relacionamento tivesse se tornado.

Assim que nos acomodamos na sala de reuniões do laboratório, Amreth nos deu um relato detalhado dos eventos. Nós ficamos todos ali, estupefatos com todas essas revelações, especialmente em relação ao envolvimento de Marilia. E, no entanto, eu não deveria estar tão chocada. Não era segredo que grandes corporações frequentemente agiam de forma altamente questionável quando se tratava de aumentar seus lucros ou permanecer como líderes em seu campo. Isso era especialmente verdadeiro na indústria farmacêutica. Quem quer que tivesse criado a primeira patente ganharia bilhões de créditos. Se a descoberta permitisse o tratamento entre espécies, então o potencial monetário explodiria exponencialmente.

O SS12 tornou Elias Jacobs e a Typhoon Pharma obscenamente ricos. E essa riqueza estava prestes a ser desviada – pelo menos para a Typhoon – tanto como danos punitivos quanto para financiar os esforços que seriam necessários para fazer o certo pelos Kreelars.

Com planetas primitivos sob a Primeira Diretriz, isso sempre tornava as coisas significativamente mais complicadas, pois você não podia simplesmente despejar um monte de créditos neles como compensação ou compartilhar tecnologia. Mas isso era um desafio para pessoas mais qualificadas do que eu nesse campo resolverem.

— Uau! As coisas estão prestes a ficar seriamente feias para a Typhoon — Mehreen refletiu em voz alta — Eles são uma corporação tão grande com laboratórios e equipes de pesquisa em praticamente todos os lugares do nosso setor da galáxia. Investigá-los vai ser uma tarefa insana. Isso pode levar anos!

Amreth assentiu severamente — Certamente poderia. Mas isso não significa que as consequências não serão sentidas mais cedo. Os Executores irão atrás dos alvos mais fáceis para obter uma condenação rápida e conseguir maior acesso a tudo para que eles possam apresentar novas acusações de crimes anteriores mais tarde. Só me enfurece que alguns deles podem não ser indiciáveis devido a estatutos de limitações. Ainda assim, eu tenho a sensação de que haverá o suficiente deles para garantir que eles nunca mais sentirão o gosto da liberdade.

— Eles deviam ter confessado em vez de tentar acobertar Noah — Ernst disse — Eu posso entender uma mãe querer proteger seu filho, mas ele sempre foi muito trabalhoso. Ao mesmo tempo, não tenho certeza se foi por amor maternal ou simplesmente ganância. Afinal, não deve ser fácil encontrar alguém com as credenciais médicas adequadas disposto a fazer esse tipo de trabalho obscuro.

— De qualquer forma, eles estão ferrados — eu disse dando de ombros — Mas o que vai acontecer com Elias?

Amreth franziu os lábios enquanto refletia sobre a questão — Isso realmente depende. Obviamente, haverá algumas repercussões por esconder o que aconteceu aqui. Essa negligência impediu que os Kreelars fizessem os check-ins regulares dos quais eles teriam se beneficiado nos anos seguintes, o que teria evitado que essa tragédia continuasse por quase uma década. Tudo se resume a quanto ele foi coagido a permanecer em silêncio. Com base na declaração do Raitheano, Marialia ameaçou seriamente Jacobs. Se um crime for cometido sob coação, ele pode ser exonerado.

— Mas eu pensei que isso não se aplicasse se causasse a morte de outra pessoa? — Ernst rebateu.

— A evidência até agora não aponta que as ações de Jacobs levaram a mortes diretas — Amreth disse — Ele não estava presente ou foi responsável pelo que Noah fez. Ele tratou prontamente os Kreelars assim que percebeu que eles estavam infectados. Seu crime foi não relatar isso à Ordem Médica Galáctica. Mas isso foi sob coação quando eles tinham poucos motivos para pensar que a doença retornaria. E, de fato, a causa era uma fonte completamente diferente que ele não poderia ter suspeitado e não tinha ideia de que existia até que os amigos dos Kreelars os ajudaram a enviar uma mensagem a ele.

— E ele relatou imediatamente à Typhoon, solicitando que eles fossem a público — eu completei para ele — Ele pode escapar impune, ou pelo menos com apenas um tapa bem duro nas costas. O tempo dirá. Ainda assim, a queda da Typhoon é a melhor punição possível. Espero que isso envie uma mensagem assustadora para outras corporações e conglomerados que usam esses tipos de táticas imorais para enriquecer.

— Exatamente — Mehreen disse.

— Mas já é tarde — eu disse finalmente — Eu poderia usar um banho, uma boa refeição e um pouco de descanso e relaxamento.

— Ah, tenho certeza que você vai descansar — Mehreen disse, mexendo as sobrancelhas.

Eu olhei para ela enquanto os outros dois riam.

— Na verdade, você vai mesmo descansar — Amreth disse com uma expressão travessa — Acredito que alguém ganhou um dia de spa na minha nave, que está convenientemente estacionada a uma curta caminhada de distância.

— Oh, agora sim!! — eu exclamei, fazendo meus companheiros rirem novamente.

Nós demos boa noite aos nossos amigos, e eu não recuei quando Amreth me pegou nos braços e me levou para a nave. Mas ele permaneceu perto o suficiente do chão para que eu não ficasse enjoada com meu medo bobo de altura.

Esta foi a primeira vez que eu fiz um tour de verdade pela nave. Não só ela era de última geração, como também me ocorreu que ela estava definitivamente no topo do espectro no que diz respeito ao luxo. Embora falássemos frequentemente sobre como seria nosso futuro quando tudo isso fosse resolvido, nós nunca realmente discutimos coisas mesquinhas, como finanças.

Eu não era rica, mas vivia muito confortavelmente e estava na metade superior da classe média. Além da riqueza geracional herdada dos meus pais, meu papel como epidemiologista me rendeu uma renda invejável. Mas estava claro que Amreth pertencia a uma faixa muito mais alta. Afinal, ele era um Senhor.

Sempre foi engraçado pensar que, quando nos casássemos, eu me tornaria oficialmente Lady Ciara. Isso me fez querer rir de uma forma nada feminina. Considerando o quão pomposa eu achava a maioria das pessoas durante eventos como o simpósio em que eu fui sequestrada, tal título era um tanto desperdiçado em alguém como eu. Eu estava apenas grata que Amreth não parecia ser enfadonho ou um defensor da hierarquia e reconhecimento de sua posição. Isso definitivamente teria sido um problema. No entanto, eu me deliciei com a paleta de cores e a decoração da nave. Eu suspeitei que ela refletisse sua própria estética em casa. Por algum motivo, eu esperava muitas cores escuras, de vários tons de cinza a vermelhos profundos e marrons escuros. Em vez disso, o interior era principalmente branco com bege claro e ocasionais toques fortes de obsidiana. Havia algo muito zen e pacífico nele.

— Gostei dessa paleta de cores — eu disse enquanto ele me levava para a parte de trás da nave, que tinha quatro quartos, dois deles com banheiros próprios e os outros dois compartilhando um.

— Fico feliz em ouvir isso — Amreth disse com um sorriso — Minha casa compartilha uma paleta de cores semelhante. Eu adoro como isso torna o espaço espaçoso e relaxante. Nós temos muitas janelas grandes, com terraços enormes em todos os três andares da mansão. Mal posso esperar para que você veja. Obviamente, você estará livre para fazer quaisquer modificações que desejar para torná-la mais atraente para você.

— A julgar pelo que estou vendo até agora, duvido que isso seja necessário — eu disse com toda sinceridade — Mas definitivamente mal posso esperar para ver.

— Bem, aqui está o primeiro vislumbre — ele disse enquanto abria uma porta para o que acabou sendo um quarto impressionante.

Meu queixo caiu ao ver a cama enorme, que ocupava pelo menos um terço do espaço. Parecia quase larga o suficiente para permitir que Amreth se deitasse nela com suas asas abertas. Roupas de cama e travesseiros em tons terrosos adicionavam um pouco de calor com um toque agradável de cor. Eu mal olhei para o sofá confortável em madeira escura com almofadas bege de pelúcia em frente a uma tela de vídeo gigante. Para minha surpresa, não havia mesa de café da manhã ou escrivaninha de trabalho no quarto. Mas foram as grandes pinturas abstratas adornando as paredes que prenderam minha atenção.

Eu nunca fui do tipo que consegue citar nomes de artistas famosos ou investir em arte de colecionador absurdamente cara. Mas eu tinha uma apreciação genuína pelo trabalho daqueles que conseguiam transmitir um sentimento ou despertar uma emoção com sua criação, de um simples desenho a uma escultura ou uma música. Eu não conseguiria colocar isso em palavras e também não achava necessário. Para mim, era apenas sobre abraçar quaisquer emoções que despertassem em nós. E essas peças ressoaram comigo.

— Sim, acho que vou adorar sua casa do jeito que ela é — eu disse melancolicamente enquanto admirava as peças de arte.

Ele sorriu, beijou minha têmpora e então me levou pela mão para uma sala ao lado.

Meus olhos quase saltaram da cabeça quando entrei na sala de higiene. Ele não estava brincando ao dizer que tinha literalmente um spa. O cômodo era maior do que a maioria das cabines em naves de cruzeiro comuns. A banheira enorme e recuada imediatamente chamou minha atenção. Amreth não exagerou quando se gabou do seu tamanho. Eu gritei como uma colegial e bati palmas enquanto ele ria.

Então eu notei o chuveiro ainda maior que ocupava quase uma parede inteira. Em cima dos chuveiros pendurados no teto, uma série de jatos corporais alinhavam a parede. A julgar pelo número e ângulos, eles foram projetados especificamente para lidar com a grande envergadura das asas de um Obosiano. Não é de se admirar que meu homem tenha ficado tão infeliz sem seu conforto. No canto, longas tiras que lembravam saídas de ar verticais na parede, e uma quadrada no teto, pareciam agir como uma espécie de secador.

Em frente ao chuveiro, um longo balcão com uma pia dupla ficava em frente a um espelho que ia até o teto. Na outra extremidade do chuveiro, separado por uma parede de privacidade, um vaso sanitário estava apoiado em cima de uma pequena plataforma que o elevava. Considerando o grande vão entre o vaso sanitário e a parede do fundo, eu percebi que a distância e a elevação eram para acomodar suas asas e cauda.

— Esta é uma réplica quase perfeita da sala de higiene do banheiro no quarto principal da minha casa — Amreth disse antes de se aproximar de um padrão espiralado na parede perto da entrada com uma pedra luminosa ao lado — E aqui, você encontrará toalhas limpas e outros artigos de higiene necessários. Basta acenar com a mão na frente da pedra.

Eu fiquei boquiaberta quando o padrão giratório pareceu se transformar em um líquido espesso, o padrão se desfazendo e revelando as prateleiras lá dentro.

— Ok, isso é super legal — eu disse, impressionada.

Ele me deu um sorriso presunçoso — Isso é padrão para portas em Vargos e, por extensão, em Molvi. Se você precisar abrir uma porta, apenas acene com a palma da mão na frente da pedra. Para trancá-la, acene com as costas da mão na frente dela.

— Anotado — eu disse, animada com o pensamento de todas as outras maravilhas que eu descobriria em seu mundo.

— Ótimo. Agora tire suas roupas e vamos te molhar — Amreth disse em uma voz sugestiva que instantaneamente fez meus dedos dos pés se curvarem.

Eu ri e obedeci enquanto ele foi encher a banheira com água.

— Já volto — ele disse com um tom misterioso, despertando minha curiosidade.

Meu olhar permaneceu nele enquanto ele saía do quarto, admirando suas costas fortes e a maneira como sua longa cauda balançava suavemente atrás dele. A lembrança das maneiras safadas que ele a usou me fez instantaneamente pulsar em todos os lugares certos.

Borbulhando de antecipação, eu terminei de me despir e dobrei minhas roupas cuidadosamente no balcão. Eu me aproximei da banheira, que estava enchendo a uma velocidade impressionante, e mergulhei a ponta dos meus dedos para testar a temperatura. Um sorriso esticou meus lábios ao encontrá-la no calor perfeito. Descendo os dois degraus até a banheira, eu me acomodei na água com um gemido voluptuoso.

O suave farfalhar da porta se abrindo atrás de mim chamou minha atenção. Meus olhos se arregalaram ao ver Amreth seguido por uma bandeja flutuante com duas taças cheias de uma bebida espumante que lembrava champanhe, e dois pratos carregados com frutas exóticas fatiadas em um e chocolates gourmet de luxo no outro.

— Oh, meu Deus! Onde você conseguiu isso?! — eu exclamei, me endireitando na banheira enquanto ele se aproximava e colocava a bandeja para pairar na altura perfeita na minha frente.

— Eu os trouxe comigo com a intenção da gente aproveitar durante o nosso primeiro encontro depois que eu te libertasse — Amreth disse presunçosamente enquanto começava a tirar as roupas — Na verdade, havia o equivalente a morangos mergulhados em chocolate como parte do menu. Mas, dadas as circunstâncias, imaginei que já tínhamos visto o suficiente deles por um tempo e os deixei de fora.

Eu bufei, tanto divertida quanto comovida por sua consideração — Droga, isso é tão fofo!

— Normalmente, eu ficaria ofendido por ser descrito assim, mas, desta vez, vou permitir — ele disse provocativamente — Eu não exatamente te libertei, mas temos motivos para comemorar.

— Nós temos — eu concordei enquanto deliciava meus olhos com meu homem — De mais de uma maneira.

Para minha surpresa, ele não se juntou a mim na banheira, mas sentou-se de lado na borda elevada, seus pés permanecendo no chão. Amreth pegou as duas taças, me entregando uma. Eu a peguei, meu coração palpitando enquanto ele fixava os olhos em mim com uma profundidade de afeição que me bagunçou.

— Por você, minha Ciara, a maior bênção que os Deuses poderiam ter me concedido. Eu sempre me perguntei como seria minha alma gêmea. Eu esperava que ela fosse gentil, inteligente, engraçada, afetuosa e, claro, cumpridora da lei — ele acrescentou com uma piscadela provocante, me fazendo rir.

Ele ficou sério e acariciou gentilmente minha bochecha com os nós dos dedos.

— Mas você superou tudo isso. Você é ousada, corajosa, compassiva e altruísta. Dia após dia, eu a vejo se esforçando ao máximo para salvar essas pessoas com empatia e respeito. Nenhuma vez você sequer contemplou como ter sucesso nesse esforço poderia lhe trazer elogios e aclamação. Você só se importa com o bem-estar deles. E isso transparece. Você não consegue nem começar a entender o quão orgulhoso eu estou de reivindicá-la como minha.

Minha garganta apertou, e lágrimas idiotas tentaram picar meus olhos para se juntar à festa. Eu não achava que estava fazendo nada de especial além do que era necessário e certo. Mas sua resposta estava me comovendo profundamente.

— Eu amo que você não tenha medo de falar o que pensa, de se manter firme em suas crenças e de ir atrás do que quer. E, acima de tudo, eu amo o quão feliz eu me sinto simplesmente por estar ao seu lado. O mero pensamento de ver seu rosto e ouvir sua voz me faz sorrir. Eu estou me apaixonando por você, Ciara. Mal posso esperar para começarmos nossa vida juntos.

— E eu mal posso esperar para começar nossa vida juntos também. Você também superou meus sonhos mais loucos. Cada qualidade que você listou sobre mim, eu poderia jogar de volta para você. Meu maior medo era que você pudesse ser muito rígido. Mas você é extremamente humilde, de mente aberta e disposto a ver as coisas da perspectiva de outra pessoa. Você é protetor sem ser controlador, íntegro, mas não hipócrita, disciplinado e ainda assim brincalhão, e acima de tudo, você é o melhor abraçador do mundo. Esses abraços alados são simplesmente de outro nível — eu acrescentei provocativamente.

Ele bufou e balançou a cabeça para mim.

— Eu adorei que você não pensou duas vezes antes de vir me resgatar. Adorei que você se adaptou rapidamente à nova situação e não hesitou em fazer a coisa certa, mesmo em detrimento da sua própria carreira em Molvi. Você é tão altruísta quanto diz que eu sou. E todos aqui veem isso. Eu estou ainda mais orgulhosa de você do que você de mim.

— Duvido que isso seja possível — ele disse, tentando soar brincalhão e mal-humorado para esconder o quanto minhas palavras o comoveram.

— Acredite em mim. Você possui tanto poder que poderia facilmente abusar, e ainda assim você sempre procura a opção pacífica que evitará derramamento de sangue. Você me faz sentir segura, respeitada e valorizada. Eu estou me apaixonando por você, com cauda, asas, chifres e tudo.

— Piercings também? — ele perguntou.

Eu comecei a rir, enquanto ele ria afetuosamente.

— Sim, piercings também. Especialmente esses — eu acrescentei, lançando um olhar significativo para sua virilha.

— Ótimo! Porque quando voltarmos para casa, suspeito que o Conclave vai me dar mais algarium como recompensa pela minha contribuição para resolver essa crise. Comece a pensar onde você vai querer que eu adicione esses piercings.

Eu fiquei de queixo caído enquanto ele ria presunçosamente.

O Conclave era a mais alta autoridade legal em Vargos, o planeta natal dos Obosianos. Algarium era o metal raro que eles usavam para seus piercings, todos os quais tinham que ser ganhos por meio de feitos ou realizações notáveis. Eu precisava perguntar sobre o que lhe rendeu todos aqueles que atualmente adornavam seu corpo.

— Até lá, por nós — Amreth disse, sem esperar minha resposta.

— Por nós — eu repeti enquanto brindávamos.

Nós bebemos. Acabou sendo algo mais como um rosé frutado, embora pudesse muito bem ser uma versão Obosiana de champanhe, não que eu particularmente me importasse. Eu nunca fui muito fã de álcool. Mas isso era delicioso.

Para minha surpresa, Amreth não comeu as guloseimas dos dois pratos, mas se moveu para trás de mim, agachando-se na borda da banheira, para me dar uma massagem adequada no ombro. Um ronronar alto saiu da minha garganta.

— Coma, minha companheira, e aproveite ser mimada — Amreth disse.

— Você não vai comer? — eu perguntei, pegando um dos chocolates.

— Não. Estou deixando espaço para o banquete de dar água na boca que pretendo aproveitar um pouco mais tarde — ele respondeu em um tom sugestivo que não fazia mistério quanto ao seu significado subjacente.

Uma chama agradável acendeu na boca do meu estômago enquanto eu me entregava à massagem e aproveitava mais algumas das guloseimas. Ele usou seu *bakaan* em um nível muito baixo para me deixar ainda mais relaxada. Com um comando vocal, ele ativou o sistema de som que começou a tocar uma música Obosiana suave.

Eu terminei minha bebida, mastiguei mais algumas frutas e chocolates, e então joguei a bandeja de lado enquanto Amreth soltava meus ombros para circular ao redor da banheira. Meu coração pulou quando ele entrou na banheira enorme, que ainda tinha espaço de sobra para pelo menos outro adulto se juntar a nós confortavelmente. No entanto, Amreth sentou-se na minha frente na outra ponta em vez de se aconchegar comigo. Só então eu percebi que ele estava prestes a me dar uma massagem nos pés e nas pernas. Outro ronronar alto saiu da minha garganta. Eu me inclinei para trás contra a banheira, a parte de trás da minha cabeça descansando na borda elevada enquanto eu era mimada pelo meu homem.

O toque dele era mágico. Eu levei um momento para perceber que o pequeno formigamento era devido a ele usar quantidades mínimas de seu Lumiak enquanto me massageava. Eu brevemente me perguntei se não era um esforço arriscado, já que a água era um grande condutor de eletricidade. Mas aos quarenta e seis anos de idade, eu confiava que ele já sabia o que era seguro e o que não fazer com seus poderes.

Quando ele terminou, eu estava totalmente lânguida, meu corpo inteiro parecia flutuar em uma nuvem. Amreth saiu da banheira e então ativou os jatos de bolhas. A água morna imediatamente começou a se agitar ao meu redor, me dando mais uma massagem de corpo inteiro que me fez virar uma poça.

Meu companheiro riu presunçosamente enquanto se inclinava para me beijar. Eu retribuí o beijo, desejando que ele se aconchegasse comigo na banheira. Mas ele se endireitou e foi para o chuveiro. Sentindo-me um pouco desolada, eu observei groguemente ele começar a se lavar. Foi realmente um espetáculo ver todos aqueles jatos corporais jorrando água nele e especialmente em suas asas.

Ele parecia um deus pagão enquanto as abria bem. Minha boca encheu d'água enquanto o observava levantar os braços para começar a lavar o cabelo. Isso expôs cada centímetro de seu corpo delicioso aos meus olhos gananciosos. A luz ambiente refletia exatamente da maneira certa em seus piercings, chamando ainda mais minha atenção para eles. Eu engoli em seco, me lembrando de como eles eram na minha língua, assim como as pequenas escamas e espinhos macios ao longo de seu comprimento.

Ele se virou para encarar os jatos de corpo enquanto eles

explodiam a frente de suas asas. Meu olhar deslizou sobre os músculos fortes de suas costas enquanto eles rolavam sob sua pele marrom-acinzentada. Eles seguiam o caminho por sua espinha que se curvava em sua longa cauda. Embora um pouco grossa na base, ela não escondia os globos deliciosamente redondos de seu traseiro. Meus dedos coçavam com a vontade de agarrá-los com as duas mãos. Mas, novamente, eu também queria dar uma mordida sólida em cada nádega.

Ele levantou o rosto para a água dos chuveiros. Depois de um momento, ele parou a água, e então se virou para me encarar novamente. Com olhos fechados, ele descansou as palmas das mãos contra as portas de vidro, a cabeça levemente abaixada. Só então eu ouvi um som de assobio muito sutil, que presumi que emanasse da secadora. Segundos depois, eu notei o movimento de seu longo cabelo branco prateado, indicando que o vento estava soprando através dele.

Eu percebi que tinha saído da banheira quando comecei a andar em direção ao chuveiro. Os olhos de Amreth se abriram meio segundo antes de eu chegar ao chuveiro. Suas íris branco-prateadas, que tinham sido quase completamente engolidas pela esclera preta ao redor delas, de repente se expandiram para seu tamanho normal enquanto ele travava olhares comigo. Ele se endireitou e tirou as palmas das mãos das portas de vidro. Eu as abri e entrei, a corrente morna do secador rolando sobre mim em uma carícia gentil.

Sem dizer uma palavra, eu fechei a distância até meu companheiro e coloquei minhas palmas em seu peito. Eu levantei meu rosto para receber seu beijo, que ele generosamente deu. Nossas línguas se misturaram, enviando um raio de desejo percorrendo meu corpo. Era mais estreita que a de um humano, com uma textura um pouco mais áspera que realçava cada sensação, especialmente em lugares safados. Até mesmo o piercing no meio de sua língua aumentava a experiência.

Ele segurou minha nuca com a mão direita, a esquerda deslizando pelas minhas costas em uma carícia gentil antes de se acomodar em meu traseiro. Eu imediatamente interrompi o beijo, não permitindo que ele assumisse o controle do momento. Ele era naturalmente dominante no quarto. Embora eu normalmente não tivesse problemas em ceder nessa frente, naquele exato momento, eu queria saciar minha fome por ele sob meus próprios termos.

Ele não tentou me conter quando eu comecei a salpicar beijos ao longo de sua mandíbula e na curva de seu pescoço. Eu amava a textura macia de sua pele, que parecia um pouco coriácea em comparação à de um humano. As escamas em forma de chevron em seus ombros faziam cócegas em minhas palmas enquanto as bordas raspavam contra elas quando eu o acariciava.

Minha boca se aventurou mais para baixo, para seu mamilo esquerdo. Eu tinha me tornado bastante viciada em chupar o pequeno piercing de barra que ele tinha ali. Ver o prazer que eu tirava disso sempre me fazia sentir culpada por não ter meus próprios piercings para ele brincar. Eu ainda não achava que faria algum, mas eu estava menos inflexivelmente contra isso agora que eu tinha me familiarizado com os dele. O fato dele nunca ter tocado no assunto novamente ou mesmo remotamente tentado me pressionar para fazer alguns desempenhou um grande papel nisso. Eu amava que ele realmente respeitasse minha autonomia corporal e gostasse de mim do jeito que eu era.

O estrondo profundo de seu gemido de aprovação ressoou diretamente em meu clitóris. Não havia excitação maior do que o homem que você amava sendo tão incrivelmente sensível e responsivo ao seu toque. Amreth nunca parecia se cansar de mim, assim como eu constantemente o desejava. Eu lambi e esfreguei seu mamilo por mais um tempo, chupando o pequeno broto enquanto beliscava o outro com minha mão esquerda.

Eu retomei minha jornada para baixo, parando para dar um pouco de atenção ao outro piercing em seu umbigo. Sentir seus músculos abdominais se contraírem sob minhas palmas atiçou ainda mais a chama que crescia em minha barriga. Eu esfreguei minhas mãos sobre eles, antes de traçar cada sulco cinzelado com minha língua.

Amreth respirou fundo quando minha mão direita acariciou um caminho entre suas coxas para envolver corajosamente seu comprimento. Minha nossa! Eu nunca me cansaria da sensação sobrenatural de seu pau em minha mão. Seu *xinnix* – os pequenos espinhos alinhando os lados de seu eixo – os dois conjuntos de escamas na parte superior de seu comprimento e os vários piercings espalhados ao longo do comprimento e na cabeça forneciam uma infinidade de sensações que me fizeram pulsar de antecipação. Qualquer coisa que ele fizesse na minha palma quando eu começasse a acariciá-lo era multiplicada mil vezes dentro de mim.

Eu me agachei diante dele, deleitando meus olhos com a perfeição que ele era. Inclinando-me para frente, eu imediatamente comecei a provocar a fenda de sua cabeça com minha língua antes de desenhar círculos ao redor da glande. Minha outra mão acariciou e apertou seus testículos, deleitando-me com sua textura anormalmente suave. Os dedos de Amreth deslizaram pelo meu cabelo, agarrando-o frouxamente o suficiente para não restringir meus movimentos, um som estrangulado emanando dele quando lambi todo o seu comprimento algumas vezes antes de levá-lo à minha boca.

Dizer que ele era enorme não poderia nem começar a fazer justiça a ele. Estranhamente, eu me sentia enganada por não poder colocar muito mais dele dentro da minha boca. Eu realmente queria poder fazer uma garganta profunda nele de verdade. Mas eu compensava acariciando-o em contraponto ao movimento da minha boca. O som profundo e rosnado de seus gemidos em meus ouvidos me deixou encharcada em segundos. Meus seios estavam pesados e meus mamilos doíam com a necessidade de atenção.

Apesar de seu autocontrole fenomenal, Amreth começou a

balançar suavemente em reação aos meus cuidados. Na primeira vez que ele fez isso, eu temi que ele destruísse minhas amígdalas quando a paixão o dominasse. Felizmente, mesmo quando o prazer o dominava, ele nunca se esquecia de me manter segura. Por uma razão completamente irracional, isso me estimulou a querer fazê-lo se perder ainda mais, como em alguma necessidade masoquista de forçar seus limites. Eu amava o gosto dele, levemente picante como gengibre doce. Infelizmente, ele muitas vezes me privava do prazer de saboreá-lo completamente. Era um desejo estranho que eu desenvolvi especificamente por ele, considerando que eu nunca fui muito louca por engolir. E ainda assim, eu amava tudo com ele e nunca conseguia o suficiente. Amreth só tinha um problema com o clímax. Ele ficava obcecado em garantir que eu gozasse pelo menos algumas vezes antes que ele pudesse aproveitar sua própria liberação.

Como se tivesse lido os pensamentos que cruzavam minha mente, Amreth começou a puxar gentilmente meu cabelo para me afastar dele. Pela forma como seus músculos abdominais estavam se contraindo espasmodicamente e suas pernas estavam tremendo levemente, ele estava prestes a gozar. Recusando-me a perder meu prêmio, eu aumentei meu aperto em volta da base de seu pau e acelerei o movimento da minha cabeça balançando na frente dele. Quando ele tentou puxar um pouco mais forte, eu recorri à tática vergonhosa que descobri que o faria gozar em segundos.

Eu raspei meus dentes contra os espinhos sensíveis de seu *xinnix*. Para ele, eles eram como pontos G externos. Na mesma hora, seu corpo travou, e sua mão apertou dolorosamente meu cabelo enquanto ele gritava. Embora eu tivesse provocado isso deliberadamente, eu quase engasguei com o primeiro jato poderoso que disparou em minha boca. Eu engoli em seco, me preparando para mais, mas o miserável se puxou para trás, segurando meu cabelo com muita força para me permitir tentar segurar.

Ele sibilou e fechou a mão em volta da base do seu pau, logo abaixo da minha, ainda tentando acariciá-lo. Amreth apertou com força, estancando o fluxo de sua semente. Eu lambi meus lábios de forma lasciva, um brilho travesso nos meus olhos misturado com uma lasca de desaprovação por ele não me deixar fazer o que queria com ele.

Mas mesmo enquanto ele continuava a tremer levemente com as dores da felicidade, ele olhou para mim com uma expressão quase selvagem que expressava claramente que eu tinha sido uma menina má, e ele iria me punir por isso. A pulsação entre minhas coxas entrou em sobrecarga enquanto eu me preparava para sua retaliação.

E isso aconteceu rapidamente.

— Você gosta de jogar sujo? — ele disse em um rosnado — Dois podem jogar esse jogo.

Uma onda insanamente poderosa de seu *bakaan* me atingiu. Eu gritei, minhas costas arqueando enquanto um orgasmo violento me varria. Dois braços fortes me pegaram logo antes que eu desabasse no chão de azulejo.

Agarrada aos seus ombros, meu corpo tremendo, eu tentei me recompor enquanto o fogo corria por minhas veias, e meu clitóris pulsava quase dolorosamente. O peito de Amreth contra o meu vibrou com uma risada presunçosa. Ele beijou a mancha branca na minha testa – minha coroa, como ele a chamava – e então roçou os lábios ao longo da minha têmpora até minha orelha direita.

— Que tal um jogo diferente? — ele sussurrou em um tom quase malicioso.

Ainda muito atordoada, eu tentei perguntar o que ele queria dizer. Mas ele acariciou meu traseiro, sua mão deslizando entre minhas coxas e se curvando para alcançar meu clitóris. O único som que saiu de mim foi outro grito de êxtase enquanto ele eletrocutava meu pequeno e inchado nódulo com um raio de

Lumiak. Meus olhos rolaram para a parte de trás da minha cabeça enquanto eu era mais uma vez varrida.

Onda após onda de êxtase caiu sobre mim enquanto Amreth me mantinha voando alto com uma mistura de seu *bakaan* e usos estratégicos de seus raios em áreas erógenas entre duas carícias. Eu demorei muito para perceber que sua cauda tinha se juntado à briga, mergulhando para dentro e para fora de mim em um frenesi, enquanto meu companheiro cobria meu rosto e pescoço com beijos apaixonados.

Um terceiro orgasmo me reivindicou, dessa vez crescendo gradualmente em vez da forma selvagem que Amreth havia desencadeado os dois anteriores. Eu estava me agarrando a ele com todas as minhas forças, querendo mais e ainda temendo que eu me despedaçasse em um milhão de pedaços. Meu cérebro mal conseguia processar as palavras doces que ele falava para mim, minha mente muito confusa pelo prazer avassalador. As sequências intermináveis de gemidos saindo de mim e meu sangue rugindo em meus ouvidos tornavam ainda mais difícil ouvir o que ele estava dizendo.

E ainda assim, quando ele tirou a cauda de dentro de mim para substituí-la por seu eixo grosso, suas palavras perfuraram a névoa luxuriosa que nublava meus pensamentos.

— Mais uma vez, meu amor. No meu pau... Juntos...

Como em todas as vezes em que nos juntamos, ele me encheu até a borda, sua circunferência não desprezível me esticando até o que parecia ser meus limites. E ainda assim, eu não conseguia o suficiente. Cada estocada arrancava um gemido estrangulado de mim após o outro. Entre os espinhos de seu *xinnix* e os piercings que revestiam seu eixo, minhas paredes internas foram submetidas a um ataque sensual indescritível que me fez cantar árias. O piercing de barra em sua cabeça e as escamas na parte superior de seu eixo esfregavam sistematicamente contra meu ponto G com precisão mortal, entrando e saindo, me deixando louca de prazer.

O mundo ao meu redor deixou de existir, meu universo inteiro se estreitando para a sensação dele, dentro e ao redor de mim. Um inferno estava me consumindo por dentro, cada terminação nervosa incendiada por um turbilhão de sensações. Amreth começou a bombear em mim com mais força e mais rápido, sua respiração se tornando difícil e saindo em rajadas curtas e altas em meu ouvido conforme ele se aproximava do limite. Em pouco tempo, ele estava metendo em mim, agarrando meu traseiro com as duas mãos, suas garras parcialmente extrudadas cravando em minhas nádegas. Seu pau estava me destruindo enquanto meu clímax final vinha correndo em minha direção com a fúria desenfreada de um tsunami.

Minha espinha travou, e uma luz ofuscante explodiu diante dos meus olhos enquanto eu mais uma vez me despedaçava. Minhas paredes internas se fecharam no pau de Amreth, intensificando a sensação de seus espinhos, escamas e piercings dentro de mim. Ele juntou sua voz à minha, suas mãos na minha bunda aumentando seu aperto quase dolorosamente. Eu fiquei surpresa que suas garras não rasgaram minha pele.

Sua semente disparou dentro de mim, banhando meu interior machucado com um fluxo escaldante enquanto ele continuava a balançar para dentro e para fora de mim. Ele esmagou meus lábios com um beijo voraz, engolindo meus gemidos de êxtase. Ele o quebrou, e eu enterrei meu rosto em seu pescoço, despedaçada e sem ossos. Eu vagamente o senti meio cambalear para trás, e então se inclinar contra a parede, provavelmente tentando recuperar seu próprio rumo. Como ele conseguiu me segurar desafiava a lógica. Eu estava apenas grata por isso.

A água caindo sobre nós me tirou do meu torpor. Eu me senti muito destruída para me mover, mas não precisava. Com uma ternura e um cuidado infinito que me deixaram confusa, Amreth nos lavou e me manteve aninhada em seus braços, me beijando e sussurrando palavras de amor enquanto a secadora soprava ar quente em nós.

Ele então me carregou de volta para seu quarto, deitando-me cuidadosamente no colchão grande antes de se juntar a mim.

Amreth me puxou para cima dele, sua cauda e braços enrolados em volta de mim, e suas asas enormes nos cobrindo.

Eu adormeci nos braços do meu companheiro, me sentindo segura, amada... em casa.

CAPÍTULO 18

CIARA

Na semana que se seguiu à captura dos dois assassinos, muitas discussões diplomáticas dominaram a maioria de nossas interações com os Kreelars. Agora que tudo havia sido revelado, a OPU e os Executores fizeram formalmente a oferta que Maeve mencionou para Aku e Amreth. Eles queriam fornecer pessoal e recursos tecnológicos para ajudar a encontrar uma cura ou um tratamento e erradicar a invasão dos morangos.

Enquanto antes eu teria automaticamente encorajado uma espécie primitiva em sua situação a aceitar essa assistência, o curto período de tempo gasto aqui entre eles me ajudou a entender melhor sua relutância. Essas pessoas sofreram traumas genuínos de suas interações com seres de outros planetas. A tentativa de genocídio apenas multiplicou sua angústia mil vezes.

Além disso, eu não era ingênua o suficiente para acreditar que a oferta era puramente altruísta. Sim, a OPU e os Executores queriam fazer o certo pelos Kreelars, mas também buscavam se misturar com eles, estabelecendo a base para futuras alianças.

Embora meus colegas, Amreth, e eu tenhamos conquistado totalmente sua confiança, os Kreelars não estavam tão interessados em estender a mesma aos outros. Ao mesmo tempo, mesmo com o laboratório implantável e Amreth lidando com a maior parte da exploração, nós éramos poucos demais para a extensão do trabalho a ser feito. Ter uma equipe completa, especialmente para análises, execução de simulações e preparação dos tratamentos, aceleraria significativamente nosso progresso. E o mais importante, o acesso à tecnologia de ponta que estava faltando no laboratório implantável e a conectividade ao banco de dados infinito do Conselho Médico Galáctico fariam uma grande diferença.

Embora os Kalds inicialmente tenham recusado permitir que quaisquer alienígenas adicionais pousassem em seu planeta, eles consentiram com a colocação permanente de um satélite retransmissor em órbita para finalmente nos dar a conectividade que precisávamos. Eles também concordaram com uma equipe permanecendo em órbita a bordo de uma nave científica para ajudar com nosso trabalho.

No final da semana seguinte, nós desenvolvemos um soro que revestia os príons com uma substância que impedia sua absorção. Não era um antídoto, mas um tratamento para aqueles que já estavam infectados. Nós ainda encorajamos fortemente a vacinação, mas estávamos confiantes de que essa medicação funcionaria.

O maior debate para eles como povo era decidir o que eles queriam fazer com os morangos. Os novos poderes que essas mutações introduziram eram agora uma parte permanente de seu povo. Nossa pesquisa indicou que essa mutação sempre foi planejada para ocorrer no futuro como parte da evolução natural de sua espécie. Os príons só a desencadearam muito antes do que eles estavam prontos.

A questão era se eles erradicariam o gatilho e permitiriam que seu povo tentasse voltar à sua linha do tempo normal na medida do possível, ou se agora eles assumiriam o controle dessa evolução e ativariam a mutação em seus próprios termos. A realidade era que, mesmo que eles conseguissem se livrar de todos os morangos por aí, essa habilidade psiônica já existia entre seu povo agora. Algumas crianças nasceriam com ela, e outras poderiam desenvolvê-la repentinamente, enquanto ela permaneceria adormecida entre outras. Isso criaria uma classe diferente de pessoas em sua população que poderia causar uma fenda ou desequilíbrio de poder que poderia descarrilar todo o seu futuro.

Se eles a aceitassem, eles mesmos poderiam cultivar as frutas em um ambiente controlado e administrá-las deliberadamente em pequenas quantidades para seu povo antes da puberdade. Combinado com o remédio que nós criamos, eles poderiam garantir uma mutação segura para todos.

Qualquer que fosse a escolha deles, ainda era necessária a erradicação das frutas silvestres. E isso reabriu as discussões sobre permitir que pessoas de fora entrassem em seu planeta. Nós já estávamos aqui há um mês. Com a crise principal agora evitada e todas as pessoas infectadas estabilizadas e mutando com segurança, nós não podíamos mais justificar manter Amreth aqui, longe de suas funções.

Na verdade, ele tecnicamente poderia ter partido nos dois dias seguintes à prisão dos assassinos. Mas nós precisávamos que ele fosse o piloto de sua nave. Se Amreth tivesse deixado o ônibus espacial e voltado para casa com sua nave, Mehreen, Ernst e eu estaríamos ocupados demais com trabalho científico para fazer todo o taxiamento. De qualquer forma, ele não queria me deixar para trás, o que secretamente me deixou feliz.

No final, em grande parte graças ao meu companheiro, os Kalds eventualmente concordaram em permitir que cinco pequenas equipes analisadas por Amreth viessem eliminar todos os morangos, assim como rastrear, tratar ou abater qualquer animal infectado. Cada equipe consentiu em ser supervisionada por uma dupla de Kreelars designados a eles. Como levaria muitas semanas para concluir a tarefa, acomodações foram fornecidas a eles nos pátios internos da vila com a qual foram pareados.

Depois de ainda mais debates, os Kreelars decidiram que os indivíduos – não sua tribo ou os Kalds – escolheriam se iriam desencadear sua mutação. Nós montamos uma estufa especial em cada um dos três templos onde seus Adhias – que serviam como seus líderes espirituais – supervisionariam o crescimento e a administração das frutas. A partir dos dez anos de idade, se a mutação não tivesse ocorrido por si só, um Kreelar poderia decidir se consumiria as frutas, que seriam dadas a ele por um Adhia.

Eu passei minha última semana em Kestria fazendo treinamento adicional para os Kreelars criarem seus próprios testes de detecção, tratando pacientes infectados com casos supervisionados de pessoas que consumiram deliberadamente as frutas. Mehreen e Ernst concordaram em permanecer até que tudo estivesse pronto, o que provavelmente levaria pelo menos mais três meses.

No entanto, eu me voluntariei para participar dos check-ups de acompanhamento que aconteceriam a cada seis meses nos primeiros dois anos, e depois uma vez por ano nos três seguintes, com uma visita final no décimo ano. Com o satélite de retransmissão, eles agora tinham um método direto de nos contatar para obter ajuda caso algo desse errado entre os check-ups. Naturalmente, Amreth me acompanharia nessas visitas. Era menos para me proteger e mais para sair com seu novo amigo. Se eu não gostasse tanto de Aku e Vala, eu quase ficaria com ciúmes.

O dia da nossa partida me destruiu. Eu sempre me sentia um pouco emocionada ao deixar uma missão, mas esta levou isso a outro nível. Vala, os curandeiros e Adhias com quem trabalhei vieram se despedir de nós. Ver Muti e seus dois filhos me deixou impressionada.

A vila inteira se reuniu na praça. Para meu choque, eles formaram um círculo perfeito ao redor de Amreth e eu em vários anéis concêntricos. Cada pessoa segurava a mão do vizinho e entrelaçava sua cauda com o da pessoa na frente deles, no anel menor. Como os anéis internos contavam menos pessoas, uma pessoa em cada duas teria sua cauda entrelaçada com duas pessoas. Vala, Aku, Enre e dois Adhias cercaram Amreth e eu enquanto ficávamos cara a cara.

Eu segurei as duas mãos do meu companheiro. Enquanto sua cauda estava entrelaçada com a de Aku, Enre e um dos Adhias enrolaram sua própria cauda em volta de cada uma das panturrilhas de Amreth, enquanto Vala e o outro Adhia fizeram o mesmo comigo. Cada pessoa na vila estava totalmente conectada, mãos e caudas, formando um círculo ininterrupto.

Como um, os Kreelars começaram a cantar uma melodia assombrosa que fez arrepios em cadeia irromperem por toda a minha pele. De vez em quando, os Adhias falavam palavras em sua língua enquanto as pessoas continuavam a cantar. Eu não sabia o que eles estavam dizendo, nem precisava. Aku mencionou que eles queriam lançar a bênção de viajante sobre nós. Mas em um nível visceral, eu acreditava que era muito mais profundo do que isso, que eles estavam nos tornando membros oficiais de sua tribo.

Amreth descreveu uma cena um tanto similar no templo quando ele voou pela primeira vez para lá para escanear animais infectados. Eles nos envolverem em um ritual que claramente era sagrado para eles mexeu comigo profundamente.

Quando o canto terminou, as pessoas abaixaram as mãos e as caudas, mas permaneceram em um único círculo, na maior parte frouxo, ao nosso redor. Muti e sua prole se aproximaram de nós. Minha garganta apertou quando ele entregou um tecido dobrado lindamente bordado, que acabou sendo um cobertor com vários símbolos, incluindo o emblema da tribo Jaln.

— Minha amada e eu fizemos isso para você. Ela queria estar aqui, mas ainda está se recuperando — Muti disse com a voz tensa de emoção — Eu teci o cobertor, e minha Ranae o bordou com os símbolos da vida, do amor e da felicidade, porque foi isso que você nos deu de volta. Toda vez que você o enrolar em você, saiba que são nossos braços e nossos corações a abraçando.

— Obrigada, a vocês dois — eu disse, minha garganta quase apertada demais para falar — Ajudá-los foi é uma grande bênção por si só. Eu vou valorizar esse presente.

Ele colocou a palma da mão no peito e abaixou a cabeça. Para minha surpresa, cada um de seus filhos, um de cada vez, agarrou minha mão direita e pressionou sua testa contra suas costas. Simultaneamente, eles enrolaram suas caudas em volta das minhas panturrilhas. Foi breve, e eles imediatamente me soltaram antes de darem um passo para trás e sorrirem para mim com seus rostinhos adoráveis.

Eu retribuí os sorrisos, meu coração se enchendo até explodir. A família recuou quando Vala e Aku avançaram. Cada um deles segurava um daqueles colares de contas ornamentados que seu povo usava, embora não fossem apenas contas. Eles pareciam pedras esculpidas com cristais ou pedras preciosas presas dentro. Eu não os compararia a geodos, pois seus exteriores rivalizavam com o seixo mais polido, e o cristal ou gema interior era muito claro, liso e iridescente.

Os colares também pareciam muito mais elaborados e luxuosos do que aqueles que os membros da tribo costumavam usar no dia a dia.

— Este é um *ondishae* — Vala disse, segurando o colar diante de mim, enquanto Aku fez o mesmo com o seu diante de Amreth — É um símbolo de identidade importante e um vínculo comunitário. Todo Kreelar recebe um no dia em que é desmamado de sua mãe ou amas de leite, por volta dos sete ou oito anos. Nos anos seguintes, à medida que eles formam relacionamentos próximos com os outros e conquistam seu lugar na tribo, seus *ondishae* também crescerão.

— Crescerão? — eu ecoei com curiosidade.

— Ele possui duas partes. O *ondi* — Aku explicou, removendo a parte central do colar, que acabou sendo uma única corrente com uma fileira de sete gemas maiores — E o *shae* — ele acrescentou, mostrando a outra parte, muito maior, que tinha quatro correntes, cada uma adornada com inúmeras pequenas gemas de pedra esculpidas — A primeira pedra do *ondi* representa a tribo à qual você pertence ou na qual nasceu, enquanto as outras indicam as outras tribos que te reivindicam como parentes ou amigos.

Eu pressionei uma palma contra meu peito enquanto seu significado se aprofundava. Sete joias... Sete tribos nos reivindicaram.

— Os *shae* são símbolos de amizade de pessoas cuja lealdade, respeito ou amor você conquistou por alguns grandes feitos — Vala continuou — Eles não são dados levianamente, pois toda a unidade familiar deve estar de acordo antes que ele possa ser concedido, o que representa em média entre quatro a oito pessoas que devem concordar. Cada um dos seus *shaes* conta com cento e vinte e sete pedras.

— Nós não temos palavras — Amreth disse, sua voz cheia das emoções que eu sentia.

— Não são necessárias palavras — Aku disse em um tom levemente provocador — Não se espera que alguém use seu *ondishae* diariamente. Como ele é mais pesado, o *shae* geralmente é exibido em nossas casas em um lugar de honra. Mas é comum usar o *ondi* como um colar, enrolado em nossas braçadeiras ou integrado em nossos cintos.

Ele levantou o antebraço de forma ostentosa. Só então eu notei que ele realmente tinha seu *ondi* bem preso à sua braçadeira. Anteriormente, eu simplesmente pensava que ele a tinha adornado com pedras preciosas incrustadas.

— Este é um presente de todos os Kalds e suas tribos pelo que vocês fizeram por nós. Vocês são Kreelars, se não de sangue, pelo menos de coração. Vocês sempre serão bem-vindos aqui — Vala disse em uma voz solene.

Eu murmurei um agradecimento enquanto ela apertava o colar em volta do meu pescoço. Embora não fosse desconfortável ou doloroso, era inegavelmente pesado, o que explicava por que ninguém o usava diariamente – supondo que recebessem tantas pedras. Ocorreu-me então que ele agia como uma pulseira de berloques, mas onde boas ações potencialmente lhe rendiam uma nova.

Para minha surpresa, Aku colocou o *shae* em volta do pescoço de Amreth, mas amarrou o *ondi* em volta do pulso dele. Vala me puxando para seu abraço recuperou minha atenção. Ela me abraçou de uma forma quase maternal, embora ela me parecesse potencialmente alguns anos mais nova do que eu. Eu retribuí o gesto com o mesmo afeto.

Ela me soltou, beijou minha testa e então deu um passo para trás — Que as luzes divinas sempre brilhem em você da mesma forma que você afastou a escuridão que nos sufocava. Até nos encontrarmos novamente, Irmã, que seus dias com seu companheiro sejam preenchidos com toda a felicidade que você merece, e muito mais.

— Até nos encontrarmos novamente, que toda a escuridão permaneça sempre afastada, e que você e seu povo recebam todas as bênçãos — eu disse.

Assim que estávamos nos preparando para sair, Aku tirou uma zarabatana do cinto de armas junto com uma bolsa. Mais uma vez, eu fiquei atordoada com minha falta de habilidade de observação. Da mesma forma que eu não vi seu *ondi* em sua braçadeira, eu não percebi que ele estava equipado com uma segunda zarabatana e uma bolsa extra de dardos. Ele estendeu ambos para Amreth, que os pegou com uma sobrancelha erguida, e um ar curioso.

— Você não pode se considerar um caçador habilidoso até que consiga derrotar sua presa usando nada mais do que sua zarabatana e seus atributos físicos naturais, excluindo poderes psiônicos — Aku disse em um tom de provocação.

Amreth bufou ao aceitar o presente dele — Isso é um desafio?

— É — Aku confirmou com um sorriso quase malicioso — Quando você nos visitar novamente, veremos como você se sai contra um Murthis.

— Desafio aceito — Amreth disse com uma presunção misturada a uma pitada de arrogância — Certifique-se de convidar muitas outras tribos para se juntarem à festa nessa noite. Eu trarei carne suficiente com essa pequena zarabatana para alimentar pelo menos cinco delas.

Todos nós caímos na gargalhada enquanto eu balançava a cabeça afetuosamente para Amreth. Ambos os homens ficaram sérios, então Aku colocou a mão no ombro do meu companheiro.

— Boa viagem, irmão. Até o próximo encontro, que o sol e as estrelas sempre iluminem o caminho que você percorrer — Aku disse.

Depois de mais algumas despedidas e abraços amigáveis de Mehreen e Ernst, nós partimos para uma nova aventura – a maior e mais importante para mim – minha nova vida com minha alma gêmea.

Assim que deixamos o planeta, minha primeira tarefa foi ligar para meus pais. Ver os dois chorando, especialmente meu pai sempre estoico, me deixou bastante abalada. Como Amreth mencionou anteriormente, eles sabiam que eu estava bem. Mas ainda havia uma grande diferença entre ouvir algo e ver com seus próprios olhos. Eles não ficaram muito felizes em saber que eu não voltaria para casa, mas iria direto para Molvi. Por mais impressionados que eles estivessem com meu companheiro, como a maioria das pessoas, eles tinham uma imagem terrível do planeta prisão. Em suas mentes, ele era um mundo queimado, infestado de criaturas demoníacas, águas pútridas e o ar cheio de vapores tóxicos sulfúricos.

Só quando Amreth lhes enviou imagens de sua casa e da paisagem ao redor é que eles finalmente cederam um pouco. Eles ainda fizeram beicinho por eu não voltar para a Terra. Isso me fez sentir culpada. No lugar deles, eu provavelmente também gostaria de segurar meu bebê para me certificar de que ele estava realmente bem. Ao mesmo tempo, eu tinha estado em inúmeras missões e fiquei longe da Terra por dois ou três anos seguidos, falando com meus pais apenas uma vez por semana por vídeo. Mas a promessa de nós os levarmos para Molvi ou Vargos para nosso casamento em alguns meses os acalmou ainda mais.

A viagem de dois dias para Molvi acabou sendo como uma mini lua de mel com Amreth se esforçando para me mimar de todas as maneiras possíveis. Obviamente, fizemos questão de ser criativos com cada cômodo e superfície da nave. Isso não me impediu de espremer alguns minutos para fazer o check-in com Mehreen e Ernst.

A OPU e os Executores permaneceram perturbadoramente quietos. Não deveria me surpreender, considerando que esse tipo de caso importante exigiria uma investigação enorme e que eles tomassem medidas muito cuidadosas. Você não queria que o culpado se safasse por alguma tecnicalidade porque você estragou as coisas ao se apressar demais. Eu não duvidava que Marilia sabia agora que algo havia dado errado com seus assassinos. Ela provavelmente tentaria eliminar o máximo de evidências incriminatórias possível, embora eu suspeitasse que ela fez isso ao longo dos anos na eventualidade de tal reviravolta.

Eu queria vê-la enfrentar a justiça por toda a dor e sofrimento que ela provocou, permitiu ou perpetuou. Mas, acima de tudo, eu queria que Aku e os Kreelars fossem justificados. Ele depositou uma tremenda confiança em nós. O peso de sua experiência com os alienígenas tinha sido mais do que negativo. Se a OPU e os Executores falhassem em entregar a justiça que prometeram, o dano ao relacionamento florescente que estávamos construindo com eles seria irreparável. Eu só esperava que algumas notícias ou consequências surgissem em breve.

Nossa chegada em Molvi me deixou sem fôlego. Apesar das

belas fotos que Amreth compartilhou com meus pais e ele me contando sobre a beleza do planeta prisão, eu não tinha conseguido me livrar do medo persistente de que seria um lugar terrível e deprimente. Mas meu companheiro não estava se gabando quando comparou a paisagem de Molvi à beleza selvagem e indomável da terra natal dos Kreelars.

A casa de Amreth – nossa casa – quase fez meus olhos saltarem da cabeça. Mais uma vez, ele me mostrou imagens, mas a realidade excedeu tudo que eu poderia ter imaginado. Seu tamanho me deixou sem palavras. Aparentemente, como era o caso da mansão – para não dizer castelo – de todo Senhor do Inferno, sua casa foi esculpida diretamente no topo da montanha. Ela tinha três andares com terraços expansivos em cada nível, largos o suficiente para acomodar pelo menos duzentas pessoas. Uma piscina olímpica ocupava a maior parte do terraço do nível inferior. Uma cachoeira natural desaguava nela. Um pátio interno permitia mais janelas do chão ao teto nas partes internas da casa, evitando que parecesse claustrofóbica.

Assim como sua nave, a casa era principalmente branca com alguns detalhes em bege-claro e marrom-escuro ou preto. Várias plantas e flores perfumadas davam a ela o toque de cor necessário para torná-la aconchegante em vez de clínica. Jardins e flora ainda mais deslumbrantes cobriam o chão no fundo do penhasco íngreme abaixo dos terraços.

— Isto é maravilhoso — eu disse, me apoiando na grade do terraço principal enquanto olhava para o jardim abaixo e para a floresta luxuriante que se estendia infinitamente além — Este parece ser o cenário perfeito para um piquenique.

Para minha surpresa, Amreth caiu na gargalhada enquanto olhava para mim como se eu tivesse perdido o juízo.

— Um piquenique para as plantas, sim. Definitivamente não para nós — ele disse, divertido — Cada planta lá embaixo, incluindo a grama, vai te matar. Algumas vão levar seu doce tempo fazendo isso, mantendo-a viva na pior agonia enquanto

elas lentamente te devoram, outras vão te maṭar instantaneamente, seus esporos basicamente fazendo suas veias e capilares
estourarem como água congelada em um cano, e então você tem
aquelas que vão te sufocar antes de te comerem, ou cuspir o
ácido mais virulento que existe em você para que você fique
liquefeita – incluindo seus ossos – e elas vão absorver os nutri-
entes através de suas raízes.

— Que porra é essa?! — eu exclamei, horrorizada — Por que
você guardaria uma merda dessas por aí?

— Porque faz parte dos sistemas de defesa e dissuasão para
impedir que os prisioneiros escapem — Amreth respondeu de
forma factual — Para registro, os prisioneiros são informados
com antecedência sobre todas as defesas letais definidas em
torno de seus Quadrantes e em todo o Setor. Se eles decidirem
arriscar de qualquer maneira, a responsabilidade é deles.

Um arrepio percorreu meu corpo enquanto eu examinava o
jardim colorido e quase pacífico lá embaixo.

— Por que fazer isso tão bonito e convidativo se essas coisas
esquisitas estão prestes a te matar? Por que não fazer trepadeiras
retorcidas com espinhos do tamanho de punhais, cogumelos
gigantes com os tipos de cores neon que gritam "Estou-prestes-a-
foder-você-além-do-reconhecimento" em vez disso?

Amreth riu de novo e me deu um sorriso indulgente —
Porque eu tenho que olhar para essas plantas todos os dias
quando relaxo nos meus terraços. Eu prefiro muito mais uma
vista bonita do que uma vista retorcida.

Eu franzi os lábios, ainda perturbada com tudo isso — Justo,
eu acho. Mas agora a questão é quantas vezes você "curtiu" o
espetáculo de um dos seus internos sendo massacrado por flores?

Ele riu um pouco mais, aparentemente divertido com minha
expressão dramática — Paz, meu amor. Isso nunca aconteceu.
Esta é a última defesa... bem, menos o penhasco, que é impossível de escalar. Ninguém jamais sobreviveu tentando cruzar a
floresta. Há muitas coisas desagradáveis vagando por lá,

incluindo um rio com bichos ainda mais desagradáveis. Não tenha medo, minha companheira. Esta casa é segura, e você não será submetida às coisas menos agradáveis que ocasionalmente acontecem nos Quadrantes.

— Certo — eu disse, parecendo longe de estar convencida.

Ele sorriu — Não fique tão perturbada, minha Ciara. Você não encontrará essas plantas letais no resto de Molvi. Elas são bioprojetadas especificamente para nossos Quadrantes e estritamente contidas neles. Mas venha, é hora de você conhecer nossos Nundars. Eles prepararam um banquete apropriado para nós e estão impacientes para conhecê-la.

Meu pulso imediatamente acelerou, e a tensão endureceu minha espinha. Por mais curiosa que eu estivesse para conhecer os familiares esquivos dos quais Amreth falava com tanto carinho, eu não pude deixar de me preocupar que eles pudessem não responder bem a mim. Eles escolhiam cuidadosamente a qual casa iriam se juntar, pois eram extremamente sensíveis às emoções das pessoas. E se eles não gostassem da minha? E se minha aura fosse tão insuportável para eles que eles considerasem deixar Amreth em vez de serem submetidos à minha mera presença?

Pare com isso, mulher! Você é a alma gêmea de Amreth. Eles vão te amar!

Isso me apaziguou um pouco, mas, sentindo meu nervosismo, meu companheiro me acalmou ainda mais com seu *bakaan*. Eu dei a ele um sorriso tímido de gratidão.

— Não se preocupe. Eles já te amam. Eu posso sentir a empolgação deles. Normalmente, eles apenas se escondem e esperam alguns dias para se apresentarem formalmente e darem tempo à nova parceira para se ajustar ao novo lar. Mas eles mal podem esperar para conhecê-la. Sua aura os atraiu desde o momento em que você saiu da nave.

Com o estômago embrulhado, eu deixei Amreth me guiar pela mão para dentro da casa. As enormes portas de vidro do chão ao teto se abriram diante de nós para revelar uma grande e formal sala de estar. Mais uma vez, ela tinha um toque muito zen, mas luxuoso o suficiente para que eu me perguntasse se um decorador de interiores profissional havia feito tal maravilha.

No entanto, foram as duas dúzias de seres estranhos que nos cumprimentaram lá dentro que retiveram toda a minha atenção. Eles eram bípedes com um pescoço muito longo e listrado, terminando em uma cabeça em forma de cone. Seus rostos não eram exatamente planos, mas tinham uma protuberância de nariz quase em forma de focinho acima de um par de lábios muito finos. Um bigode longo e peludo, de uma cor bege mais clara do que a pele, emoldurava suas bocas largas. Seus pés pareciam cascos em forma de estrela, e uma cauda grossa se arrastava bem atrás deles. Eles usavam túnicas longas e bordadas que me lembravam trajes medievais.

Eles me olhavam com olhos grandes e curiosos, cheios de gentileza.

— Bem-vinda ao lar, Mestra. Saudações, Lady — uma voz disse na minha cabeça enquanto todos os Nundars pressionavam suas mãos direitas contra o peito.

Só então eu percebi que eles tinham apenas dois dedos extremamente longos em cada mão, com garras de duas pontas. Mas eu permaneci focada em suas palavras.

Embora eu soubesse que tinha ouvido aquela saudação, não eram palavras reais ou uma voz real, como quando um telepata se comunicava mentalmente conosco. Era mais como uma transferência de pensamentos que eu simplesmente entendia. Amreth mencionou de passagem que eles tinham uma forma de mente coletiva. Eles não usavam nomes individuais, e você sempre deveria se dirigir a eles como uma unidade. Eu não sabia qual deles tinha falado em nome dos outros.

Uma parte de mim sentiu que eu deveria estar um pouco assustada com esses seres estranhos. E ainda assim, instintivamente eu me vi sorrindo e me sentindo à vontade. O fato deles serem pessoas espirituais brilhava intensamente. Isso irradiava uma aura de paz e gentileza na qual você só queria se envolver.

— Obrigado — Amreth disse afetuosamente — Ciara, conheça meus Nundars.

— É um prazer conhecê-los — eu disse calorosamente.

"Nundars preparou um banquete. Receitas da Terra compartilhadas pelos Nundars de Lady Malaya. Servimos quando você estiver pronta." Isso mexeu comigo. Eu ainda não tinha conhecido Malaya, a esposa do Senhor Kronos, o melhor amigo de Amreth. Mas o fato de nossos Nundars se darem ao trabalho de aprender receitas humanas para me fazer sentir bem-vinda me comoveu profundamente.

Amreth estufou o peito, orgulho e gratidão transbordando dele em resposta aos seus Nundars.

— Obrigado, meus amigos. Isso é muito atencioso. Nós comeremos quando eu terminar de mostrar à minha companheira sua nova casa — Amreth disse.

Como um, eles abaixaram suas cabeças antes de se dispersarem. Para minha surpresa, um punhado passou por nós e saiu da casa pelas grandes portas do pátio enquanto os outros seguiram na direção oposta, mais para dentro. Então me ocorreu que o primeiro grupo provavelmente iria recuperar nossos pertences pessoais da nave.

— Eles são incríveis! — eu sussurrei, minha voz cheia de admiração.

— Eles são, e pensam o mesmo de você. Mal posso esperar para que estejamos ligados para que você possa ver suas auras como eu. Elas brilharam com cores ainda mais bonitas para você do que elas jamais fizeram para mim. Meus sentimentos estão feridos — ele disse com uma expressão amuada.

Eu comecei a rir — Não tenha inveja do meu charme irresistível! Mas, ei, anime-se. Fique perto de mim por tempo suficiente, e isso pode te contagiar! Então você será tão adorável quanto eu!

Ele bufou — Se é isso que é preciso, espere muita fricção no futuro próximo — ele disse, sua voz cheia de promessas.

Eu ri e deixei que ele me mostrasse a nova mansão que eu agora chamaria de lar.

EPÍLOGO
CIARA

O mês seguinte em Molvi acabou sendo um verdadeiro turbilhão. Entre fortalecer meu relacionamento com Amreth, me familiarizar com meu novo mundo natal e organizar minha carreira, o tempo voou. Mas minha vizinha e nova melhor amiga Malaya foi uma grande bênção. Tendo passado por todo esse processo de realocação, ela tinha todos os truques e dicas para tornar tudo o mais indolor possível.

Dizer que ela era um anjo não poderia começar a fazer justiça a ela. Malaya era engraçada, espirituosa e sempre ansiosa para ajudar. Na verdade, eu tive que repreendê-la para descansar com sua barriga enorme enquanto ela se aproximava do parto de seu primeiro filho. Vê-la passando por aquela gravidez também aliviou muitas das minhas preocupações sobre futuros bebês com Amreth. As mulheres frequentemente reclamavam sobre como seus fetos chutavam suas bexigas e rins como se tivessem roubado seu dinheiro do almoço, mas os bebês Obosianos eram protetores naturais.

Pelo que entendi, eles conseguiam sentir qualquer desconforto que causassem às mães e imediatamente se policiavam para não afetá-la negativamente. Claro, eles eram muito grandes, mas não a ponto de debilitar.

Como Malaya era a repórter oficial do Conclave e dos Executores, ela conseguiu escrever o furo de reportagem de abalar a terra sobre as prisões em massa de Marilia Hesper, seu filho Noah Montel e inúmeros outros associados. A queda da Typhoon Pharma enviou ondas de choque por toda a indústria. A gigante farmacêutica foi colocada sob tutela enquanto a justiça seguia seu curso. Naturalmente, Amreth e eu demos a Malaya uma extensa entrevista aprofundando-se sobre as dificuldades e a devastação que os Kreelars suportaram.

A reputação de Elias Jacobs foi duramente atingida quando ele foi varrido pelo tsunami legal. No entanto, ele estava se preparando para esse dia há anos. Poucas horas após as primeiras acusações se tornarem públicas, seu exército de advogados já estava entrando com moções para arquivar com uma quantidade impressionante de documentação de apoio e precedentes detalhados justificando por que ele deveria ser exonerado de toda responsabilidade devido à coerção e coação a que Marilia o sujeitou por anos. E então o estatuto de limitações também entrou em vigor.

O canalha tinha sido esperto o suficiente para ter comunicações escritas onde ele expressava sua necessidade de ir a público, o que sistematicamente era abafado com ameaças nada sutis. Eu duvidava que angústia moral real motivasse esses pedidos. Ele estava apenas protegendo seu traseiro de forma inteligente.

No final, ele escapou com uma reprimenda severa e uma multa substancial – o que não foi nada, considerando a riqueza que o SS12 lhe rendeu. Embora uma parte de mim desejasse que ele enfrentasse consequências mais severas, eu não podia realmente argumentar contra o resultado. Afinal, nada dessa tragédia poderia ser atribuído a ele especificamente. Ele nunca encorajou ou tolerou as escapadas sexuais de Noah que desencadearam o encontro inicial. Noah contrabandeou os morangos sem seu conhecimento ou consentimento. E ele não tinha nenhum motivo razoável para justificar uma busca nos pertences de sua equipe ou para rastrear seus movimentos.

Isso poderia ter acontecido com qualquer outro líder de equipe de pesquisa que tivesse um colega de equipe canalha.

O processo inteiro levaria pelo menos alguns anos antes que todas as acusações e julgamentos fossem concluídos. Mas, pelo menos, Marilia, seu filho e os acólitos mais próximos tinham uma viagem garantida para Molvi. Eu fiquei surpresa por Amreth esperar que eles não acabassem no Quadrante de Dakon. Eu esperava que ele desejasse o pior destino para eles. Mas eles morreriam rápido demais lá. Em um Setor como o dele ou o de Kronos, eles sofreriam por anos antes de morrer.

Eu era um monstro por também desejar dor prolongada para eles?

Tudo o que importava era que Aku e os Kreelars estavam mais do que satisfeitos com o resultado, especialmente após a confirmação de que a investigação revelou mais irregularidades com outras espécies primitivas. Na verdade, a OPU montou o laboratório mais insano em Molvi. Eles efetivamente me recrutaram para realizar pesquisas avançadas em vários campos relacionados a espécies primitivas. A maioria delas dizia respeito aos planetas afetados negativamente pelas ações mercenárias da Typhoon Pharma. Felizmente, nenhum dos descobertos até agora havia sofrido algo tão trágico quanto os Kreelars. No entanto, um dos casos mais repugnantes que descobrimos envolvia sua divisão de produtos de beleza. Eles estavam adulterando a comida de répteis selvagens para modificar sua pele e escamas. Assim que as criaturas terminavam a muda, os funcionários farmacêuticos apareciam e coletavam a pele para ser usada em cremes rejuvenescedores absurdamente caros.

A adulteração afetou negativamente esses animais, fazendo com que sua troca de pele fosse extremamente dolorosa e reduzindo sua expectativa de vida. Isso também tornou esses répteis impróprios para consumo pelas espécies primitivas que costumavam caçá-los e para quem eles eram uma importante fonte alimentar.

Por mais que eu odiasse que tais coisas acontecessem, eu estava nas nuvens, pois esses sempre foram os tipos de projetos nos quais eu aspirava trabalhar. Além disso, Amreth ficou muito feliz em saber que eu tinha uma carreira gratificante aqui em Molvi. Embora ele tentasse ficar tranquilo sempre que discutíamos nosso futuro juntos, eu podia ver no fundo de seus olhos o medo de que ele não conseguiria fazer de Molvi um lugar bom o suficiente para eu me estabelecer permanentemente.

Como ele previu, o Conclave concedeu trezentos gramas de algarium a ele por sua contribuição para salvar os Kreelars. Na realidade, ele deveria ter recebido apenas metade, com a outra metade presenteada a mim. Mas como nós ainda não éramos oficialmente casados, eles não podiam me dar nada, pois isso era reservado para os Obosianos – o que se aplicava por extensão a seus cônjuges e descendentes. Ainda me emocionava eles terem incluído minha parte na dele para que ele pudesse me dar quando nosso casamento acontecesse em alguns meses.

A coisa miserável continuou sendo adiada com tudo o mais que estava acontecendo, sem mencionar o fato de que tanto os pais dele quanto os meus estavam ficando loucos querendo ter o maior e melhor casamento combinando rituais humanos e Obosianos. Amreth e eu teríamos ficado bem em fugir. Mas estávamos felizes em deixar nossos pais se divertirem com essa loucura, contanto que eles assumissem o fardo, o que eles fizeram ansiosamente.

Hoje à noite, duas semanas depois de ser homenageada pelo Conclave, eu voltei para casa e coloquei meu transporte pessoal na plataforma de pouso na borda do terraço principal. Eu desci a rampa apenas para encontrar Amreth me esperando na entrada com uma expressão misteriosa. O fato dele ainda estar usando sua couraça deixou todos os meus sentidos em alerta máximo. A essa hora, a menos que algum incidente o chamasse de volta a um de seus Quadrantes, meu companheiro gostava de andar por aí com o peito nu, da mesma forma que as mulheres humanas tiram os sutiãs no minuto em que voltamos do trabalho ou de alguma tarefa.

— O que está acontecendo? — eu perguntei antes de esticar o pescoço para olhar por cima do ombro dele e ver se tínhamos um convidado improvisado.

Eu não consegui pensar em quem poderia ser, pois ele normalmente teria me avisado com antecedência, mesmo que fossem apenas Kronos e Malaya. De qualquer forma, ele estava confortável o suficiente com os dois para não usar um top ou peitoral na presença deles. Em mais de um sentido, eles eram como irmãos para nós.

— Eu tenho uma surpresa para você — ele disse com a mesma expressão ilegível.

— Espero que seja uma boa? — eu disse, minha curiosidade aguçada, mas também misturada com uma pitada de preocupação.

— Quero acreditar que sim — ele respondeu, seu olhar fixo no meu.

Eu fechei a distância entre nós. Ele imediatamente me puxar para seu abraço, sua expressão suavizando com uma ternura beirando a adoração instantaneamente aliviou um pouco da minha tensão. Ele se inclinou e me deu um beijo apaixonado que fez meus dedos dos pés se curvarem e meus joelhos ficarem bambos. Mal se passaram cinco meses desde que nos conhecemos após sua tentativa de resgate, mas foi o suficiente para eu me apaixonar perdidamente pelo meu íncubo. Eu sempre esperei que a paixão inicial que queimou tão ferozmente entre nós em nossas primeiras vezes juntos acabaria se transformando em algo terno e confortável com o tempo. Mas ela parecia apenas continuar crescendo, como se um milhão de vidas nunca fossem suficientes para saciar a fome e a febre que nos consumiam.

Ele me soltou, pegou minha mão e me atraiu para a mesa grande perto da piscina. Só então eu notei duas taças altas, uma garrafa de espumante pronta no gelo e uma caixa de tamanho médio entre elas.

— O que é isso? — eu perguntei, intrigada — O que estamos comemorando?

— Eu finalmente decidi como usar o algarium, mas preciso do seu consentimento para prosseguir — ele disse, com um toque de nervosismo na voz.

— Meu consentimento? — eu ecoei, surpresa — Como você mesmo disse tão bem, seu corpo é seu para fazer o que quiser. Você não precisa da minha permissão para furar qualquer parte do seu corpo que desejar. E você é educado o suficiente sobre o assunto para não fazer uma escolha que possa ser prejudicial à sua saúde ou bem-estar a longo prazo.

— Você está certa — ele disse cuidadosamente — Mas dessa vez também envolve seu corpo.

Eu enrijeci, e meu rosto imediatamente fechou enquanto um calafrio percorreu meu corpo. Nem cinco minutos antes, eu estava pensando o quão loucamente apaixonada eu estava por esse homem. Ele poderia ter tão pouco respeito pelos meus limites a ponto de tentar me fazer sentir culpada para colocar piercings depois que eu claramente expressei que isso não era para mim? Ele achava que, por já tê-los feitos, eu não teria coragem de recusá-los?

— Não é o que você pensa — ele acrescentou rapidamente ao ver minha reação física — Você declarou que inequivocadamente não faria piercings, e eu respeito isso. O que eu tenho em mente não exigirá nenhuma modificação corporal de sua parte.

— Ooook — eu disse cuidadosamente, a tensão sangrando dos meus ombros enquanto eu olhava para a caixa — Então o que é?

Amreth estendeu a mão em direção à mesa. Para meu total aborrecimento, em vez de pegar a caixa para revelar seu conteúdo, ele pegou a garrafa e então levou seu doce tempo abrindo-a e enchendo as taças. Eu o encarei, mas ele continuou a sorrir presunçosamente com um desafio em seus olhos.

Desafio aceito!

Dois poderiam jogar. Enquanto ele estava na metade do caminho para encher a segunda taça, eu rapidamente tentei pegar a caixa. Assim que meus dedos estavam roçando a superfície, a cauda de Amreth se enrolou em meu pulso e puxou minha mão para longe.

— Ei! — eu exclamei indignada.

— Sua garota safada! — ele resmungou — Não é permitido tocar.

— Você disse que era um presente para mim — eu argumentei antes de pegá-lo novamente com minha mão livre.

O desgraçado soltou meu pulso e enrolou sua cauda em volta de mim na velocidade da luz, achatando meus braços contra os lados do corpo e me amarrando como uma salsicha.

— O quê...?

Ele riu e olhou para mim com uma expressão insuportavelmente presunçosa enquanto seus olhos brilhavam com travessura.

— Um item só se torna um presente depois de ter sido dado — Amreth disse em um tom levemente castigador — Esta caixa não foi dada a você. Na verdade, o que ela contém não é para você.

Chocada, eu parei de lutar contra a cauda que me prendia e olhei para ele boquiaberta, surpresa e confusa.

— Não é? — eu perguntei, me culpando por repetir o óbvio.

Ele balançou a cabeça com uma expressão provocadora — Não. Este é seu presente para mim, caso você aceite o meu primeiro.

Dessa vez, eu apenas o encarei sem palavras, minha mente ficando em branco sobre o que diabos estava acontecendo. Para minha surpresa, em vez de ficar ainda mais presunçoso e travesso, Amreth de repente pareceu um pouco nervoso, quase tímido, enquanto desenrolava sua cauda me segurando.

— Nos meses desde que nos conhecemos, eu me apaixonei perdidamente por você, minha Ciara — ele disse em um tom quase solene — Como Kayog nos considerou almas gêmeas, desde o começo foi uma conclusão precipitada que você e eu nos casaríamos. Nossos pais certamente estão indo com tudo nessa frente. O toque de escárnio com que ele falou a última frase me fez bufar e então concordar. Mas eu me senti ainda mais confusa sobre onde ele queria chegar com isso. Se não fosse por sua frase inicial reiterando seu amor por mim, eu estaria à beira de hiperventilar com a perspectiva de que ele estava se preparando para me abandonar.

— Parece que nada disso foi tratado da maneira normal e adequada. Tudo foi feito meio que ao contrário. Mas eu quero fazer isso direito. Você merece que isso seja feito direito — ele disse, fazendo meu coração palpitar.

Minha respiração escapou rapidamente quando Amreth deu um passo para trás antes de se ajoelhar. Com os olhos esbugalhados, eu o observei pescar uma pequena caixa do bolso e segurá-la diante de mim. Lágrimas começaram a picar meus olhos quando ele abriu a tampa para revelar o anel de noivado mais deslumbrante. Parecia que eles tinham tecido algarium nos tipos de torções que eu ocasionalmente fazia no meu cabelo. No centro, as torções criavam um receptáculo delicado que continha uma linda pedra Kreelar, combinando com a cor dos meus olhos, e gravada com o símbolo da eternidade.

— Eu quero que sejamos um, agora e sempre, em corpo e alma, porque escolhemos e nos amamos. Quero que você se vincule a mim, e que esses anéis sejam a representação física do compromisso que assumimos um com o outro, de acordo com sua cultura, ao mesmo tempo em que abraçam a minha. Você me aceita, Ciara?

Aí vem a represa estourando.

Lágrimas encharcaram minhas bochechas enquanto eu chorava e ria e balbuciava meu consentimento. Minha mão tremia quando ele colocou o anel em meu dedo. A mistura mais estranha de diversão com minha reação boba e alegria com minha aceitação brincou nas feições lindas do meu companheiro. Quando ele finalmente me deu a caixa da mesa para que eu pudesse colocar o outro anel em seu dedo, eu quase o deixei cair várias vezes de emoção, fazendo-o cair na gargalhada.

Por fim, eu consegui e me joguei em seus braços. Era bobo da minha parte ter uma reação dessas ao que tecnicamente era uma mera formalidade, mas isso realmente tornou tudo perfeito. A consideração com que ele criou uma maneira de eu participar de um aspecto importante de sua cultura, respeitando meus limites, significou o mundo para mim. Ele fazer isso de tal maneira, deixando claro que ele não me tomava como garantida só porque todos nos viam como uma conclusão precipitada, me fez sentir amada e valorizada.

Ele reivindicou meus lábios em um beijo possessivo que imediatamente fez meu sangue arder. Eu alcancei os fechos de sua couraça, ansiosa para ter acesso irrestrito à perfeição que ele era. Para minha surpresa, Amreth agarrou meus pulsos, me parando. Ele quebrou o beijo e me encarou enquanto eu o encarava confusa.

— Eu quero me unir a você. Você consente? — ele perguntou, seus olhos passando rapidamente entre os meus.

Meu coração disparou. Eu lambi meus lábios nervosamente, excitação e uma ponta de medo fazendo meu estômago revirar. Os Obosianos só podiam se unir uma vez na vida, ligando sua alma para a eternidade ao parceiro escolhido. Nem mesmo a morte do cônjuge permitiria que o sobrevivente formasse um novo vínculo com outra pessoa. Eles realmente se casavam para o resto da vida. Então, ele me pedir para me unir a ele não foi um compromisso feito levianamente. Ele realmente queria que ficássemos juntos enquanto respirássemos.

O vínculo em si não me assustou. Eu estava mais do que totalmente envolvida. Mas eles normalmente faziam isso enquanto voavam. Meu eu fracote provavelmente estragaria o momento fazendo xixi ou vomitando de medo por causa da altura. Com base na descrição que Malaya me deu de seu voo de vínculo com Kronos, isso envergonhava até mesmo as montanhas-russas mais selvagens e de quebrar pescoços que existem. Embora ela tenha evitado muitos detalhes, isso envolvia um pouco de brincadeira safada. O vínculo também causava um pouco de dor para os humanos, enquanto nos modificava levemente não apenas para melhorar nosso sistema imunológico, mas também para nos conceder a capacidade de ver almas, embora não na mesma extensão que um Obosiano puro-sangue.

Mas seria preciso muito mais do que isso para me impedir de criar um vínculo com o amor da minha vida. Meu medo de altura que se dane. Eu não deixaria que ele estragasse a melhor coisa que já tinha me acontecido.

— Sim, Amreth, eu concordo. Eu quero passar o resto da minha vida com você — eu disse com uma voz um pouco trêmula.

— Meu amor — ele sussurrou, recuperando meus lábios com um fervor que me destruiu.

Ele me levantou, e eu instintivamente enrolei minhas pernas em volta da cintura dele, focando na sensação dele ao meu redor e reprimindo os primeiros indícios de medo tentando criar raízes no meu coração. Para meu choque, Amreth não levantou voo com um único bater poderoso de suas asas como era seu costume. Em vez disso, ele casualmente começou a andar em direção à casa sem quebrar o beijo. Quando as portas gigantes se abriram com um suave farfalhar, eu me afastei para olhá-lo inquisitivamente.

Ele sorriu ternamente — Voar não é necessário. Seu conforto

e bem-estar são tudo o que importa. Os Obosianos sem asas também podem criar vínculos enquanto permanecem presos à terra.

Meu peito se apertou de amor pelo meu companheiro e de culpa por privá-lo da experiência completa de vínculo.

— Você é tão maravilhoso para mim. Sinto muito por ter te privado...

— Você não está me privando de nada — ele interrompeu severamente enquanto se dirigia para o nosso quarto — Eu posso voar a qualquer hora, qualquer dia. A união não se trata de voar pelo céu, ele se trata de duas almas se unindo. Eu não poderia me importar menos com onde ou como faremos isso. Eu só quero que minha alma seja uma com a sua.

— Você é tão perfeito. Não sei o que eu fiz para te merecer — eu sussurrei, minha voz cheia de emoção.

Ele bufou — Você não vai dizer isso da próxima vez que eu te importunar só por diversão.

Eu ri, concordando enquanto ele me carregava para dentro do nosso quarto. Ele podia ser uma praga insuportável, me fazendo querer estrangulá-lo e beijá-lo. Mas todos esses pensamentos voaram para longe da minha mente quando ele me colocou de volta na frente da nossa cama. Como era possível alguém me fazer sentir tão amada com um único olhar?

Nós não falamos, nossas mãos comunicaram enquanto nos livrávamos mutuamente de nossas roupas entre beijos e carícias gentis. Naquele instante, não havia nada da luxúria desenfreada usual que normalmente nos incendiava. Era amor puro e ternura infinita. Ele cuidadosamente me pegou e me deitou na cama antes de se juntar a mim. Pela próxima eternidade, ele adorou cada centímetro do meu corpo, suas mãos e língua em mim me levando lentamente a um clímax suave, diferente dos arrasadores que ele frequentemente me dava, e que me deixavam um desastre completo. Este me fez voar alto, envolta em uma nuvem de felicidade e bem-estar completo.

Eu entendi que ele estava me preparando para a mordida que selaria nosso vínculo. Antes que eu voltasse completamente para baixo, ele se acomodou em cima de mim e cuidadosamente começou a se empurrar para dentro. Eu nunca me cansaria da sensação de seu pau enorme me esticando e me enchendo até a borda. Suas escamas, *xinnix* e piercings contra minhas paredes internas e meu ponto G rapidamente me fizeram chegar ao ápice novamente. Ele me beijou, nossas línguas se misturando enquanto ele gradualmente acelerava o movimento de seus quadris.

Ele interrompeu o beijo e levantou a cabeça para olhar para mim. Um olhar para a expressão em seu rosto transformou meu gemido voluptuoso em um suspiro estrangulado. Suas íris branco-prateadas encolheram tanto que quase desapareceram no mar negro de sua esclera. Suas presas nuas pareciam mais longas, mais afiadas, suas pontas brilhando com uma gota do que eu suspeitava ser sua essência de ligação. Mas foi a maneira selvagem como ele olhou para mim, como uma fera selvagem prestes a devorar sua presa, que fez meu estômago dar algumas cambalhotas para trás.

Antes que eu pudesse fazer ou dizer qualquer coisa, Amreth se moveu na velocidade estonteante de uma cobra atacando e enterrou suas presas em meu pescoço. Uma intensa sensação de queimação explodiu no ponto da punção. Eu abri minha boca para gritar de dor, mas um grito de êxtase saiu em vez disso quando ele imediatamente me explodiu com uma onda poderosa de seu *bakaan*, arrancando um orgasmo instantâneo e poderoso de mim.

Simultaneamente, algo pareceu quebrar dentro dele, e ele liberou sua paixão em mim. Suas presas ainda enchiam minhas veias com sua essência, e meu companheiro me fodeu com força, cada estocada de seu pau enorme enviando raios de fogo ardentes percorrendo todo o meu corpo enquanto uma onda insana de prazer após a outra colidia em mim, alimentada por seu corpo me destruindo e sua aura chicoteando meu sangue em um frenesi. Este turbilhão infinito de êxtase abafou a sensação de queimação de sua essência ácida me comendo por dentro. Meu cérebro sabia que essa dor deveria me fazer contorcer em agonia. E ainda assim eram gemidos intermináveis de êxtase que saíam de mim enquanto eu afundava minhas unhas nas costas poderosas do meu companheiro. Prazer quase demais para suportar crescia constantemente dentro de mim enquanto eu levantava minha pélvis para encontrá-lo, estocada por estocada enquanto ele me penetrava. Ao mesmo tempo em que eu finalmente percebi que ele havia arrancado suas presas de mim, eu também notei que as sensações avassaladoras que me varriam não pertenciam exclusivamente a mim.

Agora eu também sentia o prazer de Amreth como se fosse meu.

Um orgasmo violento me atingiu. Meio segundo depois, ele jogou a cabeça para trás, rugindo sua própria liberação, me enchendo com o calor escaldante de sua semente. Uma luz ofuscante explodiu diante dos meus olhos, e os ecos do clímax de Amreth ressoaram dentro de mim com uma força tão brutal que eu temi que minha mente se quebrasse. Isso criou um loop infinito de seu prazer alimentando o meu e o meu alimentando o dele, até que não havia começo ou fim entre nós, apenas um crescendo infinito de êxtase.

Nós éramos um só corpo, uma só alma.

Ele caiu em cima de mim, seu corpo tremendo com o mesmo espasmo de êxtase que o meu. Para minha surpresa, ele rolou para o lado, de frente para mim, em vez de de costas antes de me puxar para cima dele como ele normalmente fazia. Sentindo-me desprovida e enganada do calor envolvente de seu abraço, eu abri meus olhos grogue para encará-lo, apenas para perceber que a mesma luz brilhante ainda me cegava.

Eu pisquei algumas vezes, confusa sobre o que havia de errado. Então a luz começou a brilhar no mais impressionante padrão iridescente em uma forma circular enquanto o rosto de Amreth começou a emergir do brilho luminoso. Meu queixo caiu em compreensão repentina enquanto o brilho ofuscante recuava para formar uma auréola hipnotizante ao redor da cabeça do meu companheiro.

— Oh Deus! Eu estou vendo — eu sussurrei, paralisada.

Amreth sorriu para mim com infinita ternura e alegria.

— Sim, minha companheira. Agora você pode ver minha alma de uma forma que nenhum outro ser vivo jamais pode ou jamais verá. Eu te amo. Minha luz, tudo o que eu sou, tudo o que eu sempre serei é seu, Ciara.

— Assim como eu sou sua. Você é meu coração, meu amor, a outra metade da minha alma, agora e sempre.

Ele finalmente rolou de costas, me puxando para seu abraço e fechando suas asas ao nosso redor. Segura e protegida nos braços do meu amado, com corações e almas entrelaçados, eu estava em casa.

FIM

SAGUL

ONEI

MURTHIS

FAERNYCH

NUNDAR

KRONOS & MALAYA

CRÔNICAS VEREDIANAS
Escapando do Destino
Destino Cego
Criando Amalia
Revés do Destino
Mãos do Destino
Desafiando o Destino
Destino Imperial

BRAXIANOS
Anton's Grace
Ravik's Mercy
Krygor's Hope
Keran's Hope

O NEVOEIRO
Nevonauta
Pesadelo

OS REINOS DAS SOMBRAS
Destinada ao Espectro
Destinada Ao Ceifador
Destinada ao Lycan

VALOS DE SONHADRA
Cidade de Gelo
Prisão de Gelo

DONZELAS DE SANGUE DE KARTHIA
Seduzindo Thalia

CONTOS SOMBRIOS
A Maldição do Barba Azul
O Corcunda

OUTROS LIVROS
Homem de Aço
Um Alienígena para o Natal

SOBRE O AUTOR

A autora bestseller do *USA Today*, Regine Abel, é uma viciada em fantasia, paranormal e ficção científica. Qualquer coisa com um pouco de magia, um toque de inusitado e muito romance a fará pular de alegria. Ela adora criar guerreiros alienígenas gostosos e heroínas radicais que evoluem em novos mundos fantásticos enquanto embarcam em aventuras repletas de mistério e reviravoltas que você nunca imaginou.

Antes de se dedicar como escritora em tempo integral, Regine havia se entregado a outras paixões: a música e os videogames! Depois de uma década trabalhando como Engenheira de Som em dublagem de filmes e shows, Regine tornou-se Designer de Jogos Profissional e Diretora Criativa, uma carreira que a levou de sua casa no Canadá para os EUA e vários países da Europa e Ásia.

Facebook
https://www.facebook.com/regine.abel.author/

Website

https://regineabel.com

Grupo de leitura *Regine's Rebels*
https://www.facebook.com/groups/ReginesRebels/

Newsletter
http://smarturl.it/RA_Newsletter

Goodreads
http://smarturl.it/RA_Goodreads

Bookbub
https://www.bookbub.com/profile/regine-abel

Amazon
http://smarturl.it/AuthorAMS

Loja Etsy
http://rapublishing.etsy.com

www.ingramcontent.com/pod-product-compliance
Lightning Source LLC
Chambersburg PA
CBHW060927030726
47503CB00003B/509